COLLECTION FOLIO

Pauline Guéna

18.3

Une année à la PJ

Denoël

« En cas de crime ou délit flagrant, les officiers de police judiciaire peuvent se transporter dans le ressort des tribunaux de grande instance limitrophes du tribunal ou des tribunaux auxquels ils sont rattachés, à l'effet d'y poursuivre leurs investigations et de procéder à des auditions, perquisitions et saisies. »

Article 18.3 du code de procédure pénale

Née en 1976, Pauline Guéna est écrivaine et scénariste. Elle a notamment publié un beau livre, *L'Amérique des écrivains* (Robert Laffont, 2014), avec Guillaume Binet, un récit, *18.3 : Une année à la PJ* (Denoël, 2020), et collaboré à l'ouvrage *Quartier de combat : Les enfants du 19*^e^ (Denoël, 2021), coécrit avec Abdoulaye Sissoko et Zakaria Harroussi. Elle a également été coscénariste de la célèbre série *En thérapie* diffusée par Arte.

« Comme tu tiens à ta pureté, mon petit gars ! Comme tu as peur de te salir les mains. »

Jean-Paul Sartre, *Les Mains sales*

« *We few, we happy few, we band of brothers.* »

Shakespeare, *Henri V*

I

VIOLENCE

13 novembre – 18 décembre 2015

« — Elle se casse la gueule, ton affiche.
— Comme la PJ, mec, comme la PJ. »

L'attaque

> « Bon, et pour l'Arabe à l'air méchant, je fais quoi alors ? »

Fred Palacio
Argenteuil
Vendredi 13 novembre 2015, 14 heures

Il y a un cadavre sur le lit et l'enquêteur Fred Palacio est à l'entrée de la pièce. Sous sa combinaison blanche jetable, il porte une cravate sous son pull violine à col rond, un jean repassé.

Fred Palacio ne fait rien. Il ne pense presque pas. Derrière lui se tient une jeune fille au visage placide, vingt ans, une brune à la silhouette d'odalisque, stoïque malgré l'odeur douceâtre d'un début de décomposition. De toute façon, pense-t-elle brièvement, tout pue, à Paris. Elle vient de Normandie. Famille d'agriculteurs. Jusqu'à récemment, elle trouvait que Lisieux était une grande ville. Major de sa promotion de gardiens de la paix, elle a pu choisir son affectation et a demandé la police judiciaire. C'est rare, les jeunes préfèrent aller en commissariat, où les heures supplémentaires sont mieux décomptées et où la progression est plus rapide. Depuis son arrivée, elle tourne entre les services. Une police judiciaire, c'est comme un hôpital universitaire : on apprend sur le tas. Le patron a pensé que cette scène de crime l'intéresserait. C'est pourtant loin d'être son premier cadavre. Avant l'école de police, elle a travaillé deux ans comme ADS, un contrat pour les flics non diplômés. On voit des choses aussi, à la campagne. Lundi, elle sera affectée définitivement à la brigade de répression du banditisme, la BRB. Elle ne regrettera pas la Crime : ses cadavres, ses PV minutieux, ses enquêteurs qui se prennent pour des intellos. Tous des affamés sexuels, a-t-elle conclu. Elle aime bien Palacio, toutefois, qui a la fibre pédagogique.

Le corps est étendu sur le lit, massif, une montagne de chair tailladée de plaies rosâtres. Le matelas et les draps en satin bon marché ont absorbé le sang, la surface de la tache a séché en une croûte brune encore gluante en son centre. L'homme est vêtu d'un caleçon et d'un T-shirt qui remonte sur sa poitrine. Son ventre est couvert d'une toison terne de poils très frisés comme son crâne. Il est adossé à des oreillers, une jambe étendue, l'autre pliée. Son pied nu touche le sol, curieusement petit et délicat. Ses yeux sont ouverts. Propre, soignée, une main posée sur la cuisse dans un geste d'invite porte la marque de deux blessures superficielles. Le thorax et les flancs présentent près d'une vingtaine d'impacts de coups de couteau.

La fenêtre est fermée, le chauffage électrique, sous le châssis, poussé au maximum. Puanteur encore légère.

L'appartement est rangé. Au salon, deux verres vides qui sentent l'alcool sont posés sur la table basse. La cuisine est propre, pas de vaisselle dans l'évier, rien qui traîne, il ne manque qu'un couteau dans le rack du plan de travail. Les portes de chaque pièce sont closes, celle de l'appartement aussi mais pas à clé.

Un peu plus tôt ce jour-là, quand la Ford Fiesta du groupe 3 est arrivée à Argenteuil, les bleus, maussades, attendaient la Crime depuis des heures. Palacio, sourire *ultra bright*, a fait sa tournée de serrage de pinces en grand professionnel. Pas assez pour dissiper la rancœur entre Sécurité publique et police judiciaire, entre uniformes et tenues civiles, mais enfin si ça peut aider.

À l'écart, un groupe misérable le dévisageait d'un air soucieux.

— C'est qui ? a demandé Palacio à un jeune gardien de la paix.

— Les cas soc' là-bas ? Les employés du magasin que gérait vot' victime. Bricolage et électroménager.

Au centre se tenait un homme trapu aux mains rouges, les yeux inquiets derrière des verres en cul de bouteille.

— C'est l'inventeur, a précisé le policier en réponse au regard de Palacio.

L'inventeur du corps – celui qui découvre un cadavre – s'était apparemment interrompu au milieu d'un récit et, les sourcils levés dans une mimique d'incrédulité ou d'horreur, difficile à dire, il fixait les véhicules de la Crime qui passaient les uns après les autres le cordon de sécurité tendu par le commissariat, sans sirène mais le bleu allumé. Il en avait oublié d'effacer son expression et c'est ainsi que Palacio a vu Kevin Feuilloley pour la première fois : yeux écarquillés, jouant l'effroi.

Un des enquêteurs filait justement vers ce témoin bavard tandis que Bertrand, leur chef de groupe, se présentait au plus gradé des flics en tenue pour qu'on lui transmette les informations. Puis viendraient l'enquête de voisinage et l'audition des salariés du magasin. La scène de crime revenait à Palacio. Il n'y a pas de règle en la matière : dans un groupe, les enquêteurs se répartissent les tâches comme ils le souhaitent. Théoriquement, tout le monde peut tout faire. En pratique, chacun a ses qualités et Palacio possède la patience, la minutie et l'expérience nécessaires aux constatations.

La camionnette de la PTS, la police technique et scientifique, a franchi à son tour les bandes orange obligeamment soulevées par un jeune adjoint de sécurité – les deux techniciennes, des trentenaires blondes aux cheveux longs, ont entrepris d'un air las et professionnel à la fois de préparer leur matériel. Comme d'habitude, elles avaient prévu des gants, des combinaisons et des surchaussons en rab pour ces crevards de la Criminelle qui n'ont jamais leurs affaires.

Dans l'appartement, Palacio laisse les premières impressions se déposer sans filtre : « Beaucoup de sang, gros, mauvaise santé, trop chaud, affaire de cul, ça pue. » Il enregistre mentalement la position du corps sur le lit, les odeurs, la fenêtre fermée. Des bribes, des sensations éparses qui lui serviront plus tard – ou pas. Il prend conscience de la respiration d'Alice derrière lui. Il entend le bruit de l'ascenseur. Des voix désinvoltes qui approchent. Les techniciennes le rejoignent dans l'appartement.

— C'est la position idéale pour une turlute, lâche Palacio avant d'entrer enfin dans la pièce, suivi d'Alice et des deux femmes.

Le long travail de constatations sur le cadavre d'Éric Donner peut commencer.

À Paris, chacun se rappelle où il était quand il a appris les attentats du 13 novembre. Après quatre ou cinq heures dans la chambre surchauffée et nauséabonde d'Éric Donner, Fred Palacio arrivait en vue de la porte de Champerret, à cinq minutes de chez lui, quand il a reçu l'appel de Monika, l'adjointe de la brigade criminelle. Elle l'a briefé en quelques mots. Tout en l'écoutant, il a bifurqué et repris le périphérique. Il a allumé la radio, s'est penché pour attraper son bleu caché sous le tapis au pied du siège passager, puis a appuyé sur l'accélérateur. Tous les effectifs de la Crime étaient convoqués place Léon-Blum, dans le 11e arrondissement. La PJ, dans le cadre du plan de coordination attentat, était saisie de la scène de La Belle Équipe, le bistrot rue de Charonne où l'on dénombrait déjà dix-neuf morts – il y en aurait deux de plus. Palacio a appris en chemin qu'une prise d'otages était en cours au Bataclan.

Vingt minutes plus tard, il débarquait le dernier au rendez-vous. Tous les corps avaient été répartis entre des enquêteurs de la Crime, assistés d'hommes de la SDAT, la sous-direction antiterroriste. On a assigné à Palacio les constatations sur le bistrot voisin, transformé en poste de secours avancé par les pompiers. Les tables, poussées les unes contre les autres, étaient couvertes de sang. C'était le début d'une longue nuit. D'un long week-end. D'une longue année.

Lucky
Une pièce aveugle dans une caserne CRS
Vendredi 13 novembre, 22 h 50

Ses hommes, le casque sur les genoux, sont en tenue d'opération : gilets pare-balles sous les combinaisons noires, cagoules. Trois groupes de sept, plus lui, l'adjoint de la brigade de recherche et d'intervention (BRI). Le commissaire n'est pas là, il est avec les huiles, il envoie de temps en temps des messages sur le fil WhatsApp pour les tenir au courant. La télévision est branchée sur iTélé, ils suivent l'intervention de leurs collègues de la BRI-PP au Bataclan. Découvrir ces images sur un écran sans pouvoir agir les rend complètement fous. Lucky regarde leurs genoux qui dansent la java, leurs mains qui se crispent et tambourinent sur les casques – elles paraissent fragiles, sorties toutes nues de la carapace. Putain, lâchent-ils à intervalles réguliers. Putain. Lucky a de la peine pour eux, surtout les plus jeunes : maintenus à l'arrière, à disposition en cas de surattentat, frustrés. Lucky envoie un texto à son fils aîné pour s'assurer qu'il est bien rentré, puis reporte son attention sur l'écran.

Alex
Dimanche 15 novembre, à l'aube

Alex conduit, vite mais sans bleu, vers la porte de Saint-Ouen où il va déposer Petit Ben, son chef de groupe aux Stups. Ils ont passé la nuit à écumer les hôpitaux pour recueillir le témoignage des victimes domiciliées dans leur secteur. Il y en avait un paquet, sorties du Bataclan pour la plupart, agrippées à leur couverture de survie. Des gens qui pleuraient. D'autres très calmes. Un peu de tout.

— Pas le choix le plus évident, quand on y pense, hein ? dit Alex.

Petit Ben se tourne vers lui qui conduit, fixant toujours la route. Alex a les tempes rasées, les cheveux ramassés en chignon, des cernes noirs, les bras et le cou épais, tatoués, les doigts couverts de bagues. L'air mauvais, en somme.

— De nous coller aux victimes, tu veux dire ? demande Petit Ben d'une voix fatiguée.

— Ouais.

— Non. Pas le plus évident.

Ils se taisent, chacun aux images qui leur reviennent de ces deux jours passés sans dormir, les regards, les cris, les pleurs, et le paysage défile, lumière blanche et bleue sur l'autoroute, orangée dans Paris, désert et silencieux.

La Fourche
PJ. Quatrième étage.
Brigade de répression du banditisme (BRB)
Lundi 16 novembre, à l'aube

La Fourche a trouvé. Il contemple le visage d'un jeune homme brun, de trois quarts, lumière d'été sur fond de vallée italienne ou quelque chose du genre, pour autant que La Fourche peut en juger – il préfère pour sa part les plages de l'Atlantique et les couleurs délavées. Le garçon porte une chemise en lin rose, manches relevées, qui lui donne un air de golden boy, ce qu'il n'est pas tout à fait, La Fourche le devine à l'adresse de ses parents. Sa mère a envoyé la photo, sa préférée, peut-être sortie d'un cadre dans le salon. Parfaite pour un avis de recherche, pense La Fourche en la comparant une dernière fois à celles prises par le technicien de l'Identité judiciaire, où le garçon apparaît assis sur une chaise mais curieusement un peu affalé, les yeux mi-clos, une frange de cils baissée sur un regard éteint. L'éclairage au néon et la mort lui donnent un teint verdâtre. Il a été un peu chiant à reconnaître mais les oreilles, leur forme particulière, petite et ourlée, ont finalement permis l'identification.

La Fourche se frotte les yeux, décroche son téléphone. Le dernier Xh – homme inconnu – assassiné à la terrasse de La Belle Équipe a désormais un nom.

PJ. Deuxième étage. La direction

Le siège de la PJ est une ruche installée sur quatre étages au-dessus du commissariat qui occupe le rez-de-chaussée. Au deuxième, c'est la direction, portes fermées, les services administratifs, le poste de répartition des saisines – où l'on n'entre pas sans sonner –, des secrétaires et une grande salle de réunion aujourd'hui aménagée en PC de crise : neuf ordinateurs, une télé à écran plat branchée sur BFM, qui bourdonne en bruit de fond, une table à café couverte de thermos, de dosettes de sucre, de bonbons et de madeleines sous plastique, et un bureau qui supporte l'imprimante et les bannettes où s'entassent les procès-verbaux. Les stores sont à demi baissés, l'atmosphère est à la fois fébrile et lasse. On est lundi, il est 8 heures, c'est bientôt la relève. Personne n'a beaucoup dormi ces soixante dernières heures.

La Fourche entre dans le PC de crise. Brosse longue de cheveux roux, visage étroit, lunettes aux branches épaisses qui masquent un regard souvent narquois mais pas ce matin, il serre quelques mains, s'installe derrière un poste et commence une permanence de huit heures. Il est fatigué. Depuis vendredi, il a du mal à fermer l'œil. Dans le couloir bondé d'un hôpital, il a entendu un petit garçon raconter : « J'étais avec maman et mamie. J'ai entendu *pan pan*. Maman s'est endormie. Mamie a crié, elle s'est penchée et elle a soulevé maman. Et puis elle s'est endormie aussi. » Malgré lui, il y repense.

Il parcourt les dépêches en écoutant les discussions des hommes qui se croisent, ceux qui ont fait la nuit, l'haleine aigre de café, des poches sous les yeux, et les nouveaux, inquiets, sentant la tartine et l'after-shave, qui essaient de comprendre le fonctionnement du logiciel. À chaque instant tombe une main courante de la SDAT après un appel au numéro Alerte attentat. La SDAT effectue un premier tri, grossier, puis répartit les dépêches selon les compétences géographiques des services.

Dans la nuit, une opération a été déclenchée après un signalement à Saint-Arnoult : Salah Abdeslam aurait été aperçu dans une boulangerie en train d'acheter des croissants. Un autre appel a provoqué une intervention à Provins : rien.

Loïc, un jeune flic de la BRB, mais pas du groupe de La Fourche, anxieux, mal réveillé, lit la première dépêche sur son fil :

— Un Arabe à l'air méchant a été aperçu à 22 heures dans une station-service Total Access sur la N10... Putain. Faut faire quoi, là ?

— Ah ben faut traiter, l'Arabe à l'air méchant..., chuinte La Fourche.

— C'est où ? C'est pas du côté de Trappes ? demande un homme de l'antenne de Meaux. On en est où, à propos, de la pacification de Trappes ?

— Une priorité chassant l'autre, on en est bien sûr nulle part, répond un fonctionnaire de l'état-major.

La Fourche les laisse parler. Une silhouette dégingandée s'encadre dans la porte, tout le monde se lève, c'est le directeur adjoint de la PJ. Il serre les mains à la volée puis colle une photo sur le tableau magnétique :

— Il y a du nouveau, mais c'est pas bon : un des tireurs du Stade de France qui avait été identifié ne l'est plus.

Tout en parlant, il efface au marqueur le nom supposé du terroriste.

— C'était pas une reconnaissance faciale de la DGSI ? grince La Fourche.

— Si, c'est ça.

— Donc en fait, la seule info de la DGSI, c'est pas bon ?

Le directeur adjoint hausse les épaules et sort à grands pas pressés. C'est un honnête homme, sans malice, et il a autre chose à faire que taper sur la DGSI. Les policiers de permanence se remettent au travail, ceux de la nuit finissent par sortir comme à regret pour entamer leur journée. Ils restent à quatre : La Fourche et Loïc de la BRB, l'officier de l'état-major et celui de l'antenne de Meaux. Le niveau d'alerte a baissé, hier ils étaient six, demain ils ne seront plus que deux, jeudi le PC de crise sera fermé. BFM diffuse une bande-son répétitive, des gens vont et viennent, le personnel administratif entre, on les ravitaille en café, quelqu'un vient toquer à la porte capitonnée du directeur, on entend parfois un éclat de voix, des téléphones qui sonnent, le bruit des voitures dans la cour.

Après une heure ou deux, le chef de la brigade financière débarque dans la pièce. Il a compilé les témoignages recueillis auprès des riverains de La Belle Équipe, les a classés et a établi des statistiques : il y a ceux qui ont vu une voiture, ceux qui en ont vu deux, ceux pour qui il y avait un seul tireur, deux, trois ou même quatre… Et ce qui est décourageant mais qui n'étonne personne, c'est que les affirmations du plus grand nombre sont contredites par une vidéo encore secrète.

Pour l'heure, il est à la recherche du portrait-robot de Salah Abdeslam, diffusé sur le réseau interne. L'homme de l'état-major lui répond avec empressement :

— C'est très simple, monsieur, vous pouvez le récupérer directement sur la main courante, vous cliquez en bas, vous ouvrez le fichier, vous le passez dans le logiciel dédié, vous faites glisser, vous ouvrez, vous cliquez sur Exporter et à ce moment-là, normalement, vous pouvez imprimer.

Le commissaire le fixe, estomaqué par la complexité de l'opération.

— Votre *normalement* ne m'a pas échappé, lâche-t-il enfin.

— Sinon, on vous l'envoie sur votre boîte mail dans le bon format, monsieur, fait l'autre, vaincu.

Le commissaire repart vivement, une liasse de papiers sous le bras, on entend ses pas sur le carrelage de l'escalier alors qu'il dégringole vers ses bureaux : la Financière et les Stups occupent le premier étage sans jamais se mêler. Les portes sont toujours closes, tout au plus partagent-ils une imprimante.

— Putain, un des terros était sous contrôle judiciaire, fait Loïc, le jeune de la BRB.

— Et ça t'étonne ? Tu voudrais quand même pas qu'on mette les gens en prison ?

Loïc soupire et continue son tri.

— T'as vu cette dépêche ? Quelqu'un a repéré un des terroristes chez son voisin. Va falloir envoyer une patrouille ?

— Les nuisibles vont avoir que ça à faire, jusqu'à ce qu'on les retrouve : défoncer les portes de voisins qui ont mis la musique trop fort le week-end dernier…

La voix de La Fourche est basse, chuintante, elle oblige à tendre l'oreille.

— En même temps, il est forcément chez le voisin de quelqu'un, raisonne Loïc.

— Mais celui-là, il sera pas dénoncé.

Quelqu'un bâille. Le silence retombe, BFM repasse les mêmes séquences, un téléphone sonne. Loïc se gratte la tête et tend les jambes sous la table.

— Bon, et pour l'Arabe à l'air méchant, je fais quoi alors ?

Troisième étage. Brigade criminelle

Le palier est encombré de hautes armoires métalliques. À côté, une affiche de la série *Engrenages* commence à se décoller. Le couloir dessert une quinzaine de bureaux, dont certains sont vides – le service, en crise, a perdu près de la moitié de ses enquêteurs ces dernières années –, longeant trois pans d'une des grandes cours carrées du majestueux bâtiment. Pierre de taille, préaux pavés, ardoises, murs épais, hauts portails… et puis lino jaunâtre, faux plafonds, néons qui grésillent, piétons plaqués contre les murs pour éviter les véhicules qui franchissent à toute allure les porches trop étroits. Il faut en général déplacer deux ou trois voitures pour accéder à celle de son groupe et des jurons s'élèvent à toute heure : « Qui est le connard qu'a pas laissé ses clés sur le contact ? »

Des PV périmés, des affiches de disparition ou des avis de recherche que personne ne regarde, des petites annonces (à vendre : moto, maison, matériel de puériculture, étui de revolver gainant…) couvrent les tableaux de liège au-dessus des imprimantes et des photocopieuses.

Des flics discutent à voix basse :

— Le pire, c'étaient les téléphones. Quand je suis arrivé, il y avait toutes ces sonneries et ces vibreurs. Sur les écrans, je voyais écrit : Papa, Maman… Plus tard, les batteries ont fini par se décharger.

— Paraît que c'était pareil au Bataclan. Des centaines de téléphones qui sonnaient dans la fosse.

— Moi, le premier corps que j'ai fait, je vide ses poches et je tombe sur sa brème. » Il se tait un très court instant puis reprend : « Putain, ça m'a fait drôle.

— Ah ouais, c'est toi qui as fait le collègue ?

Longiligne, pressé, coupe militaire et éternelle cravate noire autour du cou, Fred Palacio longe le couloir, échange sans ralentir un signe de tête avec les enquêteurs et va toquer à la porte entrouverte de son patron. Sur un geste du commissaire L., un Rémois de quarante ans au physique d'adolescent, qui tient son téléphone entre l'épaule et l'oreille tout en essayant de rallumer son ordinateur, Palacio entre et s'appuie au chambranle, attendant qu'il raccroche. Rompu par les presque soixante-dix heures écoulées depuis qu'on l'a appelé vendredi sur la scène de crime d'Argenteuil, qui paraît avoir eu lieu dans une autre vie – homicide à l'arme blanche, seize impacts, pas d'arme retrouvée, récite-t-il intérieurement –, il laisse son regard errer sur la décoration du bureau peint en jaune poussin tandis que le commissaire, renversé dans son fauteuil, lui fait signe qu'il n'en a plus pour longtemps. Les yeux rendus brûlants par le manque de sommeil, il survole, sans les voir, l'affiche de *L'Inspecteur Harry*, le tableau magnétique couvert d'annotations au marqueur et de PV, le plan de la grande couronne avec ses petites épingles qui ne correspondent peut-être plus à rien : une affaire ancienne, un homicide, une vieille séquestre... Son regard effleure le tapis tressé jeté en diagonale sur les carrés de lino, la table ronde qui encombre l'espace, ensevelie sous d'épaisses chemises pleines de procédures, le gyrophare collé sur la porte d'une armoire, les sacs et les baskets de sport entassés sous une table. Un micro-ondes et une machine à expressos tiennent serrés un Larousse et un exemplaire du Code pénal. Un gilet de police est jeté sur le dossier d'un siège, un coffre blindé occupe un coin de la pièce.

Ce que voit vraiment Fred Palacio, c'est Paris désert, des miloufs en armes, un gardien du commissariat qui ramasse les douilles avec une petite balayette – où l'a-t-il trouvée ? Ça sera pas bon pour l'IJ, ça, a-t-il pensé avant de se remettre à la tâche –, le ballet stroboscopique de pompiers et de flics, des corps qui s'entassent sous une tente trop petite, tête-bêche, éclairés de manière brutale et intermittente par un lumaphore que le vent fait trembler et qui projette sur la scène une lumière de cinéma. Ce qu'il voit, c'est quelqu'un qui se recule dans l'ombre d'un appartement après qu'un flic lui a crié de dégager, c'est le directeur des affaires criminelles, leur DAC, le supérieur du commissaire L., énorme, et le chef des pompiers qui s'affrontent et on sent qu'ils pourraient se foutre sur la gueule mais le DAC recule car la priorité va au sauvetage des vies et pas encore à l'enquête. Un pompier de vingt ans aux yeux écarquillés et un homme qui pleure assis un peu plus loin – qui est-ce ?

L'épuisement se lit sur la peau olivâtre de Palacio, ses yeux étrécis ne sont plus que deux fentes noires. Il attend, traversé d'idées vagues et concrètes à la fois, comme un paysan qui contemple son champ en pensant à la saison prochaine. Il prend des notes mentales : « C'était bien, le coup des bananes et des petites bouteilles d'eau pour tenir la nuit. Dommage que Ludmila reparte demain, on n'aura pas le temps de se voir. La prochaine fois, faudra des prises pour recharger les portables. »

Le commissaire raccroche enfin et lève un sourcil interrogateur à l'intention de son enquêteur.

— Vous vouliez faire un point sur l'affaire Donner, patron, fait Palacio en se détachant du mur.

— Ah oui, bien sûr Frédéric, allez-y. » Le commissaire étire son dos endolori par une trop longue station assise. « Alors justement, je me demandais, il y avait du sang sur le lit ?

— Beaucoup de sang, absorbé par le matelas pour l'essentiel. Il a été tué là à coup sûr, précise Palacio, comprenant le sens de la question. On a seize impacts sur le corps. L'appartement servait de garçonnière. C'est bien entretenu, mais la famille ne vit pas là.

— Rappelez-moi le contexte.

Toujours debout à l'entrée du bureau, Palacio résume ce qu'il a appris depuis vendredi : Éric Donner, cinquante-quatre ans, père d'une fille de seize ans, partageait ses semaines entre Neaufles où vivent sa fille et sa femme, et Argenteuil où se trouve son magasin. Il partait pour Neaufles le vendredi dans la journée et revenait le lundi soir, parfois le mardi matin. En son absence, son adjoint tenait le commerce. Durant sa semaine de travail, il habitait ce petit appartement moderne et bien tenu où il recevait sa maîtresse, Iona, une prostituée mauricienne aux faux airs de Kim Kardashian, qui a accueilli sans effusions mais avec un certain étonnement la nouvelle de sa mort.

Palacio enchaîne avec la liste des actes entrepris ou en attente.

Il appelle la victime par son prénom, comme ils le font toujours, et se réfère à l'affaire par le nom de famille – ce sera donc l'affaire Donner, la victime est Éric. Le tueur, ce sera l'auteur avant qu'on l'identifie. Ensuite, au fil des heures d'écoute puis d'interrogatoire, il deviendra si familier qu'ils finiront lui aussi par l'appeler par son prénom. Mais à la fin, une fois la garde à vue terminée, ils reviendront spontanément au nom de famille.

— Ce mec, on a l'impression qu'il avait que deux personnes dans sa vie : son pote et sa pute. Et je dirais que l'acharnement, comme ça…

— La férocité…, renchérit le commissaire avec un enthousiasme de novice – c'est son premier poste en brigade criminelle.

— … fait méchamment penser à une gonzesse. Seize coups de couteau, quand même, qui ne semblent pas avoir demandé une force particulière. Et il y a peu de lésions de défense. Ça se passe dans la chambre, c'est un élément d'intimité. Disons que ça *peut* être une gonzesse. Un crime de sang, de toute façon, ça se ramène souvent à des histoires de baise et de fric.

Le patron réfléchit en regardant le plafond.

— J'ai lu vos PV. L'adjoint, il me fait pas bonne impression. Lorsque vous lui demandez comment il trouve la copine de son patron…

— … et qu'il répond « Super mignonne et gaulée comme un avion de chasse » ?

— Oui, franchement…, appuie le jeune commissaire avec une moue de désapprobation. Drôle de façon de parler de la petite amie d'un type qu'on vient de trouver mort. Surtout qu'il le décrit comme un ami plus qu'un patron, c'est bien ça ?

Palacio visualise Éric Donner, massif, lourd, dépassant d'une vingtaine de centimètres et près de quarante kilos le malingre Kevin Feuilloley. Il voit l'appartement, cossu, les meubles neufs, et se souvient de l'explication qu'a donnée Feuilloley : « J'ai une chambre sous le magasin, et quand m'sieur Donner est pas là il me laisse dormir chez lui. » Il oppose en pensée les mains roses et manucurées de Donner et celles, rouges et solides, de Feuilloley. Il ne parvient pas à les associer. Des amis ? Il répond d'un ton pensif :

— C'est vrai. Feuilloley parle de son patron comme de son ami et même de son père adoptif. On va creuser. » L'adjoint n'a pas versé une larme, pense Palacio qui poursuit : « Mais n'oublions pas la pute, patron, faut commencer par là.

Sonnerie stridente. Le commissaire L. tressaute et décroche, révélant sa nervosité à ce seul détail – sa rapidité. Il n'est que depuis six mois à la tête de la Criminelle – une brigade historique composée de gros tempéraments, de policiers syndiqués, d'hommes et de femmes expérimentés et efficaces qui ont vu défiler des dizaines de patrons – et le voilà avec une situation inédite sur les bras : un attentat d'une violence sans précédent sur le territoire national, une coopération à mettre au point avec les services de la SDAT – impossible par nature quand ce qui infuse toute la structure, c'est la culture du secret et de la compétition acharnée. Il est soumis à des pressions politiques, hiérarchiques, médiatiques. Et sa femme est fatiguée par une deuxième grossesse. Le commissaire L. est à cran.

Après un instant de silence, il mitraille le combiné de sa voix au timbre heurté :

— Toutes les victimes, quelles qu'elles soient, sont donc de notre ressort ?

— ...

— Pas de problème, on s'en charge. Mais n'oublie pas de voir ça avec nous dans ce cas, il faudrait pas qu'on entende les gens deux fois. Ils en ont assez pris dans la gueule comme ça.

Dans le couloir, Monika hèle une secrétaire de l'état-major chargée des calendriers de l'année. Grande blonde aux yeux noirs, boots pointues, vingt ans de Crime avec trois enfants à élever, elle est devenue adjointe du service à l'arrivée de L. Et ça ne plaît pas à tout le monde.

— Mais c'est pas encore celui avec les mauvaises dates de vacances scolaires ? Parce que ça a fichu un de ces désordres dans les congés ! On n'a pas besoin de ça maintenant...

Le commissaire, qui vient de raccrocher, réclame à pleine voix un petit carnet de notes. Un enquêteur aux allures de chat écorché file dans le couloir sous un nuage de nicotine et de sombres pensées. Monika rejoint le commissaire et Fred Palacio qui attend toujours, patient et silencieux.

— Il a vu la psy, ou pas encore ? demande-t-elle, faisant référence à l'homme qui vient de passer.

Le jeune patron hausse les épaules et fait signe à son enquêteur de continuer.

Palacio ravale un bâillement et tire sur sa cravate. Il a passé la nuit de vendredi rue de Charonne. Samedi matin, il est venu à la PJ pour rédiger les constatations. Samedi soir, il est rentré chez lui. Ludmila, sa compagne, l'attendait, ils ont bu un café en regardant la télé. Elle lui a demandé si ça allait, il a dit oui, elle n'a pas insisté. Elle est ukrainienne, elle ne s'affole pas facilement. Il a dormi quelques heures et, dimanche, il était de retour à la brigade à 9 heures.

— Et vous comment ça va, Frédéric ? Vous avez dormi ? s'inquiète soudain le commissaire L.

— Ça va, répond Palacio avec un rire tranquille.

J'en rêve pas la nuit. Ce qui m'embête, pour Éric, c'est qu'on a deux témoins qui ont un peu tendance à se noircir l'un l'autre. La pute et l'associé. Il faut qu'on croise les contacts des trois : la pute, l'associé et la victime.

— Et au niveau bancaire ?

— Éric Donner était le patron, il se servait dans la caisse. Selon les témoignages recueillis vendredi, quand il a quitté le magasin pour la dernière fois il a pris 2 300 euros en liquide. C'était mercredi. Il n'y a pas de trace de ce retrait. Et on ne retrouve pas l'argent, évidemment.

— Évidemment, fait le commissaire.

— Pour l'autopsie, c'est quand ? Demain ? demande Monika en s'asseyant à la table ronde.

Palacio hoche la tête.

— Sa femme a été entendue, précise le patron, qui pense à voix haute : Elle avait l'air plus étonnée que choquée. La victime était fragile, dépressive, en mauvaise santé, avec un gros penchant pour le whisky, obèse…

— Cent kilos, tempère Palacio.

— Voilà, fait le commissaire L., qui pèse soixante-dix kilos tout habillé. Mais on n'a pas de raison de penser que c'est son épouse… Enfin, on n'exclut rien, ajoute-t-il machinalement, comme s'il s'exprimait devant les caméras.

— L'heure de la mort ? interroge Monika, qui feuillette un dossier.

— N'a pas été estimée, répond Palacio, las. Le retour des réquisitions se fait au compte-gouttes du fait des… événements. Mais des voisins auraient entendu un cri jeudi, vers 16 heures. Ça peut être ça, fait-il avec une moue pas convaincue.

— Et la rigidité ? Qu'est-ce que ça disait ? Le corps était rigide ? veut savoir le commissaire, qui se souvient de ses cours de médecine légale.

— Le problème, c'est que l'appart était surchauffé. Ça fausse la datation.

— Et les prélèvements ADN ? Aucun retour ?

— On n'a encore rien envoyé. Justement, patron, est-ce que le procureur nous autorise un labo privé ? Si je vous envoie une liste et un devis ? Parce que sinon, avec le Bataclan et tout le toutim, on n'aura jamais la réponse.

— Allez-y, on verra ce que dit le juge. Dites, je voulais vous demander. Vous étiez avec la petite, sur les constat's ? Elle a quel âge ? Vingt-deux ans ? Trois mois de police et dix-neuf corps d'un coup ? Elle encaisse ?

Le patron a un débit de mitraillette.

— Elle encaisse, mais elle serait pas un peu chat noir, quand même ? interroge Palacio, perfide.

Chat noir – superstition des forces de l'ordre. On est chat noir quand on a la poisse, quand on a toujours une saisine pendant sa permanence, mais aussi quand on est en congé pendant les grosses affaires, quand on est là où il ne faut pas, quand il ne faut pas, ou justement là où il faut quand il faut et donc qu'on croule sous les dossiers. La définition est subtile, mais tout le monde sait qui est chat noir et qui ne l'est pas. Monika, l'adjointe, est un chat noir avéré : depuis le début de sa carrière, elle n'a pas connu une permanence sans saisine. Palacio n'est pas chat noir du tout : la preuve, il n'a pas eu de corps, vendredi, mais seulement les lieux du poste de secours avancé. Et Éric Donner.

— Elle est costaud, mais on fait attention à elle, coupe Monika en décoiffant sa tignasse blonde. Bon, qui se charge de l'autopsie ? Fred, t'es sûr ? Si tu veux pas y aller, on trouvera un collègue. T'as peut-être pas envie de voir de la cervelle si vite ?

— C'est un grand garçon, il va très bien s'en sortir, affirme le patron.

— C'est bien que j'y aille, dit Palacio. C'est moi qui ai fait la levée du corps vendredi, c'est mieux, je sais comment il était, je pourrai répondre aux questions. Et puis ça va. J'en rêve pas la nuit…, répète-t-il.

Le commissaire approuve de la tête et se tourne vers Monika :

— Vous avez vu que la reconnaissance faciale de la DGSI…

— … est finalement pas une reconnaissance ? Oui, je sais.

— Décidément…

Sammy
Institut médico-légal, quai de la Rapée
Lundi 16 novembre, 15 heures

Sammy attend les parents du jeune homme identifié dans la nuit par son chef de groupe, La Fourche. La mission lui est retombée sur le dos sans que ça l'étonne. La Fourche n'est pas doué pour les relations humaines, il n'aime pas se mettre à la place des gens et arrive en général assez bien à l'éviter. Il se repose sur son adjoint comme sur un ambassadeur auprès du monde extérieur. Sammy n'a jamais rechigné mais cette fois il est nerveux. Il a vingt-neuf ans et c'est la première fois qu'il fait ça, conduire des parents jusqu'au corps de leur enfant. Il est bien décidé à ne pas penser à ses jumelles, qu'il a déposées ce matin chez la nourrice. Il essuie ses paumes moites sur son jean et se bat contre une terrassante envie de dormir. Ça le prend parfois sans prévenir. Quand il peut, il ferme les yeux quelques minutes, où qu'il soit. Là, ça va être difficile. Il lutte.

Il est 15 heures, la lumière est terne. Un taxi approche. Merde, c'est eux. Il se redresse. Un couple sort lentement. Plus aucune raison de se presser, n'est-ce pas ? Ils lèvent la tête en même temps et regardent le bâtiment de brique rouge puis l'aperçoivent. Ils devinent que c'est lui. Un instant d'immobilité. Tout ce qui passe dans un regard. En tout cas, tout ce qu'il imagine. Ils se mettent en mouvement ensemble, il faut bien qu'ils avancent, ils n'ont pas le choix. Sammy se racle la gorge. Il a préparé des mots, il espère qu'ils sortiront comme il faut. Il rassemble son courage et s'avance vers eux.

Brigade criminelle

Le couloir est encombré de gros sacs de papier kraft scellés de plastique bordeaux, qui contiennent les effets des victimes. Ils s'entassent sur un mètre de haut, on doit s'y frayer un chemin. Quelques enquêteurs, une tasse de café à la main, discutent dans un coin.

— Tu sais ce qui m'a le plus frappé, moi ? C'est que c'était froid, silencieux. C'était une scène de guerre, mais après la bataille. Les corps sur les couvertures. L'hôpital de fortune dans le bistrot voisin. Les rues désertes. C'est pas comme les collègues du Bataclan, qui ont entendu les gens crier, souffrir, avoir peur. Charonne, c'était éteint. Mais les corps étaient encore chauds. Et les victimes avaient notre âge. Ça aurait pu être nous.

— Tu vas aller voir la psy ?

— Bien sûr. Ceux qui refusent, c'est ceux qu'en ont vraiment besoin. Moi ça va, c'était pas mon premier cadavre.

— Ouais. Quand même.

Marceau prend la parole. Il a des yeux bleu polaire frangés de cils blancs, le crâne rasé brillant comme une ampoule, une barbe sans couleur mais rêche qui repousse sur ses joues grises. Il sourit rarement dans l'exercice de son métier. Sa froideur est une colère sous la cendre. Il parle entre ses dents.

— Ces gens se sont pas vus mourir. Y en a qui avaient encore leur verre à la main.

— Moi, je sais pas pourquoi, c'est la femme à genoux qui m'a le plus marqué. J'y repense. Elle était en minijupe, elle avait une position étrange, le buste en arrière, tu te souviens ?

— Comme si elle faisait un solo de guitare, décrit Yohan.

Un ricanement. Une gêne. Un silence.

C'est Yohan qui a fait ce corps. Il partage un bureau avec Marceau depuis quelques années et tous les deux forment un véritable binôme, ce qui est rare. Aux dernières restructurations du service, ils sont restés ensemble.

— Marceau ! appelle une voix. T'as deux secondes ? Viens voir ce PV.

Ils se séparent, soulagés en fait, parce que les mots ne leur viennent pas aisément. Marceau se dirige vers un bureau. Fils d'un ouvrier picard, excellent élève, il se rêvait prof de français, il aime Flaubert et les fables de La Fontaine ; et puis son père est tombé malade. À dix-huit ans, après son bac, il a passé le concours de gardien de la paix pour être fonctionnaire et toucher rapidement un salaire. Il aurait pu travailler aux douanes, aux impôts, il est allé au plus simple. En début de carrière, il gagnait déjà plus que son père à la veille de la retraite. Il rédige ses PV en maniaque de la répétition. Les mots sont des petites bulles de satisfaction : « cheminant sur une sente dérobée », « alors que point l'aube », « le malfaiteur, animé d'un esprit de revanche »... On le consulte sur les questions de grammaire.

Dans chaque bureau ont lieu des concertations plus ou moins chuchotées : la marche à suivre est incertaine. Le patron lui-même demande à son adjointe :

— Pour la restitution des effets personnels, qu'est-ce qu'il vaut mieux ? Centraliser ou laisser chacun se débrouiller avec ses scellés ?

Monika s'arrache à la contemplation soucieuse des fiches de permanence.

— Ça prend du temps et tout le monde est un peu sous l'eau, j'ai l'impression. Mais comme chaque groupe n'a que deux ou trois victimes, ce serait sans doute le plus simple. Où est Palacio ?

Quelqu'un passe dans le couloir en fredonnant d'une voix de basse un air de Tchaïkovski.

— Il est reparti sentir le cul du personnel du magasin.

Dans son bureau, Marceau s'énerve au téléphone :

— Moi j'ai un accent ? Moi j'ai un accent ? C'est bien ça que vous avez dit ?

— …

— Non ? Ben il faut parler français, monsieur, parce que je ne vous comprends pas. » Il raccroche et gueule : « Putain de Noich ! Bon, Yohan, le père d'Antoine D. a appelé. Il voudrait récupérer les clés de son scooter qui est garé devant le bar.

— Antoine D., notre premier corps… On a ses gants, son casque, son écharpe et ses clés », fait Yohan de mémoire, en tapotant machinalement les boucles serrées de ses cheveux. Il va chez le coiffeur une fois par an, au printemps, puis les laisse repousser lentement toute l'année. À mi-parcours, il a déjà comme une petite afro compacte. « Le papa peut venir quand il veut. Tu veux que je le rappelle ?

— Ouais, OK. Mais Monika a dit qu'il fallait faire une audition pour les restitutions.

Monika, du bureau voisin, a entendu la dernière phrase.

— J'ai jamais dit ça !

Ils se rejoignent dans le couloir, devant le bureau du patron, qui est au téléphone. Le commissaire L. couvre le combiné de sa main et chuchote :

— C'est moi, c'est les consignes de la SDAT.

Le visage de Yohan se ferme :

— On n'a quand même pas besoin de réentendre le père, qu'on a déjà entendu samedi, juste pour lui rendre les clés du scoot de son fils décédé ?

— On est sous l'autorité de la SDAT, on fait comme ils disent, point.

Ton sec, irrité. Yohan encaisse, hoche la tête et retourne à son poste, croisant la femme de l'état-major de retour. Elle chaloupe entre les enquêteurs qui vont et viennent comme des particules, fendant la foule pour accomplir sa mission : rapporter au commissaire son petit carnet de notes. Elle s'efface pour laisser passer Bertrand, le chef du groupe de Fred Palacio, dont les yeux semblent déborder leur contour, comme s'ils coulaient derrière ses lunettes – son visage tout entier est une bougie en train de fondre. Un peu mal à l'aise, il se racle la gorge puis se lance :

— Patron, c'est au sujet des congés. Dans mon groupe, un collègue a réservé un gîte, un autre a des billets de train… Qu'est-ce que je leur dis ?

Le commissaire se tourne vers Monika, qui demande :

— Mais c'est en quoi, en RTT ? Non, ça passera jamais. On doit être à 80 % en permanence, c'est-à-dire vingt pour le service, jusqu'à la fin de l'état d'urgence.

— Qu'est-ce que je leur dis, du coup ?

— Ben tu leur dis ça, Bertrand, tu leur dis que c'est l'état d'urgence.

Le chef de groupe fourrage dans ses cheveux d'un air malheureux avant d'aller annoncer la nouvelle à ses troupes. Et à sa femme.

Une victime

Une jeune fille que Monika a eue au téléphone ce matin arrive pour récupérer ses clés. Elle est rousse, efflanquée. Elle a les cheveux emmêlés, les yeux maquillés, de longs bras repliés contre son torse comme si elle avait froid, les mains fines et tremblantes, les ongles faits. Ses oreilles sont percées d'une multitude d'anneaux.

Elle parle tout doucement, mais d'une voix précise, sans aucune hésitation. Elle était à La Belle Équipe. Yohan tape un PV, lui jetant de temps à autre un coup d'œil discret. Marceau mène l'audition.

— Toutes les victimes n'ont pas encore été identifiées ? demande-t-elle, en attrapant au vol une bribe de conversation.

— Si, mais on a encore des objets à restituer et on ne sait pas toujours à qui ils appartiennent.

— Alors je vais peut-être pouvoir vous aider. Je connaissais tout le monde ou presque ce soir-là. C'était une soirée privée.

Elle a l'air vulnérable, choquée, heureuse de pouvoir servir à quelque chose, assommée et pourtant attentive. Pendant que Marceau tape, elle attend, le dos voûté, parcourant le bureau du regard. On devine qu'elle remarque tout, mais peut-être qu'elle ne fixe rien, peut-être que ses yeux, cernés de maquillage, contemplent autre chose, une image intérieure dont elle ne peut se défaire.

Marceau a fini de préparer l'audition. Il résume la soirée de vendredi d'une voix neutre, elle enchaîne sans qu'il pose de questions.

— Soudain, tout le monde s'est accroupi. Quelqu'un a crié de se baisser. Je me suis accroupie aussi. Il y avait des tirs. En rafales, d'abord. Puis séparés. *Tchak, tchak*. Comme s'ils visaient.

— Vous avez pris la fuite à quel moment ?

Elle est étonnée.

— Je n'ai pas pris la fuite. Quand les coups de feu ont cessé, je suis sortie dans la rue, puis je suis rentrée, je ne savais pas quoi faire, alors je suis ressortie et je suis restée sur place. J'ai attendu. Je n'ai pas pris la fuite.

On lui rend un blouson de cuir bordeaux et ses clés. Il y a un ange sur le trousseau.

Elle pleure doucement en rangeant ses affaires. De son sac dépasse un livre : *Siddhartha* de Hermann Hesse. Le bureau est silencieux, tout l'étage est silencieux, ils bécanent, la nuit est tombée. Marceau lui tend un mouchoir. Il flotte dans la pièce une légère odeur de sueur et de cosmétique. La jeune femme regarde sur le côté, par la fenêtre noire dans laquelle se reflète la pièce. Elle contemple les menottes sur les bureaux, les pistolets aux hanches, les dossiers qui s'empilent.

— Vous les avez vus ? demande soudain Marceau plus doucement, presque à regret.

Pas besoin de préciser, elle sait de qui il parle.

— Non, j'ai rien vu. Je ne sais même pas combien ils étaient. Je peux même pas aider.

Il prend une cigarette – il a recommencé à fumer samedi, après quinze ans d'abstinence –, lui en tend une et la lui allume.

— Ils m'ont entendue, au quai des Orfèvres, tout de suite après. Ensuite, ils m'ont laissée repartir. J'avais juste la petite couverture de survie que m'avaient donnée les secours. J'avais rien, pas de sac, pas de clés, pas d'argent. Ils m'ont dit qu'il y avait un plan comme quoi les taxis étaient gratuits. J'ai appelé un taxi, il était 2 heures du matin, tout était désert. Je lui ai dit « Plan Pégase », et il m'a dit : « De quoi ? » Finalement, il m'a emmenée quand même.

Ils fument ensemble.

La brèche

> « Tout le monde cache quelque chose. La gentille mamie, le môme, le meilleur ami de la victime, tout le monde. Quant à savoir si ça a le moindre rapport avec la salade... »

Brigade criminelle
Mardi 17 novembre

Fred Palacio entre dans le café de la Crime et se sert une tasse de jus de chaussette. Il est 8 h 30, ils sont déjà une demi-douzaine devant la télé, les discussions mêlent plaisanteries triviales et questions sur les affaires en cours.

— T'as vu la psy ?

— Si c'est la même que la dernière fois, on ferait mieux de se tirer une balle direct.

— Pourquoi ? demande Audrey, la benjamine de la brigade, cheveux courts, allure sportive, cils collés au mascara.

— Pourquoi ? ricane Marceau. Par où commencer ? Elle était venue pour une affaire d'enfant disparu. En tant que « spécialiste ». À l'époque, on faisait dans le *profiling*.

Audrey attend, tout au plaisir d'un bon récit. Même ceux qui connaissent les détails s'approchent.

— Tu dis d'abord qu'elle s'est tapé toute la BRI, ou après seulement ?

— Mais lui sape pas son histoire !

Marceau, paupière épaisse sur le bleu glacial de son iris, passe une main sur son crâne chauve en attendant le silence sans s'émouvoir.

— Elle a passé un an à la brigade. Elle assistait à toutes les auditions. Elle prenait des notes, elle écrivait tout le temps. Pendant une année entière. On l'emmenait partout. On répondait à ses questions. Ordre de la hiérarchie. Et un jour quelqu'un lui a piqué son carnet. Tu veux savoir ce qu'il y avait dedans ?

— Dis...

— Crème fraîche, PQ, yaourts 0 %. Rappeler le plombier. Poster chèque. Des listes de trucs à faire. Des listes de courses. Des pense-bêtes. C'est tout.

— Arrête !

— Elle a pondu un diagnostic, quand même, pour la direction. L'enfant avait pu être enlevé par un sociopathe, un homme en marge de la société, ayant des difficultés à s'inscrire parmi ses semblables. Un an. À la solde du contribuable, ma bonne dame, conclut Marceau en rangeant dans le frigo la gamelle qui contient son repas de midi.

Audrey reste songeuse un moment puis lâche :

— De toute façon, j'ai pas envie de la voir, moi, la psy.

— C'est pas optionnel, le dirlo y tient. Tu y vas, tu dis que tu te sens bien même si c'est dur et que tu es heureuse de pouvoir contribuer à ta modeste mesure, et puis c'est fini.

— C'est qu'ils nous surveillent comme le lait sur le feu, les patrons, fait doucement Yohan.

— Vous êtes cons, ça peut aider. C'est pas banal ce qu'on a vu vendredi, tente quelqu'un.

— Rappelle-moi ton métier ? Flic à la Criminelle,

c'est ça ? Et t'as vu quoi ? Ah, ouais, des macchabs. T'as raison, c'est pas banal, cingle Marceau.

— C'est pas rien, pour la petite, en tout cas, dit Lionel, le chef de groupe de Yohan et Marceau, un homme discret aux yeux un peu jaunes, toujours plissés de sourire.

Quelques-uns se détournent, la discussion les tend d'une manière inexprimable. Audrey s'approche de Palacio, qui n'a rien dit.

— Ça a donné quoi les auditions d'hier au magasin ?

— De la merde : la victime était un patron extraordinaire, aimé de tous et béni des dieux. D'ici quelques jours, on verra émerger les mauvais côtés. Faut être patient. La comptable pourrait avoir envie de causer un peu.

— Comment tu fais, en audition, pour leur faire cracher des choses ? Moi, j'ai l'impression qu'ils se braquent dès que je pose une question, lâche Audrey. Même les victimes.

Palacio la regarde, soupèse son désarroi de débutante.

— Prends ton temps, va pas droit au but. Il faut chercher comment les rallier à ta cause. Au trafiquant de cité, tu peux parler de mamans. À une femme, de mômes. Tu cherches un truc, n'importe quoi, un terrain commun entre vous. Un pont. Il y a toujours quelque chose, entre deux êtres humains, qui permet de se rejoindre. Même quand tu crois que tu n'as rien à voir avec eux, ajoute-t-il devant la moue dubitative d'Audrey. Je te jure, on trouve.

Il passe de l'autre côté du comptoir pour laver sa tasse. Audrey ramasse son blouson, son sac et s'apprête à sortir.

— C'est ça, encore plus que la procédure, qui finit par t'entamer : chercher la brèche, trouver comment travailler les gens, par où les attraper… Ça use.

Yohan, qui a entendu la fin, hoche la tête :
— Oh oui, ça use.
Mais Audrey, teint de pêche et peau de bébé, paraît encore indestructible. Palacio s'essuie les mains au torchon humide et se met en route pour l'autopsie.

Hôpital de Garches
Un soleil d'hiver, blanc, ras, aveuglant, pâlit les murs anciens et les pelouses gorgées d'eau. Palacio se gare dans une petite cour herbue à l'arrière du bâtiment. Le vent agite les têtes de quelques chardons entre les dalles de pierre.
La loi impose la présence d'un officier de police judiciaire durant la totalité de l'autopsie, alors qu'il n'y sert à peu près à rien et que l'examen dure parfois cinq heures. Après vingt ans de PJ, certains flics vomissent encore à chaque fois. D'autres s'en foutent. Et d'autres encore, moins nombreux, suivent de près toute l'opération.
Dès l'entrée, dans les couloirs au carrelage fêlé, flotte une odeur de désinfectant et de mort. La salle d'autopsie est en demi-sous-sol. Le long d'un mur, sous les hautes fenêtres grillagées qui projettent des rectangles distendus de lumière, court une paillasse percée de profonds éviers en inox. Quand Palacio entre, après s'être équipé d'une blouse, de surchaussons, d'une charlotte bouffante et d'un masque qu'il laisse négligemment pendre autour de son cou – la puanteur des chairs en décomposition emplit les naseaux, elle emplit le cerveau, tous les capteurs, une bonne fois pour toutes et puis… il peut commencer à l'oublier –, les trois tables métalliques sont occupées. Trois cadavres masculins. Deux sont des Blancs d'âge mûr, le troisième est un jeune homme noir dont une jambe est tordue à angle droit ; accident de la circulation. L'escabeau à roulettes qui permet de

prendre des photos en plongée a été repoussé dans un coin pour ne pas gêner le passage.

Une jolie fille aux cheveux rasés, un piercing dans la narine et une dizaine de clous dans l'oreille et le sourcil, chaussée de bottes pailletées éclaboussées de sang, assiste le médecin légiste, un grand homme maigre, anguleux, silencieux, avec deux garçons de salle, un Asiatique à la longue queue-de-cheval grise dont les lèvres enserrent une cigarette éteinte et un petit Blanc aux cheveux artistement taillés pour dessiner en creux la forme d'un éclair. Son teint juvénile et ses ongles rongés contrastent avec le regard insistant dont il couve l'apprentie légiste – c'est un petit Blanc pauvre affamé d'amour, les yeux noirs fixés sur celle qui l'ignore, qui pèse un seau de boyaux.

Même odeur que dans le couloir, mais tellement forte qu'elle occupe l'espace. Les bruits de chair et de liquide résonnent entre les murs froids.

Palacio, à son habitude, salue tout le monde d'une poignée de main appuyée, malgré les sourires sarcastiques des deux garçons de salle. Un jeune flic les rejoint, en retard, le visage dissimulé sous son masque bien ventousé, les paupières résolument baissées pour ne pas voir les corps, après le premier regard, vif et involontaire, qu'il leur a jeté en entrant. Il a été affecté récemment à l'antenne de Melun, c'est sa première autopsie.

La légiste en chef, une petite femme péremptoire, entre dans la pièce. Elle officie ce jour-là dans la salle d'à côté, réservée aux corps d'enfants.

— Si vous vous sentez mal, faites pas le macho, asseyez-vous tout de suite par terre.

— Ça ira, répond le jeune flic avec raideur.

— Vous n'en savez rien du tout et faites pas comme la dernière qui est tombée de tout son long sur la paillasse. Elle s'est pété le nez, elle a foutu plein de sang dans les écouvillons et on en a eu pour une heure à tout nettoyer.

Livide, il acquiesce et elle ressort comme elle est entrée, avec brusquerie et comme de la colère. Le photographe de l'IJ noue obligeamment les attaches de la blouse du jeune flic dans son dos, pour l'encourager.

— Encore un cas pour les assises, explique le médecin avec un mouvement du menton vers la salle voisine. À mon dernier enfant, j'ai insisté pour qu'on diffuse la photo de l'environnement au procès. Le bébé avait un body trop grand, il avait littéralement de la merde jusqu'au cou, mais dans l'appartement il y avait deux télés à écran plat et quatre téléphones. Je voulais qu'on voie bien qu'ils s'occupaient pas du bébé mais qu'ils étaient capables d'être très soigneux avec leur matériel... Ils ont pris cher, ces salopards. Petit détail : ils le nourrissaient au lait de vache, leur nouveau-né, parce qu'ils trouvaient que c'était plus pratique que le lait maternisé et moins cher surtout. C'est pour ça qu'il gueulait toute la journée. Ils ont fini par l'assommer pour le faire taire. Le lait de vache, c'est pas fait pour les bébés. Ça leur fait mal au ventre. C'est une chose à savoir. Vous avez l'arme ? enchaîne-t-il, abrupt.

— Non, mais on pense qu'il s'agit d'un couteau à steak standard, répond Palacio.

Le médecin examine les blessures sur le corps massif et rose d'Éric Donner abandonné sur sa table d'opération. Il a l'air vulnérable, nu parmi des hommes vêtus, ses chairs bientôt découpées, ce qui reste de lui sur le point d'être tranché, débité, détaché. C'est absurde, bien sûr, il ne peut plus rien lui arriver. Palacio reprend, pour planter le contexte :

— Quand on est arrivés sur place, les lividités cadavériques n'étaient pas encore fixées.

Le médecin a un sourire glacé :

— Procédons.

D'un geste souple et sans accroc, il incise la chair d'Éric Donner, un seul mouvement pour ouvrir l'abdomen de tout son long. La plaie s'anime, elle s'ouvre à la suite de la lame, elle se déploie et une matière étrange apparaît, une espèce de kapok.

— Voyage en graisse, plaisante Queue-de-cheval.

— Et bon appétit bien sûr, répond Palacio.

Le médecin ne relève pas. Il plonge une règle métallique dans les blessures, étudie et mesure l'impact à chaque couche : l'épiderme, la chair, le muscle ; il marmonne « Tiens, là ça a ripé sur l'os. Hmm. Hmm. Très bien. Ah ? Hmm. Je vois ». Palacio griffonne à la volée des notes sur son carnet. Parfois, le légiste est intelligible :

— La lame est longue et fine. Un couteau à steak, j'en ai fait un la semaine dernière aux assises, et ça donne du dix centimètres de profondeur. Là, on est plutôt sur du treize. Mais si c'était un rack avec plusieurs types de couteaux comme on en voit beaucoup, il pouvait y en avoir un plus grand, ça reste un modèle courant.

Queue-de-cheval vide le sang du milieu du corps à la louche, le médecin s'interrompt un moment. Les dernières larmes d'Éric Donner sont aspirées avec une petite seringue.

Retourner le corps. Ils doivent s'y mettre à trois, Palacio leur prête main-forte tandis que le jeune flic se plaque contre le mur. Le visage repose maintenant sur une éponge. Le médecin incise puis rabat la peau de l'épaule et un morceau de graisse bouton-d'or vient recouvrir la petite oreille violette du gros homme. Chaque blessure est numérotée, photographiée, mesurée, décrite ; son sens de pénétration notifié.

— Du coup, monsieur l'officier, on part sur un suicide ? demande Queue-de-cheval, déclenchant une vague de rires.

— Faites un écouvillon des ongles, ordonne le médecin.

— Trop courts, commente Queue-de-cheval en pinçant les lèvres, après avoir examiné chaque doigt. Vous trouverez pas d'ADN ici, les Experts.

— Il y a une blessure, là, peut-être défensive. Je vous fais un écouvillon ? demande le légiste.

— Je vous remercie, docteur.

Le médecin examine la plaie de près.

— Non, c'est pas véritablement une lésion de prise, c'est plutôt comme s'il avait essayé de repousser la lame, du dos de la main, juste pour l'écarter, vous voyez ? Il est gaucher, non ? Il aurait tendu le bras, comme ça, et tenté de dévier l'arme.

Le légiste, maigre et voûté comme un vautour, mime chaque geste. Il danse entre les tables couvertes de corps. Les deux garçons de salle ne le regardent pas, la fille aux cheveux ras est penchée sur un plateau couvert d'organes, seul Palacio est attentif.

— Vous voudrez récupérer l'alliance après ? demande Queue-de-cheval.

L'homme de l'IJ fait les photos que lui indique le légiste.

— À la cheville, il y a une entorse, récente.

— Ah oui ?

Palacio lève la tête de ses notes, intéressé.

— Oui. Votre victime a des ecchymoses sur les pieds. Bon, la cause du décès, c'est un pneumothorax : il est mort étouffé dans son sang. » Il se tourne vers le petit Blanc : « Vous me faites deux écouvillons de chaque : deux bouche, deux sexe, deux anus. »

Queue-de-cheval officie sur le cadavre suivant, le jeune homme décédé sur la route. Il replace les organes à l'intérieur, bourre le torse de papier essuie-mains pour combler les trous et repose par-dessus la cage thoracique.

— Allez, maintenant, on va chercher la bouffe.

Le petit Blanc et lui apportent un sac mortuaire dont ils font glisser la fermeture Éclair.

— Ho ho, jackpot !

Ils se tapent dans les mains et se tournent vers le jeune flic hagard qui ne peut s'empêcher de regarder le nouveau corps.

Découvert dans une zone peu fréquentée en forêt, le cadavre est en état de décomposition avancée. Rictus d'horreur, son visage a fondu, révélant les gencives et les dents. Il reste un peu du nez, la forme du menton. Les paupières ont presque disparu. La peau, de différentes nuances de vert, du plus profond au céladon, est marbrée de taches violacées.

— La mort est une artiste, souffle Queue-de-cheval.

— C'est du riz ? balbutie le jeune flic de l'antenne.

— Du riz qui bouge, si on veut, grince le petit Blanc.

Sur les parties molles du cadavre grouillent des asticots gras et brillants. L'apprentie légiste, diaphane, s'approche, intéressée.

— T'as déjà vu un noyé ? tente le petit Blanc. C'est vraiment dégueulasse, les noyés.

— Tu veux faire le crâne ? » Elle hoche la tête. Queue-de-cheval la guide, paternel : « Faut faire sauter le caisson, voilà, insère le pic comme ça.

Clac, elle décapsule la calotte crânienne.

— Y a quelqu'un ? ricane le petit jeune.

— Ça sentirait pas un peu ? demande Queue-de-cheval.

— Si, j'ai senti aussi, mais je me suis dit : comme y a la police..., glousse le jeune, et à nouveau tout le monde se marre, même Palacio, bien obligé.

— Regardez-moi ça ! les interrompt le légiste en brandissant le cœur de Donner, enrobé d'une épaisse couche de graisse.

— Le mort n'est pas en bonne santé, analyse Queue-de-cheval.

Le petit Blanc est à son affaire, c'est lui qui officie sur la tête de Donner, de nouveau sur le dos. Il découpe d'un geste précis la peau à l'arrière du crâne couvert d'épais cheveux ternes et, la saisissant à deux mains, la fait doucement rouler et la détache des os du visage. Le bruit, un léger *scratch*, a raison du jeune flic, qui se détourne vers la porte, blafard. Il essaie de respirer lentement. Le petit Blanc, dont la concentration enfantine – il pourrait tirer la langue dans l'effort – souligne l'extrême jeunesse, ôte à deux mains le cerveau d'Éric Donner.

C'est fini. L'agent de l'IJ prend les empreintes du mort, dont le visage est revenu en place, les garçons de salle attendent pour renvoyer les corps dans les chambres froides, Queue-de-cheval allume sa cigarette. Le légiste part taper son compte rendu, l'apprentie disparaît. Queue-de-cheval fume puis ils recousent le dernier corps. Le jeune met de la musique ; session nostalgie entre vieux compagnons d'autopsie.

— Tu te souviens d'un des Kouachi ? demande Queue-de-cheval. La tronche explosée au 5,56. C'était avec toi, non ?

— C'étaient des cartouches expansives, confirme Palacio, pas rancunier.

— Il y avait une vingtaine d'impacts, se remémore Queue-de-cheval.

Palacio enchaîne :

— Et Coulibaly, c'était encore pire. Ils avaient dû appeler une anthropologue pour reconstituer le crâne avec des petits bouts de scotch. Un puzzle 5 000 pièces… Il y avait au moins une quarantaine d'impacts.

De retour, le médecin les interrompt :

— Bon, en résumé, il y a deux coups mortels : une plaie cardiaque et le pneumothorax. Toutes les blessures sont descendantes, l'auteur se tenait donc comme ceci, surplombant la victime d'une vingtaine de centimètres.

— La victime était assise sur un lit.

— Difficile d'évaluer la taille de l'agresseur, alors, malheureusement. Il y a deux impacts très rapprochés, qui auraient été faits comme ça.

Il fléchit un peu les genoux et mime deux coups rapides, deux poinçons. Palacio l'imite, pour mémoriser le mouvement.

— L'heure de la mort, c'est difficile. Je la date entre 15 heures et 21 heures. Désolé.

Palacio hausse les épaules, fataliste. Quand il a trouvé le corps dans la pièce surchauffée, il a su tout de suite que ce ne serait pas du gâteau.

— Le seau de cerveau, c'est bon, je peux ranger ? demande le petit Blanc, maussade depuis le départ de l'apprentie légiste.

Dans le vestiaire, on se déshabille en silence, les blouses et les surchaussons atterrissent dans des panières pleines, avec les charlottes. L'autopsie a duré quatre heures. Des crânes et des photos macabres sont exposés dans une vitrine, un petit cercueil attend devant la salle 2. Le médecin a refermé la porte de son bureau sans dire au revoir. Palacio, n'ayant aucun endroit où s'installer, s'accroupit devant un banc pour remplir les fiches de scellés des prélèvements mis de côté en cas de demande de contre-expertise. Il annote les étiquettes des écouvillons, classe ses fiches tandis que les garçons de salle disparaissent. Des portes claquent, le silence se fait.

Une pluie fine tombe sur les toits d'ardoises, mouille les pavés de la cour. Fred Palacio emprunte l'escalier principal.

— T'étais à la morgue ? demande Yohan, en le rattrapant au premier.

— Occupe-toi de tes cheveux, répond Palacio, tout en reniflant son pull avec inquiétude.

Pas impossible que l'odeur de putréfaction et de désinfectant soit imprimée dans la maille, mais il ne saurait dire : au premier, ça sent surtout le cannabis, bien que la porte des Stups soit fermée. Une blonde de la Financière photocopie des centaines de pages. Elle leur fait un signe de tête distant.

Sur le palier du troisième, un néon grésille avec insistance. Monika et le commissaire, dans le bureau de ce dernier, sont penchés sur une pile de documents. Yohan s'arrête et passe la tête :

— Pardon patron, mais je voulais vous voir : il y a encore une dizaine de scellés non attribués dont on va devoir s'occuper. Et je voulais vous rappeler qu'il faut absolument les ouvrir avant…

— Avant quoi ? demande le commissaire, perplexe.

— Avant d'être devant la famille… (Regard vitreux du commissaire.) À cause du sang, patron.

Un silence concret comme la pierre tombe sur le bureau. Monika le rompt :

— Prends des lingettes.

— Donc on est d'accord ? On ouvre, on nettoie, puis on restitue ? demande Yohan.

— Attendez que j'appelle la juge avant ! tempère le patron, qui vient de percuter.

Monika hoche la tête. Yohan quitte la pièce et file dans le couloir.

— Va demander à l'IJ ! hurle l'adjointe dans son dos, avant d'expliquer à son patron : Les lingettes pour bébés, c'est ce qui marche le mieux. Ça enlève bien le sang. Vous l'appelez maintenant, la juge ?

— Dites à Yohan d'attendre que je l'aie eue, quand même.

— Bah, le temps qu'il mette la main sur les lingettes…

Le commissaire décroche.

Dans son bureau, Palacio tire de l'armoire métallique une chemise identique à la précédente, un chandail propre, et roule ses affaires puantes dans un sac. Une fois rhabillé, sa cravate en place, il se sent de nouveau serein. Il s'installe à son bureau pour taper ses PV.

Les scellés

Yohan, Marceau et Audrey traînent les gros sacs de scellés dans le bureau des deux enquêteurs. Marceau rompt au cutter le premier sceau et tire du sac en kraft un bonnet noir en laine côtelée, percé de trois trous raidis par le sang séché. Il le fait glisser sans un mot dans la corbeille avant de replonger son bras jusqu'à l'épaule et d'exhumer un portefeuille, qu'il feuillette rapidement. Il en tire la carte d'identité et le permis de conduire de la victime, jette un coup d'œil au tableau punaisé au-dessus du bureau – les capitales DCD s'affichent à côté du nom, la victime est morte, les documents d'identité seront détruits. Il referme le portefeuille, qui contient encore des tickets de carte bleue, des cartes de restaurant, un mot écrit à la main sur ce qui paraît être un morceau de nappe en papier, souvenir amoureux ou aide-mémoire ? La faille s'élargit. Depuis vendredi, il sent quelque chose se fendiller en lui. Il lance le portefeuille à Audrey et aboie : « Nettoie ça, tu veux ? » D'un geste, elle fait disparaître le sang sur le similicuir. Marceau la regarde, son visage lisse, l'absence de cernes : l'égoïsme de la jeunesse, sa force, sa cuirasse. Il l'envie.

— Ça marche bien les lingettes pour bébés, commente-t-elle, insensible à son trouble. Qu'est-ce qu'ils foutent dedans ?

— J'en sais rien mais du coup, j'en ai jamais utilisé pour mes enfants, fait Yohan, à qui ces mots serrent violemment le cœur.

Il n'a pas vu ses garçons depuis des semaines. La séparation ne se passe pas bien, et ses horaires merdiques n'arrangent rien.

Audrey ouvre un nouveau sac. « Putain, c'est quoi ça ? » Dans le creux de sa main brille un éclat d'émail blanc. Marceau articule : « Des dents… » Il les prend et les flanque brusquement dans sa corbeille. Audrey tire l'objet suivant, un trousseau de clés, qu'elle nettoie, et une tablette de chewing-gums à la chlorophylle.

— Ça, qu'est-ce que j'en fais ? interroge-t-elle.

— Les chewing-gums ? Tu restitues, tranche Yohan.

— Ah bon ?

— Tu peux jamais savoir. C'est qui, qui vient ? Le père ? Si ça se trouve, son fils avait toujours un chewing-gum dans le bec. Pour lui, ça voudra dire quelque chose.

Marceau aurait balancé, mais pour une fois il se tait. Le sac est déjà fini. Il y a des morts qui partent les poches presque vides. Il regarde la corbeille où les lingettes rosacées s'entassent et lance à Yohan :

— Vas-y, toi, on va continuer avec Audrey. Pas besoin d'être quinze.

Yohan sort. Il a dormi douze heures seulement ces quatre derniers jours. Les yeux secs et brûlants, il est dans cet état où l'extrême fatigue exacerbe la lucidité. Ça ne dure pas, mais il y a un moment où le besoin même de sommeil semble dépassé.

Quelqu'un l'arrête dans le couloir.

— Tu sais où est le DAC ?

— Aucune idée.

— Ah, putain. Écoute ça : on a un type en bas, sa fille a vu un des suspects.

— Oui ? fait Yohan d'un ton de réserve polie.

— Attends, elle a bien précisé que c'est celui qu'on voit à la télévision. Elle était dans le bus et elle l'a aperçu qui marchait sur le trottoir. Il l'a regardée droit dans les yeux.

— Bon. Et donc ?

— Attends, attends. Devine l'âge de la petite ?

— Dis toujours.

— Quatre ans.

— Misère.

— Quatre ans, et elle aurait reconnu le monsieur dont on parle aux informations par la fenêtre du bus. Le père est là, en bas, tout tremblant. Bref, on n'est pas sortis d'affaire. T'as dormi un peu, toi ?

— Oui. Ça va, ça va. On dormira après.

L'autre secoue la tête.

— Après quoi ? À mon avis, on n'est pas près de fermer l'œil. Regarde, ma femme : son taulier l'a appelée hier et lui a dit « Le préfet veut une arrestation dans la nuit ». Tu sais qu'elle est sur Cergy, oui ? Bon, elle et son équipe se retrouvent au ciat à 4 du mat', ils tapent dans la foulée, *bam*, ils font la perquise…

— Chez qui ?

— N'importe, une cible dans une affaire en cours. Comme prévu, ils trouvent une kalach et deux trois pétoires.

— C'était un islamo ?

— Un braquo, un islamo, je sais pas. Un crapaud en tout cas. Donc OK, vas-y, perquise, paperasse… Et les autorités de communiquer victorieusement. Mais ce mec, ils l'avaient dans le viseur depuis des mois. C'est Guignol. Après, ils viendront dire que les perquises administratives servent à rien…

L'homme secoue la tête, dégoûté. Un troisième vient se joindre à eux. Démarche martiale, épaules de boxeur, droit au point de paraître penché en arrière, arme à la ceinture, main sur la crosse, regard fixe, c'est le formateur de tir.

— Si c'est la guerre, faut l'dire. On sait comment les trouver, les islamos. On prend le premier, une baffe dans la tronche, le canon dans la gueule, et voilà, on les aura les infos. Au suivant.

— Va donc poursuivre ton entreprise de pacification ailleurs..., lui lance Yohan.

— Ouais, à Trappes par exemple, dit l'autre.

L'homme s'éloigne en souriant, roulant des mécaniques, Yohan et son interlocuteur se séparent. Un téléphone sonne. Du bout du couloir, on entend la voix du formateur, dans un autre bureau :

— Si c'est la guerre, faut l'dire. Nous, on sait comment les trouver, les islamos, c'est pas dur...

Réunion improvisée dans le bureau du patron. Le commissaire L. est renversé en arrière dans son fauteuil, les bras croisés derrière la tête. Les cernes ont noirci sous ses yeux depuis la veille. Autour de lui, les enquêteurs sont debout, adossés au mur, ou une fesse sur la table de réunion. Seule Monika s'est assise. Elle arrange son casque blond d'un geste nerveux puis soupire.

— Moi, la mienne, elle a le menton explosé. Ils vont pas la montrer comme ça aux parents, si ?

— Faut appeler l'IML pour les prévenir. Que ce soit un minimum propre.

— Il va aussi falloir débriefer chacun des groupes, intervient le patron. La fatigue se fait sentir, il y a des erreurs et on ne peut pas se le permettre.

— Patron, y a aussi des constat's à faire à Argenteuil, dans l'affaire Donner, indique Fred Palacio, teint bistre viré au gris-vert.

— Il faut également auditionner le patron de La Belle Équipe et lui restituer son café.

Le téléphone n'arrête pas de sonner, sur tous les postes, dans tous les bureaux. Dehors, on entend les sirènes des voitures qui entrent et sortent du commissariat et le bruit de la circulation sur le bitume mouillé. Des éclats de voix en bas, dans la cour.

— Dans mon groupe, y en a qui veulent pas voir la psy, se lance un officier. Moi, par exemple, même si je leur ai pas dit, je veux pas la voir.

Le patron s'impatiente et s'embrouille dans son plaidoyer :

— Mais enfin. Quand vous avez mal à la tête vous allez chez le médecin, et quand il vous prescrit de l'aspirine vous en prenez ? Voilà. Et pourtant vous y connaissez rien, en médecine. Non ? Ben là c'est pareil. Ah, vous êtes là !

C'est l'informaticien qui vient débloquer l'imprimante du service. Aussitôt réparée, elle se met à cracher les dizaines de pages lancées en vain par tous les ordinateurs de l'étage au cours des dernières heures. Il repart satisfait au milieu des feuilles qui volent.

Un jeune gardien toque à la porte alors que tout le monde reflue :

— Pardon patron, je voulais voir avec vous, parce que j'ai deux sons de cloche. On me dit qu'on rend pas les papiers ?

— Si la victime est morte, on les rend pas, non. C'est quoi l'autre son de cloche ?

— Ben, qu'on les rend.

Le commissaire se masse les tempes. Il sent une boule d'irritation monter mais il lui manque l'énergie nécessaire à une grosse colère ; pourtant, ça lui ferait du bien. Il se demande s'il aura le temps d'aller courir, demain.

— Qui vous a dit ça ?

— On m'a dit de les rendre.

— Mais qui ?

— C'est-à-dire... j'balance pas..., répond l'autre, mal à l'aise. Mais disons qu'on m'a donné ces papiers à restituer à la famille...

— Il s'agit d'une victime vivante, alors ?

— Ah non, tout ce qu'il y a de plus morte. Et on le sait d'ailleurs, puisqu'on a fait les constat's dessus. Je les rends pas, alors ?

— Non, ça sera détruit. Et dites à on que c'est un con.

Un petit homme rondouillard, une liasse de feuilles sous le bras, arrive de l'IJ. Toutes les boîtes mail de la PJ viennent de sauter, saturées par l'envoi des photos des terroristes présumés. Il fait donc le tour des bureaux pour les distribuer en personne.

— Ah, c'était vous ? fait l'informaticien, qui a été rappelé dans la foulée pour débloquer les boîtes mail.

Le petit gros hausse les épaules.

— Me regarde pas comme ça. On a simplement cru qu'on pouvait envoyer des mails sur le réseau interne ; comme on peut se tromper, des fois !

L'informaticien commence par le poste de Monika. Elle lui laisse la place et sort dans le couloir. Quelqu'un l'interpelle :

— Tu peux relire mon PV ? Et tu sais où trouver les formulaires d'aide aux victimes ?

— Je crois qu'il y en a dans LRPPN.

— Ah là là, je redoutais cette réponse. Pourquoi faut-il que j'aie posé la question ?

LRPPN est le logiciel sur lequel les policiers doivent taper leurs procès-verbaux. Ses dysfonctionnements les mettent en rage.

— Mais pourquoi t'en as besoin ? Qui t'a dit de faire ça ?

— Le taulier.

— Il a juste fait suivre le mail d'un tocard. Les

gens sont suivis depuis la fusillade, ils ont tous un psy au cul et tu veux qu'on leur donne un formulaire ?

Marceau les entend de son bureau.

— Suivis ? Va donc dire ça à la gosse qu'est repartie toute seule avec sa couverture de survie à 2 heures du mat'...

— Bon, fais voir ce PV », dit Monika, qui n'a pas envie d'entamer un débat avec Marceau. Debout dans le couloir, elle commence à lire mais lève la tête aussi sec : « Mais qu'est-ce que t'as fait ? On acte en 18.2, puisqu'on est mis à disposition. Ou à la limite en 18.3, parce qu'on se déplace dans une juridiction limitrophe. Mais certainement pas en 18.4 !

La compétence des officiers de police judiciaire est territoriale. Elle peut être étendue à un département voisin, au territoire national ou encore à l'étranger, selon les cas. L'homme soupire en reprenant son PV.

— On peut pas mettre juste « vu la loi en vigueur » ?

— Non, on peut pas, répond l'adjointe.

Le téléphone sonne, elle s'allonge sur l'informaticien pour regarder qui l'appelle :

— Tiens, c'est la SDAT justement. » Elle décroche et, après quelques échanges d'usage, demande : « Mais sur place, dans la nuit de vendredi, la parquetière m'a dit qu'on bossait pour vous, c'est une extension de compétence, donc c'est bien un 18.2.

— ...

— Ah merde, d'accord, je vois. Faut que je change mon PV de saisine, alors. OK. Allez, et lâchez pas, hein, la France compte sur vous.

Rires. Elle raccroche.

— Il est au bout du rouleau. Il a dormi six heures depuis vendredi et on est quoi, déjà ? Mardi ? Mercredi ? On acte en 18.3, c'est sûr.

L'enquêteur part corriger son PV. La psy, maigre

et l'air immensément dépressif, est arrivée. Elle reçoit les groupes les uns après les autres et remettra ses évaluations à la hiérarchie. Les prochains attendent en s'agitant devant sa porte, ou échangent des conseils pour « bien répondre » à ses questions. Des victimes passent dans le couloir. Un témoin fait un portrait-robot dans un bureau. Une femme descend lentement les escaliers, les affaires de sa sœur dans un petit carton.

Témoin

« Sollicitons, et au besoin requérons… »

Une filature
19 novembre

C'est le sixième jour après les attentats. Hier, le RAID a tout fait exploser à Saint-Denis. Trois personnes sont mortes, et un chien. Les médias ne parlent plus que du nombre de balles tirées. Ce matin, la BRI est en dispo sur une histoire qui ne les passionne pas mais qui a le mérite, aux yeux de Lucky, de les tenir occupés. Tout a commencé par un tuyau du directeur sur Manitou, un vieux manouche spécialisé dans les escroqueries aux jades et aux ivoires. Lucky le connaît bien. Combien d'années a-t-il passées à courir après lui, se demande-t-il. Aujourd'hui, ça lui permet de remobiliser ses hommes. Les plus jeunes, ceux qui ont des contacts à la BRI-PP, racontent sans se lasser l'intervention au Bataclan, mais dans l'ensemble, un peu désemparés, ils essaient plutôt de passer à autre chose ou reviennent volontiers sur Dammartin-en-Goële, où ils étaient intervenus en janvier dernier. L'inaction les mine plus sûrement que le danger.

Lucky s'est garé à l'aube dans la rue bordée d'arbres

d'une banlieue cossue. Il regarde l'ombre massée sous les branches, les rais timides du soleil frapper de biais les murs humides. « Dans le vieux parc solitaire et glacé », récite Lucky à voix basse, cherchant la suite du poème. Les platanes lui rappellent une autre époque. L'odeur de l'aube est chargée de souvenirs, elle aussi : tant d'heures passées en planque. Les voitures ont changé, les tenues et les usages, également. Les hommes aussi, peut-être. Mais ces heures sont les mêmes, solitaires, silencieuses, sans sommeil. Des heures envolées. Où est passée la vie ?

Ce n'est pas vraiment sa place, le terrain. Mais le tic-tac de l'heure de la retraite qui approche le pousse à des décisions impulsives, ce qui ne lui ressemble pas. Et puis il y a ce nouveau commissaire, un administratif assez réservé qui leur commande des armes et crée des groupes sur WhatsApp, mais qui n'a pas retenu leurs prénoms – il les appelle par leur numéro. Lucky essaie de mettre du liant, il veille sur ses hommes comme une poule sur ses poussins.

Il ne sait pas où sont positionnés les autres, dans les ruelles alentour, à distance, mais il leur fait confiance. Il a plu, il pleut souvent au point du jour. Pas de vent. Une brume légère. Les platanes retiennent encore un peu l'air frais sous leurs branches basses. Vers 9 heures, Lucky reconnaît le SUV Qashqai de Manitou, qui le dépasse et vient se garer contre le mur d'une luxueuse propriété. Le vieil élégant sort de l'habitacle et entre par la grille. Lucky l'annonce par radio. Des voix assourdies répondent « Ouais, c'est pris, bien reçu ». Il aimerait serrer Manitou avant le début de la saison de ski, que l'escroc passe en général à Courchevel. Le soleil timide de l'aube a disparu.

Dans le rétroviseur, Lucky voit Manitou ressortir et monter dans son SUV noir. Cinq véhicules participent à la filature : trois voitures puissantes dont une belle Mercedes Classe C qui a appartenu à un trafiquant de stups avant d'être saisie, un fourgon de type Sprinter et un scooter TMAX.

La fréquence radio étant occupée par la BRI nationale, Lucky conduit tout en tapant un message sur le fil du groupe : « SUV GT 949 DM ». À la suite du Qashqai, ils traversent Le Vésinet, passent la Seine. Plus loin ils récupèrent l'antenne, et les échanges, banals, répétitifs, grésillent à nouveau sur la radio.

— Léon, tu as toujours le visuel sur nos amis ?

— Affirmatif.

— OK, c'est pris.

— Devant l'hôtel, au feu avant la départementale, je décroche.

— Reçu.

Rythme familier, conduite souple malgré la circulation, ils se reconnaissent à la voix. Le convoi quitte les banlieues de l'Ouest parisien et pénètre dans la capitale. Attente quand l'escroc s'arrête au parking de l'avenue Foch. Thom, sur le TMAX, paraît frigorifié. Le gosse n'est pas assez couvert, pense Lucky. Il apprendra. Avant, c'était Ange qui avait le scooter pour les filoches. Mais il vieillit, lui aussi ; il est mieux dans le camion. Le SUV de Manitou ressort, la filature reprend. Un nouvel arrêt, dans une rue du 16e près d'une boîte de nuit devant laquelle Lucky se souvient d'avoir planqué plusieurs nuits d'affilée, il y a des années. Chaque rue, chaque ville d'Île-de-France charrie son lot de souvenirs. Nouveau départ, un arrêt dans une contre-allée des Invalides. Thom longe le Qashqai en scooter et aperçoit dans le coffre des tableaux et des œuvres d'art enroulées dans des couvertures.

Une heure passe encore. Silence sur les ondes. Lucky sait que les hommes envoient des messages, vérifient leur fil Facebook, regardent des vidéos

YouTube. Autrefois, on feuilletait des magazines de bagnoles pour passer le temps. Il se souvient d'un patron qui lisait une histoire de France en vingt volumes. Une autre époque. Lui, il apprend des poèmes ou il regarde les gens. Son métier a forgé son caractère, à moins que ce soit l'inverse. Il a grandi à la campagne et il a toujours été un enfant réservé. Quand il parcourait les routes en mobylette avec son père, ce dernier lui disait : « Tiens, c'est le père Hulin qui plante ses patates » et lui, il ne voyait qu'un point au bout d'un champ. « Tiens, y a une tuile qu'est tombée sur la maison de Chariéras », et il levait la tête. « Ah, les hirondelles sont de retour. » Il apprenait à voir.

Aujourd'hui, il peut attendre des heures sans agacement. Ses besoins sont modestes : il mange peu, boit peu, est capable de se retenir de fumer aussi longtemps qu'il le faut. Il sait se taire, aussi. Il a l'habitude de la solitude ; ses pensées, et ses poèmes, lui tiennent compagnie.

La filature reprend, jusqu'à la rue de Rennes. Manitou s'éloigne de sa voiture, la tête en l'air, cherchant une adresse. Dès qu'il est hors de vue, deux des voitures de la BRI se garent en double file devant le Qashqai ; Thom, le motard, sans regarder autour de lui pour ne pas accrocher l'œil d'un passant, se coule d'un mouvement souple sur le sol et roule sous le Qashqai. Il disparaît une quinzaine de secondes.

Un comédien célèbre traverse devant eux sans les remarquer. Il porte une moustache inhabituelle. C'est quoi son nom, déjà ? se demande Lucky.

Thom sort de sous la voiture et se redresse, s'époussette puis retourne à son scooter. Voix étouffée par le casque :

— C'est bon, c'est cloqué.

— C'est pris, on décroche, fait Lucky.

Ils se remettent en route, débattant sur les ondes

du chemin le plus direct selon les différentes applis de GPS. Lucky les laisse dire : il n'a jamais eu besoin d'un GPS, la carte de la grande couronne est gravée en lui.

PJ
Pause méridienne

Une bande désinvolte, dans la cuisine des Stups, dont la fenêtre surplombe la cour arrière du bâtiment, chahute les effectifs féminins des services administratifs qui sont sortis fumer. Autour de la table centrale, les autres sont installés devant des plats réchauffés et suivent les nouvelles à la télé : on dresse le bilan des perquisitions administratives et un aréopage d'experts se succèdent en plateau.

À l'heure de la pause méridienne, les partisans du Monoprix réchauffent un plat préparé, d'autres, une gamelle des restes de la veille. Chaque brigade a son café : celui des Stups est au premier, à gauche, avec BFM à fond, forte odeur des dernières saisies de cannabis et vaisselle sale empilée dans le lavabo des toilettes. Au quatrième, celui de la BRB s'ouvre juste au-dessus de l'escalier et on entend gueuler de loin. Ici, on regarde Canal+ car La Fourche a un faible pour la miss météo. Parfois, Augrond, le n° 2, sort de sa tanière. Une vague de cheveux grisonnants au-dessus de son bon visage bourrelé, un sous-pull à col roulé toute l'année, il agrippe la télécommande et coupe le son avec un soupir de soulagement.

Certains déjeunent avec des collègues au restaurant administratif, dans une ruelle étroite à quelques centaines de mètres. Quand un groupe a besoin de ressouder les liens, ou qu'il y a une affaire à fêter, on s'autorise une brasserie ou un italien. Il y a les mangeurs de salades et les mangeurs de sandwichs, peu d'amateurs de sushis toutefois. Il y a ceux qui vont à la piscine et ceux qui vont courir, comme le commissaire L. de la Crime qui enfile ses baskets et part s'épuiser une heure ou deux chaque jour dans les bois. Il y a les sportifs à l'année, qui joggent sous la pluie, et les saisonniers, qui ne sortent qu'au printemps. L'autoproclamé *Love Boat* des Stups descend sous la conduite d'un chef géant taillé en armoire à glace dans la salle de sport pour pratiquer des exercices de CrossFit, défier les gros bras de la BRI et expier les excès de la veille, parfois jusqu'à en vomir.

Le café de la Crime n'est pas au même étage que ses bureaux, il faut badger pour y entrer, ce qui en fait l'un des plus sélects : pièce carrelée garnie de trois frigos et d'un bar trop haut, où braille en permanence une télévision, fenêtre ouvrant sur la rue, calendrier des anniversaires de la brigade accroché à l'entrée. À midi trente, il est plein et il y fait trop chaud, les doubles-vitrages sont embués, le grelot du four à micro-ondes retentit toutes les deux minutes, ça sent le cassoulet, les infos tournent en boucle. Marceau, de méchante humeur, tient le crachoir.

— « Force doit rester à la loi. » Faut tout leur réapprendre aux gamins qui sortent de l'école. On leur a dit : en intervention, le suspect met la main à sa poche. Comment classer cette action ? Vert, orange, rouge ? La bonne réponse, celle qu'ils veulent entendre, c'est orange, ce qui veut dire que tu mets la main sur la crosse de ton arme mais que tu ne dégaines pas. En gros, t'es mort. On met quatre ou cinq ans à se débarrasser de ces réflexes débiles.

— Enfin, reconnaissez quand même que la législation devrait être différente pour les femmes, lance un costaud au tarin en parapluie.

— Viens donc voir mon score au tir, chéri, répond Olivia, une chef de groupe, minijupe et bottes de cuir.

Le DAC, directeur des affaires criminelles, qui chapeaute les trois brigades (la Crime, la BRB et les Stups), arrive pour le café. Il remplit la salle à lui seul. Le DAC est une force de la nature. Sommet érigé à près de deux mètres, c'est un ancien rugbyman. Cheveux neige à quarante ans, petits yeux clairs, enfoncés et flegmatiques, lèvres plissées en une moue désenchantée, il empoigne une tasse qu'on lui tend et s'assied sur un tabouret, qui ploie. Il a passé la matinée sur le signalement d'une Corse radicalisée qui aurait acheté vingt téléphones prépayés dans un supermarché Carrefour, en liquide mais en utilisant sa carte de fidélité.

— Avec sa carte de fidélité ? répète Yohan, navré. Est-ce qu'il y a des criminels trop cons pour qu'on prenne plaisir à les attraper ?

Un rire intérieur secoue la carcasse du DAC.

— Il faut savoir prendre les cadeaux que nous fait la nature…

Bertrand arrive, les yeux toujours plus grands derrière ses lunettes, chiffonné. Il doit partir avec le DAC pour Brétigny-sur-Orge où va avoir lieu la reconstitution de la catastrophe ferroviaire de juillet 2013. La SNCF et le réseau ferroviaire se renvoient les responsabilités et l'instruction a déjà généré plus de 3 000 procès-verbaux techniques et complexes. Trois nouveaux juges ont été nommés. Personne n'a envie d'aller se faire engueuler sous la pluie en regardant des techniciens dévisser des boulons.

— Qui emmène le DAC ? demande Yohan après son départ. Il prend de la place, même fatigué.

— Est-ce qu'il tient dans la Polo ? s'inquiète Bertrand. Qui a les clés de la Polo ?

— Le groupe de Lionel. Mais ils sont déjà partis.

— Ah putain, c'est pas possible. À qui je peux emprunter une caisse ?

Il sort.

Argenteuil, commissariat
Un témoin

La voiture traverse Enghien-les-Bains, longe les eaux calmes de son lac, son casino et ses maisons à tourelles, puis pénètre un lacis de ruelles bordées de pavillons modestes, sous une lavasse aussi soudaine que glacée. Le commissariat, installé provisoirement dans un pavillon peu opérationnel et débordant sur des préfabriqués jetés en pagaille dans sa cour arrière, est blotti au bout d'un triste jardin protégé par une grille fermée d'une chaîne et d'un cadenas. Engageant, pense Palacio en attendant, plusieurs minutes, qu'un planton maussade vienne lui ouvrir. La voiture s'engage entre les roses trémières qui se balancent sous les gouttes. Une jeune commissaire accueille Palacio, Matthias, qui partage son bureau, et Audrey. Queue-de-cheval blonde et haute, efficace et pimpante, la commissaire désigne les convoqués, arrivés en avance, un groupe morose au timbre docile mais au regard réticent. Fred les observe – du bétail pour l'abattoir. Pas de révolte, mais un silence obtus : ça sera pas simple. Ils lui emboîtent le pas avec viscosité jusqu'au premier étage du préfabriqué où chaque policier s'installe avec son témoin dans un bureau étroit. Audrey est raide comme la justice, Matthias, désinvolte. Palacio, égal à lui-même, poli, efficace. Dans la pièce qu'on lui a attribuée, il faut enjamber des casques de maintien de l'ordre et des tonfas stockés dans des cartons humides pour parvenir à la table de travail. Tout en allumant l'ordinateur, Palacio tente d'engager la conversation avec son témoin, un long garçon qui semble frigorifié et ne parvient pas à détacher son regard des matraques entassées là. Karl, vingt-quatre ans, caissier aux deux tiers temps, payé au smic horaire, la mèche longue sur un front troué de cicatrices d'acné, reste debout, prêt à vomir de terreur. Il faut que Palacio le lui ordonne pour qu'il accepte enfin de s'asseoir.

— Alors, Éric Donner, c'était quel genre d'homme ?

— Oh, très gentil, il était vraiment très famille, il parlait beaucoup de sa sœur, surtout. C'est elle qui l'avait élevé, je crois.

Palacio relève les yeux de l'imprimante portative qu'il est en train de brancher et jette un bref regard sur le jeune homme. Il résiste à l'irritation qui monte et demande :

— Il parlait beaucoup de sa sœur... C'est-à-dire ?

— Énormément. Oh, ils étaient proches.

La pluie bat le carreau, la nuit est tombée, un murmure monte derrière la cloison mince. Palacio se demande ce qu'il fait là, avec ce presque adolescent terrifié. Il se secoue.

— De caractère, il était comment ?

— Oh, bah... C'était un patron, hein.

Karl parle du côté des petites gens, la silhouette du gros patron plane dans les couloirs glacés du magasin. L'imprimante clignote en rouge. Le jeune homme est pétrifié. Palacio change de braquet.

— Tu habites cité du Château ?

— Non, maintenant je suis à La Colonie.

— Ah, c'est calme, c'est bien, dit Palacio, encourageant.

— Oui, c'est un bon quartier. On est anéantis, vous savez, se lance soudain le jeune homme. En plus, avec les événements. Vous vous rendez compte ? Vendredi, tout s'est effondré.

Palacio essaie de le faire parler des difficultés du magasin, le jeune homme ne sait pas, ne sait plus. Il a les ongles un peu trop longs, surtout le pouce, presque courbé.

— J'ai l'impression d'être dans un autre monde, avec les attentats et tout.

Palacio tape le début du PV et lui rappelle les

conditions de l'audition à laquelle il participe en tant que témoin :

— On n'en aura pas pour plus de quatre heures.

— Bah oui j'espère, quand même, panique Karl.

En face, dans le jardin du pavillon voisin, un homme en chaise roulante, vêtu d'une djellaba et abrité sous un grand parapluie blanc que lui tient un jeune homme, engueule copieusement un électricien qui vacille sur un escabeau. La scène absorbe l'attention papillonnante de Karl.

Au bout d'une vingtaine de minutes, en résumant, Palacio a obtenu ceci : Karl a été embauché au magasin pour un boulot d'été qui ne s'est pas achevé à l'automne ; il est resté caissier sans l'avoir décidé, comme si le temps s'était suspendu, pendant quatre ans. Il travaille de 13 à 21 heures. Il vient en voiture ou à vélo en fonction de la météo. Célibataire, il vit chez sa grand-mère.

Palacio tape quand son témoin parle, le regardant brièvement entre chaque phrase, attentif aussi à ce qui n'est pas dit. Il pose des questions précises sur le fonctionnement du magasin : les horaires, les postes, les salariés… Une petite société, faite de gens fragiles, se dessine. Une hiérarchie, aussi. Au sommet, ils sont trois. Le patron, énorme, fort en gueule ; en dessous, son adjoint Kevin Feuilloley, et le responsable du rayon bricolage, le rival de Feuilloley dans l'affection du patron, un beau garçon un peu empâté, coureur et amateur de cigares. Tous les trois avaient l'habitude de se retrouver pour des apéros ou des parties de cartes. Le chef de rayon et Feuilloley se disputaient pour servir de chauffeur au patron, insigne honneur.

En bas de la pyramide, les intérimaires. Au milieu, à peine mieux traités, les salariés comme Karl. Pas besoin d'être grand clerc pour deviner qu'il était un souffre-douleur. Sa fragilité, sa finesse et les préférences sexuelles que lui suppose Palacio en font la victime idéale. Il décide de tâter de ce côté.

— Il était un peu brute, le patron, hein ?

Karl rougit violemment :

— Oh, c'était un bon patron.

— Bien sûr, bien sûr, fait Palacio, d'une voix douce. Mais c'était pas un tendre, si ?

— Bah, il pouvait être un peu brutal, oui, mais il se rendait pas vraiment compte en fait, c'étaient surtout des plaisanteries, rien de méchant.

— Des moqueries ?

— Bah, des vannes, quoi. Des tapes, aussi, mais pour rire, hein, comme un enfant. Il aimait bien taper sur les parties par exemple...

Palacio, interloqué :

— Sur les parties ? Tu veux dire les parties génitales ?

— Pour rigoler, quoi ! Non, vraiment, c'était un patron quoi, un patron comme les autres. Rien à dire, non non, voilà, hein...

Et il implore Palacio de ses yeux malheureux. Je le secoue ou même, je le pousse encore un peu, et il part en larmes, évalue le policier, qui revient à la situation du magasin. Les négociations de revente étaient en cours avec une grande enseigne. Karl dit en ignorer les détails, mais Palacio finit par comprendre que tout le personnel avait été augmenté, sauf lui.

— Le patron disait que puisque je vivais chez ma grand-mère, j'en avais pas besoin.

— Et ça te faisait quoi, à toi ?

— Bah, comment dire, je comprends la logique. Mais justement, ça aurait pu me permettre de déménager. Elle en a un peu marre, des fois, que je sois encore là... Enfin, il était comme ça, m'sieur Donner, il avait ses idées sur les choses.

Quand Palacio tente d'aborder la relation entre

Donner et Feuilloley, le jeune homme se recroqueville et ne répond plus que par monosyllabes. Palacio abandonne pour l'instant, change à nouveau d'angle :

— Tu avais connaissance de relations sentimentales d'Éric Donner ?

— Relations sentimentales ? répète Karl, les yeux écarquillés, comme s'il n'avait jamais entendu cette expression.

— Gonzesse, amoureuses, maîtresses, plans cul... (Ne pas s'énerver, s'enjoint Palacio.)

— Non. Du tout. Du tout. Non non.

— Avec des employées du magasin ?

— Oh là là, non, je ne sais pas.

— Tu ne lui connaissais personne d'autre que sa femme ?

— Je ne connaissais pas non plus sa femme.

Le patron réunissait, tous les ans au printemps, les employés du magasin dans sa maison de Neaufles. Il buvait trop, il tournait les steaks, les salariés l'entouraient, les plus assurés riant à ses plaisanteries, les autres, guindés, stupides, l'appétit coupé, ne disaient rien. Sa femme était mécontente de jouer le rôle de l'hôtesse pour cette bande de demeurés. On regardait du coin de l'œil sa demeure, ses voitures, sa richesse, pour commenter le lundi au magasin. Karl n'a jamais été invité.

— Tu sais s'il recevait des putes ?

— Oh non, non non, du tout ! » Karl essuie une goutte de sueur sur son front : « Il y a une femme qui est venue, une fois.

— Oui ? l'encourage Palacio.

— Une très belle femme aux cheveux noirs.

— Iona ?

— Je sais pas.

— Brune, cheveux longs, teint mat ?

— Je crois. Très belle. Ça nous a étonnés parce qu'elle était, vous savez...

— Non, elle était quoi ?

— Elle était... brune de peau quoi, et m'sieur Donner, il avait ses idées sur les choses. Ça nous a étonnés.

— Il aimait pas les bronzés ? C'est ce que tu veux dire ?

— Quant à dire qu'il les aimait pas, je dirais pas à ce point, mais il avait ses idées, quoi. Donc ça nous a étonnés. Elle était venue le chercher, un jour, au travail.

— Ça disait quoi, parmi les employés ?

— Vous savez, moi, les bruits de couloir...

— T'as rien entendu ?

— Non, rien.

— Personne a dit comment il pouvait l'avoir rencontrée ?

— Non, personne.

— D'accord. Tu voudrais ajouter quelque chose ? soupire Palacio, soudain las.

Karl secoue la tête :

— Non rien. » Puis il ajoute, navré : « Tout s'écroule.

La Crime

Le groupe est réuni autour de Bertrand. Des yeux de noyé. Épuisé, il se masse le front du plat de la main, plissant-repassant ses rides soucieuses, le regard braqué devant lui, sur le vide. Une vieille affiche de San Antonio, *Sale temps pour les mouches*, est punaisée derrière son bureau. Le manque de sommeil commence à se faire sentir. Les sourcils sont froncés, les mentons hargneux, ceux qui n'aiment pas les conflits font canard. Bertrand remet ses lunettes et soupire.

— Bon, alors, le nom de l'auteur ? plaisante-t-il tristement.

— Au choix, la pute ou la femme, fait Matthias.

— Tu oublies l'adjoint, fait Palacio. Une relation passionnelle, là aussi...

— Ah revoilà la théorie de la rondelle », soupire Bertrand. Il ferme les yeux un instant et reprend, paupières closes : « Qu'est-ce qu'il dit le légiste là-dessus, d'ailleurs ?

— Rien. Mais c'est peut-être lui qui la mettait.

— Ça devait pas faire grand mal alors, ricane Matthias.

Fred Palacio résume l'autopsie et rappelle ce que lui a dit le légiste sur la rapidité de certains des coups. Il mime :

— Des coups rapides, comme ça, *tchak tchak*. Comme si on voulait lui faire payer quelque chose.

— Ça sent sa vengeance de femme quand même, fait Bertrand, qui bâille largement.

— En tout cas, quelque chose de personnel, une vengeance après un affront.

— T'y tiens, à ton adjoint, hein ?

— Pas plus que ça, répond Palacio, qui a plaidé l'autre hypothèse la veille devant son patron.

Il ne tient à rien, Palacio ; la pute non plus ne lui inspire pas tellement confiance. Il laisse venir les idées et à ce stade, toutes les solutions sont encore plausibles. Ne pas trop penser, c'est la clé d'une bonne enquête.

Comme Bertrand se tait, JeanJean, leur spécialiste de la téléphonie, prend la parole. Cet homme discret et solitaire aime disséquer les comptes rendus des opérateurs, comparer les relevés des cartes SIM et ceux des numéros IMEI, analyser les listes de correspondants et comparer la portée des bornes.

— J'ai étudié les mouvements sur la ligne d'Iona.

— On dit I-ona ou Aïona ?

— On n'en sait rien et on s'en fout, s'irrite Bertrand.

— On dit la pute, propose aimablement Palacio en ajustant sa cravate.

JeanJean poursuit :

— Globalement, il n'y a pas d'incohérence avec

ce qu'elle nous a dit de ses déplacements la journée du jeudi 12, mais dans l'après-midi, il y a à peu près deux heures où le portable est éteint. La dernière fois qu'il émet, c'est vers 14 heures, Paris centre. Ensuite, plus rien jusqu'à 16 heures passées, chez elle. Donc ça reste à éclaircir parce que ça correspondrait à l'heure de la mort.

— On connaît pas l'heure de la mort, rappelle Palacio.

— Disons l'heure à laquelle les voisins ont entendu un cri et à partir de laquelle Éric n'a plus donné signe de vie. Mais j'ai une question : on n'a qu'une ligne ? Est-ce qu'elle ne pourrait pas en avoir une ou plusieurs autres ?

Silence. Ils échangent un regard. Personne ne sait.

— Voilà pour Iona. » Il prononce I-ona. « On a fait la ligne de Feuilloley aussi et là, il y a une petite irrégularité : ça borne pas du tout sur le trajet qu'il dit avoir fait le vendredi, entre chez sa copine, la banque et le magasin. C'est pas clair, je suis dessus, mais j'y comprends encore rien. Celle de Mme Donner et de sa fille, en revanche, c'est bon, activité continue et normale par rapport à d'autres tranches de vie.

— Dis-leur, pour l'appel au taxi, l'encourage Palacio.

— Quel appel ? demande l'adjoint, puisque Bertrand semble définitivement assoupi.

JeanJean a relevé tous les appels relayés par la borne qui couvre l'immeuble où habitait leur victime. Il y en a relativement peu aux heures qui l'intéressent, c'est un quartier d'habitations et, dans l'après-midi, les gens travaillaient pour la plupart. Il a donc pu isoler, peu après 16 heures, un coup de téléphone vers une compagnie de taxis. Il a demandé l'identification et le relevé de tous les appels du numéro appelant, la facture détaillée, ou fadette. Un moment de confusion s'ensuit, tout le monde parle en même temps : comment Iona se déplace quand elle vient le voir ? Tacot ? Transports en commun ? Accompagnée ?

Le téléphone de l'adjoint du groupe se met à sonner. Il décroche, colle le combiné à son oreille, n'entend rien.

— Putain les gars, vos gueules ! aboie-t-il.

Ils se taisent et le regardent qui répond, sourcils froncés : « Ah ouais, OK, pas de problème. Il faut que vous restiez joignable, quand même, on va avoir besoin de se reparler. » Il raccroche :

— C'était Iona qui appelait pour demander l'autorisation de partir en Angleterre, où vit son petit copain.

— Et t'as dit oui ? interroge Palacio.

— Le fait qu'elle demande, c'est un signe quand même.

— C'est un signe qu'elle est maligne, glisse Jean-Jean.

— T'as dit oui..., répète Palacio, incrédule.

L'adjoint se crispe :

— Son alibi est béton, son téléphone borne là où elle dit, comment veux-tu que je lui interdise de voyager ? C'est quoi le point légal, là ?

Palacio ne répond pas.

— Bye-bye, Iona, conclut JeanJean.

— Aïona, corrige Matthias.

Histoire d'Iona

Iona est née en France en 1990, dans une famille arrivée depuis peu de l'île Maurice. Elle a passé les sept premières années de sa vie dans une banlieue tourangelle, Joué-lès-Tours. Son père travaillait dans la construction, sa mère exerçait la coiffure à domicile. Sa petite enfance a l'odeur des défrisants chimiques qui piquent les yeux. Lissages brésiliens au formol ou japonais, BaByliss et fers à friser, senteur de la kératine chauffée, traces jaunâtres laissées par les colorants artificiels dans les éviers des cuisines, faux cheveux et extensions noires et brillantes, épaisses comme du crin, repoussées à grands coups de balai dans les recoins, se mêlant aux odeurs des fourneaux, des corps de femmes, des parfums, à leurs voix qui discutent. Les mains agiles de sa mère tressent, tirent, agrippent, ses ongles longs au vernis un peu écaillé grattent les cuirs chevelus, les femmes serrent les dents quand elle y va un peu fort, il faut souffrir pour être belle. Les accents espagnols, arabes, français se mélangent et la fillette regarde, écoute.

Iona est une petite fille timide et douce, elle a de grands yeux noirs, elle est un peu trop ronde, son ventre déborde de ses joggings roses, quand elle marche elle se dandine. En maternelle, on lui détecte des caries lors d'un dépistage de contrôle organisé par le département. Ses parents sont convoqués. Sa mère ne veut pas y aller, son père a l'air mal à l'aise, il sourit trop à la maîtresse, il paraît énorme et maladroit sur la toute petite chaise, des sièges pour enfants de cinq ans. Iona dessine à côté et elle essaie de ne pas le regarder. Il hoche la tête et elle entend son accent créole prononcé, comme une tambouille dans sa bouche. Il ignorait qu'il ne fallait pas manger de sucreries le soir. Depuis quand on refuse du sucre aux enfants ? fait-il dans la rue, une fois sorti, en serrant la main de sa fille et Iona, soulagée, le regarde redevenir grand et fort. Elle continue de sucer le soir pour s'endormir des petits bonbons en forme d'ange et de faon, en sucre blanc. Sans cela, elle trouve pas le sommeil.

Lorsque Iona atteint l'âge de sept ans, sa mère les emmène à Maurice pour les vacances, elle et sa sœur. Après deux mois d'été sous un soleil de plomb, sur la plage, dans l'eau qui lui fait peur car elle ne sait pas nager, avec des cousins bruyants qui semblent une horde mouvante et autonome, elle voit sa mère repartir avec sa sœur. Sans elle.

Iona ne demandera jamais pourquoi on l'a laissée. Elle pense que c'est peut-être pour qu'elle soit plus heureuse et qu'elle pousse au soleil, comme ses parents avant elle. Elle pense aussi que c'est peut-être parce qu'on l'aime moins. Elle ne demande pas, on ne le lui dit pas. Elle apprend le créole en quelques mois.

À seize ans, Iona est une bombe. Elle quitte l'école sans diplôme. Elle porte ses cheveux très longs, rallongés encore par des extensions un peu plus claires, jusqu'aux fesses. Ses rondeurs d'enfant se sont miraculeusement déplacées au bon endroit et elle a fait opérer le reste par un chirurgien qui dit avoir exercé au Brésil. Elle a des seins comme des globes, un fessier 100 % naturel qui tend le tissu de ses minijupes, une peau lisse et brune sans le moindre défaut. Ses grands yeux noirs sont frangés à présent d'une double rangée de cils teints et d'un trait d'eye-liner permanent. Ses dents sont éclatantes, blanchies pour trois fois rien dans un cabinet où officient des Philippines en blouses blanches. Chacune de ces améliorations est le cadeau d'un homme.

Quand elle monte dans l'avion pour la France, tout le monde la regarde, mais elle a l'habitude, elle est prête, elle traverse l'aéroport sur ses chaussures à semelles rouges et talons hauts, une reine évadée d'une émission de téléréalité, son mini-sac Vuitton (une copie) dans le pli du coude, planante : à elle l'Europe. Elle a la double nationalité, elle peut entrer comme elle veut. Elle s'installe chez ses parents, où habitent aussi une cousine de son âge, Maria, et sa sœur. La famille a déménagé en banlieue parisienne, dans un appartement petit et triste. Les filles partagent une chambre qui sent le parfum, la laque pour les cheveux, le chewing-gum, le shampoing et le gel douche au pamplemousse, où sèchent des soutiens-gorge léopard et des petites culottes roses, où les vêtements s'entassent sur toutes les surfaces, pourtant elles trouvent toujours celui qu'elles veulent. Elles dorment tard, sortent beaucoup, passent leurs après-midi dans les centres commerciaux de banlieue – elles connaissent par cœur les lignes de RER –, ou dans les salons de coiffure près de la gare de l'Est pour faire tresser leurs cheveux par des Africaines et vernir leurs ongles par des Chinoises. Elles mangent des grecs, des sundaes au caramel au McDo, puis jeûnent pendant des jours pour ne pas prendre de ventre. Elles lisent et relisent les mêmes magazines féminins tout cornés, se moquent des tenues guindées des actrices françaises sur les tapis rouges, sont passionnées par les secrets de beauté des stars de la télévision. Elles partagent un abonnement dans un club de gym, elles se ressemblent, c'est facile, elles pédalent à tour de rôle en regardant des soaps sur les écrans. Le père d'Iona est plus petit que dans son souvenir, il est sévère et silencieux, son poil et ses cheveux sont gris, il regarde les trois filles d'un air mauvais et les ignore quand elles traversent le salon – Iona a un peignoir court en satin noir à motifs chinois qu'elle aime beaucoup.

Iona a toujours su que sa mère se prostituait. Elle aussi, depuis qu'elle est une femme, fonctionne comme ça avec les hommes ; pour un baiser on obtient un verre, ou un bracelet. Pour une branlette, un peu mieux. Quand ils tombent amoureux, on peut leur demander n'importe quoi. C'est comme ça depuis qu'elle a treize ans. Les hommes sont faciles, la vie est facile.

À Paris, ça continue. Elle n'a pas de diplôme, elle forme le soir en discutant avec sa cousine des projets vagues qui se brisent les uns après les autres sur les contraintes de la réalité. Les numéros des agences de formation professionnelle qu'elle appelle ne répondent pas, ou bien on lui donne des rendez-vous qu'elle oublie – elle est toujours en retard, elle n'y peut rien, c'est dans son ADN, dit-elle. Les formulaires sont complexes, elle n'arrive jamais à mettre la main sur le bon papier au bon moment. Elle écrit des courriers qu'elle ne poste pas. Après avoir harcelé des gens au téléphone, elle ne leur retourne plus leurs appels. Les cours qui l'intéressent commencent toujours dans un temps qui lui paraît infini, six, huit mois ; quand le moment arrive, elle a changé d'idée.

En attendant, elle sort. En boîte, elles entrent facilement – trois filles sexy et délurées. À l'intérieur, on leur paie à boire, elles dansent, elles draguent, elles savourent leur succès. Après, à elles de gérer. Jusqu'à présent, tout va bien.

Comment s'est-elle retrouvée, pour la première fois, dans une vitrine en Allemagne ? Sa mère est passée par là, mais ne lui en a jamais parlé. Sa sœur aussi, qui leur a donné le plan. Elle est venue avec sa cousine, elles ont dix-neuf ans. Elles vont y passer trois semaines et revenir riches à crever, du moins c'est le programme. Les vitrines sont installées après un pont autoroutier, dans une zone d'échangeurs et de parkings qui s'évase au sortir de Dresde. La circulation intense fait trembler les fenêtres, les vitrines sont à louer à l'heure, de même que les studios dans les étages, où l'on emmène les clients. Iona et sa cousine partagent les frais. Avec un garçon rencontré en discothèque, elles ont fait une razzia dans un sex-shop de la rue Saint-Denis, il a payé pour tout puis sa cousine l'a sucé pendant qu'Iona lui caressait les cheveux. Le premier jour, elles prennent un mélange fait de sirop à la codéine, de Xanax et de Sprite. Iona plane, elle noue ses cuissardes brillantes et les voilà toutes les deux dans le cube. Pas de piétons, pas de passants de hasard, les hommes qui viennent ici viennent pour elles.

Ça devient une routine. Tous les quelques mois, elles partent entre filles le plus souvent en Allemagne, parfois en Hollande. Elles enchaînent les passes, elles écartent les jambes, elles sucent, elles fessent et se font fesser, elles tarifient les actes de plus en plus précisément, se fixent des limites et les dépassent. Sa cousine se spécialise dans la domination. Iona, qui est plus jolie, et plus demandée, reste généraliste. Quand elles se retrouvent, elles se moquent des odeurs des hommes, de leurs bizarreries, de leurs accents, de leurs fringues, de leur saleté, de leur proximité, de leur violence, de leur vulgarité, de leurs faiblesses. Elles sont sans arrêt défoncées, ces semaines sont des parenthèses brumeuses d'ennui traversées d'éclairs violents, de douleur, et de rires.

Iona tombe enceinte. Sa fille naît l'année de ses vingt ans. La tribu des femmes s'en occupe, sa mère, sa sœur, sa cousine. La petite est vêtue de rose de la tête aux pieds, elle porte des rajouts de cheveux spécialement conçus pour les bébés chauves, elle a les oreilles percées de petites billes rondes en or et une gourmette fine au poignet. Elle sent bon. Iona a pris un peu de ventre mais elle est toujours jolie.

Quelques années plus tard, un été au pays, elle rencontre un très beau garçon aux yeux verts. Il pourrait être acteur, tellement il est beau, dit-elle à sa cousine. C'est un voyou, il a fait de la prison, il est macho et amoureux d'elle ; Roberto vit en Angleterre. Elle est folle de lui dès le début et ne cherche même pas à le dissimuler, elle sent qu'elle lui plaît aussi. La première fois qu'ils font l'amour, ils sont sur la plage, ses genoux s'enfoncent dans le sable, elle entend le bruit de la mer, le crépuscule est totalement bleu et les enveloppe tous les deux, elle n'a jamais aimé auparavant, elle n'arrive plus à respirer tandis qu'il va et vient derrière elle, elle a l'impression que le monde va l'emplir jusqu'à la faire exploser. Quand ils sont seuls il la regarde comme si elle était la plus belle chose qu'il ait jamais vue, même le matin, au réveil, avant qu'elle revête sa parure d'héroïne, ses faux cils, son brillant à lèvres, son déodorant quarante-huit heures, les gouttes de parfum sucré à ses poignets, ses oreilles, entre ses seins et dans le dos, en bas de ses reins – toujours prête à tout.

À Paris, l'Allemagne et Maurice s'ajoutent désormais Londres et Anvers, où il fait des affaires. Elle le rejoint chaque fois qu'elle peut, elle passe et repasse les frontières, en train, en voiture, en avion, elle se sent femme d'affaires avec ses lunettes de soleil, son sac de marque porté au coude, son jogging qui dévoile le bas de son ventre de nouveau gainé par l'amour et les séances de sport, en baskets à semelles compensées pour être à l'aise. Sa mère garde la petite. Elle apprend le néerlandais, elle est douée pour les langues, elle parle l'anglais, le français et l'allemand, qu'elle apprend dans le studio, à Dresde… Elle trouve que toutes ces langues se ressemblent et elle les mélange un peu, dans un sabir qui lui est propre et qui lui donne un petit côté jet-set.

Il y a ce garçon, Gilou, un type pâle et trop souriant qui l'appelle parfois pour la mettre sur des plans avec des hommes d'affaires, ainsi qu'elle les décrit à sa cousine, des VRP de province en fait, qui ont trop mangé et transpirent quand ils la rencontrent pour la première fois, n'en croyant pas leur chance de tomber sur une fille aussi belle. Elle a rencontré Gilou en soirée, dira-t-elle aux enquêteurs. Elle ne connaît pas son nom de famille et n'a plus de nouvelles de lui depuis un moment. C'est le genre de type à disparaître. Il l'a mise en contact avec Éric Donner, propriétaire d'un magasin d'électroménager, il y a deux ans. Le meilleur client dont on puisse rêver. Un vrai pigeon.

Iona était chez elle, en famille, quand la police est venue la prévenir de sa mort.

— Tu l'as trouvée comment, quand tu lui as annoncé ? demande l'adjoint du groupe avec mauvaise humeur.

— Surprise, ou bonne comédienne, fait Palacio. Un peu triste, même.

— Ou bonne comédienne, lâche Matthias.

Une question d'interprétation

> « Il semblerait qu'on soit compétents à Bamako, alors... »

BRB
Vendredi 20 novembre

La brigade de répression du banditisme est installée sous les toits. À gauche, le café où braille la télé. À droite, des bureaux, de part et d'autre d'un couloir marqué par la longue traînée noirâtre d'une serpillière, abritent chacun deux ou trois hommes pas très bien rasés, le plus souvent un casque sur les oreilles. Il y a le bureau du taulier, le commissaire Payet, celui de son adjoint, Augrond et son sous-pull, et des deux premiers groupes. Après un angle droit, trois petites salles donnent sur des toits perpétuellement mouillés : le groupe de La Fourche. Dans la première, son adjoint, Sammy, et Alice, enfin affectée définitivement. Moqueur mais attentif, Sammy est chargé de sa formation. Dans la suivante, La Fourche et son adjointe, la Scribe. Après dix ans de collaboration, leur relation est faite d'une certaine cruauté mais aussi de fidélité et d'affection. Dans la troisième, Pascal et un sixième qui change souvent.

Ensuite, une pièce est toujours fermée à clé, c'est

celle qu'occupe le commissaire de la BRI ; tout le reste de l'étage leur est consacré. Enfin, tout au bout, après un autre escalier qui redescend vers le commissariat, il y a ce qu'on appelle « la tech BRI », les services de la PJ chargés des techniques de surveillance.

À la BRB, l'humeur va de bourrue à morose. Les deux – trois avec Alice – femmes de la brigade, révoltées par la crasse qui règne en ces lieux, ne pénètrent dans les toilettes qu'avec des lingettes désinfectantes et du gel pour les mains. Les hommes, eux, se baladent volontiers torse nu, une serviette roulée autour de la taille, en claquettes, de retour de la douche après un entraînement. Une grande armoire fermée – c'est la Scribe qui a la clé – contient les réserves de café et de biscuits, mais aussi de papier, denrée rare. Les différends se règlent en hurlements ; les trois chefs de groupe sont en compétition pour les affaires et se méprisent profondément, engagés depuis des années dans une compétition encouragée par la hiérarchie. Il n'y a plus de braquages, se plaignent-ils tous amèrement. Plus de beaux voyous. Que des petites brutes de cité, mal préparées, imprévisibles. Un des groupes se consacre en priorité aux « affaires de manouches », l'autre a souvent les affaires du directeur ; La Fourche, lui, suit les enquêtes au long cours.

Le directeur de la PJ aime prendre la température de la brigade. Il évite souvent la Crime, qui l'intéresse moins, et les Stups, une meute hostile, mais apprécie le quatrième étage. Coupe militaire et allure musculeuse, il file dans les couloirs et, comme on connaît l'humeur d'un parent avant qu'il ouvre la bouche, ses hommes devinent la sienne à la crispation de ses épaules, à ses sourcils qui se froncent, à un je-ne-sais-quoi qui les fait parfois hésiter à l'interpeller.

Il s'enferme avec La Fourche.

— Vous verrez patron, c'est un crasseux mais il a de bonnes infos.

— Vous avez sans doute raison, Fernand. » Le directeur est le seul à appeler La Fourche par son prénom. « Mais il parle trop, et à trop de monde. Il finira dans les écluses de Suresnes. Enfin, on le recrute et puis on verra bien. Vous le faites inscrire au fichier, vous serez son traitant.

L'avant-veille au soir, ils ont rencontré un indic au bar d'un hôtel, pour le grand déplaisir de La Fourche. D'habitude, le mercredi, il part tôt, accompagne sa fille à la gym, corrige ses devoirs et lui fait réciter ses leçons pendant que la soupe mijote, puis il lui lit un classique. En ce moment, ils sont dans *Alice au pays des merveilles*. De sa voix chuintante, basse et monotone, il avance de quelques chapitres. Ensuite, assis au bord du lit, il attend qu'elle s'endorme.

Ce rituel s'est mis en place il y a trois ans au moment du divorce, et La Fourche, qui n'aime pas beaucoup qu'on l'emmerde, n'y renonce pas facilement. L'avant-veille au soir, pourtant, le directeur avait fixé rendez-vous à un nouvel informateur. La Fourche a dû rejoindre son patron et un type ventru et crasseux vêtu d'un jogging informe dans des salons lambrissés. C'est lui qui est à l'origine de ce recrutement. Il a repéré l'homme lors d'une interpellation précédente, dans le cadre d'une affaire mafieuse. Pendant sa garde à vue, le futur tonton, tombé amoureux d'une enquêtrice blonde et potelée, a passé une nuit entière à essayer de se masturber en pensant à elle. Mais les geôles sont équipées de détecteurs de mouvement, la lumière se rallumait à mesure que grandissait son enthousiasme. Il n'était parvenu à ses fins qu'au petit matin et, fatigué pour sa deuxième audition, il avait raconté sa nuit en détail à Sammy et La Fourche.

L'avant-veille à l'hôtel, sorti de quelques mois d'incarcération provisoire, en attente de son procès, il semblait prêt à coopérer. Mais c'est un homme qui veut qu'on l'aime. Affalé dans un fauteuil Second Empire, crachant ses coques de pistaches sur les tapis, il geignait : « Dire que c'est moi qui vous invite, je me dégoûte. Je vous file des tubards, je vous paie à boire, l'autre connard refuse mon champagne et commande du tilleul menthe – La Fourche –, et moi je paie, je suis un pauvre type, je suis une pauvre merde. » La Fourche, ses cheveux roux étincelant sous les lustres, sirotait sa tisane pendant que son patron embobinait l'homme à l'aide de récits guerriers et d'un savant mélange de masculinité et de flagornerie.

La Fourche avait beau regretter son mercredi, il pensait, en regardant le gros homme se gonfler d'importance, que ce nouvel indic leur apporterait quelque chose. Il l'a baptisé Crapaud.

Le commissaire Payet, entendant la voix du directeur, les rejoint. Crâne rasé, lunettes carrées remontées sur le front, il a la démarche d'une patineuse glissant sur le lino du couloir.

— Vous vous souvenez du tonton qui mélangeait toutes les expressions ? Il disait : « C'est la porte ouverte à toutes les fenêtres. »

— « C'est la goutte d'eau qui met le feu aux poudres », renchérit son adjoint en col roulé, qui s'est approché.

— Ah qu'il était con, il mélangeait tout !

— Mais il avait de bonnes infos.

— Sur le Coran de La Mecque, il avait de bonnes infos.

— Sur la tête de mes pieds, il était bon.

— Mais qu'est-ce qu'il était con !

Le directeur, soudain lassé de la conversation, se détourne et poursuit en direction des bureaux occupés par la BRI, un peu plus loin dans le couloir.

— Qui est volontaire pour partir au Mali prêter main-forte à la police locale ? demande Payet à la cantonade.

L'attentat du Radisson Blu a causé la mort de vingt personnes le matin même à Bamako.

— Ouais, pourquoi pas ? fait le jeune Loïc, sortant la tête de son bureau.

— Faut se faire vacciner contre la fièvre jaune, prévient le commissaire.

— Ah non, alors.

La tête disparaît.

— Chez vous, ça intéresserait personne, La Fourche ? demande Payet.

— Je sais pas, demandez-leur, fait le chef de groupe, légèrement méprisant.

Le commissaire continue sa recherche. Sammy arrive en chantonnant : « *Le dimanche à Bamako, c'est jour de mariage, c'est jour de mariage.* »

« La pédagogie, c'est l'art de la répétition », entend-on Payet affirmer au téléphone, un peu plus loin.

— Qui veut commander des gilets port d'arme ? braille le Kid, le senior de la brigade, du bout du couloir.

— Montre comment il est, fait la Scribe.

— Le 2-tons de la Polo est encore pété ! gueule quelqu'un.

— Mais où sont ces putains d'écouvillons ? crie l'adjointe d'un des groupes. Ceux des kalachs ! Faut les envoyer au labo et je les retrouve pas.

Personne ne répond. Alice est en attente au téléphone avec le parquet depuis cinquante minutes.

— Si vous voulez la police, faites le 12, se moque quelqu'un.

— Alice peut pas comprendre, elle a pas connu le 12.

Elle suit le groupe vers le café de la brigade, le téléphone toujours coincé entre l'épaule et l'oreille, pour faire réchauffer son repas. La télé est allumée, le brouhaha total. La mère du premier soldat tué par Mohamed Merah est prise à partie par un journaliste algérien sous prétexte qu'elle est voilée. Le Kid maugrée en direction de la télé : « C'est pas un voile, c'est un fichu, ma grand-mère aussi portait des fichus, connard. »

Sur un talkie qui crachote, ils suivent d'une oreille distraite, tout en déjeunant, une filature de la BRI. Ils espèrent un flag, sans trop y croire.

— Les manouches travaillent le matin, ils doivent être en repérage, là, maugrée un chef de groupe.

— On est compétents à Hyères ? interroge un jeune gardien anxieux.

— Il semblerait qu'on soit compétents à Bamako, alors…

Il y a trop de monde pour le groupe de La Fourche, des solitaires, qui se replient dans le bureau du chef et de la Scribe. Les murs sont couverts de photos en noir et blanc de Delon, Gabin et Ventura, des romans s'entassent sur le bureau entre des paquets de Krisprolls et des boîtes de thé vert, un vélo de course remplit l'espace étroit entre les deux tables de travail. Ils se penchent sur la dernière retranscription des écoutes de Markovic et Kabishi, deux septuagénaires d'origine serbe, multirécidivistes du trafic d'armes.

— Des papis pareils, à presque quatre-vingts ans, c'est pas croyable qu'ils arrivent pas à raccrocher, fait la Scribe, désolée.

Markovic est en route pour la Serbie. Sa femme, inquiète pour son cœur et le suivi de son régime sans sel, lui fait promettre de se reposer toutes les deux heures. Le reste de la retranscription effectuée par un traducteur assermenté est pour le moins cryptique : il est question d'une piscine vide, d'une table qu'il faudrait changer, de casquettes… Personne n'y comprend rien. Plongé dans sa lecture des écoutes, Sammy fredonne à mi-voix, cette fois la chanson de revendication de Daech : « *Avance, avance ! Avance, avance, sans jamais reculer, jamais capituler.* »

— Ta gueule ! intime Pascal, le quatrième du groupe, un costaud en T-shirt moulant.

— Tu n'apprécies pas les belles choses, répond le jeune lieutenant, souriant, insolent.

— Il a pas la fibre artistique, renchérit La Fourche.

Pascal se renfrogne mais n'insiste pas. Le jeune adjoint est le favori du chef.

Le téléphone sonne. La Fourche décroche, Sammy fait entendre une imitation parfaite de son « J'écoute ».

La Fourche le fusille du regard tout en articulant malgré lui : « J'écoute. »

Un nouvel interprète arrive et tout reprend sens : il ne s'agit pas d'une piscine mais d'une grotte, ce qui veut dire planque en argot serbe. À la place d'une « table à changer », il propose « plaque d'immatriculation » et ainsi de suite.

— Où t'étais allée pêcher le précédent ? demande La Fourche, impressionné par l'écart entre les traductions.

— Dans l'annuaire du tribunal, qu'est-ce que tu crois ? répond la Scribe, sur la défensive.

— C'est mieux. Ils ont une planque au bled pour les armes et ils vont faire replaquer la caisse de guerre. Mais là, du coup, vous comprenez quoi ? demande Sammy en piochant dans le paquet de Krisprolls de son patron. « Celui qui a été mordu par le serpent a peur de tout » ?

— Il s'est déjà fait arrêter par la police et du coup il se fait une parano ?

— T'es trop littérale, la Scribe.

Elle hausse les épaules et s'attaque à sa paperasse :

une demande de géolocalisation et d'écoute à l'étranger à remplir en plusieurs exemplaires. Ils ont perdu la trace de Markovic quelque part dans une forêt serbe et la ligne tourne en *roaming* : elle est encore active, mais hors de la zone de couverture. Le coût de la géolocalisation facturée par l'opérateur téléphonique est de 15 euros par jour. À cela s'ajoute le salaire des interprètes – quand il est versé, en général avec quelques mois de retard. Beaucoup de frais pour finir par deux ou trois kalachs dissimulées dans la carlingue d'une camionnette, pense La Fourche, que l'affaire n'enthousiasme pas. Il laisse son groupe se répartir les lignes d'écoute et chacun retourne à son poste, casque sur les oreilles.

— Putain, j'aime pas les procédures de gendarmes, siffle La Fourche, plongé dans la lecture d'un gros dossier.

Deux hommes passent dans le couloir, on entend une bribe de conversation :

— Tiens, j'ai identifié ton 09. C'est chez Air France en fait.

— Ah ouais ? fait l'autre, intéressé.

Ils baissent la voix et s'éloignent vers les bureaux de la BRI.

Le romanée-conti

Le DAC, massif et tranquille, arrive à pas lents et lourds devant les grilles ouvragées de l'hôtel du Petit Trianon, sous un fin crachin d'une tristesse abyssale. Il apparaît sur l'écran des services de soutien technique installés dans une fourgonnette garée un peu plus loin dans la contre-allée, écrasant la silhouette sèche et maussade de La Fourche, qu'un ordre direct du directeur a obligé à s'intéresser à cette affaire qu'il aurait volontiers shootée. Une caisse de magnums d'un des vins les plus chers du monde, le romanée-conti, a disparu d'un container destiné à l'exportation. Le vol a été découvert dans la zone de fret. Après avoir quitté le domaine, le container est pesé une première fois avant de passer la douane, une seconde fois après. La différence entre les deux pesées a entraîné l'ouverture du container : il manquait vingt-deux bouteilles. Chaque magnum coûte 8 000 euros.

Un privé employé par le domaine a retrouvé la trace d'une des bouteilles sur le site leboncoin. Il a pris contact avec le vendeur, en se faisant passer pour un connaisseur intéressé. Une fois le receleur ferré, le domaine a prévenu la PJ. Rendez-vous a été pris entre le détective et le receleur, au Petit Trianon.

Un videur, qui vient de faire son apparition à la porte de l'hôtel comme devant tous les lieux publics de France depuis le Bataclan, les fouille d'un air professionnel sans repérer l'arme du DAC à sa ceinture.

— Vous êtes à poil ? demande le DAC à La Fourche.

— Toujours.

Il n'aime porter ni arme ni uniforme.

Des fleurs grimpantes se balancent, les souliers font crisser les graviers, des touristes japonaises vêtues de rose et de blanc, assorties aux couleurs des salons de l'hôtel, passent en froufroutant.

Pascal et Sammy les rattrapent au trot. Sammy s'est équipé d'une oreillette, un système antédiluvien et qui fonctionne mal, si volumineux qu'il ne peut pas ôter son blouson. Les câbles, gros comme des lignes à haute tension, s'entortillent autour de son bras et de son buste, branchés à un émetteur de la taille d'un grille-pain, qui lui fait une bedaine.

Le DAC, qui a apporté l'argent de la transaction dans une valise au cas où les revendeurs demanderaient à le voir avant d'apporter la bouteille, s'installe avec la Scribe près de la porte tandis que Sammy, La Fourche et Pascal s'attablent dans la galerie. Derrière une statue de Cupidon, le détective, costume trois pièces en velours, examine la carte des vins avant de commander un foie gras et un verre de sauternes. Les policiers, horrifiés par les prix à la carte, se rabattent sur un café noir. Le privé savoure son en-cas en observant la pluie s'intensifier sur le jardin bien ratissé. De l'autre côté de Cupidon, La Fourche, morose, regarde aussi par la fenêtre en pensant à de vieilles affaires. Sammy meurt de chaud dans son blouson. Autour d'eux, les serveurs filent entre les tables nappées. Le privé finit son foie gras, appelle le sommelier et pose des questions précises de sa voix brève de grand bourgeois bordelais.

— Vous voulez pas qu'on prenne des macarons ? tente Sammy, qui a toujours faim, comme un adolescent.

Pascal relit ses notes.

— Kim Hee Chul ? peine-t-il à articuler.

— Il se contentera de Kim, tranche Sammy.

Les haut-parleurs vomissent une chevauchée des Walkyries avant d'enchaîner avec *L'Hiver* de Vivaldi. Le privé sirote maintenant une coupe d'un champagne très clair dont les bulles remontent gaiement. Les flics parlent boutique.

— Y a plus de braquages. Même des DAB explo, y en a moins.

— De toute façon, c'est un mauvais calcul, les DAB au gaz. Les billets brûlent ou bien sont tachés d'encre, les gains sont faibles et les peines lourdes, car le préjudice matériel est toujours important.

La radio chouine à l'oreille de Sammy, qui répète pour la tablée, un tout petit peu plus tendu :

— Une Opel Corsa noire vient de se stationner, quatrième à gauche en sortant. Il sort. Il porte une veste en cuir.

— Il a un sac ? interroge La Fourche.

— Ça a pas été annoncé.

Quelques minutes après, Kim, un jeune homme

svelte et souriant, vêtu avec décontraction d'une veste en cuir beige, les cheveux hérissés et fixés au gel, fait son apparition. Il balaie la salle du regard, sérieux, prudent, ses yeux glissent sur les trois policiers sans les remarquer. Le privé lui fait signe. Kim se dirige vers lui à longues et souples enjambées. Une biche effrayée, clouée sur un socle, le regarde. Le détective tapote familièrement le canapé à côté de lui :

— Installez-vous et goûtez-moi ce champagne.

Ils discutent œnologie en partageant des bouchées salées. Kim n'a pas l'air méfiant. Ils rapprochent un peu leurs têtes pour aborder les affaires. Après un conciliabule, Kim se lève, ressort de la galerie. Décontracté comme quelqu'un sur le point de gagner beaucoup d'argent très facilement. Le privé en profite pour rappeler le sommelier. Kim revient quelques minutes plus tard, accompagné d'un petit gros en doudoune noire, les mains dans les poches, moins à l'aise que lui dans ce décor de sucre d'orge.

Le privé sort d'un sac de voyage griffé une caisse en polystyrène qu'il pose par terre. Il y transportera la bouteille. Pascal murmure :

— On demande du renfort ? Ils sont deux...

À l'entrée de la galerie, le DAC et la Scribe se sont levés, le sourcil interrogatif : alors, on tape ?

La Fourche, Sammy et Pascal se lèvent à leur tour et s'approchent de la table ; les trois hommes les regardent, le privé avec indifférence, Kim en souriant, le petit gros avec appréhension. Sammy dit doucement :

— Vous êtes en état d'arrestation. On va pas faire de grabuge, je sors pas mon flingue et tu me donnes tes mains, rapidement, les deux mains s'il te plaît.

Le sourire de Kim s'efface lentement, il a du mal à comprendre. L'autre a saisi plus vite. Il est menotté par Pascal. Les yeux de Kim s'écarquillent. Il a de la peine. Il se tourne vers l'expert, qui porte son verre à ses lèvres sans ciller. Sammy prend les poignets de Kim. Ils repartent rapidement vers la porte, sans accrocher le regard de la joyeuse bande qui fête un enterrement de vie de jeune fille. Le privé range les deux bouteilles récupérées, termine son verre, repousse l'assiette, paie l'addition et, après un dernier regard au jardin trempé de pluie, se lève à son tour, en emportant le ticket pour ses notes de frais.

Kim, benjamin d'une famille de buralistes d'origine coréenne, est joueur professionnel, et receleur à l'occasion. Dans son studio et dans sa cave, ils vont trouver des dizaines de grands crus. Pascal et Sammy s'attaquent à la paperasse, Kim prend ses quartiers dans les geôles, le privé à l'hôtel, la pluie redouble d'intensité.

Café de la brigade

Quelques personnes se rassemblent dans le café de la BRB, décapsulant des bières. La brigade doit recruter prochainement un officier et des gardiens.

— Les femmes, c'est bien, mais y en a trop. C'est pas un métier pour une femme. Regarde, sur une opé, si ça part à la chignole, la collègue va se planquer derrière toi et tu vas manger pour deux, expose un petit trapu qui vient de demander sa mutation en province.

— Allez donc dire ça aux minettes de la BRI nat' et revenez nous montrer votre tête après, dit le commissaire Payet.

— Y a peut-être des exceptions, mais en général, c'est chiant, une femme, insiste l'autre.

— C'est pratique en filature, quand même.

— Faut pas que ça parte à la courette alors, rétorque Pascal.

— Vous êtes vraiment des vieilles raclures de bidet malodorantes, fait Sammy négligemment.

— Ah, notre bobo de service ! Il est féministe, évidemment. Je suis sûr qu'il est même contre l'état d'urgence. T'es contre l'état d'urgence, non ? demande Pascal.

Le DAC est de retour. Il se cale dans le renfoncement de la fenêtre, refuse une bière – il ne boit pas –, accepte une poignée de cacahuètes et impose sa présence silencieuse à cette soirée tranquille. Il regarde les hommes plaisanter, intervient peu. C'est lui qui a monté le plan anti-attentat. Il travaillait encore dessus la veille du 13 novembre. Son PowerPoint est resté en l'état, dans son ordinateur. Il faudra le reprendre, l'améliorer, tenir compte de l'expérience pour la prochaine fois. Sammy continue de s'engueuler avec Pascal, tandis que le jeune Loïc, mélancolique, construit un pont en capsules de bière.

— Regardez les Yougos, claironne Sammy, qui vient de recevoir les dernières retranscriptions, ils sont d'accord avec vous : « Ma berline, j'y tiens pire qu'à ma femme. »

Le DAC a un petit rire. Il pense à son fils qui s'est inquiété pour la première fois que son père puisse mourir. Il pense aussi qu'une unité de la SDAT, qui s'appelle encore la SRS, va dans les mois qui viennent gagner de l'importance – la mode est à l'antiterrorisme comme elle a été à la Criminelle, puis au renseignement – et qu'il en prendrait bien la tête.

— Santé, monsieur, dit Sammy en levant son verre.

Le DAC lève son verre de jus d'orange. Oui, ce serait un bon défi…

Une interpellation

« — Es-tu connu des services de police ?
— Oui.
— Pour quoi ?
— Ben, ça dépend. Vous voulez savoir la dernière fois ? »

PJ
Lundi 23 novembre, 4 h 30

Le planton ouvre la porte. Il fait très froid, son souffle s'élève en halo tandis qu'il plisse les yeux dans les phares de la voiture. Les étages sont déserts mais la lumière est allumée dans les couloirs et la laideur du contraste entre le jaune froid des néons et le bleu de la nuit rend malheureux les premiers arrivants.

— Sonny tourne du côté de Pigalle, commente Marceau, arrivé le premier.

Sonny, un des deux suspects d'une tentative de meurtre datant d'il y a quelques mois – ils n'ont pas eu le temps de programmer l'arrestation plus tôt –, est chauffeur VTC.

— Il essaie de se ranger ou quoi ? demande Audrey.

Marceau ricane :

— Allons. Tous les voyous sont chauffeurs VTC entre deux coups.

— Les voyous sont chauffeurs VTC, mais est-ce que les chauffeurs VTC sont des voyous ? rigole le costaud du service.

— C'est un syllogisme ? demande Marceau.

— Comment veux-tu que je le sache, je ne suis qu'un modeste brigadier.

— Ça, c'est une tautologie.

— Oh, la ferme !

Sur le logiciel, le petit point qui correspond à la géolocalisation de Sonny décrit des cercles dans les quartiers ouest. La BRI l'a pris en filature. Parce qu'il est réputé pour sa violence et peut-être armé, c'est eux qui se chargeront de son arrestation. La Crime prendra le relais pour la procédure, une fois la scène figée.

On entend le claquement sec des armes de poing qui s'enclenchent, les portes des armoires métalliques qui grincent et se referment à la volée. Ils sont une demi-douzaine à se préparer. Ils vont et viennent à pas rapides, entassant dans leurs sacs à dos des pochettes de garde à vue, des gants en plastique pour les perquisitions, des sachets et des fiches pour les scellés, leurs menottes, des tampons à l'effigie de Marianne. Marceau et Yohan partent ensemble.

— T'as installé le lit ? demande Marceau en descendant l'escalier jusqu'à la cour glaciale.

— Ouais, non sans mal.

— La place des vis était pourtant bien notée, fait Marceau, réprobateur. Tu aurais dû me laisser t'aider.

— T'inquiète. Il est bien. Merci mon Marceau, fait Yohan en tapotant le crâne lisse de son binôme.

— C'est un très bon lit, tranche Marceau.

Il a apporté ce week-end à Yohan l'ancien lit superposé de ses filles. Dans le nouvel appartement de Yohan, il n'y a que ça : un lit en pin mal monté, deux sacs de jouets neufs, un clic-clac dans le salon, une table basse, une télé par terre, une caisse de vaisselle que lui a passée Monika avec une autorité toute maternelle : « Ça m'encombre, soit tu les prends, soit je les balance. » Le week-end prochain, il devrait avoir ses enfants. Il a l'impression qu'il ne sait plus ce qu'on fait avec des mômes. Il n'en dort plus.

Les autoroutes sont désertes, ils sont vite à Aulnay, ils dépassent les grandes tours pour traverser un quartier pavillonnaire composé de minuscules maisons, certaines sans étage, serrées les unes contre les autres. Les rues sont si étroites qu'ils doivent parfois reculer pour renégocier un virage. La nuit est encore noire mais les premiers travailleurs, emmitouflés et tête baissée, se hâtent à travers le froid vers leur voiture ou l'arrêt de bus, avec un regard las pour cette petite Renault 5 qui tourne dans le quartier : des flics, bien sûr, c'est l'heure des interpelles. Un chat traverse sous leurs roues, Marceau pile, jure, le chat disparaît comme une ombre dans un buisson.

La cité des 3 000 s'étend après ce pathétique écrin pavillonnaire. Ses hautes barres enchâssées autour de pelouses pelées se détachent sur le fond nocturne brouillé par la pollution de la capitale.

À l'approche de la résidence de Sonny, Marceau ralentit pour se garer mais la berline de la BRI se matérialise contre son flanc. Marceau baisse sa vitre. Un chef de groupe BRI lui lance :

— Faut pas vous mettre ici, allez plus loin. Là vous êtes très, très visibles.

Marceau, visage glacé, déplace sa voiture dans une ruelle adjacente.

— Quelle bande de connards, siffle-t-il entre ses dents.

Yohan ne dit rien, pas la peine de s'énerver. La BRI a le contrôle sur l'interpelle, puis ils iront débriefer leurs exploits à la salle de sport pendant qu'eux se taperont tout le boulot, que certains trouvent ingrat, de la procédure. Mais Yohan n'y voit rien à redire. Qu'ils fassent les gros bras, puis qu'ils dégagent. Lui il aime ça, la procédure.

De là où ils sont, ils ne voient rien et Yohan sent que Marceau écume. Littéralement, la vapeur semble lui sortir par les oreilles. Par radio, ils suivent la progression de Sonny, qui vient de prendre deux clientes à la sortie d'une boîte de nuit du 8e arrondissement.

— Merde, il va les ramener d'abord, on en a pour des plombes.

Yohan recule son siège pour s'installer plus confortablement. Marceau fixe la nuit en ressassant des pensées assassines.

Sur l'appli de leur téléphone, le petit point lumineux du portable de Sonny se dirige vers une sortie de Paris et emprunte le périphérique. On peut voir qu'il envoie quelques textos.

— Y a qui à la tech ? demande Yohan. Il envoie des SMS à tout va.

— Personne. Y a personne à la tech, lâche Marceau. On dort, à la tech.

— Dommage, on saura pas ce qu'il mijote.

Sonny avance tranquillement sur le périphérique, sous le seuil de limitation de vitesse, avec trois voitures de la BRI à sa traîne.

— Il a pas déposé ses passagers, fait Yohan, qui sent l'adrénaline monter.

Marceau, tendu, ne répond pas. Il y a quelque chose dans l'habitacle, une concentration chimique de tension. Silence. Attente.

Enfin, la voiture de Sonny apparaît, dépasse celle où Marceau et Yohan retiennent leur souffle. D'après le logiciel d'écoute, il est au téléphone. Sa conversation est enregistrée, mais pour l'instant personne ne l'entend. Les vitres teintées empêchent de distinguer son passager.

Pendant ce temps à la PJ, le technicien qui vient d'arriver chausse ses écouteurs et a juste le temps d'entendre la voix de Sonny :

— … des condés en filoche. Regarde le camion, il est avec eux, il est entré dans la rue et il est ressorti. On est morts !

— Descends, descends ! Les mains devant toi ! Regarde-moi, regarde-moi ! hurle une voix plus lointaine.

La communication est coupée. Le technicien s'enfonce dans son fauteuil et avale une gorgée de café.

Sonny, un jeune homme gigantesque qui doit dépasser les cent kilos, est arraché à son siège et projeté sur l'asphalte humide. Il n'oppose aucune résistance, n'a pas un cri, pas un geste. Michel, un géant bien peigné de la BRI, lui remonte les bras en arrière, haut dans le dos, puis le redresse et l'assied par terre, jambes tendues. Fatboy lui enfile une cagoule tandis que Michel se place derrière lui. Sonny, désorienté, s'adosse aux jambes du policier. Ils forment un étrange totem dans la flaque du réverbère, l'homme à la silhouette de Bouddha et le policier cagoulé tenant sous le bras son fusil d'assaut ; leurs respirations se fondent en une même vapeur qui monte vers la nuit.

La Crime approche mais reste encore en retrait. Les hommes de la BRI ouvrent la portière arrière du véhicule et découvrent deux très jeunes filles serrées l'une contre l'autre. La scène est figée, tout danger écarté, les enquêteurs peuvent approcher. Yohan fait descendre les filles. Une forte odeur d'alcool, de sucre et de sueur se dégage d'elles. Titubant sur leurs hauts talons, en minirobes, bras nus, elles s'enlacent, cheveux mêlés, mascara en place mais rouge à lèvres barbouillé et visage blanc sous le fard. Elles grelottent.

— Qu'est-ce que vous foutez ici, mesdemoiselles ? demande Yohan.

La plus petite se met à pleurer. L'autre, la voix rendue rauque par l'alcool et la cigarette, dans un sursaut de dignité, essaie de raconter sa soirée, son week-end, c'est un malentendu, elle travaille dans une parfumerie, elles voulaient juste faire la fête, on est où, c'est quoi ce bordel, et sa voix monte dangereusement vers la crise de nerfs.

— Mais où sont vos manteaux ? interroge Yohan.

Les températures sont négatives.

— On les prend jamais quand on sort. Le vestiaire, au Millionnaire, c'est carrément 3 euros, répond la plus grande, un peu calmée, en remettant en place ses cheveux soyeux.

L'autre a un sourire malin à travers ses larmes et hoche la tête. Elle porte des collants chair. Quatre hommes de la BRI, toujours cagoulés, les regardent. Bertrand, qui vient d'arriver, propose de se charger d'elles et les emmène à l'écart.

— Bon c'était quoi en fait ? Un plan coke ? demande-t-il d'un ton las.

— Quoi !? s'insurge la plus jeune.

— Un plan drague, alors ?

— Mais non, pas du tout monsieur, alors là pas du tout. Il allait nous ramener. On a une chambre dans le 9e.

Deux amies venues faire la vie dans la capitale. Elles disent qu'elles n'ont pas remarqué que la voiture quittait Paris. Elles jouent les innocentes, les naïves. Bertrand n'arrive pas à évaluer à quel point elles le sont. Chair fraîche, pense-t-il seulement. Chair fraîche livrée en VTC, si c'est pas magnifique. La petite se remet à pleurer, Bertrand se masse le crâne et commence son PV.

— Ça serait ma gamine, ça serait une mandale direct. Elles ont quoi dans le crâne pour suivre ce mec aux 3 keus ? commente Fatboy, sec et nerveux comme un coup de trique.

Pendant ce temps, Sonny, dont la cagoule est de travers, renverse la tête en arrière pour essayer de voir ce qui se passe. On aperçoit son œil qui brille sous sa paupière tombante. Et son sourire narquois.

Une fenêtre s'ouvre au troisième étage de la barre qui surplombe la scène. Un homme se penche, Sonny et lui échangent un regard. Les flics le repèrent et lui font signe de rentrer tandis que Michel rabat sèchement la cagoule. À l'étage, l'homme prend son temps avant d'obtempérer.

— Eh, c'est quoi ? Y a quoi là, monsieur l'officier ? fait une voix traînante à l'entrée de la ruelle qui est bloquée par un agent de sécurité venu du commissariat.

— Circulez, y a rien à voir.

— Nan mais j'vais par là moi, j'ai juste un rendez-vous avec un ami et des copines, juste là…

— Ben vous passez par un autre chemin.

Yohan a entendu la dernière phrase, il s'approche rapidement :

— Vous avez rendez-vous avec qui ?

Un jeune homme sans blouson se dresse sur la pointe des pieds pour voir par-dessus l'épaule du policier municipal : il aperçoit un bout de la scène, la monumentale silhouette de Sonny toujours assis aux pieds de Michel. Il redescend et fait un pas en arrière.

Yohan presse le pas :

— Avec qui vous avez rendez-vous, monsieur ?

— Non c'est bon, OK, j'y vais. Ça va, ça va.

Il recule encore et tourne les talons, rapide, léger. Yohan le regarde sprinter, tourner le coin d'un immeuble et disparaître.

— On le rattrapera pas, fait le gardien, qui n'a d'ailleurs pas esquissé un geste dans cette intention.

Yohan le regarde fixement puis rejoint les autres.

— Rentre, on te dit ! gueule Fatboy en direction de la fenêtre du troisième étage qui ne s'est toujours pas refermée. Rentre ta tête ou je viens te chercher !

L'homme finit par disparaître et la fenêtre se referme. Quelques silhouettes apparaissent dans la rue ; la plupart font spontanément demi-tour en découvrant la situation, les autres en soupirant après qu'on leur a interdit le passage.

— Ma voiture est là-bas.

— Vous y accéderez par la rue parallèle.

— Mais je vais être en retard au travail.

— Ben on y peut rien, monsieur.

— Toujours à empêcher les gens de vivre tranquilles.

— Parlez-en à monsieur qui est là assis par terre. On préférerait tous être ailleurs.

— C'est ça, c'est ça.

— Soyez poli, je vous prie.

— Laissez tomber.

Michel, soucieux, regarde autour de lui :

— Ça va partir à la chicane. Qu'est-ce qui prend autant de temps ?

Bertrand est toujours avec les deux jeunes filles :

— Mais même sans connaître Paris, puisque vous me dites que votre hôtel n'est qu'à quelques minutes de la boîte où vous étiez, quand il s'est mis à rouler, la vitesse, l'autoroute, l'absence de maisons autour ? Rien ne vous a alertées ?

La plus petite glousse doucement et pose la tête sur l'épaule de sa copine. Elle est ivre morte.

— J'ai froid, chuchote-t-elle.

Les enquêteurs se concertent.

— Deux minettes livrées à la cité des 3 000, au pote de Sonny, sans doute le bâtard qui vient de détaler, ça n'allait pas bien se terminer pour elles, conclut Yohan. On finit de prendre leur déposition et on les fait raccompagner à Paris.

— Messieurs, ça serait sympa de pas s'éterniser, si on veut pas que ça parte en sucette, intervient le chef du groupe BRI.

Bertrand retourne vers les jeunes filles fatiguées.

— Mesdemoiselles, faut plus revenir ici, hein ? Et puis prenez des taxis, pas des VTC. Ça reste des connards, mais c'est quand même plus sûr.

— Vous croyez qu'on va être prélevées de la course ? s'inquiète soudain la plus grande.

— Il faudra voir ça avec le service clients, j'imagine…

— Va vraiment falloir y aller, là, la rue se remplit…

Le chef du groupe BRI se tourne vers ses hommes :

— Ils traînent avec les minettes, la Crime, et on va se prendre des trucs sur la tête si ça continue.

Michel retire la cagoule de Sonny, l'attrape par le biceps et le remet debout. Ils font presque la même taille. Le visage du géant est impassible, mais ses jambes se dérobent un instant sous lui. Michel le maintient, l'autre se raffermit.

— Emmène-nous chez toi.

— Pétez pas la porte s'il vous plaît, dit Sonny d'une voix de basse.

— Sois gentil et on te la pétera pas. C'est par où ?

— C'est là, indique Marceau, qui a fait les vérifications de domicile la veille.

— Pétez pas la porte, y a mes petites sœurs, insiste Sonny.

La colonne, menée par Sonny et Michel, se met en marche vers l'immeuble. La Crime ferme le ban. La petite place, entre les trois barres de la cité, est déserte. L'appartement de la mère de Sonny est situé au rez-de-chaussée surélevé. La colonne grimpe quelques marches, ouvre la porte de l'immeuble, tourne immédiatement à gauche. Ils s'entassent, trop nombreux, dans l'escalier étroit.

— Donne tes clés, on va entrer sans casser.

— Dans ma poche arrière, souffle Sonny.

Le logement est plongé dans le noir. Les hommes de la BRI échangent un signe puis entrent en hurlant :

— Police, police, personne ne bouge ! Police !

Jambes fléchies, armes dégainées, cagoules sur le visage, ils progressent dans un couloir si étroit qu'ils touchent les murs des deux épaules. Le salon, à gauche, « RAS ! » gueule Ange. La cuisine, minuscule, encombrée, à droite, « C'est bon ! » fait Fatboy. Une première chambre, à droite :

— Monsieur, doucement, montrez-moi vos mains, doucement, par ici, par ici, fait Léon, le gros ours tranquille de la BRI.

Au bout, dans une chambre, un cri. « Une femme ici ! » hurle Fatboy. « Un homme ici ! » fait Léon en écho.

— On rassemble tout le monde dans le salon, ordonne Michel, qui est resté sur le palier avec Sonny.

De là, ils entendent sa mère qui crie en bambara. Une voix d'homme demande d'un ton traînant :

— C'est quoi, c'est mon frère encore ? Maman, c'est bon, c'est la police, ça va…

L'homme enchaîne sur quelques mots apaisants en bambara.

— J'ai deux enfants ici ! signale Léon, qui est arrivé au fond de l'appartement.

Dans une pièce aveugle, sur un matelas posé à même le sol, sans drap et maculé d'anciennes taches de pisse, deux petites filles en pyjama Dora l'exploratrice, les nattes en pétard, dévisagent l'homme cagoulé debout à la porte de leur chambre. Il fait disparaître son arme, relève sa cagoule.

— C'est les petites à ma sœur, dit Sonny, toujours dans l'entrée. Je veux pas qu'elles me voient menotté.

Il a un mouvement nerveux, ses épaules massives roulent sous le T-shirt tendu. Il paraît assez puissant pour entraîner quelques hommes avec lui.

— Ça va, ça va. Si tu restes calme, elles te verront pas, répond Michel, qui lance : Vous pouvez mettre les petites avec les autres dans le salon ?

Léon les pousse devant lui. La plus petite, agrippée à la main de sa sœur, refuse d'avancer.

— Elle a envie de faire pipi, dit la grande, bravement, fixant le flic de ses yeux noisette en amande.

Léon s'accroupit devant elle. Il a la carrure d'un grizzli, un visage grêlé, des yeux verts lumineux. Il sourit. La fillette hésite puis lui rend son sourire.

— Est-ce que tu peux l'accompagner ?

Elle hoche la tête, sérieuse, et emmène sa sœur dans la salle de bains.

— Ne ferme pas complètement la porte, tu veux ? dit Léon en se positionnant dos à l'embrasure.

— D'accord, fait l'enfant, compréhensive.

Il écoute, attend qu'elles ressortent puis les conduit dans le salon, où la mère de Sonny, étalée sur le canapé, parle toute seule en s'adressant au plafond, s'éventant avec les mains, ne leur accordant aucune attention.

Michel et Sonny, suivis de la brigade criminelle, pénètrent enfin dans l'appartement. Bertrand va directement dans le salon pour relever l'identité des membres de la famille. Le frère, aide-soignant, demande si les petites peuvent prendre leur petit déjeuner, puis leur prépare des bols de céréales au chocolat qu'il pose sur la table basse. Aussitôt, elles s'agenouillent, la plus grande attrape la télécommande et met une chaîne de dessins animés. Rassurées par ce qui est visiblement leur rituel du matin, elles s'absorbent dans les images colorées, désormais déconnectées de ce qui se passe autour d'elles – en apparence. Les portes coulissantes du salon sont refermées.

La Crime fait le tour des lieux avec Sonny. Cinq pièces misérables qui sentent les épices et l'encens. Le lino du couloir a déteint, sur les murs le papier peint beigeasse cloque et se décolle. Dans l'entrée sont entassées des chaussures et des sandales à côté d'un seau d'eau savonneuse où trempe une serpillière. Une jolie photo d'enfant, posée, prise à l'école, est punaisée de travers sur le mur. Est-ce que ça peut être Sonny neuf ans plus tôt, sourire étincelant, regard confiant ? Dans la chambre des petites, plutôt un débarras, il n'y a que le matelas taché et une commode. Dans celle de Sonny, des haltères, plusieurs téléphones et des puces sur la tablette à côté du lit, un grand matelas à même le sol et une couverture en polaire imitation léopard, roulée en boule. Un réveil clignote, pas réglé. Un gigantesque écran plat est collé contre le mur, quelques vêtements jetés dessus. La chambre de la mère est superbe, tout entière occupée par un lit à baldaquin couvert de coussins colorés et brodés. La fenêtre qui donne sur la rue est ornée de rideaux en dentelle.

Dans la cuisine, le frère de Sonny prépare du café en parlant à la BRI, qui se tourne les pouces, maintenant que la Crime a repris le relais. Fatboy plaisante devant les restes d'un couscous de poisson qui traînent au fond d'une marmite en fer-blanc, sans se préoccuper de l'étincelle haineuse, mais aussitôt dissimulée, apparue dans le regard de l'homme.

La porte de l'appartement s'ouvre soudain. Dans l'entrée, Michel se retourne et dégaine, visant une jeune femme au visage morne et au menton haut, qui se fige sans ciller.

— C'est bon, c'est bon, s'empresse de dire le frère

de Sonny, c'est ma sœur, elle vient chercher ses filles pour les emmener à l'école.

Sans un regard ni pour son frère menotté ni pour sa mère qui lui adresse quelques mots cinglants en bambara, la jeune femme fait signe aux petites, qui se lèvent aussitôt et se dirigent vers la salle de bains pour se laver les dents.

— Vous êtes pas du matin, c'est ça ? lui demande Michel.

Pendant ce temps, dans la cuisine, le frère continue de discuter, volubile :

— Ah là là, on peut dire que vous m'avez fait peur. Vous avez failli me faire allonger par terre, tout ça, hein ? Pas vrai ?

— C'est la procédure. Quand on entre, on sait jamais sur qui on va tomber. Vous voyez, après, on est raisonnables, répond Michel.

— J'avais surtout peur pour ma mère.

— Ben vous aviez tort, on n'en a rien à faire de votre mère.

La sœur repasse en poussant les petites devant elle.

— Ma sœur, elle vous aime pas, constate le frère bavard.

Alors que la cadette s'apprête à mettre ses bottes en caoutchouc pieds nus, la sœur de Sonny s'adresse à sa mère, en bambara.

— En français, parle en français, la reprend Fatboy.

— Je demande juste pour les chaussettes, fait-elle sèchement.

Léon, Michel et Bertrand se mettent à la recherche des chaussettes de la petite. La mère pense les avoir mises à sécher la veille sur un radiateur. La petite attend, son ventre rond pointant sous le pull trop court qu'elle vient d'enfiler. C'est le frère qui finit par les trouver. La jeune femme, poussant toujours ses filles, sort sans un mot ni un regard en arrière. La porte se referme.

Une fois les enfants parties, la fouille reprend, lente, méthodique : Yohan et Marceau saisissent les téléphones, les puces, un carnet de notes, et une enveloppe pleine de liquide dans la chambre de Sonny. Arrivés à la dernière pièce, ils se regardent, ahuris.

— Mais c'est quoi, ça ?

— La salle de sport, répond Sonny.

La pièce, assez vaste, est remplie à la gueule de valises, de sacs Tati, de casseroles et de marmites, de chaussures en plastique dépareillées, d'objets hétéroclites. Le tas monte jusqu'au plafond. À l'entrée, effectivement, sont posés des haltères et un vélo d'appartement replié…

— Bon ben là, on va mettre qu'on n'a rien trouvé…, propose Yohan.

La matinée est bien avancée quand la Crime, son suspect menotté et la BRI à visage découvert quittent enfin l'appartement. Sonny monte à l'arrière avec Marceau. Yohan prend le volant. Sonny se penche entre les sièges avant pour les guider dans le dédale de petites rues. Yohan suit ses indications avant de se rendre compte de l'erreur de leur gardé à vue :

— Mais non, on va pas au commissariat d'Aulnay, on va à la PJ, là !

— Ah OK, j'avais pas compris ! Alors faut tourner ici pour récupérer la Francilienne. Sinon, à cette heure, y aura trop de bouchons, indique Sonny.

Les geôles

Les locaux de garde à vue du commissariat sont peints en gris, froids, fonctionnels, tristes. Marceau fait asseoir Sonny sur un banc qu'il occupe tout entier, le menotte, puis entreprend de remplir la paperasse. Un prisonnier crie dans sa cellule et frappe régulièrement contre la porte. Une jeune ADS finit par s'y rendre, matraque et menottes cliquetant sur ses hanches au rythme de son pas furieux. Elle ouvre le guichet.

— Quoi encore ? aboie-t-elle.

— Rien, fait l'homme.

Elle soupire et regagne l'entrée. Le gardé à vue recommence à taper.

Dans la fouille de Sonny, Marceau trouve 1 320 euros en billets de vingt, bien rangés dans sa besace.

— C'est en prévision d'un voyage au Maroc, explique le jeune homme de sa voix morne, le regard fixe sous ses paupières lourdes.

— Ouais c'est ça, répond Marceau en répertoriant les billets.

En haut, dans les bureaux de la brigade, tout le monde tape les PV de la nuit, le récit officiel et minuté des opérations. L'équipe qui allait chercher le complice de Sonny, Bab, est revenue bredouille, et un avis de recherche est lancé. Des cafés fument, les croissants offerts par le plus haut gradé sur place font des miettes sur le lino.

En fin de matinée, Sonny est conduit dans les locaux de l'IJ, où est dressée sa fiche signalétique. Il est photographié de face et de profil, visage impassible. Ses empreintes digitales et génétiques sont relevées sans qu'il s'y oppose. Il est reconduit dans les geôles, où le type tape toujours contre la porte.

Le poste de Marceau sonne, c'est l'accueil qui l'informe que l'avocate de Sonny, commise d'office, est arrivée. Marceau descend la chercher et la conduit dans la cellule où elle va s'entretenir en privé avec son client. Sur la demi-heure autorisée, elle ne prendra que quelques minutes.

Sonny s'encadre dans l'embrasure de la porte, dominant le corps de Marceau. Il balaie la pièce d'un regard pensif.

— Allez, fait Marceau.

Le prisonnier s'assoit sur une chaise, où on le menotte à nouveau. L'avocate s'installe derrière lui. Un silence absolu règne. Marceau s'escrime sur son ordinateur : la caméra est cassée, il ne parvient pas à lancer l'enregistrement, obligatoire pour une audition criminelle. Sur le mur, au-dessus de lui, une affiche du cirque Grüss et un drapeau du PSG. Une belle journée d'hiver, froide et lumineuse, s'est levée sur les toits d'ardoises. Sonny regarde par la fenêtre. Il a vingt-deux ans.

— Le domicile où on était ce matin, c'est à qui ?

— C'est à ma mère, c'est elle l'occupante. Mais c'est moi qui paie.

— Combien ?

— 300 par mois.

— Tu paies à l'Office ?

— Non, je paie à ma mère, en liquide.

— Tu es chauffeur VTC depuis quand ?

— Je sais pas. Trois mois peut-être ? J'aime conduire. Et je connais bien la région parisienne.

— Quel est ton numéro de téléphone ?

— Je sais pas.

Marceau relève la tête. Ils se dévisagent. Sonny a un sourire tranquille. Marceau pense que Sonny ne parlera pas. Il joue les caïds. C'est peut-être vraiment un caïd. En a-t-il l'envergure ? Possible. Ils se regardent encore un peu, le visage blanc et osseux de Marceau aussi immobile que le visage noir et épais de Sonny. Les yeux dans les yeux. Marceau reprend :

— Quels sont tes diplômes ?

— J'ai un BEP.

— Es-tu connu des services de police ?

— Oui.

— Pour quoi ?

— Ben, ça dépend. Vous voulez savoir la dernière fois ?

— Par exemple.
— Défaut de permis l'année dernière.
— As-tu des surnoms ?
— Oui : Sonny.
— Écoute-moi bien : tu es mis en cause dans la tentative d'assassinat sur la personne de Calmel Mathis le 19 octobre 2015 à Noisy-le-Sec. Tu comprends ?
— Oui, fait Sonny de sa voix grave, tranquille.

Marceau commence par parler voiture : la Clio blanche qui a servi à l'enlèvement puis à la fuite des agresseurs de Mathis Calmel n'a pas été retrouvée, mais elle a été identifiée. Elle appartient à un dealer connu, qui a été incarcéré un moment dans la même prison que Sonny et Mathis. Les origines de l'histoire remontent probablement à cette incarcération, mais Marceau ne ressent qu'une curiosité limitée pour ce dossier, plus que jamais ce matin. Il veut trouver le coupable, le coincer, et offrir à la justice un dossier suffisamment solide pour l'envoyer longtemps en prison. Mais comprendre ses motivations ? Pas le moins du monde.

Sonny répond qu'il a vendu sa voiture il y a deux ans. Depuis trois mois environ, il ne conduit que son VTC.
— Et entre les deux, comment tu te déplaçais ?
— Dans la voiture à mon pote.
— C'est qui ton pote ?
— Keita.
— Keita comment ? C'est son nom ou son prénom ?
— Son nom. C'est un gros des 3 keus.
— C'est quoi comme voiture ?
— Une Megane. C'est tout ce que j'ai conduit, avant le VTC.

Et la Clio blanche ? pense Marceau. Il y reviendra plus tard. Il a le temps.

— Il y a un code, sur ton téléphone ?
— Oui.
— Donne-le-moi.
— 2208.
— C'est une date de naissance ? De qui ? De ta copine ?

Sonny a un mouvement d'agacement. On entend le bruit des menottes contre l'acier de la chaise. Il ne répond pas.

— Depuis quand tu as ce téléphone ?
— Je sais plus.

C'est ce qu'il répondra à toutes les questions portant sur les téléphones ou les voitures : je ne sais pas je ne sais plus.

— Es-tu déjà allé à Amiens ? enchaîne Marceau.
— Oui, répond Sonny, sagement.

Il sait qu'on pourrait sans doute le prouver avec sa ligne, il ne sert à rien de mentir ici. Les yeux mi-clos, il réfléchit vite, et bien.

— Quand ?
— Je sais plus.

Ne pas trop en dire, jamais plus que ce que les policiers savent. S'ils ont la date, qu'ils la donnent.

— Et à Noisy ? T'es déjà allé à Noisy-le-Sec ?
— Oui, avec un pote. Sa mère habite là-bas, mais c'était il y a quoi, des années de ça, fait-il, soudain loquace.
— C'est qui, ce pote ?
— Kigné Florent, répond Sonny qui, comme un flic, annonce d'abord le patronyme. Il est de Fontenay.
— Quel coin habite sa mère ?
— Les Larris, je crois.
— C'est qui, Bab ?
— Un mec de la cité voisine, à côté de chez moi.
— C'est quoi, son vrai nom ?
— Alors là, aucune idée, vraiment. Désolé, fait-il en secouant la tête, navré de ne pas pouvoir aider.

Marceau fait une pause et étend les jambes sous le bureau. Si Sonny a des remords, ce que Marceau juge hautement improbable, il les gardera pour lui. Les aveux ne sont de toute façon pas nécessaires puisqu'il a été formellement reconnu par sa victime, par la femme de sa victime et par un témoin. Il va tomber car son téléphone borne à Amiens trois jours avant les faits, et à Noisy-le-Sec le jour des faits – même s'il est éteint quelques heures, au moment de la tentative. Alors, pourquoi continuer ? Marceau pense un instant qu'il pourrait se lever, sortir de la pièce, marcher jusqu'à la gare, prendre son train, rentrer chez lui, jouer dans la cour avec les enfants. Il pourrait les laisser là avec ce merdier, avec ce connard même pas foutu de tuer un mec à bout portant, avec tous ces dégénérés. Il ferme les yeux. L'avocate se racle la gorge. Marceau relève les paupières.

Sonny sourit, le visage tourné vers la fenêtre, vers le soleil radieux et blanc de l'hiver.

— Tu as des observations ? demande Marceau.

— *Tt tt*, répond Sonny, faisant seulement claquer sa langue contre son palais.

— Maître ?

— Non.

Sonny bâille largement.

— Vous savez lire et écrire le français, monsieur ?

Retour au vouvoiement, sale merde, pense Marceau, va donc crever derrière des barreaux, toi qui te crois si malin.

— Oui.

Sonny relit attentivement son PV d'interrogatoire encore tout chaud de l'imprimante, passant les feuilles au fur et à mesure à l'avocate de sa main libre. Il s'essuie le nez sur le dos de la main, est secoué d'une grosse toux caverneuse, signe, puis attend, patient, dodelinant, et s'endort.

Une fois Sonny reparti vers les geôles, tout le monde se remet à bécaner. Des enquêteurs s'interpellent de bureau en bureau, discutant procédure.

— Déjà fini, le PV de chique ? s'étonne Yohan en voyant apparaître Marceau.

— Un connard.

— La fouille, c'était 7 h 35 ? demande quelqu'un.

— Mets 7 h 30 plutôt.

— Ah mais non, je peux pas le faire, j'ai mis la perquise à 7 h 30 ! Ça va se chevaucher !

— Non, regarde, on fait l'interpelle à 7 h 30, on joint l'avocate à 7 h 35, et on entre au dom' à 7 h 40. Ça tient.

— On est en 18.4 ?

— Oui, extension de compétence, Audrey, répond Fred Palacio, dans son rôle de formateur à la fois moqueur et patient.

— C'est quoi le numéro de la CR ? hurle quelqu'un. Ça a encore sauté !

— Mais si j'ai mis l'heure en début de PV, je remets l'heure pour le début de la perquise ?

— Dès le moment où tu es dans le dom', tu es dans le cadre légal de la perquise. On considère que l'entrée au dom', c'est le début de la perquise.

— L'astuce, c'est de dire « nous étant préalablement transportés » plutôt que « nous transportant », conseille quelqu'un.

Dans l'escalier, un petit homme falot passe en discutant avec La Fourche. C'est Néron, un indic controversé.

— Je te dis que c'est une vraie ! Pour service rendu ! s'énerve l'homme en agitant une plaque portant le sigle de la CIA.

— Quel mytho, ricane La Fourche tout en lorgnant la plaque en douce.

Il se demande. Tout est possible. Ils disparaissent dans les étages, chuchotant de concert.

À 17 h 30, pour sa deuxième audition, Sonny est fatigué. Il se plaint du froid qui règne dans les geôles et qui l'a empêché de dormir, du bâtard qui gueule dans la cellule voisine. « Celui-là, il a pas intérêt à me croiser. » Dans le bureau, il fait trop chaud au contraire et la torpeur le reprend. Il s'endort complètement, sa tête dodeline et part brusquement en arrière, le réveillant en sursaut. L'avocate s'est réinstallée à sa place, silencieuse et impénétrable.

Marceau pose des questions précises sur l'emploi du temps de Sonny le jour de la tentative d'assassinat de Mathis Calmel, mais Sonny dit ne se souvenir de rien. Marceau fait glisser sur le bureau une photo de Calmel. Sonny secoue la tête.

— Je le reconnais pas.

On lui présente une autre photo.

— Je le reconnais pas.

— C'est Kamel B.

— Connais pas.

— Pourtant c'est Bab, ton copain Bab.

— Hmm.

— Tu le reconnais, donc ?

— Hmm.

— Quelles sont vos relations ?

— C'est un mec du quartier voisin.

— C'est-à-dire…

— Quoi, c'est-à-dire ?

— Je vous demande quelles sont vos relations, pas où il habite. Vous êtes quoi ? Amants ? Amis ? Parents ?

— C'est un mec du quartier, quoi.

— Comment vous le connaissez ?

— Je le connais pas vraiment. C'est un mec du coin.

Marceau tape, le silence s'étire, Sonny se rendort, Marceau le réveille.

— Comment vous expliquez que Mathis Calmel vous connaisse, lui ?

— Y a des tas de gens qui me connaissent et que j'ai pour ma part jamais vus.

— Comment expliquez-vous qu'il dise avoir eu rendez-vous avec vous le jour où on lui a tiré dessus ?

— Je l'explique pas.

— Vous aimez les numéros faciles à retenir ? Je vais vous en donner un : 06 18 10 60 40. Vous connaissez ?

Sonny a un petit sourire.

— Je crois que je vais attendre que vous me rafraîchissiez la mémoire.

— C'était votre numéro.

— Ça me dit rien.

— C'est vrai ? Pourtant, sur ce numéro comme sur celui que vous utilisez actuellement, les principaux correspondants sont les mêmes : votre mère, votre meilleur ami, votre petite copine.

— Et alors ?

— Alors il me paraît peu probable que votre mère, votre meilleur ami et votre copine aient un correspondant en commun autre que vous.

— …

— Et ce numéro-là, voyez-vous, avait de fréquents contacts avec ce M. Calmel, qui vous connaît, mais que vous ne connaissez pas.

— …

— Pourquoi étiez-vous en contact avec Mathis Calmel ?

— J'étais pas en contact avec lui puisque je vous dis que je le connais pas.

— Le téléphone que vous utilisez actuellement, vous vous souvenez toujours pas depuis quand vous l'avez ?

— Non, pas vraiment.

— Alors je vais vous rafraîchir la mémoire, comme

vous dites. Vous l'avez depuis le 22 octobre 2015, soit trois jours après la tentative d'assassinat de Mathis Calmel. Et avant ça, votre ligne c'était le 06…

— Nan, je crois pas. J'avais pas de téléphone avant. Le plus souvent, j'utilise celui des autres.

— Vous me prenez pour qui ?

— Pour un officier de police.

— J'espère que ça veut pas dire que vous me prenez pour un idiot ?

— J'ai pas dit ça, monsieur.

— Quoi que vous pensiez, ce soir, moi je rentre chez moi, au chaud, dans ma famille. Et je peux te dire que ce sera pas ton cas.

Sonny sourit. L'avocate tape des textos, elle ne lève pas les yeux, la scène ne semble pas l'intéresser le moins du monde.

— Êtes-vous allé à Amiens le 14 octobre ?

— Non.

— À Noisy le 19 ?

— Non.

— Avez-vous, à plusieurs reprises, tiré avec une arme à feu sur Mathis Calmel ?

— *Tt tt tt*, répond Sonny, clappant de la langue.

— Si vous ne le connaissez pas, quel intérêt a Mathis Calmel à vous accuser ?

— Et quel intérêt j'aurais à lui tirer dessus, puisque je le connais pas ?

Auditions

« Tu sens cette odeur de pisse de chat ?
C'est l'odeur de la peur. »

Deadwood

BRB
Mardi 24 novembre

Il est 9 heures du matin. Sammy, le plus haut gradé chargé des interpellations du matin, paie les croissants, comme c'est l'usage. Le groupe a deux gardés à vue, pas pour la même affaire. D'abord, le vieux trafiquant d'armes yougoslave dont ils attendaient le retour et que la BRI a coincé à l'aube du côté de Champigny-sur-Marne. Il est à l'hôpital. L'autre, Slim, est un homme long et voûté, au bon visage tranquille, dont La Fourche s'apprête à commencer l'audition. C'est une queue de CR, comme on appelle les derniers actes des vieilles affaires. Slim serait complice d'un important réseau mafieux démantelé il y a plus d'un an.

— Ça va ? Fait pas trop froid en bas ? demande Sammy.

L'homme sourit en haussant les épaules. Sammy le fait entrer dans le bureau de son chef.

— Je vais te détacher, Slim. Attention, hein, tu vas pas te jeter par la fenêtre ? demande La Fourche.

— Promis, promis, je suis très calme.

Slim a l'air très calme, en effet. Languissant, il s'installe sur la chaise préparée pour lui, étend ses longues jambes comme il peut dans l'espace étroit et s'affaisse, bercé par le ronronnement des ordinateurs et des imprimantes. La torpeur le gagne. La pièce est plongée dans la quiétude. La Fourche feuillette des documents, la Scribe tape ses PV. Sammy sifflote, va et vient, fait du bruit. Slim se repose. Tout est jaune et terne dans la pièce. Usé. L'air lui-même paraît avoir été trop souvent expiré.

Sammy vient s'asseoir en face de lui, sur le bureau de son patron toujours plongé dans la paperasse, et entame la conversation. Ils évoquent des vieilles histoires de bandits que Slim connaît, ou dont il a entendu parler.

— Et avec les Chinoises, Slim, comment ça va ? enchaîne Sammy, toujours cordial.

Slim lève un regard blessé vers le jeune homme. Il comprend soudain que toutes ses conversations ont été entendues.

— Mais vous savez tout de ma vie ou quoi ?

Ils sont interrompus par le commissaire Payet, qui pile dans le couloir en virevoltant sur ses talons :

— Je cherche un chien-arme, c'est la poisse, tous les garagistes sont mobilisés par la COP21, j'ai personne pour désosser la caisse de votre Yougo, là, Markovic.

Le patron de la brigade met un point d'honneur à connaître et mémoriser les noms des gardés à vue passés par son service. Et il y parvient.

— Michelle, vous n'aviez pas un contact ?

La Scribe se met à la recherche de son contact. Payet est déjà reparti, pressé.

Sur le bureau de La Fourche s'entassent les téléphones saisis chez Slim, une vingtaine, notamment de très petits que les visiteurs font entrer en prison en se les introduisant dans l'anus.

— Comment ça s'ouvre, ces trucs ? grogne La Fourche.

Sammy lui prend celui qu'il tient entre les mains et le fait tomber par terre. Le téléphone s'ouvre, il le ramasse et le rend à son chef.

— Bordel de merde ! hurle soudain Pascal dans un bureau voisin.

Le logiciel vient de bugger : les quinze premières pages du PV d'interpellation sont perdues. Payet repasse à cet instant, zigzaguant entre les invectives comme entre des projectiles.

— À la batteuse, on aurait déjà fini, patron.

— On peut pas le faire sur Word ?

— C'est quoi, « fonction active », putain ? fait La Fourche entre ses dents.

— C't'une horreur ce logiciel, patron, tente un autre.

— Aujourd'hui, il veut pas.

— C'est dommage parce que c'est aujourd'hui qu'on en a besoin…

Payet prêche :

— Personne ne peut plus retenir par cœur un PV de GAV. C'est devenu trop compliqué. Regardez, si vous vous connectez en mode local, c'est tout de suite plus fluide.

— Non patron, même en déconnecté ça marche pas…

Slim, un peu inquiet, reprend à mi-voix la conversation avec Sammy :

— Vous savez vraiment tout de ma vie alors ?

Sammy, qui a une bonne mémoire, pourrait réciter l'échange entre Slim et une prostituée chinoise qui détaillait ses prestations. Apprenant qu'elle acceptait de se passer de préservatifs lors des rapports, Slim a tenté de la mettre en garde.

— On peut pas trier malheureusement, on écoute tout. Tu sais que les fellations non protégées, c'est dangereux aussi pour la femme.

— Oui je sais, dit Slim d'un air malheureux, mais avec capote c'est beaucoup moins... Et puis c'est quand même pas aussi mauvais que les rapports, je me suis renseigné. C'est de la folie de tout faire non protégé.

— Elle fera pas de vieux os, c'est sûr.

La Fourche pose enfin sa liasse de papiers sur le bureau, remonte ses lunettes sur son nez et commence l'audition.

Rythme de croisière. Le début est long, lent, tranquille. La Fourche interroge Slim sur ses relations avec I. K., un parrain arrêté par le groupe l'année dernière. Slim regarde ses grandes mains, puis les presse entre ses genoux et répond :

— I., c'est pas de l'amitié, c'est ce que vous comprenez pas. I., c'est la famille.

La Fourche ne le contredit jamais, il pose ses questions, enregistre les réponses, impassible. C'est le premier PV, le PV de chique. Les choses sérieuses commencent plus tard.

En bas, à la Crime, la prolongation de la garde à vue de Sonny décidée par le juge a pris effet ce matin. Lors de sa nouvelle audition, il répond « Je garde le silence » à toutes les questions.

Il se ronge les ongles mais son visage reste indéchiffrable.

— Quelque chose à ajouter ?

— Non.

— Maître ?

— Non.

Marceau se lève et entreprend de détacher la menotte fixée au pied de la chaise.

— C'est tout ? demande l'avocate.

— Oui, répond Marceau, je crois qu'on n'a aucune raison de continuer à perdre notre temps. On va préparer le défèrement de monsieur.

Sonny relit son PV. Manifestement content de lui, il sourit à plusieurs reprises.

La porte s'entrouvre, la tête de Matthias apparaît :

— T'as pas un Doliprane ? J'ai la tête comme une pastèque. Oh pardon, j'avais pas vu que t'avais quelqu'un.

Il ressort et passe au bureau suivant. Quelqu'un lui jette un tube d'aspirine, qu'il attrape d'une main.

— J'ai les écoutes de la gamine d'Éric Donner. Je deviens dingue.

— Elle parle beaucoup ? demande un collègue, compatissant.

— C'est pas tellement ça. Mais ça textote toute la journée. Deux cents SMS dans la nuit ! Elle me tuera.

Le profil de Donner se modifie de jour en jour. Le patron modèle, le businessman à succès, le type généreux qui a sauvé de la rue son adjoint est maintenant raciste, homophobe, violent, macho. Il emportait des matraques en caoutchouc à ses réunions d'affaires, trouvait que la place de la femme était à la maison avec les enfants, harcelait Karl sur sa sexualité… Sans compter les 1 800 euros de marchandises impayées et l'année de loyer en retard.

La BRI a ramené le trafiquant d'armes yougoslave de l'hôpital. Le vieil homme a le visage tuméfié. La Fourche ne décolère pas.

— Tu leur dis que c'est un petit vieux inoffensif, tu les préviens à l'avance, et ils te le traînent par terre comme un sac de pommes de terre. Ils ont un permis de tuer et ils te malmènent un vieillard. Un jour ils nous zigouilleront quelqu'un. Vas-y Alice, va discuter un peu avec lui, moi je suis trop colère.

— Mort aux vaches, rigole Sammy.

Le téléphone sonne sur le bureau de La Fourche.

— J'écoute ?

C'est Néron, l'informateur, qui est de retour et qu'on a bloqué à l'accueil.

— Va me le chercher, tu veux ? fait-il à Sammy.

Les trois hommes partagent un café dans le bureau de La Fourche. L'indic regarde avec une curiosité professionnelle les hommes aller et venir dans le couloir, certains poussant devant eux les gardés à vue de la nuit.

— J'avais oublié que c'était mardi. Vous devez être occupés.

— Ça va, fait La Fourche. T'as quelque chose pour nous ?

— Peut-être un petit truc qui peut vous intéresser. Je dis bien peut-être, attention.

— Accouche, s'impatiente La Fourche.

Néron lâche, d'une traite :

— Un mec de ma connaissance qu'est spécialisé dans les faux fafs a été contacté par un mec de la télé planqué en Belgique.

Sammy et La Fourche échangent un bref regard mais s'efforcent de rester impassibles. Après un silence, Sammy prend la suite :

— Quand tu dis un mec de la télé, tu veux dire un des terros ?

On est moins de trois semaines après les attentats. Néron hoche la tête.

— Ce mec de ma connaissance est un bandit. Il a une fiche. Mais il aime pas les terros et il veut rien avoir à faire avec ça. Il propose de monter en Belgique sous prétexte d'apporter les papiers, de saucissonner le mec et de le livrer, genre dans la forêt de Fontainebleau. Je pourrais aller avec lui pour m'assurer que tout se déroule sans accroc. T'en dis quoi ?

La Fourche pousse un profond soupir. L'équipée d'un indic et d'un braqueur jusqu'à Molenbeek, l'enlèvement d'un terroriste, le retour clandestin en

France, le rendez-vous pour la remise du colis la nuit dans la forêt... Que dire ?

— J'en dis que ça pue terriblement, Néron. Il veut quoi en échange ton mec ?

— Qu'on lui enlève sa fiche.

— C'est quoi ? Une fiche S ?

— Non, juste une fiche de recherche.

— Donne-moi son blase.

— Attends, je peux pas encore te le donner.

— Bon, c'est lequel, des mecs de la télé ?

— Attends, je peux pas encore te le dire.

— Néron, si tu me dis rien, j'ai quoi, moi, pour m'accrocher ?

— Pour prouver sa bonne foi, mon gars propose de commencer par balancer une caisse d'armes, avec un M57. Entre autres. Tu verras, c'est intéressant, fais-moi confiance.

Sammy et La Fourche se regardent, pensifs. Néron est complètement taré. Mais il a de bonnes infos...

— Ça sort d'où ce M57 ?

— J't'expliquerai.

La Fourche soupire encore.

— On va voir. Qu'il file déjà les armes, et on va voir...

— Pourquoi tu veux pas qu'il te le saucissonne ? Ça serait tellement plus simple.

— Pas pour tout le monde, Néron. Pas pour tout le monde.

Dans le couloir, les derniers de la BRI à traîner sont rassemblés autour de leur machine à café, où ils échangent des potins. Dans son bureau, porte entrouverte, Lucky chuchote avec le chef de groupe qui va être promu et lui succéder. Il lui transmet ses affaires, ses indics – pas tous, certains ne sont pas encore prêts –, les officiels et les autres. Lucky est un flic à l'ancienne, il parle encore à des informateurs qui ne sont pas répertoriés au registre des sources, à des voyous qu'il a invités chez lui à des barbecues, qui connaissent sa femme et ses fils.

— Encore des biques ? demande le futur nº 2 à Lucky qui le briefe.

La femme de Lucky est originaire du Maroc. Trente ans qu'il entend des remarques racistes sans s'y arrêter. Il se dit que pour eux, son épouse n'est pas une biquette, mais la femme de leur chef, que Nacim de la BRB n'est pas un bique, mais un collègue, et ainsi de suite. Il répond sans s'émouvoir :

— Non, c'est des nouches.

La Crime

Sonny est déféré devant le juge. Deux réservistes le conduisent, des CRS retraités qui, la dernière fois qu'ils se sont retrouvés seuls avec un détenu, ont dû s'arrêter sur le bord de la Francilienne pour pisser – la prostate, explique toujours Sammy, qui aime raconter cette histoire. Le gardé à vue, dix-neuf ans, en a profité pour sortir de la voiture et partir en galopant sur la bande d'arrêt d'urgence, les mains attachées dans le dos. Il a franchi la barrière de sécurité d'un bond, poursuivi par les deux hommes déjà essoufflés, a dévalé le talus, roulé-boulé jusqu'en bas avant de foncer à travers un camp de Roms. Quand les deux anciens, au bord de l'apoplexie, sont enfin arrivés, les Roms leur ont indiqué trente directions différentes.

— Enfin, Sonny, ça m'étonnerait qu'il se cavale, commente Marceau, sarcastique, en regardant la lourde silhouette qui s'éloigne.

La présentation est un fiasco. Se fondant sur le comportement de Sonny en garde à vue, le magistrat, qui a trente dossiers en attente, n'a rien préparé. Aussi est-il pris au dépourvu lorsque le géant déclare de sa voix monocorde qu'il accepte de répondre à toute question qui lui sera posée. Le juge feuillette désespérément le dossier, s'emmêle dans les surnoms des protagonistes et deux heures plus tard, découragé, dirige Sonny vers Villepinte, que ce dernier a choisi pour que sa maman puisse lui rendre visite – ce qu'elle n'a fait lors d'aucune de ses nombreuses incarcérations.

« Enfin, c'est vrai que cette fois vous partez sans doute pour longtemps », a fait distraitement le juge.

Marceau attend maintenant que Sonny récupère un téléphone en prison, afin de le placer sur écoute quand ils auront triangulé ses appels.

— Ça devrait lui prendre un ou deux jours, trois au maximum, évalue-t-il avec sa chef de groupe tandis que s'engage à côté d'eux une discussion animée.

— Le terrorisme islamique, il faut le prendre comme un phénomène criminel classique. Même si l'idéologie nous dépasse, le mode opératoire est le même. Il y a des armes, un phénomène de recrutement, une formation qui se fait notamment en prison, des préparatifs, une hiérarchie interne... C'est des voyous comme les autres, quoi qu'ils en disent. On serait plus efficaces en les traitant comme tels.

— Les attentats ont quand même prouvé que les systèmes policier, judiciaire et extrajudiciaire ne sont pas adaptés à la menace.

— Regarde, moi j'ai eu ce débile de Kouachi en GAV, il y a quelques années. Il était très bête, vraiment, et il n'avait aucune connaissance en matière de religion. Même moi je m'y connaissais mieux en islam que lui !

— T'as eu lequel ?

— Chérif. C'est en prison qu'il a basculé. Des islamos lui ont retourné le cerveau et ça a pas dû être difficile vu l'engin. Nos outils ne sont pas adaptés. La ligne SOS islamisme, fais-moi rire, quelle connerie ce truc, c'est une coquille vide, c'est seulement de la com. On est perdus, là.

— On *a* perdu, tu veux dire. Et y en a au moins pour une génération.

— Vos gueules les mecs, grogne Marceau. Y en a qui travaillent.

Yohan est d'accord avec son binôme. Tout le monde est devenu expert en terrorisme et en attendant, plus personne ne s'occupe des meurtriers ordinaires.

BRB

Le commissaire Payet a finalement trouvé un garagiste libre qui a désossé la voiture de Markovic sans rien y trouver.

— Et si Markovic était en fait seulement allé passer une commande ? C'est pas lui qui rapporte la marchandise…, tente Sammy, découragé.

La Fourche hausse les épaules avec agacement : ils se sont plantés, ils ont amoché un vieux au passage, Slim commence à schlinguer – c'est une mauvaise journée.

Dans un petit bureau, Alice tient compagnie à Markovic. Visage large et buriné, brosse de cheveux argentés repoussés en arrière, regard très clair, il bougonne de sa grosse voix fatiguée.

— Mais ceux qui me démontent la voiture, là, c'est des paysans. Je préviens, je vois combien ça coûte et j'envoie la facture. Je dis qu'ils me permettent de démonter moi-même, plus doux et plus rapide. Eux pressés mais lents. Maladroits.

Un peu somnolents dans la chaleur du petit bureau, Alice et Markovic parlent de choses et d'autres.

— On attend quoi, maintenant ? demande le vieil homme en s'étirant.

Il n'est pas menotté. Ses baskets usées sont délacées, son jogging un peu serré sur sa panse.

— On attend votre avocate, monsieur Markovic, lui rappelle Alice.

— Mais non, pas attendre avocate, commencer, commencer, fait-il avec impatience.

— Comme vous voulez, fait Alice en allumant la caméra de son ordinateur.

Le vieux lui sourit.

— Alors je suis beau à l'image ?

Il paraît très fatigué, il a une blessure au front, un hématome à la joue qu'il touche avec précaution.

— Pas mal, répond Alice.

— Je suis mieux s'ils me sortent pas comme un sac-poubelle sur l'A86, vos Rambos.

Ses mains sont comme des battoirs, mais son sourire est doux. Alice commence l'audition de grande identité, qu'il a accepté de faire avant l'arrivée de son avocate.

Dans le bureau voisin, Sammy est en ligne avec une substitute du procureur de mauvaise humeur.

— Je comprends rien à vos écoutes, qu'est-ce que c'est que cette interprète ? Elle parle pas français ! C'est du charabia.

— On a tout fait retraduire, il y avait en effet des problèmes de sens, madame le procureur.

— Vous me faites rire, des problèmes de sens, c'est le moins qu'on puisse dire. Je vois même pas de français, là !

Sammy adopte un ton pédagogique pour répondre :

— À chaque fois, on vous a mis les deux traductions : celle de la première interprète et celle du second, suivie par la version originale. Quand il n'y a que des consonnes, c'est du serbe, en fait.

— C'est ça, prenez-moi pour une imbécile, lieutenant !

— Mais pas du tout, madame le procureur…

Elle a déjà raccroché. La Fourche fusille du regard son adjoint qui se prend la tête entre les mains.

Slim relit son PV.

— Ah ben non, c'est pas ça du tout, comment vous avez tourné ça ?

— C'est juste ce que tu nous as dit, Slim.

— Alors ça sonne pas pareil quand vous l'écrivez. Comment on fait ? Je peux rajouter des choses ?

— Vas-y, soupire Sammy.

— Alors écrivez bien ça : je connais énormément de monde de par mon activité – c'est comme ça qu'on dit ? – et aussi mon caractère.

— Ton activité... professionnelle ? interroge Sammy.

— Oui, voilà. Je connais beaucoup de gens et je suis toujours resté un commerçant. J'ai été choqué d'apprendre ce qu'avait fait I. K. Et pour les téléphones que vous me reprochez, je les vends à plein de gens, mais c'est pas moi qui les active.

Quelques heures plus tard, la procureur signifie la remise en liberté de Markovic et La Fourche commence une nouvelle audition de Slim.

— Je t'ai écouté, Slim, j'ai essayé de te comprendre. Maintenant, laisse-moi te dire ce que je pense. Je pense que I. K. profitait de ta gentillesse naturelle.

Slim hausse les épaules. La peau de son visage est luisante, il a l'air fatigué. La Fourche lui fait écouter des extraits de ses interceptions judiciaires. On entend le trafiquant lui demander d'organiser des rendez-vous pour lui. Slim a l'air au supplice.

— Nous, on se dit que tu vas probablement passer tout de suite un coup de téléphone, puisque I. K. te le demande. Tu me suis ?

— Oui, peut-être, enfin je sais pas.

— Ben si, c'est logique Slim, réfléchis avec moi. I. K., c'est plus qu'un ami, c'est la famille tu me dis. Il te demande de passer un coup de fil pour lui, alors on peut en déduire que tu vas lui rendre ce service. D'accord ?

— Hmm.

— Donc on regarde ton historique d'appels. Et là, rien. Il n'y a aucun appel passé depuis ton numéro.

— Ah, fait Slim d'une voix morne.

— Alors qu'est-ce qu'on fait, nous, à ton avis ? interroge Sammy.

— Je sais pas.

— Eh bien, on cherche de quel téléphone tu l'as passé, cet appel. Parce qu'on est sûrs que tu l'as fait. Donc on cherche, et puis on trouve.

— Et ça sent pas bon pour toi, fait La Fourche.

Slim s'ébroue comme un vieux chien.

— Non mais attendez, écoutez-moi un peu. Moi j'ai grandi dans une zone où c'était la catastrophe. C'était la misère, c'était la guerre, c'était le Bronx. J'exagère pas, vous le savez comment c'est dans le coin. Faut survivre, là où j'ai grandi, moi. Et vous le savez que j'ai jamais rien fait de mal. Je suis jamais allé en zonzon. J'ai jamais été mis en examen, pour rien. J'ai même jamais été au poste ! Vous le savez bien, non ? Et vous savez bien que c'est pas facile, quand on vient de là d'où je viens. Je suis très, très loin de tout ça, moi.

— Oh non, t'es pas loin, t'es pas loin du tout Slim, fait doucement Sammy.

Une odeur de sueur, l'odeur de la peur, monte soudain de Slim, âcre, tellement forte qu'elle pique les yeux. La Fourche reprend la parole de sa voix sifflante :

— Tu as fait une erreur de jugement, Slim. Tu as cru que j'étais cool, tu t'es dit que parce que j'avais pas pété ta porte ce matin, t'avais rien à craindre. Tu t'es trompé. J'ai pas pété ta porte parce que j'aime pas le désordre. Mais je suis pire que les autres, moi. Bien pire.

— Je vous jure, j'en ai vu toute ma vie, du bizness, des trafics. J'ai choisi de pas en être. J'ai choisi ma vie. J'ai grandi dans des zones et je suis toujours resté clean.

— Oui, t'as choisi de pas faire de conneries, et c'est précisément pour ça qu'ils t'ont choisi, *toi*. Ils se sont servis de toi parce que t'étais clean. T'es pas près de revoir ta fille, Slim.

Slim serre ses grandes mains entre ses genoux, malheureux.

— Je pense qu'il vaut mieux que tu réfléchisses cette nuit, fait La Fourche.

— Je peux appeler ma fille ? demande l'homme d'une voix lasse.

Sammy compose le numéro qu'il lui dicte et lui passe le combiné.

— Allô, c'est moi. Tu vas aller dormir chez maman ce soir.

— …

— Ben parce que… Parce que je serai pas là.

— …

— Parce que j'ai une petite galère, Nelly.

Slim est retourné dans les geôles. Sammy remonte et jette une balle rebondissante sur l'armoire métallique de son patron.

— Tu dis quoi ?

— Hmm ?

La Fourche ne lève pas la tête mais il sait de quoi veut parler Sammy.

— Pour l'histoire de Néron. Tu dis quoi ?

— Je dis : prends ton mal en patience…

Vie de famille

« La mort, ça déshabille. »

Fred Palacio ajuste sa cravate sous le regard goguenard de Matthias, dont les tennis crevées bâillent dans le petit matin gris. Ils partent pour Neaufles entendre la femme et la sœur d'Éric Donner. Ils font la route en silence, deux compagnons qui partagent peu de choses. Matthias est touche-à-tout, polyvalent, cultivé, provocateur. Palacio a l'esprit technique, pratique, minutieux. Il a le sens du détail. Il n'a jamais fait autre chose que de la criminelle, c'est sa matière. Il a toujours aimé travailler à froid : un corps immobile, la lenteur et la méticulosité des constatations, les longues auditions, les études de téléphonie. Il aime répondre à la question : qui ? Comment aussi, beaucoup. Pourquoi le passionne moins, comme la plupart de ses collègues. Les hommes sont des barbares, et certaines femmes aussi, ça lui suffit en général. Lui qui affirme ne s'intéresser ni au cinéma, ni à la littérature, ni à l'art prend un plaisir d'esthète à fermer des portes, à exclure les hypothèses les unes après les autres, à tirer les fils, à repartir de zéro sans précipitation et sans préjugé. Il a une haute idée de sa profession et soigne son apparence pour être au niveau.

Mais l'affaire Donner le laisse insatisfait, de même que le désordre qui a régné dans le service pendant quelques semaines ; il est intranquille. Après les attentats de *Charlie Hebdo*, la création d'un groupe antiterroriste à la Crime avait été brièvement évoquée. Rien ne s'était fait et, à l'époque, Palacio n'était pas intéressé. L'idée est à nouveau sur le tapis et cette fois, il y pense sans arrêt. Il veut en être.

— T'as des nouvelles de ton habilitation ? demande Matthias comme s'il lisait dans ses pensées.

L'habilitation secret-défense est indispensable pour rejoindre ce GAT. Palacio hausse les épaules, le regard fixé sur la route.

— Un gendre idéal comme toi, ça peut que marcher, insiste Matthias.

— Pas sûr. Ma copine est ukrainienne, est-ce que c'est rédhibitoire ? lâche Palacio à contrecœur.

Les banlieues se succèdent, chacune lui évoquant des images curieusement dénuées d'émotion, de corps sans vie brûlés poignardés étranglés éventrés, d'appartements envahis au petit matin, d'attentes éternelles dans le froid, la chaleur, sous la pluie, de gens qui pleurent qui crient qui restent muets de stupeur.

Des silhouettes sur les bas-côtés se pressent dans le brouillard.

— Peuvent pas s'habiller comme tout le monde ? grogne Matthias en regardant passer un groupe d'hommes portant calotte, qamis courts et sandales en plastique – on est vendredi, c'est la grande prière et ils approchent de la mosquée de Trappes.

— Comment tu t'habilles, quand tu voyages ?

— Je m'habille normalement, comme d'habitude.

Palacio a un petit rire.

La campagne s'installe.

Neaufles. Devant le jardin touffu des Donner, plusieurs voitures sont garées, dont un gros 4×4

Volkswagen noir intérieur cuir. Palacio pousse un sifflement.

La porte s'ouvre sur une jolie femme aux cheveux platine. Elle serre la main aux enquêteurs et plonge ses yeux très maquillés et striés de rouge dans ceux de Matthias.

— Vous avez du nouveau ?

Derrière elle, Palacio aperçoit une femme âgée, aux boucles permanentées serrées sur un crâne de moineau, à la mâchoire chevaline, dont les lunettes à monture beige, attachées par un ruban, pendent sur la triste poitrine. Il croise son regard, inquiet et hésitant, tout de suite fuyant alors qu'elle recule vers le salon où une télévision à écran plat gigantesque – mais en est-il de petites ? – diffuse un feuilleton à l'eau de rose sans le son. Il choisit la sœur et fait signe à Matthias de suivre l'épouse.

— Venez en haut, dans une chambre, dit la femme en l'entraînant.

Matthias glisse un regard sur la sœur aînée, qui leur a tourné le dos, puis lève vers Palacio un sourcil interrogatif. Ce dernier lui répond d'un signe dubitatif du menton – on verra – et les deux hommes se séparent.

Le sol de la petite maison est couvert de tomettes, les rideaux violets des fenêtres sont assortis à la nappe. La cuisine rutilante mais désordonnée ouvre sur le salon. Le comptoir de séparation est couvert d'ordonnances, de papiers administratifs et de médicaments. La femme âgée s'installe à la table de la salle à manger.

— Vous êtes venue épauler votre belle-sœur ? demande Palacio tout en ouvrant son gros sac à dos.

— La pauvre Céline. Je suis venue pour l'aider un peu, pour la petite. C'est un tel choc. Vous savez, inspecteur – Palacio a un sourire fugitif, le grade d'inspecteur a disparu en 1995, l'année où il passait son bac –, Éric n'était peut-être pas un bon mari, mais il a tout fait pour que sa famille ne soit pas dans le besoin. C'est moi qui l'ai élevé. Nous avions dix-sept ans d'écart et notre mère est morte quand il avait cinq ans. Ça n'a pas toujours été facile, mais nous sommes restés très liés. Jamais une semaine sans m'appeler.

Palacio hoche la tête en installant son matériel, son ordinateur dont la batterie est cassée, l'imprimante qui fait le bruit d'un avion de chasse, ses pochettes de documents préremplis. La femme, les mains jointes sur la table, le regard vague, se met à pleurer :

— La mort, ça déshabille. Vous me comprenez ? On n'a plus de secrets. Et on ne peut même plus se défendre.

Palacio laisse venir.

— J'étais au courant, pour sa maîtresse. Il me l'avait dit dès le début. Mais est-ce que vous pouvez ne pas l'écrire ? Céline va savoir ce que je vous dis ? Je vous en prie, il ne faut pas, elle m'en voudrait tellement. On a une bonne relation, je ne voudrais pas qu'on se fâche et qu'elle m'empêche de voir la gamine. C'est tout ce qui me reste, maintenant.

— Je vais voir ce que je peux faire, répond Palacio tout en pensant qu'il n'y a aucune chance que cela reste secret. Est-ce que vous saviez que sa maîtresse était une prostituée ?

— Il ne me l'avait pas dit, seulement je m'en suis doutée et j'ai voulu le prévenir. Vous savez, j'ai soixante-dix ans, je ne suis pas née de la dernière pluie. Cette femme en avait après son argent. Mais je vous en prie, ne le dites pas à Céline.

Un jeune chat vient frapper au carreau. Mme Donner n'y prête pas attention. D'une voix étouffée, elle interroge :

— Il était quand même pas... comment ça s'appelle, vous savez bien, quelqu'un qui a un groupe de filles. Le mot m'échappe.

— Proxénète ? propose Palacio, quand même un peu étonné.
— Oui voilà, c'est ça.
— Non, non, pas du tout, ne vous inquiétez pas.
— Ah c'est bien, c'est déjà ça.
Elle lisse la peau brune, tachée, fripée et douce de ses mains.
— Comment vous savez que c'était une prostituée ?
Il a posé la question doucement. Il se souvient de ce que le caissier a dit : le patron était très proche de la femme qui l'avait élevé. Elle ne répond pas.
— Vous l'aviez vue ?
— Oh non, non, non, s'empresse-t-elle de préciser.
— Mais alors, dites-moi comment vous le saviez.
— Quelqu'un qui l'avait vue me l'avait dit.
Elle regarde obstinément la table.
— Quelqu'un qui avait vu Iona vous a dit que c'était une pute ? répète Palacio, pour être sûr de bien comprendre.
Il est patient.
— Voilà, c'est ça, confirme la vieille dame.
— Et c'était qui ce quelqu'un ?
— Non, c'est quelqu'un qui n'a rien à voir avec l'enquête. Vous n'avez pas besoin de savoir qui c'était.
— Madame, ce serait mieux que vous nous laissiez juges de ça.
— Non, je vous assure, je ne peux pas vous dire qui. Mais ça ne vous aiderait pas, croyez-moi.
— Et ce quelqu'un a vu Iona où ?
— Au magasin.
Le buffet est couvert de photos de famille, une horloge tictaque dans le silence, le chaton apparaît à une autre fenêtre. Palacio décide de ne pas insister pour l'instant. Il y a de grandes chances que ce soit simplement un obscur secret de famille qu'il aurait

mieux valu laisser enterré, et il a de la peine pour la vieille. Il faudra y revenir mais il lui donne un peu de mou et change de pied.

— Côté finances, vous êtes au courant un peu ? Votre frère se confiait à vous, à ce sujet ?

Elle reprend vie.

— Vous savez, dans la famille, on a toujours été dans le commerce. Nos parents, mon mari et moi, et maintenant Éric... Il est pour ainsi dire né dans une boutique. On gérait un pressing à Aurillac. Alors il a ça dans le sang. Il avait, je veux dire. Donc je peux vous assurer qu'il savait gérer ses affaires. Mais récemment, il avait commencé à avoir des difficultés. Ça va rester entre nous, n'est-ce pas ? » Palacio hoche la tête, en dépit de toute probabilité. « Mon frère reprochait à sa femme de dépenser énormément. Mais je l'aime beaucoup, notez-le sur votre machine, elle est très gentille et c'est une bonne mère. Que voulez-vous, une femme a parfois des envies, des besoins de se faire plaisir. Elle était souvent seule, elle aime les vêtements.

— Les voitures, aussi, hein ?

— Vous avez vu ? C'est quand même pas raisonnable. Enfin, il aimait lui faire plaisir. Et pendant longtemps, il pouvait se le permettre. Mais récemment, ça allait moins bien. Pour l'aider, j'avais consenti un prêt à sa société, pour 60 000 euros, pris sur mes économies. Il me remboursait 1 000 euros par mois, depuis 2014. Je ne sais pas si Céline est au courant, cette femme est un peu comme une enfant, ce n'est pas elle qui s'occupait des choses.

— Vous saviez qu'il dépensait aussi pour sa... maîtresse ?

Elle est au courant de tout : elle raconte qu'il avait acheté un grand hangar, un terrain et même un salon de coiffure à Maurice pour une sœur d'Iona.

— Il m'avait dit récemment qu'on lui devait

beaucoup d'argent et qu'il allait faire en sorte de se faire rembourser. Elle va le savoir, tout ça, Céline ? Mon Dieu, qu'est-ce que ça va donner ? C'est un Français qui gérait ça, je crois qu'Éric ne versait pas d'argent directement à cette fille. Il envoyait des virements de 500 euros de temps en temps sur le compte de ce Français qui lui avait fait croire qu'il allait gérer ses affaires là-bas. À un moment, Éric avait même pensé s'y installer. Mais c'était une folie, c'était le démon de midi, ça allait lui passer. Il était en train de faire marche arrière. Céline n'aurait jamais eu besoin de le savoir. Je ne comprends pas et en même temps, je comprends un peu. Il aimait le whisky et quand il buvait il n'était plus le même. Et cette Iona, elle a su y faire. Il lui parlait beaucoup, il se déversait et elle a su l'écouter. C'est dangereux, quelqu'un qui écoute vraiment. Après, on a les outils contre vous. Elle était intéressée. Comme c'est trouble, tout ça. Pauvre Éric.

Au-delà du jardinet, on aperçoit un petit bout de toit ancien couvert de mousse, résistance d'un monde moins laid, en bordure de la forêt.

— Enfin, Feuilloley a dû vous raconter tout ça, puisqu'il était au courant.

— Oh, Feuilloley ne nous dit pas tout… Quelles étaient vos relations avec votre frère ?

Un silence, qui dure, puis elle se met à pleurer :

— C'était parfait. Il a toujours été très attentionné avec moi. Moi, je ne faisais peut-être pas toujours attention à tout. Vous savez, quand les gens sont vivants, on croit toujours qu'on pourra se rattraper.

— Le rachat du magasin, il vous en parlait ?

— Oui, il le vivait mal, je pense qu'il voulait s'étourdir.

Elle se tait car Céline descend d'un pas lourd. On voit qu'elle a pleuré. Elle traverse la cuisine sans un regard, se sert un verre d'eau et le boit en entier, en regardant dehors.

— Une Black, en plus ! Je comprends pas..., prononce-t-elle à voix haute, à l'intention de personne en particulier, avant de remonter.

La vieille femme attend un instant puis se penche vers Palacio :

— Céline et sa fille sont les bénéficiaires de son assurance et de son capital décès, souscrits il y a un an. Mais il n'y a aucun doute sur elle, n'est-ce pas ?

Fred Palacio lui adresse un sourire apaisant.

— Était-ce un couple épanoui ?

— Vu de l'extérieur, je dirais non. Mais je sais pas comment ils le vivaient, eux. Il me disait : « Quand je rentre, c'est comme si je n'existais pas. » La petite est très fusionnelle avec sa mère, elles ont l'habitude de vivre seules toutes les deux. Elles lui faisaient sentir qu'elles n'avaient pas besoin de lui. Il en souffrait. Alors il leur faisait des cadeaux. Des vêtements, des bijoux, des voitures à sa femme...

— Comment était sa santé ?

— Mauvaise. Il avait des problèmes de cœur. Il souffrait de dyspnée, c'est un trouble du sommeil. C'est pour ça qu'il ouvrait tout le temps la fenêtre la nuit, moi je trouvais qu'il faisait froid ici à cause de ça.

Ça intéresse Palacio.

— On l'a trouvé dans une chambre très chauffée, fenêtre fermée.

— Ah non, impossible. Il n'allumait jamais le chauffage dans la chambre, c'est mauvais pour la respiration, vous savez ?

Palacio hoche la tête distraitement. Matthias redescend. Il contemple une petite cravache violette dans un coin, les piles de DVD, il laisse traîner ses yeux sur les papiers dans la cuisine.

— Quelqu'un fait du cheval ? demande-t-il pendant que Palacio termine de taper.

— Non, pourquoi ? répond la vieille femme.

— Vous connaissez ses orientations sexuelles ? poursuit Matthias.

Palacio arrête de taper et relève la tête.

— Ses orientations ? répète-t-elle.

— Savoir s'il était hétérosexuel.

— Oh ben oui, alors ça ! Je tomberais des nues si c'était autrement. Justement, vous savez, on a un cousin qui… Je veux pas dire du mal des morts, mais il avait parfois des côtés un peu intolérants. Enfin, on connaît bien mal même les gens les plus proches, c'est certain.

Palacio recommence à taper et Matthias à traîner dans le salon ; Céline n'est pas sortie de la chambre. On sent que la vieille femme aimerait se lever et tout ranger, soustraire ce bazar au regard de ce policier, mais elle n'ose pas. Elle a le réflexe de celles qui se sont toujours tues. Elle a honte. Elle est comme un étang, ses peines et ses malheurs se sont enfoncés sans bruit dans les eaux sombres de son cœur. Elle voudrait tirer le rideau : il n'y a plus rien à voir, son petit frère est mort, bientôt sa belle-sœur ne lui parlera plus, sa nièce s'ennuie déjà en sa compagnie, elle sera seule. Ne remuez pas la boue, implore son regard. Laissez dormir les morts. Mais elle a le respect des gens modestes devant l'autorité, qui l'empêche de résister. Elle obéit, elle les laisse fouiner. Quand on la laissera tranquille, elle rentrera chez elle lécher ses plaies.

— Vendredi, j'étais à Aurillac, à la maison, et il m'a pas appelée. Je me suis dit : « Tiens, Éric appelle pas. Qu'est-ce qui a bien pu se passer ? » Sans me douter, pourtant, vous comprenez ?

Palacio n'écoute pas, l'imprimante ne marche plus, il faut quelques claques appliquées du plat de la main pour la faire repartir, la vieille dame sursaute à chaque fois.

Pendant qu'elle relit son audition, il tente une fois encore :

— Bon, et cette personne qui a vu Iona, vous ne voulez pas nous dire qui c'est, vous êtes sûre ? C'est quand même une enquête pour trouver le coupable de l'assassinat de votre frère.

— Je sais, pleure la femme désolée, mais c'est rien, croyez-moi, ça vous fera seulement perdre votre temps. Ce serait comme une fausse piste.

Palacio et Matthias s'en vont sous la pluie. Ils grimpent dans la voiture. Palacio demande à son collègue :

— Alors ? Ça a donné quoi ?

— Rien de passionnant. Il aimait le sexe à la manière forte, il aimait les femmes soumises, elle se doutait de rien pour les putes. Et mémé ?

— Oh mémé, elle en a encore sous le capot.

Café de la BRB

Tout le monde est rassemblé autour d'un talkie qui crachote. Une équipe de casseurs est sur le point de passer à l'acte devant la bijouterie d'un centre commercial. Le magasin a déjà été braqué, quelques années auparavant, et le propriétaire avait tiré sur le voleur – dix-sept ans. Le garçon est resté lourdement handicapé, il n'est plus capable de se situer dans l'espace, il divague et fonce dans les murs. Il y a toutes les raisons de penser que le bijoutier est toujours armé. La BRI est en place autour du magasin et surveille trois jeunes gens qui ont déjà fait plusieurs passages en TMAX la veille et un peu plus tôt dans la matinée pour repérer les lieux. Sur écoute dans une affaire de stupéfiants, ils ont imprudemment évoqué ce braquage.

— Mais ils vont laisser taper ? interroge Alice.

— Ben ouais, sinon tu les arrêtes pour quoi ? C'est pas *Minority Report*.

— Malheureusement d'ailleurs, parce qu'on sait bien qui il suffirait de mettre à l'ombre pour avoir la paix, dit Pascal.

— Oh, il nous resterait toujours les politiques pour nous vider les poches.

— C'est pas pareil, c'est moins de trouble à l'ordre public. Ils peuvent voler sans qu'on s'en rende compte.

— T'as raison. Quelques millions en silence valent toujours mieux qu'un porte-monnaie dans le bruit et la fureur, fait Sammy.

Alice, que la discussion indiffère, insiste.

— Vu les antécédents de la victime, tu laisserais taper, toi ? Si c'était toi qui décidais ?

— J'en sais rien, c'est pas mon affaire, répond Pascal.

— Y a pas que la victime qui a des antécédents. L'équipe de Garges, c'est pas des gentils, grogne Nounours, qui n'est de bonne humeur que l'hiver, quand ses allergies lui laissent du répit.

— C'est pas toi qui étais sur la première affaire ?

Après la fusillade, Nounours avait dû embarquer le patron de la bijouterie, tandis que le jeune braqueur était emmené par le SAMU, pronostic vital engagé.

— En audition, le mec me dit : « J'ai visé et j'ai fait feu. » Je lui fais : « Non, c'était plutôt un tir de riposte, au moment où vous vous êtes senti physiquement menacé. » Les yeux dans les yeux, le gars me répond : « Non non, j'ai pris le temps de viser à la tête et j'ai tiré. »

Mi-rires, mi-consternation.

— Le con. Des cons comme ça on peut rien pour eux. Et vous vous souvenez de la bijouterie Le Diamant Bleu ? Le proprio était sorti avec un sabre, il avait failli réduire les braqueurs en purée. Un Chinois.

— Faut pas s'attaquer aux bijoutiers, c'est des fous.

— C'est aux Chinetoques qu'y faut pas s'attaquer.

La Fourche fait couler un café noir bien serré après avoir jeté quelques capsules sur le comptoir. Des hochements de tête le remercient. Un ancien de la brigade, en visite, se lance dans une histoire.

— Quand je suis arrivé de Paris, dit-il, je me suis retrouvé avec une saisine pour une bijouterie braquée. Le bijoutier avait tiré à un mètre, la balle avait traversé le braqueur de part en part. Je sais pas comment il était pas mort. Il avait réussi à partir en courant, avec le bijoutier qui le poursuivait en défouraillant comme un dingue.

— Vous avez remarqué ? intervient Loïc. Plus c'est des pourritures, plus ils ont de la chance. Même criblés comme des passoires, ils crèvent pas. Les vraies victimes résistent pas à ça. Les vraies victimes, un pruneau et y a plus personne.

— Y a pas de justice, mon bon, ricane Nounours.

— Bon, poursuit le visiteur, j'arrive et j'ouvre une information pour le braquage et une autre pour les coups de feu. Mais le parquet me dit : « Ah non, on fait pas ça ici. » Ah, la rigolade. C'est quand même magnifique ! À Paris, le bijoutier serait parti au trou dans le même camion. Personne m'a même jamais demandé l'arme que j'avais saisie, un magnifique Smith & Wesson 686 Competitor. Trois ans plus tard arrivent les assises. Le président me demande : « Mais d'ailleurs où est l'arme ? » « Moi aussi, monsieur le Président, je me le demande… »

Tout le monde se marre.

— Vos gueules, les mecs, ça va taper, ça va taper, fait Pascal.

À la radio, on entend une voix assourdie. C'est

Thom, en moto au coin de la rue : « Les trois mecs sont arrivés, ils sont encapuchonnés. Ils ont un sac. Ça passe derrière la maison de la presse... » Gargouillement inaudible. « Ouais, c'est pris », fait la voix calme de Lucky.

Sammy repose sa tasse :

— Il y a toujours un mec qui répond « c'est pris » précisément quand on n'a rien entendu...

À la radio, Thom continue : « Ça discute toujours. Le plus petit a un sac entre les mains, au milieu. Ils repassent, hyper lentement. Merde, y a une gâche électrique. »

La Fourche repose sa tasse :

— C'est foutu s'il y a une gâche. Quand ils sont trop bêtes, ils ne comprennent pas le système. Perdez pas votre temps.

Il quitte le café de la brigade.

— Il a pas tort, fait Loïc. Vous vous souvenez du braqueur qui était resté coincé dans le sas de sortie ? Il avait pas vu qu'il y avait un bouton à actionner pour ouvrir la porte. C'était où déjà ? À Ermenonville, je crois ?

— C'est le stress, ça. Y en a à qui ça active les neurones. Et d'autres à qui ça les éteint...

La voix reprend à la radio : « Ils sont repassés sans rien faire, ils s'éloignent. Ils se séparent. »

Tout le monde quitte le café, l'adrénaline coincée quelque part à l'arrière des mollets.

Sammy et La Fourche parlent encore de Néron. Ils retournent le problème dans tous les sens. Ils veulent rencontrer son « gars », son informateur, celui qui a tant à livrer : des armes et peut-être un terroriste en fuite. Ils se doutent que Néron doit être occupé à essayer d'obtenir un peu plus d'argent ailleurs, auprès d'un autre service. Il faut aller vite, convaincre la hiérarchie, négocier pour lui, promettre plus qu'on ne pourra donner sans toutefois se fâcher, et tout ça sans doute pour des prunes.

— Mais ça sent bon, quand même, hein ? dit Sammy.

— Peut-être, fait La Fourche en mettant son blouson.

Sa fille l'attend à la maison.

Noël

« Puisqu'on part de rien pour arriver nulle part, autant y aller vite. »

PJ
Jeudi 17 décembre

Les bureaux sont vides. L'air chauffé par les radiateurs mal réglés stagne dans les couloirs et on voit mieux que jamais la poussière, la crasse poussée dans les coins, un air de tristesse administrative et poisseuse. Un filet dans la cage d'escalier empêche les gens de se jeter par-dessus la rampe – ça s'est déjà produit. Le silence a un caractère particulier, comme dans une maison restée vide trop longtemps dont on surprendrait, en arrivant à l'improviste, la véritable personnalité. C'est le Noël des personnels de la PJ, tous les fonctionnaires sont partis pour un bâtiment voisin, avec leurs enfants, sur leur trente et un. Même la nuit, les lieux ne paraissent pas si déserts.

Il est 16 heures, le soir est déjà tombé. Derrière la porte close de leur bureau à la lumière glauque, les Stups sont là pourtant qui s'agitent paresseusement comme des poissons en attendant le repas. Ils suivent grâce aux interceptions judiciaires un convoi qui remonte, du moins l'espèrent-ils, une grosse quantité de cannabis depuis le sud de Saragosse. Ils comptent intervenir dans la nuit, mais la BRI revendique l'interpellation. Les Stups, qui travaillent depuis un an sur l'affaire, ne sont pas contents et il flotte ici une vague mauvaise humeur, un peu désabusée, tandis que Dieu, leur patron, qui a quelque chose du loup affamé, et celui de la BRI, tout en rondeur, font le siège du bureau du directeur, plaidant chacun pour leurs troupes.

Les véhicules du convoi maintiennent entre eux une distance constante sans jamais dépasser 130 km/h. Leurs chauffeurs se réfèrent aux bornes kilométriques et se tiennent informés de leurs positions respectives par téléphone.

Dans le grand bureau de Ludo, chef de groupe aux Stups, des sachets de bonbons Haribo vides traînent parmi des objets hétéroclites : sacs de sport, gel douche, tasses et verres sales, océan de paperasse sur toutes les surfaces planes, Code pénal, vêtements froissés. Un aquarium est rempli de boîtes de médicaments. « Mais c'est une décharge, pas un bureau ! » a-t-il coutume de déclarer avec satisfaction en caressant sa fine moustache.

Il tète une cigarette électronique qui répand un parfum pomme verte, tout en se mettant du stick à lèvres. Des paquets de cigarettes finissent d'encombrer sa table.

— Si c'est vraiment Abed qu'on a entendu en porteuse, oh putain que c'est bon ! fait-il en s'envoyant une nouvelle poignée de Haribo dans le gosier.

Abed, le chef de ce réseau, sous mandat de recherche, a disparu de la circulation il y a quelques mois. Il gère ses affaires depuis le bled. Il leur a pourtant semblé distinguer sa voix en arrière-fond, alors que le conducteur d'une ouvreuse appelait celui de la camionnette.

— Oh mais c'est lui, ça fait pas de doute, répond Charlène, son adjointe, sans lever les yeux de son ordinateur. On la reconnaîtrait entre mille, la voix de cette petite merde d'Abed.

— Tout de suite, Chacha, tu dis ça parce que t'aimes pas comment il parle à sa femme. Mais on n'a qu'une version de l'histoire ! Il ne faut pas juger trop vite. La solidarité féminine ne t'aveuglerait-elle pas ?

— Bien sûr, bien sûr…, fait-elle distraitement, ses yeux verts sur l'écran.

Le convoi est composé d'une Auris, d'une Focus (où ils espèrent trouver Abed) et d'une camionnette Master chargée de produit. Ils ignorent la marque de la voiture qui ferme le convoi, si toutefois il y en a une.

— Le jeune trou du cul qui conduit le Master a dormi dedans pendant que les autres étaient à l'Ibis, tu as vu, Chacha ? Aucun respect pour les classes laborieuses.

— C'est un schlag, il est là pour ça ce me semble.

— En effet, Chacha. Ils vont passer la frontière à la tombée de la nuit. Ça nous fera une interpelle vers les 4 ou 5 heures au plus tôt. Faudra pas oublier de prendre la visseuse-dévisseuse. Je vais aller en demander une à la Miche, en haut. Tu sais ce qui les aura perdus, Chacha ? fait Ludo, inspiré.

— Non Ludovic, dis-moi, fait-elle en tapant à toute vitesse sur son clavier.

— La radinerie. Ils ont pas dû vouloir acheter un PGP à tout le monde. Et voilà. Pour une économie de 3 000 euros, ils vont tomber comme des coings trop mûrs.

Les PGP – *pretty good privacy* – sont des téléphones cryptés que les policiers ne peuvent ni tracer ni mettre sur écoute. Mais cette équipe a choisi d'utiliser des téléphones neufs prépayés – et les enquêteurs ont réussi à en identifier un. Puis, lorsque le convoi s'est arrêté dans une station essence, ils ont demandé le relevé de tous les appels passés depuis la borne qui couvre les lieux. Ils les ont comparés à ceux d'un autre arrêt, un peu plus tôt, et sont parvenus à isoler une deuxième ligne, qui a été placée sur écoute. C'était celle du conducteur de l'Auris. À partir de là, une autre encore a été identifiée.

Depuis, ils écoutent. Les conversations sont brèves : « T'es à 61 ? Moi à 75. » « C'est bon, continue doucement. »

— Mais Chacha..., poursuit Ludo, qui n'est toujours pas allé chercher la visseuse et qui regarde la nuit par la grande fenêtre, les pieds sur le bureau, la cigarette électronique à la bouche.

— Oui Ludo ?

— Tu sais qu'on va encore être déçus.

— Moi je le sens bien, pourtant.

— L'interpelle ? Peut-être. Mais après tant d'écoutes, tant de planques, tant de nuits dans des cités pourries, on espère tomber sur Al Capone. Et à la place, on aura les mêmes débiles que d'habitude.

— Il n'est pas débile, Abed, loin de là, lâche Charlène.

— Enfin, on se sera quand même bien amusés. Reconnais qu'on a le meilleur métier du monde, ma Chacha. Oh, on se fait chier, ça oui ! Mais y a pas de larmes, pas de victimes, pas de pathos. Vive les Stups !

Charlène, dont le frère est mort d'une overdose quand elle avait quinze ans, lance l'impression des documents dont ils auront besoin cette nuit, si tout se passe bien.

Le dernier briefing est programmé à 18 h 20. Le départ pour Tours, où aura lieu l'interpellation, à 20 heures. La météo de la nuit sera mauvaise.

Des enquêteurs reviennent de l'arbre de Noël avec des cadeaux, certains accompagnés de leurs enfants, dont les voix claires résonnent dans les couloirs. Mais rien ne trouble la léthargie trompeuse de la brigade. Ludovic, lissant distraitement sa fine moustache, est plongé dans la lecture des retranscriptions d'écoute.

— C'est quoi, ça ? « Que Dieu nous amène la facilitation » ?

— Le nouvel interprète est plus littéral. Je pense que ça veut dire « Que Dieu nous aide », répond Georges.

— Tu peux ouvrir, s'il te plaît ? Parce que là, conformément à notre arrangement, tu fumes bien à la fenêtre, mais puis-je te signaler qu'elle est fermée ?

Avec un gros rire caverneux, le numéro 3 du groupe obtempère. Charlène est allée chercher la visseuse au dernier étage.

Dans le bureau voisin : un lit de camp ouvert, une carte de France couverte de punaises, deux grandes tables poussées l'une contre l'autre et couvertes de procédures, des sous-vêtements féminins accrochés à une cible, une autre carte, d'Espagne, un vélo qui sert de porte-serviettes. Au casque, Zyeux Bleus lance à la cantonade :

— Dans la deuxième ouvreuse, c'est un certain Ben Zebrouk, de Dreux.

Les douanes viennent de contrôler la Focus à leur demande. Elles l'ont laissée repartir et ont appelé la brigade pour donner son identité.

18 h 20

Le directeur a tranché, il répartit les véhicules du convoi entre les deux brigades : les Stups auront le camion avec le produit, la BRI s'occupera des ouvreuses – les Stups considèrent qu'ils ont gagné.

Le patron de la BRI descend pour le briefing commun. Ludo prend la parole.

— Voilà comment se présente le buzin. Ouvrez vos esgourdes. Puisqu'on part de rien pour arriver nulle part, autant y aller vite.

Sa cigarette électronique produisant un jet continu de vapeur, très chat du Cheshire, il explique le dispositif, puis répète que l'interpellation de la fourgonnette doit être menée par ses hommes.

— C'est de la défiance ? interroge le patron de la BRI.

— Nooon, répondent en chœur vingt-deux enquêteurs.

Ils commencent à se préparer. Ludo gobe une poignée de Haribo. Musique à fond dans les bureaux, du heavy metal bien bourrin. Les hommes vont et viennent, les portes métalliques claquent, les comprimés de Berocca Boost passent de main en main. Dans les sacs de sport ils entassent matraques télescopiques, menottes, marteaux, stop sticks, pieds-de-biche. Alex, les cheveux tirés en chignon, passe dans le couloir, une masse sur l'épaule. L'heure du départ change sans arrêt. Le bruit des Glock qu'on arme résonne dans toutes les pièces. « Qui m'a piqué mes Maltesers ? » se plaint Ludovic en tétant sa cigarette. Toto revêt une tenue de camouflage. C'est lui qui annoncera l'arrivée de l'ouvreuse : il sera allongé dans l'herbe avant la longue courbe qui mène au péage, avec des jumelles et un talkie. « Non, tu ne prends pas le fusil à pompe. Tu n'es pas habilité », fait Dieu à quelqu'un, derrière une porte. Des hommes descendent de l'armurerie avec des G36 et des cartouches. « Putain, merde, qu'est-ce que c'est que ça ? » Georges, qui doit être positionné sur le toit du péage, s'est trompé : il a pris le pantalon de ski de sa femme, dans lequel il ne rentre pas un mollet. Il portera une cagoule pour être complètement invisible, et il aura froid. Il fait quelques degrés en dessous de zéro.

Chacha restera au bureau pour suivre les interceptions. Elle les avertit que le convoi a dépassé Bordeaux. Encore quatre heures à attendre. La tension monte, lentement. Le Chat, Bogdan de son prénom, a un problème de radio, il recommence ses essais.

Les policiers seront cachés dans leurs voitures, sur des routes de service avant et après le péage. Toto apercevra le convoi le premier. Il laissera passer les deux ouvreuses. Puis il verra le Master. Vingt-trois secondes plus tard, Georges, sur le toit du péage, l'apercevra à son tour. Quarante secondes après, le Master s'arrêtera à la borne pour payer. Il faudra dix-sept secondes à ceux qui arrivent derrière pour les rejoindre, et guère plus aux autres. Le Master sera pris en sandwich.

Péage. Autoroute déserte. Ils répètent l'opération, chronomètre en main. Le temps d'arrivée du premier policier, le Chat, est finalement un peu plus long que prévu, de quelques secondes. Il faudra que le top interpellation soit donné avec une rigueur militaire.

L'attente commence. Peu de circulation. Des voitures forcent les barrières pour passer sans payer. La nuit avance. Le plus tard possible, Georges grimpe sur le toit et s'allonge. Il ne bouge plus. Après quelques minutes, il commence à frissonner, la tôle est glacée, le vent souffle sur la plaine sans rencontrer aucun obstacle. Dans son champ, Toto est complètement invisible.

— Ça va Toto, pas trop froid ?

— Un peu humide, mais ça va. Tiens, voilà une camionnette. Chronomètre, qu'on vérifie.

Sur les ondes, on entend la voix, rassurante et tranquille, de Diamant 51, alias Lucky : la BRI filoche le convoi. Les Stups ne sont pas tranquilles, ils craignent que leurs collègues leur grillent la politesse et interceptent tout seuls, avant le péage.

4 heures

— Putain, mais qu'est-ce qu'ils font ?

Sur l'autoroute, au kilomètre 104, un véhicule de la BRI dépasse le Master et s'intercale dans le convoi, car les balises posées sur les ouvreuses sont tombées en panne, peut-être à cause du froid : le plan change.

Le convoi arrive au péage. La première ouvreuse passe. La seconde. Suivie de près par une voiture de la BRI. Toto, d'une voix ferme, annonce que le Master est en vue, qu'il emprunte la courbe. Le compte à rebours commence. Un poids lourd apparaît, qui prend la file extérieure, pleins phares, illuminant la campagne trempée, gelée.

Le Master approche.

— Il va prendre la voie 3… Top interpellation ! Top interpellation ! braille Pierrot dans son talkie avant de le balancer, de tirer son flingue et de partir en courant.

Le chauffeur du Master, ahuri par la route qui défile sans discontinuer devant ses yeux depuis plus de douze heures, ne voit pas, tout d'abord, les cinq véhicules qui l'encerclent dans un grondement de moteurs et des crissements de freins. Il regarde, sans expression, comme une scène de film, les hommes qui déboulent en hurlant. Ludovic s'est arrêté trop près de la borne, il n'arrive pas à ouvrir suffisamment la portière pour se dégager. Son flingue à la main il est coincé et gueule : « Police, police, tu bouges pas ! » tout en gesticulant pour s'extirper de l'habitacle.

Pierrot, plié en deux, se faufile et parvient le premier à la porte du Master. Le conducteur le dévisage, la bouche ouverte, ne comprenant pas encore s'il s'agit d'un braquage ou d'une opération de police.

Des masses frappent son carreau, qui explose, le ramenant à la réalité.

— Police, police, montre tes mains, montre tes mains !

Pendant ce temps, indifférent, le chauffeur du poids lourd se détourne de la scène, passe la première et s'éloigne. Peut-être qu'il pensera avoir rêvé. Ou alors il s'en fout.

Petit Ben et Alex le tatoué se regardent :

— On se fait l'ouvreuse ?

Ils sautent dans la voiture grande vitesse, montent en quelques secondes jusqu'à 220 km/h et, tout en suivant à la radio la progression de la BRI qui vient de perdre une des ouvreuses, rattrapent leur objectif. Les deux voitures sont flanc contre flanc. Le chauffeur de la Focus conduit pied au plancher. Alex braque son volant, percute l'avant, la précipite contre la barrière de sécurité. Puis il écrase son frein et s'immobilise après une glissade d'une cinquantaine de mètres.

Plus tard

Tout le monde s'est rassemblé autour du Master, sur le parking du péage. À l'arrière, une couchette est aménagée, avec un mince matelas et un sac de couchage. Il y a des posters punaisés sur les parois en contreplaqué. Deux motos de cross sont fixées par des tendeurs.

— C'est quoi ? demandent les flics.

— Des motos, dit le jeune conducteur maussade, à qui on avait sans doute promis une affaire tranquille.

— Ouais, je vois. On va les saisir, tes motos. C'est ballot, hein ?

Le jeune hausse les épaules.

— On pète tout ou bien on cherche proprement, les gars, vous en pensez quoi ?

— On pète tout, non ?

Mais ils cherchent vraiment, ils tapotent et écoutent, ils regardent les vis, l'épaisseur des parois, du plancher. Ils déchargent tout ce qui encombre l'espace.

— Passe-moi la visseuse, demande Georges.

Le jeune homme regarde ses pieds comme si ça ne l'intéressait pas. Les vis sautent, les unes après les autres, une plaque de contreplaqué bascule, ils se mettent à deux pour la faire glisser :

— Ben voilà.

Ils contemplent les valisettes marocaines – des pains de cannabis assemblés par lots d'une trentaine de kilos, entourés de papier kraft et d'une ficelle qui fait office de poignée.

Georges tape du plat de la main les flancs de la camionnette :

— Et à mon avis, y en a autant là-dedans. T'en dis quoi, mon jeune ami ?

Le jeune homme hausse les épaules.

— On m'a juste demandé de rapporter les motos.

Le froid est mordant, le vent ne faiblit pas. L'adrénaline retombée, la fatigue se fait sentir.

— Moi je veux me tirer. Deux cents, trois cents kilos, au minimum, et je te parie que dans moins d'un an, ils sont dehors, grogne Alex.

— Ce qui me fait penser à la légalisation de…, tente Shampoo, un grand punk lymphatique, vegan et socialiste, autant dire un extraterrestre dans la brigade.

— Ta gueule ! braillent les autres.

Alex vient se réchauffer quelques minutes dans la voiture. Il regarde dans le rétroviseur le conducteur de l'ouvreuse, qui s'endort contre la portière. Maintenant que l'excitation est retombée, il a mal aux épaules. À la tempe, aussi, alors qu'il ne se souvient pas de s'être cogné, mais sans doute, au moment où ils ont percuté la Focus. Il a l'impression qu'il n'a pas dormi depuis des jours, que cette nuit maussade et glaciale ne se terminera pas. Aucun signe de l'aube. Quelle heure est-il ? Ses mâchoires sont serrées. Il se masse la nuque. La tension est restée bloquée dans son corps. S'il pouvait s'allonger, il resterait raide comme la pierre, ses yeux noirs, bouffis, cernés, ouverts sur l'ombre. Derrière lui dort l'homme qu'ils ont précipité contre la glissière de sécurité. Il a un visage long taillé au couteau, noble. Un visage de montagnard. Qu'est-ce qu'ils sont tous venus faire dans cette galère ? se demande Alex.

Zyeux Bleus ouvre la portière, l'homme bascule et se réveille en sursaut.

— Oh pardon, tu dormais ? Je te dérange, peut-être ?

L'homme demande à Alex :

— C'est pas possible de détacher les menottes ?

— C'est pas possible, non.

— Ou les desserrer un peu, au moins un peu ?

— Nan, c'est pas possible, lance Alex, rogue.

— Moi, vous savez, je fais des marchés à Dreux. Je suis maraîcher, quoi, je vends des fruits et légumes.

— Je sais ce que c'est, maraîcher.

— Toute la famille, on est maraîchers, continue l'homme, sur le ton lancinant de la complainte. On gagne quoi... 500, 600 euros les bons mois. Pourtant le travail est dur, faut se lever tôt, faut rester dehors, il fait froid, surtout l'hiver. C'est pas une vie.

— Ils te paient combien, pour le trajet ? demande Alex avec un bref regard dans le rétroviseur.

— Je l'avais jamais fait, vous savez, c'est la première fois.

— Mais oui, c'est toujours la première fois, dit le tatoué, plongeant de nouveau ses yeux fatigués par la fenêtre aveugle. Ils t'ont donné combien ?

— Deux mille. Juste pour conduire. Ils paient

l'essence, l'hôtel. Tout. Les repas, tout. Deux mille pour moi.

— C'est pas cher payé.

— Pas cher payé ? C'est des mois de salaire pour juste vingt-quatre heures de travail. Comment vous dites que c'est pas cher payé !

L'homme est indigné à présent.

— T'as des enfants ?

— J'ai un fils. La prunelle de mes yeux, un bon garçon, douze ans.

— Tu le reverras pas avant longtemps. Tu trouves encore ça bien payé ?

— Il aura toujours les 2 000, marmonne l'homme avant de se détourner vers la fenêtre.

La BRI a retrouvé la deuxième ouvreuse : à l'intérieur, il y a bien Abed, le chef du réseau.

— Et voilà le travail ! fait Ludo, cigarette à la bouche, moustache frémissante, mains sur les hanches, regardant la campagne qui se teinte enfin de la lumière de l'aube d'un air de propriétaire. Et voilà le travail, répète-t-il plus doucement.

Ils rentrent en silence vers le service, où, durant les quatre jours qui vont suivre, les auditions du jeune conducteur du Master, du maraîcher de Dreux, du chauffeur de l'autre ouvreuse et d'Abed vont se poursuivre dans une atmosphère de ruche fatiguée, les avocats se succédant, les officiers montant et descendant des geôles à leur bureau, escortant leurs prisonniers, les faisant fumer – « Je te fais fumer vite fait, mais tire, parce qu'il faut que je remonte là ». Les infos ne s'échangeant que dans les couloirs, les escaliers, derrière la porte entre la salle de signalisation et les locaux de GAV, quelques mots lâchés sur le palier. « Je te dis ça, mais tu le mets pas dans tes papiers. Tu vois, c'est pas le premier convoi de cette équipe... » Les prévenus auront bientôt accès au dossier, il faut protéger l'informateur de départ, créer un rideau de fumée pour dissimuler l'origine de l'affaire, faire disparaître celui ou ceux qui les ont fait tomber par vengeance, en échange d'un service, ou simplement pour échapper à une peine de prison.

Ludo, satisfait comme un matou repu, fait glouglouter sa cigarette électronique et regarde Abed sans rien dire. Le jeune homme, qui n'est pas menotté, est savamment décontracté, adossé au fauteuil de bureau qu'on lui a donné, au centre de la pièce. Une jambe repliée sous le siège, l'autre étendue, il regarde Ludo, souriant. Mince et souple comme une couleuvre, teint de cuivre, yeux fendus en amande.

Le policier rassasié et le gardé à vue attentif et camouflant sa nervosité et sa colère se toisent, chacun dans ses cordes. C'est Abed qui ouvre le bal.

— Mais au départ, vas-y tu peux me dire, comment vous avez commencé à travailler sur nous, là ?

— Oh Abed, on te connaît, depuis si longtemps, si tu savais, sourit Ludo. Je sais même plus comment ça a commencé, tellement ça remonte...

— Elle va bien ta femme ? demande Chacha d'une voix douce.

— Elle va très bien ma femme, pourquoi tu dis ça ? répond Abed sans la regarder.

Rage contenue.

— Elle a pris une petite rouste, hein ? demande Ludo, souriant toujours, complice.

— Oh, c'est des disputes de couple, faut pas s'alarmer. Quand on s'aime comme nous...

— Mais oui, Abed, on a vu comme tu l'aimes ta femme, souffle Chacha.

Déferement

Quarante-huit heures plus tard, les quatre prisonniers des Stups sont déférés devant le juge des libertés, qui les fait incarcérer en préventive. Bab, le complice de Sonny, a téléphoné et promis de se rendre, mais il ne s'est pas présenté à sa convocation et il est toujours en fuite. Sonny, dans sa prison, a enfin mis la main sur un téléphone et Marceau a commencé les écoutes.

Réveillon

Ce soir, c'est le Noël des Stups.

— Je suppose que tu descends pas ? demande Sammy à son chef.

— Mais tu es malade ? Qu'est-ce que j'irais y faire ? répond La Fourche avec une grimace horrifiée.

Il s'en va tout seul, couinant et grinçant dans le couloir, les mains dans les poches, la casquette sur la tête, tandis que Sammy éteint son ordinateur avant de descendre boire un coup.

Dans le plus grand bureau, ils ont installé une grande tablée en U, comme dans une fête à la campagne. Pierrot, qui est chasseur à ses heures, a cuisiné des terrines. Vin, punch et cocktails coulent à flots. Les invités des autres brigades se réchauffent, mais restent en périphérie, un peu timides.

Ludo se penche vers son adjointe et susurre :

— Chacha, pardonne-moi de te dire que t'as quand même plus les loches d'un Germinal que d'un SAS.

— Sers-toi plutôt un autre Kentucky Mule et ferme-la, Ludo, répond Charlène, paupières hautaines sur son regard vert.

— Mais ce que je comprends pas, c'est que ça fait un an et demi que t'es là et à ma connaissance, t'as niqué aucun d'entre nous. Ça te manque pas ?

— Elle arrive quand ta copine ? Tu m'as vraiment dit qu'elle est championne de pole dance ou je l'ai rêvé ?

— C'est quoi cette musique de merde, on n'est pas à la Fête de l'Huma ! braille quelqu'un.

Alex, chignon de cheveux noirs sur nuque rasée,

biceps tatoués et cernes sous les yeux, prépare la boisson de la soirée, le Kentucky Mule, selon la recette suivante :

5 cl de bourbon

8 à 10 cl de *ginger beer* quand on en trouve, à remplacer par du Canada Dry

1 cl de jus de citron pressé

C'est le secret, le jus de citron pressé. Et ne pas oublier que la Mule gagne toujours.

II

EN FAMILLE

5 janvier – 22 mars 2016

« — Alors, on s'est découvert une conscience, d'un coup ?
— Ne cédons pas à l'hystérie. »

Megan Abbott, *Absente*

Informateur

« — Alors ?
— Alors rien. »

BRB
5 janvier 2016

— Alors ? demande Sammy à La Fourche qui revient du bureau du commissaire Payet.

— Alors rien, fait La Fourche avec mauvaise humeur.

Le commissaire Payet vient de l'informer que le tribunal de Pontoise refuse, à son tour, d'ouvrir une instruction pour un dossier de vols et réimmatriculations de véhicules sur lequel La Fourche travaille depuis des semaines. Une directive interdisant depuis peu aux hommes de la BRB, même aux officiers, même aux chefs de groupe, de s'adresser directement au parquet, La Fourche n'a pu que prendre acte de l'information et il se rassied à son bureau, blême de colère. Ce trafic de grande ampleur implique des complicités dans les préfectures – « On parle donc de corruption, hein, et tout le monde s'en fout apparemment » –, mais les magistrats ont refusé, les uns après les autres, ce dossier technique, aride, complexe, au motif que tous les faits ne sont pas commis dans leur juridiction. « Les voitures étant volées partout en France, c'est logique », enrage La Fourche.

Sammy reprend ses écoutes, la Scribe fourrage sur la table du jeune adjoint à la recherche d'un document égaré, la BRI passe devant leur porte en saluant de la main. C'est un de ces jours où le soleil ne s'est pas levé. La seule bonne nouvelle, en ce début d'année, c'est que Néron a cédé : il a présenté à Sammy et La Fourche son précieux contact, le mec qui connaît un mec qui connaît un mec.

Histoire du Danseur

Il a commencé à travailler à l'âge de quatorze ans. Avant, le Danseur ne s'était jamais fait remarquer. Petit, discret, souvent silencieux, il passait inaperçu. Ses professeurs le laissaient tranquille. Sa mère était occupée par ses cadets. Il pratiquait la boxe éducative, était à l'heure à l'entraînement et laissait le coach, un ancien quasi-champion aigri par les déceptions, lui postillonner des insultes au visage sans jamais se rebeller.

Un jour tout a changé. Il a commencé à faire le guet pour les dealers sur une petite place de son quartier. Pour la première fois, il a pu donner un peu d'argent liquide à sa mère. Elle n'a posé aucune question. Il a continué. C'était un guetteur consciencieux, pas craintif, le genre sur qui l'on peut compter. On a remarqué qu'il ne se défilait jamais ; en cas de bagarre, il faisait front. Le Danseur n'est peut-être pas grand, mais il est solide et il sait cogner, aucun doute.

Les manouches qui partagent le commerce d'herbe et de cannabis avec les Arabes de la cité l'ont repéré et ils ont l'œil. Ils l'ont emmené sur un cambriolage. Il faut autrement plus de courage pour monter la garde, la nuit, dans un quartier inconnu que pour glander des heures en bas de chez toi à attendre les condés, lui ont-ils dit. On va fraquer et tu resteras près de la kher. Si tu bouges, t'es mort. Si tu vois quelque chose d'anormal, tu siffles. Si on se fait choper, la première chose qu'on fera en sortant, c'est te démonter la gueule. Mais si tout va bien, tu croques. Je bougerai pas, a assuré le Danseur.

Le problème, c'est qu'il ne sait pas siffler. Il n'a jamais réussi, quand il essaie, il ne produit qu'un petit crachotis. Il n'a pas osé l'avouer. Une réputation, ça ne tient pas à grand-chose. Alors la nuit venue, il se tait et monte la garde, poings serrés, la peur au ventre.

Quand une patrouille de la BAC passe dans la rue pavillonnaire où il est tapi, il n'hésite pas. Il ramasse un caillou et le lance de toutes ses forces dans la vitre du passager. La voiture pile. À l'intérieur, quatre hommes le dévisagent. Le temps paraît suspendu. Puis quelque chose se passe, quelque chose d'infime et, dans la même seconde, le Danseur prend ses jambes à son cou et deux baqueux sortent du véhicule, qui redémarre sur les chapeaux de roues pour le prendre à revers.

Le Danseur court comme un dératé, ses baskets défoncées effleurent à peine le bitume, il vole, le sang martèle ses tempes, ses poumons brûlent, son souffle est court mais régulier. Les deux policiers, fatigués par une nuit de patrouille, cavalent lourdement derrière lui, matraques, armes et menottes bringuebalant à la taille. Il perçoit le bruit de leur course, il lui semble qu'il gagne du terrain mais il ne perd pas de temps à se retourner. Courir, seulement courir.

Peut-être aurait-il réussi à les semer si la voiture de patrouille n'avait pas tourné le coin de la rue juste devant lui – ils connaissent le quartier, eux. Il n'a pas le temps de ralentir, il s'écrase contre le capot. En un instant, les deux autres sont sur lui.

Depuis l'intérieur du pavillon, les deux manouches n'ont rien perdu de l'affaire.

— Mon frère, ce calo là-dehors, il a attaqué les klistés, commente le plus jeune, perplexe.

— Il fait sa renarde, répond l'autre. Il les éloigne.

Les frères terminent le cambriolage et disparaissent dans la nuit.

Pendant ce temps, le Danseur prend une rouste. Davantage pour lui faire regretter de les avoir fait courir que pour le caillou dans la vitre, les baqueux lui administrent une sanction à coups de genoux dans les côtes, avant de le ramener au poste, un peu amoché. Il écope de son premier signalement pour dégradation de matériel public et ne ressort qu'au matin. Sa réputation est établie.

— Quel dilo ! saluent les manouches avec affection en lui donnant de grandes claques sur la nuque et dans le dos. Pourquoi donc t'as pas sifflé ?

— Je sais pas siffler.

Il y a un rire incrédule. Le Danseur tourne la tête. Le rire s'arrête.

— Je vais te présenter quelqu'un, dit l'aîné.

Le soir même, le Danseur est de retour à la salle pour son entraînement. Il est fatigué, il a des hématomes sur le torse, mal partout, pas assez dormi. Il boxe mal. Le coach gueule sans arrêt. Toute la salle les observe. Le jeune garçon n'écoute plus, il regarde la bouche déformée qui l'insulte, les postillons qui volent, il reçoit le souffle aigre de son haleine. Sans y penser, sans signe avant-coureur, juste pour le faire taire un instant, il balance sa tête en plein dans la face de son vieil entraîneur.

La salle entière s'est figée. Le sang gicle. Le Danseur tourne les talons. Il ne reviendra jamais en arrière.

Le Danseur a seize ans, dix-huit ans, dix-neuf ans. Il reprend ses entraînements dans une autre salle, plus de boxe éducative mais du muay thaï, et il s'endurcit. Il va encore au lycée, moins régulièrement, jusqu'à la terminale, pourtant il ne se présentera à aucun des examens du baccalauréat – il l'aurait probablement eu, mais il en a fini avec ça. Il n'est toujours pas très grand, mais il est musculeux et tout le monde le connaît désormais. Il travaille pour une figure du banditisme, un personnage à qui personne n'irait chercher des noises. La réputation de son employeur le protège. Le Danseur devient son homme à tout faire. Quand il faut conduire, il conduit. Il n'a pas l'âge, il n'aura jamais le permis, mais les manouches lui ont appris et il a de bons réflexes. Quand il faut cogner, il cogne. Il fait de la protection rapprochée. Il fait de l'intimidation. Il fait des livraisons de stups, des livraisons d'armes, de la récupération de dettes. Il voit des hommes pleurer, supplier, et se faire démolir. Parfois, c'est à lui qu'on demande de le faire. Il reçoit des coups, mais le plus souvent c'est lui qui les donne. Il a acquis la réputation d'être un dur, mais pas un fou – il garde son calme, ne manifeste ni peur ni colère, il est prudent et réfléchi mais il ne fuit pas le danger. Pour un gars comme lui, solide, la tête sur les épaules, il y aura toujours du boulot, ainsi qu'il l'a compris.

Lorsqu'il n'opère pas pour son patron, il s'occupe de ses propres affaires. Il monte d'abord des cambriolages, puis des braquages. Il constitue une petite équipe et rencontre celui qui deviendra son meilleur ami, un garçon aux doigts d'or, l'un des meilleurs fabricants de faux papiers de la région. Doigts d'or est un fou, téméraire, imprévisible, accro à l'adrénaline et aux opiacés. Ensemble, ils grimpent.

Le Danseur épouse sa petite amie du collège, et finance ses études de gestion. Elle plaisante en disant qu'elle aurait dû être infirmière. De fait, elle soigne depuis des années ses ecchymoses, ses entailles, toutes les blessures qui sont venues le couturer. Il a une cicatrice en forme d'étoile sur le front, trois longues estafilades à l'avant-bras gauche, pâles et bien nettes sur sa peau brune, deux marques au côté, presque sous l'aisselle – cette fois-là, il avait failli y passer –, et une longue trace grumeleuse sur la cuisse droite, en relief, qu'il n'aime pas, aussi porte-t-il toujours l'été des maillots de bain assez longs pour la cacher. Un cambriolage qui a mal tourné, sa jambe entière a traversé une verrière. Ils ont des jumelles. Comme Sammy.

Néron, l'indic mythomane, a protégé aussi longtemps qu'il a pu l'exclusivité de celui qu'il appelle « son gars », mais il a fini par se rendre à l'évidence : les flics ne feront rien avant de le voir.

Le premier contact a lieu dans un café d'un quartier de bureaux, pas loin d'une porte de Paris. Néron est là le premier, comme d'habitude, petit, banal et nerveux, un teint rose et marbré de garçon boucher, faisant face à la porte. La Fourche et Sammy font leur entrée, goguenards et traînants, comme toujours. Sammy se glisse en face de Néron sur la banquette en velours rouge, La Fourche prend une chaise. Une table tranquille au fond de la salle, bois sombre, trois hommes, trois cafés noirs et bien serrés.

— Il viendra peut-être pas, vous savez. Il est méfiant et il aime pas les condés. Depuis le temps qu'on travaille ensemble, La Fourche, tu pourrais me faire confiance.

— La confiance se mérite, chuinte La Fourche. Ces armes, elles sont où ? Ce M57 dont tu t'es vanté ?

— Ça va venir, promet Néron, lénifiant.

Le Danseur fait son entrée, démarche sautillante de sportif, épaules qui roulent, attentif et réticent. Son ami Doigts d'or l'a déposé juste devant la porte et l'attend au coin de la rue. Le Danseur se glisse à côté de Sammy. La Fourche voit tout de suite la ressemblance. Le même âge exactement. Tignasse brune, rasés de près, yeux noirs et ronds, amusés, moue sarcastique et menton insolent. On dirait des frères. L'intuition de La Fourche frémit ; ça va être bon.

La rencontre ne dure pas longtemps. Néron voulait juste prouver l'existence de sa source, maintenant il se retire, l'entraînant avec lui. Mais il a perdu. La Fourche sait qu'il vient d'assister en direct à la naissance de la relation bien particulière qui unit un indic à son traitant. Sammy a glissé le numéro du téléphone du groupe au Danseur, La Fourche est certain qu'il appellera. Le Danseur est trop jeune, trop indépendant, trop rétif à l'autorité pour rester longtemps sous la coupe de Néron.

Le soir même, premier texto. Sammy est excité. La Fourche lui dit : « Vas-y, toi, réponds. » Mâtin, il regarde son jeune adjoint repartir vers son bureau, pianotant déjà.

Après une légère hésitation, la hiérarchie, aiguillonnée d'abord par La Fourche puis par le commissaire Payet qui en perçoit lui aussi tout le potentiel, officialise les choses : le Danseur est inscrit par le DAC à côté du nom de Sammy dans le grand registre des indics. La théorie est simple : le jeune lieutenant devra rendre compte de chacun de leurs échanges. Il lui est interdit de le rencontrer seul ou de lui donner ses coordonnées personnelles. Mais La Fourche s'arrange pour leur laisser le maximum de champ libre. À partir de maintenant, Sammy a le téléphone du groupe sur lui en permanence. Pour le Danseur, il est joignable jour et nuit. Leur correspondance est vite dévorante.

Le Danseur est recherché pour sa participation présumée à un braquage. Il aimerait obtenir la levée de sa fiche de recherche.

— Tu te doutes bien que je vais pas te dire si je l'ai fait ou non, dit-il à Sammy, lors d'une rencontre suivante.

La Fourche est venu, mais il est resté dehors. Un coup de fil à passer…

— Je me doute, je me doute, fait Sammy. Mais pour lever une fiche de recherche, faut vraiment que l'affaire en vaille la chandelle.

— Elle la vaut, man, fait le Danseur.

Pour la première fois, il raconte l'histoire complète, sans les enluminures et les zones d'ombre qu'y ajoute Néron par calcul.

En octobre, le Danseur et son ami aux doigts d'or braquent un box qui, d'après la rumeur de la cité, contient des armes. À l'intérieur, ils trouvent ce qu'ils espéraient : des kalachnikovs principalement, rangées dans des cartons qu'ils n'ont qu'à charger à l'arrière de leur Kangoo, d'autres fusils d'assaut, et des liasses de documents que le Danseur, après un coup d'œil rapide, décide de laisser de côté. Ce sont des textes en arabe – il le parle mais ne le lit pas –, et des photos de bâtiments qu'il ne reconnaît pas. Ça ne l'intéresse pas, nous ne sommes qu'en octobre.

Le Danseur et son ami planquent leur butin ; ils vont attendre un peu avant de commencer à écouler les armes. Le local appartient à un barbu dont on dit qu'il était un proche d'Amedy Coulibaly, le terroriste de l'Hyper Cacher. Les daechois n'ont pas la réputation de rigoler et, si le Danseur ne craint personne, il n'a pas envie de se les mettre à dos inutilement. Il a assez d'expérience pour éviter les ennuis quand il le peut.

Mais son ami le faussaire, lui, a besoin d'argent. Il négocie en cachette du Danseur la vente de quelques kalachnikovs, aux alentours de 1 000 euros pièce. Quand il l'apprend, le Danseur n'est pas content, mais il comprend. Il faut bien vivre.

Les attentats du 13 novembre ont lieu. Tout le monde devient fou, il y a des gens qui dansent de joie, d'autres qui se terrent pour pleurer. Des flics énervés, la main sur la crosse, dévisagent d'un air haineux tous ceux qui ne leur reviennent pas – et plus personne ne leur revient. Les descentes, les perquisitions, les contrôles s'intensifient ; on ne peut plus travailler en paix.

Un matin, le Danseur voit apparaître le nom du propriétaire du box cambriolé sur le bandeau qui défile au bas de l'écran de télévision. On affirme qu'il a été tué lors de frappes américaines en Syrie. Al Fransi de mes couilles, pense le Danseur. Mais il se fait du souci : et si le box était perquisitionné ? Si on trouvait son ADN dedans ? Si certaines armes vendues par Doigts d'or avaient été utilisées au Bataclan ?

C'est alors qu'il se tourne vers Néron, qu'il connaît parce que, après un certain nombre d'années à louvoyer en eaux troubles, tout le monde connaît Néron.

« T'as pas un problème, dit Néron après l'avoir écouté. T'as mis la main sur un magot. »

Néron lui fait voir que son histoire se monnaie. On peut la vendre au plus offrant – les douanes paient mieux, c'est de notoriété publique –, on peut même, en s'y prenant bien, monter une enchère entre les services. Néron a des contacts partout, ils pourront partager l'argent, on verra plus tard. Mais vraiment, il n'a rien vu des documents entreposés dans le box ? Vraiment rien reconnu ? Même pas, par exemple, une photo de l'ambassade américaine à Paris ? Il la lui montre sur Google Images. Non ? Pourtant, s'il glissait ça dans le lot, avec les armes, ça ferait monter le deal.

Le Danseur s'en fout, il veut juste se débarrasser des armes.

« T'as une fiche de recherche aussi, non ? Tu peux la faire sauter avec. »

Cette fiche de recherche est une épine dans le pied du Danseur. Au moindre contrôle de routine, il est bon pour la préventive. Or, des contrôles de routine dans le 93, on en subit plus souvent qu'à son tour quand on a la tête qu'il a, surtout en ce moment. Le Danseur entrevoit l'espoir au bout du tunnel.

« Vas-y, mets une photo de ce que tu veux. D'ailleurs, y a autre chose. On nous a demandé des faux fafs pour un gars qui se planque en Belgique. »

Néron le regarde, n'osant y croire.

« Un barbu ? Un des mecs du 13 ?

— C'est ce que je pense. »

Néron se frotte les mains sans s'en rendre compte : il est tombé sur la poule aux œufs d'or. Une info sur un terroriste en fuite peut rapporter gros. Ça complique, mais Néron a du talent, il va négocier une petite fortune. Le Danseur le regarde, ce petit Blanc sans âge qui grenouille un peu partout. Il n'a pas confiance en lui mais il ne voit pas comment contacter la police autrement. Il risque gros. Si quelqu'un apprend qu'il parle, il est mort. Son patron a beau l'avoir à la bonne, il le tuerait. Pourtant, Néron le dégoûte. Il pense qu'il pourra s'en débarrasser plus tard. Il se racle la gorge et recule un peu.

« Mais je suis pas une balance. J'aime pas les terros, c'est tout. Je poucaverai jamais rien d'autre. »

Néron acquiesce, sans y croire. Le Danseur répétera la même chose à Sammy, qui n'y croira pas non plus : quand on commence à parler, on ne s'arrête plus. Il y a toujours un concurrent dont on veut se débarrasser, une vengeance à assouvir, quelque chose à négocier. Sammy n'est pas flic depuis longtemps, mais ça, il le sait déjà.

Une forme d'intimité s'installe entre Sammy et le Danseur. Ils se montrent des photos de leurs filles, qui ont le même âge exactement et les mêmes chaises hautes peintes en rouge.

« Purée de carottes contre purée de courgettes », commente Sammy devant les visages des quatre fillettes barbouillées de leur dîner, hilares, une cuillère à la main.

— Sa femme a l'air réglo, raconte-t-il plus tard à La Fourche.

Regard ironique de son chef.

— C'est pas un mauvais gars, insiste le jeune lieutenant.

— C'est un crapaud et elle une femme de truand.

C'est comme ça qu'elle sera traitée quand ils l'arrêteront. Elle pleurera. Elle n'aura pas beaucoup d'informations à donner, parce qu'elle aura toujours été tenue à l'écart des affaires. Tout lui sera pris car ils ne pourront pas justifier leur train de vie (un chômeur longue durée et une infirmière avec deux enfants à charge et ils auraient un Touran, un TMAX, une Mini, des Louboutin, des lunettes Chanel, des pochettes Vuitton ?). Quand elle comprendra que ses enfants vont désormais manquer de tout et d'un père en particulier, quelques souvenirs lui reviendront. Elle feuillettera peut-être son agenda et dira que oui, cette nuit-là il n'est pas rentré. Que oui, elle l'a déjà vu en compagnie de cet homme dont on lui présente la photo mais que non, elle ne connaît pas son nom. Oui, il lui arrivait de rapporter de l'argent liquide et de le cacher dans la cuisine, dans le système d'aération, derrière le radiateur du couloir. Oui à tout ce qu'ils voudront.

En tout cas, ils l'arrêteront un jour, aussi sûr qu'il n'a jamais poinçonné un ticket de métro depuis qu'il est sorti du ventre de sa mère.

La hiérarchie surveille comme le lait sur le feu le coup de foudre entre Sammy et le Danseur. Près d'une centaine de textos sont échangés chaque jour.

Le Danseur est pétri d'angoisses, de remords. Il hésite, regimbe, renâcle au bord du vide. Il a des scrupules. Il ne s'est jamais imaginé en balance. Il a toujours détesté les flics, tous les flics. Et le voilà qui discute avec l'un d'eux de choses qu'il n'a jamais racontées, même à son ami aux doigts d'or. Le Danseur est un solitaire, il n'éprouve pas le besoin de se confier. Il parle à sa femme, la personne qui le connaît le mieux, mais pas de business, jamais, même quand il rentre tard, même quand il est blessé, même quand il range des liasses de billets dans les enceintes du salon et qu'elle l'aperçoit en passant, un biberon dans la main, et qu'elle détourne les yeux.

À présent le voilà qui textote jour et nuit avec un poulet.

Finalement, il n'y a qu'à Sammy qu'il puisse tout dire. Il peut lui dire qu'il a peur quand il monte au braquage. Qui n'a pas peur ? Il n'y a que les fous qui ne craignent pas de mourir. Il raconte, sans donner trop de détails, des affaires auxquelles il a participé. Sammy, qui a une bonne connaissance de l'histoire récente du banditisme, arrive à nouer les fils, aidé par La Fourche. Il recoupe. Il devine de quel braquage parle le Danseur, de quelle séquestration, de quel règlement de comptes. Il devine aussi pour qui il travaille, même si le Danseur ne cite jamais de nom.

Le Danseur a dit à Sammy qu'il ne comptait pas revendre toutes les armes. Il voulait en garder pour un gros coup qu'il prépare afin de mettre sa famille à l'abri.

Un square, porte Maillot, 9 janvier

— Tu sais que Néron est en cheville avec les douanes ? dit le Danseur à Sammy.

— Ah ? fait Sammy.

Ton dégagé, désinvolte, et le Danseur n'est pas dupe.

— Il veut qu'on leur livre les armes à eux. Ils paient mieux que vous, il dit.

Sammy soupire. Il fait froid, humide. Des pigeons dégueulasses gloussent un peu plus loin. Le square est désert.

— Pourquoi le cadavre de Néron n'est pas déjà en train de pourrir dans un bois ? demande Sammy rêveusement.

— Ça finira comme ça, mais c'est précieux, un gars qui a un pied dans le milieu et l'autre à la CIA.

Sammy se marre.

— À l'en croire.

— À l'en croire, admet le Danseur.

— Danseur, fait Sammy, ce serait bien que tu nous la livres à nous, cette voiture pleine d'armes. Pour la fiche de recherche, je te promets qu'on est dessus.

— Je te crois, dit le Danseur. Mais je suis pas une balance.

— Je sais, dit Sammy.

La conversation pourrait être tirée d'un manuel qui s'intitulerait : comment rassurer votre indic. Quatre-vingts pour cent de leurs échanges reviennent à ça ; réconforter le Danseur, panser son amour-propre, faire semblant de croire qu'il y a balance et balance…

— J'aime pas les terros, c'est tout.

— Je sais, répète Sammy. Je sais. Et les faux fafs ?

— J'ai fait savoir qu'on était OK. Maintenant j'attends. Mais t'as compris ? Seulement des terros. Je vous donnerai seulement des terros.

— Oui, dit Sammy.

— En attendant les armes, tu veux que je te raconte un truc ?

— Vas-y, fait Sammy.

Il se lance : un de ses amis était en cellule avec un homme condamné pour avoir organisé une filière de départs vers la Syrie, où il avait lui-même passé quelques mois. D'après l'ami du Danseur, il continue son travail de recruteur depuis l'intérieur de la prison. Il repère et embrigade les détenus fragiles et, lorsqu'ils sortent, les met en contact avec quelqu'un qui les prend en charge.

Sammy hoche la tête. Les deux hommes se séparent en se serrant la main. Le Danseur repart, de sa démarche roulante, allure du combat et de la banlieue. De dos, hanches étroites, fesses invisibles, épaules qui balancent, il suffit d'un regard pour dire d'où il est. Sammy, mains dans les poches, plus raide, tennis trop fines pour la saison, sacoche alourdie de l'arme de service, doudoune matelassée, cheveux courts et barbe rase, sort par l'autre porte du square et regagne sa voiture. Au feu, il aperçoit la petite voiture noire et discrète du Danseur qui se faufile dans la circulation et disparaît.

Sammy est excité mais ne le laisse pas voir. Il transmet les informations à sa hiérarchie, qui fait suivre aux services compétents. La chaîne se met en branle et lui échappe. Il attend.

La réponse redescend par la voie officielle jusqu'au bureau du commissaire Payet, qui vient virevolter sur le carrelage jusqu'à Sammy : Feu rouge.

— On fait pas de renseignement terro. On transmet, c'est la coopération des services, argumente le commissaire devant le jeune lieutenant. C'est fini, la guerre des polices.

Sammy avale sa déception sous le regard ironique de La Fourche qui n'a toujours pas trouvé preneur pour son dossier voitures. La mauvaise humeur se répand dans les trois bureaux du groupe.

Le commissaire Payet passe alors dans le bureau de Nounours et Loïc, qui est papa depuis la semaine dernière et qui a encore l'air stupéfait de ce qui lui arrive. Il leur transmet une info sur un réseau de proxénétisme qui emploie des prostituées brésiliennes à travers la France, l'Espagne et le Portugal. Le réseau est géré par une maquerelle qui entretient elle-même quelques clients.

— À boire ! braille le Kid, déchaîné, depuis le café de la brigade, où l'on fête quelque chose.

La Fourche ferme la porte de son bureau.

Sammy reçoit un SMS du Danseur :

— Alors ?

— Alors rien.

Fausse monnaie

> « Tout ce qui peut mal tourner tourne mal. »

Le gamin arrive sur son TMAX par la nationale 110.

Il ne porte pas son casque crânement à l'arrière comme il en a l'habitude, il l'a enfilé correctement et a baissé la visière. Il emprunte l'entrée de la station-service, traverse le parking qui rejoint à l'arrière un entrepôt de matelas, enfile la rue centrale de la zone commerciale coincée entre deux bretelles d'autoroute, dans un vallon naturel entre Poissy et Orgeval dont on aperçoit les maisons couvertes de lierre au-delà des champs où paissent des chevaux – l'air soulevé par les camions fait flotter leurs crins. Les tours blanches de Poissy, en face, se dressent dans le brouillard matinal.

Il fait un petit tour sur le parking du McDonald's sans rien remarquer d'anormal. Le fast-food est plein, une mère obèse donne des nuggets pour le petit déjeuner à un enfant de trois ans dont les cheveux raidis par le gel se dressent en picots ; des femmes de ménage en uniforme boivent un café avant la reprise ; des collégiens qui sèchent les cours s'agitent dans le fond, sous le regard d'un ancien de leur établissement, qui tient la caisse. « Riez, riez, pense-t-il. Voyez ce qui vous attend. Si vous avez de la chance. » Ou alors il ne pense rien.

Le gamin va se poster à l'autre entrée du parking, il fait une manœuvre, recule en poussant avec les pieds. D'ici, il a vue sur les deux accès : sur la façade du McDonald's et sur les fenêtres arrière de l'hôtel Ibis, où se tient une convention de vendeurs par correspondance. Il relève la visière de son casque, tape ses mains gantées l'une contre l'autre. Son souffle fait une buée épaisse. Du pied, il tire la béquille. Puis il se tient tranquille.

— T'as vu le gamin ? demande Augrond.

— Ouais.

— Il fait le chouffe, non ?

— Ça se pourrait.

Dans la chambre du premier étage, ils sont cinq : l'adjoint de la BRB et des représentants d'Interpol et de l'Office central de répression de la fausse monnaie. Ils supervisent un coup d'achat.

En bas, sur le parking, le vendeur n'est pas encore arrivé. Les cinq flics regardent les femmes de ménage en uniforme rayé rose qui fument à présent une cigarette devant le McDonald's, un jardinier qui progresse à pas lents, son sécateur au bout du bras, et le gamin, à l'entrée, immobile sous la bruine froide qui s'est mise à tomber.

— Il chouffe, c'est clair.

— Recule, tu vas faire bouger le rideau.

Vers 10 heures, une Passat noire passe sans ralentir devant le môme, qui ne bronche pas et vient se ranger sous les fenêtres de l'hôtel.

— Il est là, souffle le représentant de la fausse monnaie.

La femme d'Interpol, qui s'était assise sur le lit, se relève, électrisée. Tout le monde s'approche des rideaux, sauf Augrond qui reste négligemment adossé au fond de la pièce dans son sous-pull marine moulant son large torse.

Un petit *toc* à la porte fait tourner la tête aux cinq flics d'un même mouvement. Augrond ouvre et introduit deux hommes du SIAT, le service dédié à l'infiltration, à qui il serre la main sans un mot. Le plus petit, un nerveux aux yeux bleus un peu fixes, fait le tour de la pièce, trottant comme un loup. Il aborde chacun d'un mouvement du menton, demandant :

— Vous êtes ?

Ils obéissent et se présentent. Lui seul ne donne pas son nom. Son collègue, sans saluer personne, est allé droit à la fenêtre. Le plus petit le rejoint et ils prennent possession de la fenêtre, reléguant les autres policiers au second rang. Le policier qui se fait passer pour un acheteur, avec qui le plus petit est connecté par oreillette, arrive en voiture, se gare un peu plus loin et rejoint Khoren P., le vendeur de fausse monnaie, à l'arrière de la Passat. Khoren P., trente-deux ans, a pour une valeur de 3 millions d'euros de faux billets à écouler. L'infiltré en a déjà acquis l'équivalent de 30 000 euros dans un bar à chicha du 19e arrondissement. Des faux de 20 euros, d'excellente qualité, produits dans un atelier italien qui sera démantelé aujourd'hui – les carabinieri sont déjà sur place.

Le premier achat s'étant déroulé sans accroc, le vendeur est en confiance. Il a accepté une plus grosse commande : 300 000 euros. Le policier infiltré tient à la main une valise qui contient 100 000 euros – de vrais billets.

Dans la chambre, le plus petit marmonne d'une voix nerveuse et saccadée :

— Il arrive. Ils se disent bonjour. Ils montent à l'arrière. Khoren y est. Ils discutent. C'est bon, il a les 300. Ils sont dans le coffre. Khoren veut voir l'argent.

C'est bon, il lui montre. Ils se serrent la main. C'est bon. Ils sortent. Ils vont au coffre. Khoren ouvre.

Tension électrique dans la petite chambre d'hôtel. Le deuxième homme du SIAT tient son talkie juste contre sa bouche, les yeux fixés sur le parking. L'autre continue de scander :

— Y a trois sacs. Il en ouvre un. C'est bon, c'est bon, y a l'argent.

— Top interpellation ! lance l'autre dans son talkie. Top interpellation !

— Dis-leur de choper aussi le gamin en TMAX, lance Augrond du fond de la pièce, toujours appuyé contre le mur alors que les autres tournent en rond comme des derviches, rendus fous par la pression. Dis-leur. Celui qui est à l'entrée.

— Topez aussi le gamin sur un TMAX à l'entrée du parking, répète l'homme au talkie.

Des policiers à pied, armes à la main, surgissent soudain de derrière les murs, des véhicules arrivent sirènes hurlantes, les entrées et sorties du parking sont bloquées, ça braille : « Police, bougez plus, police ! Montre tes mains, montre-moi tes mains ! »

Le chauffeur de la Passat est extirpé du véhicule, plaqué au sol, menotté puis rassis. On lui enfile un sac sur la tête. Khoren et le policier infiltré sont à leur tour plaqués contre la voiture et on leur enfile le même sac noir sur le visage tout en les menottant. On les assied, un flic derrière chacun.

À l'entrée du parking, le petit sur son TMAX a rabattu la visière de son casque mais n'a pas eu le temps de démarrer. Alex, des Stups, mobilisé en renfort, l'a attrapé.

— Ben quoi ? braille le gamin. Ben quoi ? J'ai rien fait, merde !

— Ta gueule, grogne Alex, qui a la migraine.

Dans le McDonald's, la mère obèse a les yeux braqués sur l'écran de télévision. Elle ne remarque pas l'agitation sur le parking, les hommes plaqués au sol, les voitures qui dérapent, les armes de poing dégainées, ni même que son fils s'est interrompu dans sa mastication, un nugget à moitié enfourné, les yeux écarquillés.

— C'est bon, c'est figé.

Dans la chambre, le petit homme du SIAT se dégonfle comme un ballon et son visage paraît soudain fripé, blême, toute son énergie nerveuse envolée. Son collègue range les jumelles, ils quittent la chambre sans un mot.

Dehors, le faux acheteur a été évacué. Khoren, le vendeur, est réinstallé à l'arrière de sa voiture le temps qu'on lui lise ses droits. Il n'a plus de sac sur la tête. Son regard scrute le parking, incrédule. Il cherche l'acheteur. Il n'y croit pas. Il comprend, mais il ne veut pas y croire.

— L'enculé, souffle-t-il. Le gros enculé.

— T'as compris ce que je viens de te dire ? demande l'enquêteur de la fausse monnaie.

L'affaire remonte à quelques mois. Khoren P., trafiquant sans spécialité de la cité de Chanteloup-les-Vignes, au bout des Yvelines, a rencontré des faussaires italiens qui proposaient des billets de qualité supérieure. L'affaire lui a paru moins risquée que la drogue, ce en quoi il fait probablement erreur car l'État n'aime pas qu'on empiète sur ses prérogatives. Pas d'indulgence pour les faux-monnayeurs. Malheureusement pour Khoren, l'un des Italiens était déjà dans le collimateur de la justice. Les interceptions d'Interpol ont permis de suivre les premières transactions, la justice française a été saisie, Khoren placé sur écoute et un coup d'achat décidé. Il a fallu trouver la porte d'entrée pour lui faire rencontrer un policier infiltré : quelqu'un qui lui en voulait ou qui avait une faveur à négocier. Quelques semaines ont été nécessaires pour mettre la main sur le bon... Le premier rendez-vous entre l'agent du SIAT, Khoren et l'entremetteur a eu lieu à côté de l'Aquaboulevard, dans le 15e arrondissement. Quelques soirées dans des bars à hôtesses ont suffi pour sceller un accord. Lors de ces rencontres, l'agent du SIAT opérait sans filet, laissant son binôme se ronger les sangs. Tout s'est déroulé sans accroc.

— Et le gamin, c'est qui ? demande le DAC en rengainant son arme.

Il a couru sur le parking, ça lui a fait du bien de secouer sa carcasse, il dépérit dans son petit bureau à s'user les yeux sur les tableaux de permanence. Sa jeunesse lui manque. L'action lui manque. Mais on ne s'élève pas en restant sur le terrain. Il a finalement postulé pour la SDAT, l'antiterrorisme a le vent en poupe. Ils sont deux candidats sérieux pour le poste. Il attend, et tout en attendant, il essaie de se distraire.

— Fouad Guerdjou, vingt et un ans, connu des services, visage de bébé et coupe de cheveux de bâtard, résume Alex en rangeant son fusil à pompe dans le coffre de la voiture. Il est de Chanteloup, comme l'autre bâtard.

— Il chouffait ?

— Affirmatif.

— Bon, on se transporte sur place.

L'enthousiasme des troupes va de faible à modéré : la journée va être longue, le réveil était matinal, ce n'est pas leur affaire, pas leur enquête, pas leur dossier. Ils vont se coltiner la partie emmerdante : interpellation et perquisition, puis se verront remerciés et personne ne les tiendra au courant des retombées ; les hommes du SIAT se sont déjà volatilisés ; les représentants d'Interpol font des ronds de jambe entre gradés. La plupart des hommes masquent leur absence de motivation derrière un silence peu amène. Seul Pascal, du groupe de La Fourche, marmonne ostensiblement.

Tous prennent la direction de Chanteloup, le DAC aussi, d'humeur tranquille et impassible, comme d'habitude. Il est de Lyon, il va se perdre un peu et arrivera après tous les autres. Il déteste la région parisienne. Il déteste Paris. Il déteste les Yvelines, aussi, les avenues trop larges et venteuses, les bourgeois en loden. La Francilienne le rend fou. Et il a la forte tentation d'écraser dans sa pogne ce GPS qui lui demande de faire demi-tour dès que possible.

Chanteloup-les-Vignes

Une ruelle en pente. Des immeubles d'habitation de deux ou trois étages, avec des balconnets et des vérandas. Des fourgonnettes du commissariat sont rangées le long des trottoirs. La bruine a cessé, l'air paraît nettoyé, un scintillant soleil d'hiver se lève sur la petite cité, éclaboussant les hommes en tenue qui ont pris possession de la rue. Le commissaire du district, talkie en main, coordonne les opérations. Trois fillettes, une Blanche, une Noire, une Asiatique, violons sous le bras, passent sans ralentir entre les policiers, direction le conservatoire. Un chien-arme descend d'une voiture, excité. Son maître s'agenouille pour le calmer. Fouad, le jeune homme au TMAX, apparaît, mains menottées. Long et fin, en jogging gris, il regarde autour de lui d'un air bravache. Quelques fenêtres s'ouvrent, des têtes apparaissent pour contempler la scène. Fouad est poussé rapidement vers son immeuble par les policiers, qui ne veulent pas s'attarder dans la rue.

— Ça peut monter très vite, ici, explique au DAC le commissaire.

Les trois petites filles ont disparu.

Les policiers sonnent chez Fouad. Une femme au même visage rond et juvénile vient ouvrir. Elle porte une robe d'intérieur brodée, un foulard dans les cheveux et tient une lingette à la main. Derrière, on aperçoit un seau et une serpillière. Elle regarde son fils sans expression particulière. Il lui dit quelque chose en arabe et elle recule, laissant la porte ouverte.

— En français ! le réprimande le gardien de la paix qui le tient par l'épaule.

— C'est ma mère, elle parle pas français. Je lui dis juste que j'ai rien fait.

L'appartement est lumineux, très propre. Le lino imitation parquet étincelle, les murs crème du salon marocain – où trois profonds divans encadrent une table basse en métal cuivré sous des calligraphies encadrées – reçoivent le pimpant soleil du matin. Une dizaine de policiers chaussés de rangers entrent, piétinant le sol soigneusement lavé. Le visage rond et lisse du jeune garçon se plisse d'un frémissement rageur rapidement réprimé. Puis le maître-chien fait son apparition. La mère recule précipitamment dans la cuisine immaculée jusqu'à la fenêtre ouverte, où elle commence une conversation avec sa voisine qui se dévisse le cou depuis l'appartement d'à côté.

Les policiers commencent la perquisition par la chambre de Fouad. Pendant qu'ils fouillent sous son lit, retournent son matelas, vident les tiroirs de la table de nuit puis la totalité du contenu de l'armoire, Fouad, toujours menotté, se rapproche lentement de la fenêtre. Il a les yeux fixés sur les deux flics qui sont à genoux et lui tournent le dos. Rapidement, il se penche.

— Dis donc, toi ! lance Alex en se relevant.

Il a juste le temps de voir disparaître une tête sur un balcon voisin.

— Recule, reste pas là.

Alex referme la fenêtre. Le garçon, victorieux, a retrouvé son sourire un peu narquois. Alex le regarde d'un air absent. Sa migraine ne faiblit pas. Il refait son chignon puis reprend sa fouille, méthodique et las. Du placard, il sort des vêtements de marque ou d'imitation, des dizaines de baskets et une boîte de chaussures pleine de billets soigneusement rangés.

— Qu'est-ce que c'est ? demande Alex, tandis que l'autre flic commence à compter.

— Un cadeau de mon oncle pour financer mon permis de conduire.

— Neuf mille sept cents euros, annonce l'autre au bout d'un moment.

— Ça fait cher le permis, commente Alex.

— Y a aussi de l'argent que j'ai eu de mon anniversaire, puis ce qui me reste de la vente de mon précédent scooter.

— Il est pas à toi le TMAX ?

— Ben si.

— Tu l'as pas acheté avec le fruit de la vente de l'ancien ?

— Ben si, mais j'ai fait une bonne affaire.

— T'as tous les documents pour expliquer ça ?

— Je suis pas sûr. Peut-être. C'était un arrangement avec un pote, en fait.

Dans le salon, trois policiers font voler les coussins des canapés, soulèvent les montants, retournent la table basse, décrochent les tableaux. De nouveau, le visage poupin frémit de colère.

Pendant ce temps, une policière municipale vient de remarquer la mère, toujours en grande conversation à la fenêtre de la cuisine.

— Ça va comme vous voulez, madame, on vous dérange pas ? demande-t-elle.

Sans répondre, la mère s'installe sur un tabouret, devant la petite table en formica. Elle regarde devant elle, apparemment indifférente.

— C'est propre, hein ? commente un des flics du commissariat d'un ton satisfait, en contemplant l'appartement retourné. Ça change.

— Ah là là, si tu savais la porcherie que j'ai vue hier, un vrai taudis.

Dans la rue

En bas, un vieillard est arrivé devant l'immeuble. Il est très grand, il porte une djellaba et un kufi blanc tricoté. Deux garçons et une très belle femme strictement voilée de noir l'accompagnent. C'est vendredi, ils rentrent de la prière à la mosquée voisine. Un policier fait un pas pour leur interdire l'entrée. L'homme, ses deux fils et sa fille lèvent les yeux. La voisine qui discutait avec la mère leur fait un signe sans équivoque par la fenêtre : c'est chez eux que ça se passe. Le visage maigre du vieil homme se fige dans une moue dédaigneuse et il se détourne des forces de l'ordre. Son fils aîné l'accompagne jusqu'à une voiture garée à quelques mètres, où il l'installe. La jeune femme, elle, reste au pied de l'immeuble. Elle est grande et svelte, son voile dessine la forme de sa tête. Sa peau a pâli et ses yeux paraissent très noirs, allongés, légèrement cernés. Elle a une bouche épaisse, de belles mains, qu'elle élève dans un geste de protestation. Elle obtient quelques informations.

— Donc apparemment vous faites une perquisition chez mon père. Vous arrêtez mon petit frère et mon père ne peut même pas monter chez lui. Je ne comprends pas. C'est son fils qui est arrêté !

— Il est majeur votre frère, il a pas besoin de son père.

— Il est peut-être majeur, mais cet appartement n'est pas à lui. C'est chez mon père. Et ma belle-mère, elle est là-haut, vous ne l'avez pas fait sortir. Pourquoi ?

— Si votre père avait été chez lui, on l'aurait pas fait sortir non plus. C'est la règle. Personne ne rentre, personne ne sort, pendant toute la perquisition. Dès qu'on aura fini, il pourra retourner chez lui. On est aussi pressés que vous d'avoir terminé.

— Ma belle-mère ne parle pas français.

— C'est pas grave ; on n'a pas besoin de lui parler, et votre frère lui a expliqué qu'il avait rien fait. Alors vous voyez, tout va bien. Elle peut être tranquille.

— Vous venez comme ça chez les gens et vous les bloquez dehors ! Ça ne vous paraît pas choquant ?

— C'est avec votre frère qu'il faudrait voir ça, madame, et faudrait arrêter de crier aussi.

— Je ne crie pas, mais je ne comprends pas votre façon de faire, lâche la jeune femme avec hauteur.

Elle est plus grande que le policier et il doit lever les yeux pour la regarder.

— Laissez-nous mener à bien la perquisition et votre papa pourra rentrer chez lui.

— Vous ne comprenez pas, il est cardiaque, il a un médicament à prendre, il lui faut du repos.

Le flic a un profond soupir.

— Ça m'aurait étonné, tiens, y a toujours un médicament à prendre en urgence. Dites-moi de quoi il a besoin, on va vous l'apporter.

La jeune femme recule et échange quelques mots avec sa belle-mère qui est réapparue à la fenêtre, attirée par l'agitation.

Un attroupement grossit dans la rue. Les policiers sont devenus nerveux. Une bande de garçons, la petite vingtaine, s'adosse au mur face à l'immeuble et commente à voix haute, chœur antique et entêtant.

— Pendant que vous venez ici embêter cette gentille famille, y a des bombes partout, y a Daech qui fait tout péter, vous perdez vraiment votre temps ! C'est une famille bien qui vit ici.

Les policiers ne répondent pas. Ils se balancent d'une jambe sur l'autre, les pouces dans les passants de ceinture, l'air ailleurs. Une petite Peugeot blanche s'arrête devant le commissaire. La vitre se baisse. C'est l'imam de Chanteloup. Le commissaire se penche pour lui serrer la main et échanger quelques mots avant que l'imam aille se garer près de la voiture où le père et ses trois aînés sont installés.

Les nuages passent, la lumière s'allume et s'éteint, l'espoir et la morosité se succèdent à un rythme vertigineux, quand on voit venir, à tout petits pas, un couple très âgé. L'homme, chapeau d'astrakan sur sa belle tête sérieuse, manteau étroit et chaussures de cuir, marche devant. La femme le suit à quelques mètres. Elle est voûtée, ratatinée, couverte de foulards et de châles en laine. Ses pieds boursouflés débordent de ses pantoufles. Sans un regard, comme s'ils étaient parfaitement seuls au monde, ils passent au milieu de la foule, qui s'écarte. Enfin la femme s'arrête, les yeux dans le vague. Avec une lenteur infinie, le vieil homme se penche, sort une clé de sa poche, ouvre un box de voiture dont il relève avec difficulté la porte – il refuse l'aide d'un jeune homme africain d'un geste fier. À l'intérieur, il n'y a ni voiture ni malles ni cartons, seulement deux vieux transats en plastique que le vieil homme, péniblement, traîne dehors l'un après l'autre. Ensuite, toujours aussi lentement, il referme la porte, rempoche la clé et va rejoindre sa femme qui a pris place sur l'un des fauteuils. Il étale une couverture sur ses jambes. Installés plein sud, ils se prennent la main et ferment les yeux, unis dans quelque rêve. Tout le monde s'est tu, même les gamins qui tenaient le mur, même la voisine curieuse, même les flics dans l'escalier.

Chez Khoren

Ils n'ont rien trouvé d'autre chez Fouad que les 9 700 euros. Le DAC se rend chez Khoren pour voir où en est la perquisition. La température a chuté, il fait quelques degrés au-dessus de zéro, à peine. Le DAC porte sa veste en cuir ouverte sur une simple chemise.

— Le froid, c'est dans la tête, lance-t-il à un bleu qui frissonne.

— Oui monsieur, répond le jeune homme.

— Là, regardez monsieur, c'est Ouardi qui s'impatiente, fait un autre.

Sur la place du Trident, un garçon passe et repasse, regard mauvais.

— Il veut quoi, Ouardi ?

— Il veut qu'on dégage, monsieur. Il est déjà 16 heures et d'habitude, il ouvre son business en début d'après-midi. Ça va chiffrer fort en pertes pour lui.

Sur le mur d'un immeuble, au n° 2 de la place, ont été rajoutés un 0 et le signe de l'euro à la peinture. C'est le prix de la première dose, 20 euros.

Des enfants passent à toute vitesse en trottinette, criant quelque chose qu'on n'entend pas. En haut, dans l'immeuble de Khoren, l'appartement ressemble à celui de Fouad. Sa mère, plus âgée, s'engueule copieusement avec les policiers.

— Mais vous trouverez rien ici ! C'est un bon garçon et vous le harcelez. Vous nous harcelez. Je sais comment ça s'appelle, c'est de l'acharnement. Oui j'ai les factures, monsieur, oui je travaille pour me payer des choses, ça vous défrise qu'on vive bien, monsieur ? Vous préférez qu'on vive comme des chiens ?

Personne ne lui répond, il y a des policiers dans toutes les pièces. Le salon a été entièrement retourné.

— On crève les coussins ? demande une gardienne.

— Crever les coussins ? Aïe aïe aïe aïe, qu'est-ce qu'on vous a fait pour mériter ça ? gémit la femme. Vous aimeriez qu'on aille crever les coussins chez votre maman, vous ?

— Comme j'ai pas envie qu'on aille lui crever ses

coussins, je trafique pas de fausse monnaie, grogne la gardienne.

— Attends un peu, pour les coussins, on verra après, répond un policier, conciliant.

Dans l'entrée, Khoren, qui n'a pas desserré les dents, patiente, menottes dans le dos. Il se refait le film. Le sentiment de s'être fait avoir le rend fou. Les blagues échangées, les verres partagés. Il pourrait tuer à mains nues, là, tout de suite. Le visage de cet enfoiré d'infiltré va hanter ses nuits pendant longtemps.

— Euh… patron ? Je crois que j'ai quelque chose, là.

C'est la jeune gardienne. Elle est penchée sur la grille d'un radiateur électrique dans le salon.

— Tu vois quoi ?

— Je suis pas sûre. Mais y a un truc.

Elle se redresse, examine le mécanisme, puis d'un mouvement puissant arrache l'appareil de son support, emportant un morceau de la cloison.

Un paquet tombe sur le sol avec un bruit mat : il contient deux armes de poing.

Tout le monde se tourne vers Khoren qui regarde droit devant lui, un sourire machinal flottant sur le visage.

— Et voilà. Suffisait d'un peu de persévérance, hein Khoren ?

La mère, elle, s'est assise et ne dit plus rien. Une larme déborde et roule jusqu'à son menton ; elle l'écrase.

Le DAC quitte l'appartement. Le soleil a disparu, la lumière aussi, tout est devenu gris en un instant. En bas, un bleu dit à un autre, le même que tout à l'heure :

— Le froid, c'est une information.

— Ah ouais ? fait l'autre, mécontent et gelé.

Un vent glacé souffle au ras du sol, balayant la cité.

Suspects

« Rien, se répète Pellegrini, n'est jamais facile. »

David Simon, *Baltimore*

La Crime
27 janvier

En comptant le volume en flagrance (les premiers actes d'enquête avant l'ouverture de la commission rogatoire) et celui de la CR (les actes entrepris sous l'autorité du juge d'instruction), la procédure du meurtre d'Éric Donner fait déjà plus de quarante centimètres de haut. Elle est posée sur le bureau de Fred Palacio, qui a l'intention de tout relire. L'audition de quelqu'un qui n'a rien à dire donnant lieu à un PV de quatre pages, il y a à boire et à manger. Palacio note sur des post-it jaunes ce qui reste à entreprendre et les questions qui lui viennent.

Peu d'éléments nouveaux, si ce n'est que l'analyse des échantillons ADN trouvés sur l'une des deux brosses à cheveux, ainsi que sur un mégot à bague dorée récupéré sur la table basse, a révélé que ce sont ceux de Feuilloley. Dans le FNAEG, la gigantesque base de données, ils matchent avec une affaire de 2011 traitée par les gendarmes. L'enquête est classée mais non résolue. La différence est de taille. Palacio a obtenu la procédure et l'a jugée fumeuse. Son téléphone sonne : c'est le major chargé de l'enquête à l'époque, qui lui retourne son appel. Il se souvient bien du cas et le résume au téléphone.

— Feuilloley, hein ? Un petit trapu aux yeux qui biglent ? Il avait un magasin de fringues en gérance, mais il jouait. Ce qu'on a pensé, nous autres, c'est qu'il avait perdu son fonds de commerce aux cartes et qu'il s'était retrouvé dans la merde. En tout cas, un jour on a été appelés par une voisine et on a trouvé notre bonhomme, les mains attachées dans le dos, une bosse sur la tête. Il a dit qu'il avait été braqué.

— Hmm, fait Palacio.

— Comme tu dis. Les liens étaient lâches, la bosse pas méchante. Une fausse séquestre pour une arnaque à l'assurance, voilà ce qu'on a tout de suite pensé avec les collègues. On l'a entendu deux fois, il tenait fort à sa version. Un têtu. Bon, et puis il a disparu dans la nature, la boîte voulait gérer ça en interne, alors on a classé. Tu sais comme c'est.

— Ça correspond à la période à laquelle Feuilloley est tombé dans la rue, quelques mois, peut-être un peu plus, avant de réapparaître à la porte de Donner. On va le réentendre, t'en penses quoi ? demande Palacio à Matthias, qui partage son bureau.

Matthias hoche la tête d'un air distrait : il regarde un film de Melville sur son ordinateur. Palacio appelle Feuilloley et le convoque pour la fin de la semaine.

30 janvier

Feuilloley arrive à l'heure, et même un peu en avance. Il vient en témoin, sans avocat, mais non sans méfiance. Il entre furtivement dans le long bureau étroit de Palacio et Matthias. Les persiennes de la fenêtre qui donne sur l'avenue sont baissées.

Dehors, il fait déjà presque nuit. Les lampes de bureau diffusent une lumière soporative. Feuilloley essaie d'apercevoir le visage de Matthias, qui tire sur sa cigarette électronique sans le regarder. Palacio le fait asseoir. Juste derrière, sur le tableau blanc couvert d'annotations au marqueur, la photo de Feuilloley, sur laquelle une cible a été dessinée, a été retournée juste avant qu'il arrive.

Son visage est très mobile. Il sourit beaucoup, ses sourcils s'agitent, il mime autant qu'il parle. Palacio l'observe un moment en silence, réfléchissant. Feuilloley reprend son monologue, nerveux, incapable d'attendre la première question. Il a adopté une posture décontractée, comme s'il était invité pour l'apéro : jambes très largement croisées, une cheville sur le genou, le buste renversé en arrière. Il fait le patron, pense Palacio fugitivement. Il imite Donner.

— Je suis né en 1970 à Perpignan, mais c'est pas là que j'ai grandi, je suis pas un enfant de la ville, on m'a envoyé très tôt chez ma grand-mère, c'est mieux pour les gosses, la campagne. Il y a quoi, huit ans peut-être, j'ai pris la gestion d'une boutique de prêt-à-porter.

Sept ans, pense Palacio. C'était il y a sept ans. Il ne dit rien.

— C'est Éric, que je connaissais pour avoir travaillé pour lui, qui m'a prêté 10 000 euros dont je me suis servi comme mise de départ. Mais les affaires étaient dures dans la région où je m'étais installé. En 2011, en novembre, j'ai pété les plombs, trop de difficultés. J'ai eu un *nervous breakdown* comme qui dirait… » Il glousse devant le terme, pour s'excuser d'employer un mot étranger. « Je suis parti en quille, hein. J'ai fermé le magasin et je suis allé… dans la nature. Je dormais dans ma voiture. Je faisais les poubelles.

Il fixe brusquement sur Palacio son regard un peu

flou qui jusqu'à cet instant semblait se poser partout ailleurs.

Oh oui, là je te crois, tu faisais les poubelles, pense Palacio, toujours silencieux.

— Je me suis laissé couler. C'est les difficultés qui m'ont fait couler. La gestion d'un magasin, c'est une pression. L'argent, toujours l'argent. C'est des soucis sans arrêt. J'étais peut-être pas fait pour ça, vous voyez ? Éric m'a sauvé. Je zonais, pendant dix mois j'ai pas touché un ordinateur, j'avais plus de téléphone, plus rien. Un jour, j'ai eu comme qui dirait un instant de survie.

Un instant ? remarque Fred par-devers lui.

— Je suis retourné voir Éric. J'étais plus rien, j'avais plus rien. Il m'a pris comme ça, il m'a comme qui dirait adopté. Il m'a laissé habiter dans son logement pendant le temps qu'il était chez sa femme. Il a payé l'assurance de ma voiture, il m'a offert un portable, il m'a engagé au magasin comme son second. Il m'a sauvé comme qui dirait.

Et ton saucisson, ta fausse séquestre, et les gendarmes, t'as pas envie de m'en parler ? pense Fred, qui ne dit toujours rien, à part, au bout d'un moment :

— Je vois.

Pour donner le temps à Feuilloley de poursuivre, s'il le souhaite, il déplace quelques papiers, mais l'homme semble s'être un peu repris et il garde maintenant bouche cousue, il attend.

— J'aimerais évoquer avec vous les rapports de votre ami, M. Donner, et d'Iona D.

Feuilloley a un petit sourire distant, amer, supérieur.

— C'est une pute. Pardon de parler comme ça, mais moi, j'aime pas les putes. Elle profitait d'Éric. Et puis, faut que je vous dise : c'est une tigresse. Ils s'étaient déjà battus tous les deux, vous savez ?

Le sourcil de Palacio se lève : Donner mesurait un bon mètre quatre-vingts et pesait cent kilos. Dans une bagarre amoureuse, difficile d'imaginer qu'Iona, du haut de son mètre cinquante-sept, puisse avoir le dessus. Pas à mains nues, en tout cas.

Feuilloley est attentif, il a noté l'expression de Palacio et il essaie de s'adapter.

— Bon, c'est vrai qu'Éric pouvait avoir l'alcool mauvais. Et puis c'était un costaud. Mais on voit que ça ne lui a pas suffi à se protéger, hein ? Cette fille-là, elle reculait devant rien, elle en voulait toujours plus. Lui, il aurait fait n'importe quoi pour elle, au début. Il a même changé d'appartement, dans la même résidence, pour qu'elle puisse passer plus de temps là, qu'ils soient à leur aise comme qui dirait.

— Il était amoureux, selon vous ?

— Comment dire… Éric était pas très fidèle et je crois qu'à la maison c'était un peu ceinture (« comme qui dirait… », complète Palacio intérieurement). Il s'était déjà tapé une extra du magasin. Il l'entraînait dans son bureau, il lui disait « Venez, j'ai un point à voir avec vous » et *bam*, il la sautait par-derrière sur la table.

— Qui est cette femme ? demande Palacio, plutôt glacial.

— Une extra, on la prend plus. Une guacamole.

— Une guacamole ?

Feuilloley s'empourpre.

— C'est lui qui disait comme ça. Pas une Blanche, quoi. Même pas jolie. J'ai jamais compris. Y a pas eu qu'elle. Il avait commandé des putes à un mac qui s'appelle Gilou. Il en avait eu pour 400 euros la première fois. Il en a vu plusieurs avant de rencontrer Iona.

Palacio se demande si ce Gilou peut être le Français que la sœur d'Éric Donner a évoqué, celui qui gérait ses apports financiers à l'île Maurice.

— C'était quand, ça ?

— Je dirais à l'été 2013. Pour Iona, par contre, il est devenu complètement fou. Elle avait la carte bancaire du magasin et elle faisait jusqu'à 4 500 de retraits par mois.

— Quelle carte ?

— Une Amex. Il avait aussi envoyé de l'argent par Western Union directement à sa famille à Maurice. Il leur a payé un 4×4, il a envoyé 10 ou 15 000 euros. Iona, y avait rien qui lui suffise. Il lui avait payé une carte de gym et ça l'énervait, parce qu'elle disait qu'elle était trop fatiguée pour baiser quand elle revenait du sport. Alors que c'est lui qui payait ! » Feuilloley est scandalisé : « Elle reculait vraiment devant rien. Elle lui faisait même les poches, elle prenait tout, la petite monnaie, les pièces jaunes, un vrai aspirateur. Lui au départ, il voyait pas qu'elle le plumait comme qui dirait, il croyait qu'il allait refaire sa vie avec, comme qui dirait. Il voulait partir à Maurice, vivre avec elle… Et puis pendant l'été 2014, il est tombé malade. Sa santé est devenue trop mauvaise pour qu'il envisage de partir. Il a renoncé à ce projet fou. Et il a voulu se faire rembourser tout ce qu'il avait payé pour elle et sa famille au pays. C'était comme si d'un seul coup, il la voyait pour ce qu'elle était : une pute. Elle était vulgaire. Il était de plus en plus énervé par elle.

— Vous êtes bien informé.

— À moi, il disait tout, Éric, affirme l'homme avec une fierté manifeste.

À ce moment de l'audition, Fred relève les yeux de sa paperasse et passe soudain au tutoiement, comme on tournerait le coin d'une large avenue bien éclairée pour emprunter une ruelle oblique et louvoyante.

— Tu dis que c'était ton ami.

Feuilloley perçoit immédiatement le changement de ton. Il cligne des paupières derrière ses lunettes et repose son pied par terre. Il ne quitte plus les yeux noirs de Palacio.

— Comme je vous l'ai dit, on était très proches. C'était comme mon père adoptif, comme qui dirait. Je lui devais tout et on n'avait aucun secret l'un pour l'autre.

— Pourquoi, dans ton répertoire, il est enregistré sous « Bouffon » ?

Feuilloley a un rire surpris, douloureux.

— C'est une plaisanterie. Parfois, les patrons… enfin vous savez, quoi…

C'est le moment, se dit Palacio, dont les veines du cou se mettent à gonfler.

— Alors maintenant tu vas arrêter avec tes conneries, et tu vas répondre à mes questions sans me prendre pour un con.

Il s'est penché en avant sur son bureau. Matthias, derrière un rideau de fumée, ne bouge pas d'une oreille. Dans les bureaux voisins, les hommes écoutent.

— Ton code de messagerie, tu nous as dit que c'était Balboa. C'est pas un peu grandiose, pour un mec comme toi ?

— C'est juste un code. Ça veut rien dire…

Feuilloley s'est tassé sur sa chaise.

— Tu conduisais gratuitement son 4×4. C'est un avantage que tu allais perdre, avec la cession du magasin ?

— …

— Et l'appartement ? Les petits billets ? Il se serait passé quoi après la vente ? Tous ces avantages en nature ?

— Je sais pas.

— Quand Éric Donner n'est pas arrivé au magasin, le lendemain matin, la comptable a dit : « Il est mort. » T'as une idée de pourquoi elle a dit ça ?

— Comme il avait des problèmes de santé, tout de suite, elle a dû avoir peur pour lui.

La voix de Feuilloley se meurt.

— C'est quoi tes rapports avec elle ?

— C'est une amie.

— Toi qui connaissais bien l'appartement, pourquoi quand t'es arrivé, t'es pas allé directement à la chambre ?

— …

— T'as laissé le chef du rayon bricolage y aller, et toi t'es monté sur la mezzanine. Pourquoi, alors que tu sais qu'elle est pas utilisée ?

— Il était devant moi, c'est pour ça que c'est lui qui y est allé.

— Parle-moi des brosses à cheveux. Il y en avait deux, pourquoi ?

— La petite brosse pour cheveux crépus est à Éric.

— Et l'autre ?

— Iona.

— Pourquoi elles étaient sorties toutes les deux ?

— Je sais pas.

— Tu t'en es servi ?

— Non.

Il y a son ADN dessus. Mais qu'est-ce que ça prouve ? se demande Palacio. Feuilloley, tassé sur sa chaise, se met à pleurer doucement comme un enfant malmené. La morve coule sur son menton, il s'essuie sur le dos de la main.

— Pourquoi vous me parlez comme ça ? demande Feuilloley d'une petite voix.

Un immense découragement s'empare de Palacio.

Une heure après, les hommes du groupe de Bertrand font le point dans son bureau.

— On a au moins la certitude que Feuilloley est franc comme un âne qui recule, fait Palacio, son détachement revenu.

— Un menteur ne fait pas un tueur.

— Pas forcément. Pas à tous les coups, concède Palacio.

— Qu'est-ce qu'il nous cache ?

— La comptable, déjà, ça c'est certain.

— On est sûrs que Feuilloley la baise ? demande Bertrand, intéressé pour la première fois.

— Assez sûrs, oui. Elle faisait aussi le ménage gratuitement chez Donner. Pourquoi ? Elle pourrait avoir volé de l'argent dans la caisse et il la faisait rembourser comme ça…

— Est-ce que Donner se la tapait aussi ?

— Je sais pas. Apparemment il les préfère « guacamole », fait Matthias, dont la femme est somalienne.

— Les écoutes, Matthias, ça donne ?

— Oh oui, ça donne, la mémé fait rien d'autre que jacter. On sait maintenant qui elle voulait protéger : Gaston, un neveu qui aimait bien faire la vie avec son oncle. Mais comment aller voir Gaston sans que mémé comprenne qu'on l'écoute ?

— Et à quoi va nous mener ce Gaston ? demande Bertrand d'une voix lasse.

Tout le monde le regarde, il fixe la nuit par la fenêtre.

— On aimerait savoir qui est ce Gilou. Et faut au moins fermer la porte, fait Palacio. On va s'en occuper.

Bertrand ne répond pas. Ses hommes échangent en grimaçant des regards par-dessus sa tête. Palacio change de sujet et évoque un autre dossier qui vient de leur échoir :

— Faudrait qu'on décide ce qu'on fait des armes évoquées sur les écoutes. On a identifié un numéro qui pourrait être celui du trafiquant.

— On pourrait brancher en Perben, dit le numéro 2, voyant que Bertrand ne moufte pas.

— Ça marcherait avec un parquet réactif, fait Bertrand, mais vous savez de qui on parle, là.

Palacio propose :

— Tu veux que j'appelle la juge pour demander l'écoute du numéro ? Mais elle voudra pas le brancher dans sa CR.

— Putain, on parle de trafic d'armes quand même ! s'énerve l'adjoint.

Bertrand hausse les épaules.

— C'est du 6,35, on sait même pas si ça peut causer des blessures graves.

— Ah si, le 6,35 ça vrille, intervient Matthias.

Bertrand s'arrache à la contemplation de la fenêtre.

— On appelle la juge, elle nous refuse l'écoute, on fait un rapport au parquet. Ça sera à eux de prendre leurs patins.

Palacio a une hésitation, légère, puis se lance :

— Moi, ce que j'aurais aimé proposer, c'est de faire un coup d'achat. On pourrait voir avec le patron ce qu'il en pense et mettre la BRB dessus ?

Bertrand, sec, ennuyé, fatigué, met fin à la réunion :

— Je t'ai dit que je m'en occupais. J'appelle la juge. Toi tu boucles la CR de la tentative, et puis voilà.

Les hommes sortent. Le visage de Palacio reste lisse, indifférent en apparence, tandis qu'il retourne vers son bureau. Matthias pose ses pieds sur la table et lance une vidéo, sans le son : *Il était une fois en Amérique*, qu'il a assez vu pour se passer des dialogues.

— Ça s'arrange pas, le chef, hein ? C'est depuis les attentats.

— Ils ont bon dos les attentats, répond Palacio avec humeur.

Palacio en a sa claque. Le commissaire lui a encore assuré ce matin qu'il aurait sa place dans le groupe antiterro, dès qu'il aurait son habilitation. Il voudrait contribuer.

— C'est la fibre patriotique qui s'est réveillée, hein Fred ? le taquine Matthias.

Mais oui, on peut dire ça. C'est la fibre patriotique. En attendant, il lui reste un dossier à boucler pour un corps dont on a retrouvé quelques os blanchis et qui leur a été attribué en punition d'une engueulade entre le DAC et un magistrat. Palacio aura bientôt bouclé la procédure, ça lui aura pris cinq jours pleins. Le dossier contient plusieurs centaines de pages et des dizaines d'actes techniques alors que personne n'a jamais eu la moindre illusion sur ses chances d'aboutir. Trois os qui se battent en duel dans un sac plastique à la morgue, merci du cadeau.

La cousine

Quelques jours plus tard arrive Emma, la cousine d'Iona, qu'ils avaient convoquée la veille. Elle surgit en milieu d'après-midi, la taille fine, les hanches rondes, la poitrine gonflée, les lèvres aussi, sanglée dans une minijupe noire et un col roulé moulant découpé aux épaules, saucissonnée par une ceinture brillante, chaussée de cuissardes. Ses cheveux, très noirs et très lisses, entourent un visage rond qui n'a déjà plus vraiment d'âge. Elle a vingt-cinq ans, pourrait en avoir dix de plus ou cinq de moins. En entrant dans la pièce, elle étudie les deux hommes qui l'occupent, les jauge, repère celui qui lui paraît détenir l'autorité – elle mise sur Palacio plutôt que sur Matthias – et ne s'adresse plus qu'à lui. S'entendant tacitement, les deux hommes décident de laisser faire et c'est Palacio qui prend la conduite de l'entretien.

— Alors, on t'attendait hier.

— Mais je sais pas pourquoi.

Elle s'est assise, a croisé les jambes et le regarde en souriant. Elle a un fort accent anglais et créole à la fois. La traductrice s'installe à côté d'elle après l'avoir considérée avec un éclair d'envie et de mépris mêlés.

Emma n'a pas tourné la tête vers elle et répond pour l'instant en français.

— On va te le dire, pourquoi. Mais faut venir quand la police appelle. C'est clair ?

Palacio parle lentement, clairement, sans la quitter des yeux.

— Oui mais je pouvais pas ; tu sais, j'ai fait l'opération.

— Quelle opération ?

— La liposuccion. Alors je pouvais pas venir hier. » Elle lui sourit : « Ça fait mal ici, dit-elle en se touchant les hanches.

— La prochaine fois que tu te présentes pas à une convocation, je viens et je pète la porte de tes parents.

— Oui.

Elle n'est pas étonnée, pas choquée, pas impressionnée non plus.

— Bon, maintenant que t'es là, dis-moi comment tu t'appelles.

Elle décline son identité et raconte qu'elle est née à Toulouse, où elle a passé les premières années de sa vie.

— Ma j'ai oublie tout, dit-elle avec un sourire désenchanté.

Quand elle parle, l'interprète lève parfois les yeux au ciel et cherche la complicité de Palacio, qui l'ignore. Il est tout entier concentré sur Emma, qui brille comme une friandise, comme un gloss à paillettes, ronde, petite, luisante. Soyeuse.

Matthias écoute l'audition d'une oreille tout en tapant la fiche de recherche d'Iona, autorisée il y a quelques semaines à partir à l'étranger et qui n'est jamais revenue. On a retrouvé son ADN dans le caleçon de Donner et sur la poignée de la porte alors qu'elle prétendait ne pas être venue depuis plus d'une semaine à l'appartement : sans avoir vraiment rompu, elle était un peu en froid avec Donner. Iona a pourtant un alibi : cette cousine qui ressemble à un bonbon poisseux. Et son téléphone qui ne borne jamais à Argenteuil le jour du meurtre – mais qui est éteint durant près de deux heures en milieu d'après-midi.

— Vous jurez de dire la vérité ? dit Palacio.

— Je joure, roucoule Emma.

— Si vous mentez, vous pouvez perdre votre nationalité, ment Palacio. Pensez à vos enfants. Vous en avez combien ?

— Deux.

— Alors, vous jurez ?

— Je joure.

Elle serre ses mains l'une contre l'autre, elle a les doigts fins, les ongles rouges et pointus, des bagues fantaisie. Ses yeux très maquillés ont l'air écarquillés.

— Je suis revenue en France pour donner un meilleur avenir à mes enfants, dit-elle rapidement en anglais.

La traductrice lève à nouveau les yeux au ciel, l'air de n'en penser pas moins. Aucun enquêteur ne lui accorde un regard. Emma revient au français, Palacio parle lentement, clairement. Elle ne fait appel à l'interprète que lorsque ce qu'elle a à répondre est trop long.

— Tu fais la même activité que ta cousine ?

— Oui, parfois.

— Tu as une spécialité ?

— Je suis une dominatrice.

— Où exerces-tu ?

— En Allemagne, souvent.

— Tu te prostitues, donc ?

— Si je paie ?

— Non..., fait Palacio en se massant l'arête du nez.

— Ah, si eux ils paient ? Oui, oui, c'est ça. Les hommes paient.

— Donc dans ton travail, c'est toi le chef ?
— Oui, c'est ça.
— OK. Ici, c'est moi le chef. Tu comprends ?
— Oui.
Elle hoche la tête, tranquille, attentive.
— Pourquoi en Allemagne ?
— C'est bien organisé. C'est des rues avec des vitrines. On paie 110 euros par jour pour une vitrine et une chambre. La demi-heure avec moi coûte 50 euros, 100 euros pour l'heure. Il y a tout le temps du monde.
— Tu connais un Gilou ?
— Gilou ? Non. Je connais Jenni.
— C'est qui ?
— La fiancée de mon oncle.
Palacio inspire longuement.
— OK. Maintenant, on va parler d'Iona. Écoute-moi. Dans les questions que je te pose, il y a des pièges. Et si tu tombes dedans, je vais te défoncer. Regarde-moi. Je suis pas un gentil, moi. Si tu me mens, je te casse en deux. Tu as compris ?
Elle ne le quitte pas des yeux, elle est attentive, elle n'a pas l'air effrayée mais elle est sérieuse et elle ne veut pas se tromper. L'interprète engage la conversation pendant que Palacio tape quelque chose.
— Mais c'est comment, la première fois ? Quand on se...
— C'est comme les autres fois.
— Et si le client ne te plaît pas ?
Emma hausse les épaules avec une moue.
— On reprend, coupe Palacio, excédé. C'est qui le proxo d'Iona ?
— Je le connais pas.
— Te fous pas de ma gueule.
— C'est vrai, c'est juste un chulo.
— Tu vois, là, je suis en train de te tirer les vers du nez, et ça m'énerve. Tu m'exaspères. Tu comprends ?

La jeune fille se tourne vers son interprète et parle rapidement en anglais.

L'interprète :

— Elle dit que sa cousine n'a pas vraiment de proxénète attitré. Elle utilise Internet, Badoo, Tenso, ou même Facebook.

Pendant qu'elle traduit, Emma, bouche entrouverte, regarde les affiches de cinéma sur les murs. Son visage ne trahit aucune expression.

— Parle-moi de ce que vous avez fait cet après-midi-là.

— On est allées à la Vache Noire, c'est un grand centre commercial. Ensuite, on est allées vers Château d'Eau, on voulait acheter des chevaux.

— Des chevaux ?

— Comme ça.

Elle sort de son sac des faux cheveux, pour faire des extensions, en riant gentiment : « Ça pourrait être bien pour vous. » Les deux flics face à elle ont le crâne rasé. Elle leur arrache un sourire.

— C'est des trente centimètres. Les quarante, ça existe pas, c'est dommage. On s'est arrêtées à Châtelet pour manger et charger le téléphone de ma cousine dans une boutique. Ensuite on a pris le bus. Je sais plus quel bus, c'est Iona qui connaissait le chemin. Avant, on avait pris le métro à la porte de Clignancourt. Et puis on est allées acheter une recharge pour le téléphone d'Iona. Ensuite on est rentrées.

Palacio imprime un plan du quartier et lui demande d'essayer de retrouver le taxiphone. Elle a du mal à se repérer sur la carte.

— On va vous faire un prélèvement génétique. Vous êtes d'accord ?

Elle hoche la tête.

On lui présente des numéros, elle parvient à en identifier deux : le premier est celui du père de son premier enfant, en prison pour assassinat en

Angleterre. Le second celui de sa tante, en Allemagne, qui se prostitue également.

— C'est vraiment une petite entreprise familiale, commente perfidement l'interprète.

Palacio laisse Emma avec Matthias et l'interprète pour aller chercher le matériel de prélèvement génétique. Il ouvre un grand sachet argenté, déplie un carré blanc, met un masque, des gants bleus et lui place un bâtonnet sous la langue. La bouche ouverte sur la pipette, Emma le regarde droit dans les yeux, provocante. Quand ils la prennent en photo, elle bâille.

— Je repars aujourd'hui à Londres avec mes enfants. Je peux ?

La traductrice lui conseille de se renseigner sur l'interprétariat, les diplômes à passer, comme elle parle plein de langues : allemand, espagnol, néerlandais, anglais et un peu français.

— Tu pourrais faire le salon de l'automobile, avec ton physique, insiste-t-elle.

Emma l'écoute avec un sourire tranquille. Mais sous la gentillesse de façade perce cependant une expression ironique : on se fait 100 euros de l'heure comme hôtesse ? Le pantalon de velours de l'interprète est fatigué, ses cheveux sont ternes et gris, ses yeux cernés. Emma, tanagra mordoré et impassible, se lève et lisse sa jupe. Quand elle se tourne, ses cheveux de trente centimètres balaient souplement le bas de son dos, elle est douce, lente, tiède, passive, si puissamment érotique que le silence s'étire dans le bureau après son départ.

— C'était marrant, ton coup de lui faire jurer de dire la vérité, commente finalement Matthias.

— Un peu de solennité… Elle a dû voir ça à la télé. L'avis de recherche est prêt ?

— Diffusé.

BRB

Ce matin, Sammy et Pascal se rendent à l'aube à l'adresse reçue par SMS d'un numéro inconnu. Ils y trouvent un véhicule Renault bleu – « Spéciale dédicace, rigolera le Danseur un peu plus tard, un beau bleu bien condé » – garé devant un pavillon. Ils entrent la plaque dans le fichier Mercure : la voiture est déclarée volée. Ils ouvrent le coffre : deux AK47, plusieurs armes de poing, un fusil à pompe, trois plus petits modèles de kalachnikovs. Après avoir tant attendu, Sammy est un peu déçu.

Ils apportent les armes chez un sous-traitant spécialisé, un Vietnamien qui habite un pavillon isolé et surchauffé et les reçoit en slip. Il va effectuer une série d'analyses qui permettront de vérifier si les armes ont déjà servi et, éventuellement, à quelle occasion. Sa maison est sous vidéosurveillance, une batterie de caméras balaie les environs sans laisser aucun angle mort, au mépris total de la loi. Il a aussi deux bergers allemands.

Sans un mot, l'homme arrache son butin à Sammy, qu'il connaît déjà et méprise profondément : le jeune homme ne s'intéresse pas aux armes.

— Quatre jours, annonce-t-il.

Sa femme, une petite dame boulotte à la coupe au bol lisse et brillante, les raccompagne à la porte sans plus de formalités, les deux bergers allemands trottant sur ses talons, la bave aux lèvres.

— C'est des loups, non ? demande Sammy dans la voiture.

— T'es vraiment une fiotte, répond Pascal.

Sammy s'étant engagé auprès du Danseur à ce qu'aucune analyse ADN ne soit faite dans le véhicule, l'opération a été présentée ainsi au juge : « Suivant les indications d'un informateur anonyme, une cargaison d'armes a été saisie et envoyée à l'analyse.

Vous transmettant, etc. » Nulle mention du casse opéré par le Danseur dans un box.

Le Danseur a prouvé que ses informations étaient fiables. Que faire, à présent, de ce terroriste « vu à la télé », réfugié en Belgique, qui chercherait des faux papiers ? Sammy et La Fourche pensent qu'il peut s'agir de Mohamed Abrini, impliqué dans les attentats du 13 novembre et activement recherché. La Fourche ne s'emballe pas facilement, mais c'est peut-être une belle affaire. Il descend voir le directeur pour discuter de la suite à donner. Sammy, lui, planche sur le registre de gardes à vue : il ne l'a pas rempli depuis plusieurs semaines. Aussi est-ce Pascal qui répond sur le poste de La Fourche dont la ligne sonne avec insistance. Le magistrat, qui vient de recevoir leur rapport, a juste une petite question : pourquoi aucune analyse ADN n'a-t-elle été demandée sur les écouvillons de la voiture ?

Le hic, c'est qu'ils n'ont pas fait prélever d'écouvillon, puisqu'on n'y aurait trouvé, au mieux, que l'ADN du Danseur et de ses complices. Mais l'heure n'étant pas aux arrangements avec les indics, Pascal est pris de court. Il ne sait que dire. « Ce serait mieux que le commandant La Fourche vous rappelle », tente-t-il. Oh oui, il va me rappeler, et dare-dare, répond le magistrat furibard, qui pense maintenant avoir affaire à un informateur trafiquant d'armes qui aurait livré une partie de sa cargaison pour faire passer le reste.

— Ce n'est pas ça, tente Pascal en essuyant les gouttes de sueur qui perlent sur son front, mais le magistrat a déjà raccroché.

Blême, Pascal explique la situation à Sammy, qui l'écoute, bien emmerdé.

Ils attendent La Fourche, qui remonte, guilleret, de l'étage de la direction. Son sourire disparaît à mesure que Pascal progresse dans son récit embrouillé. Puis il fait sortir tout le monde, ferme la porte de son bureau et se prend la tête entre les mains. Après un long soupir, il appelle le directeur pour se couvrir, et enfin le juge.

Il faudra un parapluie puissant pour protéger le groupe des retombées. L'heure n'est pas aux arrangements avec les informateurs et le juge ne décolère pas. Le DAC, qui a Pascal dans le collimateur depuis l'opération fausse monnaie à Chanteloup-les-Vignes, lui impose une mutation disciplinaire : il va partir faire de la paperasse dans une antenne régionale, pendant un mois. Sanction effective immédiatement.

— Ils me laisseront pas revenir, fait Pascal, malheureux, en préparant ses affaires.

— Mais si, t'inquiète pas, fait Sammy, pas convaincu.

— Le DAC est sur mon dos depuis l'affaire de fausse monnaie. Paraît que j'étais pas assez enthousiaste.

— Mais non, t'en as pour un mois et c'est fini.

— Ils vont me saquer. Qu'est-ce que je pouvais lui dire, à ce juge ?

— Je sais, je sais, fait Sammy, aussi apaisant que possible.

La porte de La Fourche reste fermée : il est fou de rage. Pascal s'en va tout seul.

Dans le café de la brigade, les autres groupes réunis ne le voient pas partir. Ils se font raconter pour la dixième fois comment Loïc, en voulant placer une caméra en face d'un appartement occupé par les prostituées du réseau qu'il surveille, a été dénoncé par un commerçant et embarqué par la police en tenue. Des larmes de rire coulent sur le visage de son chef de groupe.

Le fils

« Ça pique ? »

Brigade criminelle
Mardi 2 février

Fred Palacio arrive le premier. Il est 4 h 30. Il s'est glissé hors du lit moins de une heure auparavant, laissant sa compagne endormie, s'est rasé et habillé silencieusement, a avalé un premier café filtre en regardant la ville par la fenêtre, un mal de tête naissant derrière les sourcils. Il a noué sa cravate devant le miroir de l'entrée. Il fait froid dans la voiture, mais il aime rouler la nuit sur l'autoroute déserte, en écoutant les vieux tubes qui passent sur Nostalgie.

En bas la lourde porte est fermée, il pousse un battant et pénètre dans la cour. Le garde de nuit le regarde passer d'un œil vitreux, Palacio le salue de la main et grimpe les étages jusqu'à la Crime. Les néons du couloir poussent un soupir grésillant avant de donner de la lumière ; il allume dans son bureau, pend son manteau à un cintre dans l'armoire et commence à se préparer. Il chausse ses bottes d'intervention, enfile son blouson de police, glisse un brassard orange autour de son biceps. Il emporte dans sa sacoche un ordinateur portable, une Marianne, des gants, des stylos, des fiches de scellés. D'une mallette sécurisée par un code, il sort son arme et des munitions, les chambre. Les autres arrivent.

— Ça pique ? lance-t-il à Yohan.

— Même pas eu le temps de prendre mon bain, répond le petit homme aux yeux bruns lumineux.

— Putain, pourquoi tu prends un bain à 4 heures du mat' ? aboie Marceau, exaspéré.

— C'est mon petit plaisir à moi. Mais ça, Marceau, le plaisir, c'est une notion qui t'échappe.

— Demande à ta femme si ça m'échappe.

Aussitôt, Marceau se mord les lèvres. Il n'ignore pourtant pas que son coéquipier vient de divorcer mais c'était plus fort que lui. Yohan ne relève pas. Ils descendent les escaliers et s'entassent à trois ou quatre par véhicule.

Il y a près d'un an, un jeune homme, Melvin Labiche, a été retrouvé mort dans sa voiture, près de la porte de Vanves. C'était un lundi matin. On lui avait logé une balle en pleine tête, au milieu du front. Trois personnes avaient été arrêtées rapidement. En garde à vue, elles avaient reconnu les faits et désigné les commanditaires de l'assassinat : la famille Kacemi, le père, Khader, et ses deux fils Mahad et Rayan. C'est eux que la PJ va chercher ce matin, tous les trois en même temps. Pour les fils, dont l'aîné est connu comme trafiquant de cocaïne, l'assistance de la BRI a été demandée et la Sécurité publique fournira des effectifs de la BAC en renfort.

Le point de rendez-vous est fixé sur le parking du commissariat de Pantin. Comme l'huile et l'eau, après les poignées de main et les salutations marmonnées, les services ne se mélangent pas. La BRI s'équipe dans la nuit au cul de ses voitures, pendant que la Criminelle et la Sécurité publique en uniforme boivent un mauvais café dans le hall carrelé du commissariat, échangeant quelques plaisanteries. Mais une frontière invisible traverse la pièce. La BRI se fait attendre.

— Pires que des gonzesses, lâche quelqu'un, déclenchant des rires polis.

La nuit est épaisse. « Ô ma fille étincelante et sombre je te salue », se récite intérieurement Lucky, en regardant ses hommes s'équiper sur le parking, les petits nuages de leur respiration marquant leur présence dans le noir. Ils sont totalement silencieux, il entend seulement le cliquetis des armes. Les plus jeunes sont prêts les premiers. Ils sautillent un peu sur place, comme des coureurs avant le départ. Lucky devine que monte l'adrénaline. Tout ça pour quoi ? ne peut-il s'empêcher de penser. Tout cet équipement pour quoi ? Un connard qui doit dormir du sommeil du juste. Il ne dit rien. Les jeunes attendent. Le dernier, c'est Ange, comme toujours. Lucky donne ses consignes aux chefs de groupe et les répartit entre les deux points. Personne ne pense que le père, un beau voyou à l'ancienne, causera de difficultés.

— Normalement, il devrait même offrir le café, avance Lucky. Le fils aîné peut être chiant. Il est probablement armé.

— Et le cadet ? demande Ange.

— Une tête brûlée. Vous serez une colonne sur chaque point. Soyez prudents les gars. Je vous rejoins chez l'aîné.

Il est bientôt 6 heures. Lucky va prévenir la Crime de ses dispositions pendant que les hommes grimpent dans la camionnette avec leurs casques en plexiglas. Puis il monte dans sa voiture. Il a oublié sa cagoule. Il déteste ces conneries.

Chez Mahad

Le fils aîné habite une petite cité d'immeubles bas disposés en épingle, couverts d'un revêtement de crépi jaune. Un digicode protège la résidence. Bertrand, qui a fait la veille les vérifications de domicile, se débat avec le badge digik fourni par la tech. Il est censé ouvrir la porte pendant vingt-quatre heures, mais il ne marche pas. Bertrand sue à grosses gouttes, ses mains tremblent. Derrière, une des deux colonnes de la BRI attend de pouvoir avancer – les hommes piétinent nerveusement, Bertrand entend leur chef jurer. Une voiture passe, ralentit. Le conducteur ouvre sa fenêtre, se dévisse le cou et lance à la cantonade, le plus fort possible :

— Ça sent son pétage de porte, ça ! Avec tous ces condés ! C'est chez qui ? C'est chez qui ? C'est pour qui le Raid ?

Marceau arrache le digik des mains de Bertrand et le colle à l'interphone. Bertrand se retourne et marche à grands pas vers l'automobiliste.

— Tu dégages, gueule-t-il. Dégage !

— Vous pétez la porte à qui ? insiste le jeune homme.

— Dégage ! répète Bertrand, qui tremble.

Il a la main sur la hanche. Yohan le rattrape et le devance : il a sorti son téléphone pour prendre la plaque en photo, ce qui décide le conducteur à s'éloigner. Bertrand respire vite, fort. Pendant ce temps, Marceau a ouvert la porte et la tient pour la colonne BRI. Leur équipement est encombrant, le bouclier pèse plus de trente kilos, ils grimpent au trot les trois étages et explosent la porte en quelques secondes. Lucky les a rejoints, il marche derrière, visage à découvert, fermant la colonne mais précédant la Crime.

Armes dégainées, ils envahissent l'appartement. À gauche, la porte de la cuisine, à droite, le salon, vide. La chambre est en face, la porte entrouverte.

Une jeune femme en débardeur et culotte bondit hors de son lit tandis que l'homme reste allongé et lève immédiatement ses deux mains bien visibles au-dessus de sa tête en soufflant « Attention, y a mon bébé là ». Couchée contre son flanc, une toute petite fille en pyjama à fleurs fixe les hommes cagoulés et armés, sans pleurer.

À ce moment, une voix terrifiée hurle de la chambre voisine : « Mummy ! » La mère veut se précipiter mais une main gantée l'arrête.

— Doucement, doucement.

— Je vais pas faire d'histoires, fait Mahad, y a mes filles. Je suis très calme.

— Je sais que tu vas pas faire d'histoires, fait le premier de colonne. Tu te lèves doucement et tu me tends tes mains. Je veux toujours voir tes mains.

Mahad se lève, lentement. Âgé de trente ans, très musclé, il se tient presque nu devant les hommes qui l'encerclent.

— Madame, prenez la petite et allez dans le salon, fait le chef de colonne.

— Elle parle pas bien français, fait Mahad. Anglais.

— *Take the baby and go in the living-room,* dit Yohan, qui vient d'entrer.

Lucky avance dans le couloir et trouve une petite fille aux cheveux noirs, en pyjama rose. Il s'agenouille et lui sourit. Elle hésite. Il lui tend la main. Elle met la sienne dans sa paume. Il la ramène vers le salon, où sa mère, qui a enfilé un jogging et tient contre elle le bébé silencieux, la lui arrache.

— Je veux pas qu'elles me voient menotté, murmure Mahad dans la chambre.

— On va voir ce qu'on peut faire, répond Bertrand. Déjà, habille-toi.

L'appartement est spacieux, mais peu meublé, comme s'il n'était pas vraiment habité. La cuisine, pas très fonctionnelle, est sale, pleine de boîtes en plastique et de restes. Le sol est jonché de détritus. La femme explique en anglais qu'elle travaille avec son frère, ils préparent des repas vietnamiens qu'ils livrent dans des restaurants ou à des traiteurs asiatiques. Dans le salon au sol carrelé, un canapé en skaï, une table ronde près de la baie vitrée et une immense télé à écran plat poussée contre un mur. Une plante verte poussiéreuse à l'entrée de la pièce. Une ampoule sans abat-jour au plafond. Rien de plus.

— Ma fille a le même pyjama que la petite, dit Bertrand, un peu hagard.

Lucky le regarde. Il va pas bien. C'est dangereux, un homme qui va si mal. Il se demande pourquoi son taulier ne le met pas en congé. Il a l'impression qu'à la BRI les hommes sont plus heureux. Moins de paperasse, déjà. La clé de la légèreté.

— C'est comme ça que vit un des plus gros dealers du secteur ? commente Yohan.

— Il est pas là souvent, c'est pour ça. Monsieur voyage, fait Marceau.

— C'est quoi ce que vous cuisinez ? *What do you cook ?* demande Yohan.

— Chips de peau de porc frite.

La femme s'est assise sur le canapé. L'aînée des filles pose l'oreille sur sa poitrine.

— Il bat vite ton cœur. Il bat vite, le cœur de ma maman, insiste-t-elle à l'intention des hommes en noir.

Lucky a envie de partir. Il se tourne vers la fenêtre : le ciel est bleu, mais le jour n'est pas encore là. Quand le maître-chien arrive, l'appartement devient vraiment trop plein. Le maître-chien est tout entier à son animal, il ne regarde que lui, il ne salue personne. Il lui parle par phrases brèves et tendres, lui susurre d'inaudibles encouragements, le soulève pour lui faire renifler les étagères et les placards en hauteur.

— J'ai rien ici, c'est la maison de ma femme et de mes filles, lance Mahad de sa chambre. Vous perdez votre temps, là.

Personne ne répond. Dans la cuisine, le maître-chien paraît un peu découragé au milieu des morceaux de jambon mais il poursuit son inspection. Dans la chambre de Mahad, les policiers saisissent plusieurs portables avec des puces françaises, asiatiques, portugaises glissées dans des paquets de mouchoirs. Il y a une petite barrette de cannabis et des billets rangés et pliés, tenus par un élastique.

— C'est à ma femme, dit Mahad.

Elle confirme et donne le montant exact. C'est ce qu'elle gagne avec sa cuisine. Bertrand le lui rend. L'aînée des petites interpelle Lucky :

— Avec ma sœur on a joué à la police et au voleur. Moi j'étais la police et ma sœur la princesse.

Il s'accroupit près du canapé, sur ses talons, comme un paysan d'autrefois, comme un vieux cow-boy fatigué, les doigts jaunis par le tabac, les yeux si plissés qu'on ne distingue qu'un trait clair.

— Mais on n'arrête pas les princesses, fait-il doucement.

— Si, quand elles sont pas sages, affirme l'enfant avec sérieux.

Un des téléphones de Mahad se met à sonner sur la table du salon, jusqu'à ce que le répondeur s'enclenche. Et encore. Lucky l'apporte à Bertrand, qui n'a pas l'air de savoir quoi faire. L'écran affiche « Maman ». Bertrand glisse le téléphone dans une pochette de scellés. L'appareil de la femme sonne à son tour, puis le fixe de l'appartement, puis à nouveau celui de Mahad dans la pochette plastique. C'est toujours la mère de Mahad.

— Vous ne pouvez pas répondre pour l'instant, dit Bertrand à la jeune femme, qui n'a pourtant pas bougé.

Les policiers fouillent maintenant la chambre des filles, entre les caisses de jouets et le tapis Disney. Le chien-arme n'a rien trouvé, son maître s'en va sans dire au revoir non plus. La fouille est finie.

— Je peux embrasser mes filles ?

Yohan détache Mahad, qui s'agenouille et serre ses filles contre lui. Puis il pose un baiser sur les lèvres de sa femme, qui ne le lui rend pas.

— Je peux me laver les dents ?

Yohan l'accompagne. Ensuite, ils ferment les portes du salon pour que les petites ne voient pas leur père partir menotté. Lucky reste avec elles.

— Mais papa il va partir avec la police ?

— *Yes*, répond la jeune femme en pleurant.

— Mais il va revenir après ?

— *Yes*, répète-t-elle.

— Il va pas aller à la prison ?

La jeune femme ne dit plus rien. Lucky salue la petite de la tête puis sort à son tour. La porte pend sur ses gonds. Il la tire derrière lui et redescend l'escalier, à la suite de ses hommes.

Romainville

Il est 6 h 04 lorsque Matthias pose son doigt ganté sur la sonnette et le laisse appuyé. Le bruit, grêle, s'élève dans le silence du petit matin. Rien. Seb, venu en renfort d'un autre groupe, s'avance et tambourine.

— Police ! gueulent-ils tous les deux à travers la porte. Ouvrez, c'est la police !

Ils tendent l'oreille. Il y a un frôlement de l'autre côté, des bruits de pas légers.

— Police ! braille encore Matthias.

Doucement, la porte s'entrouvre sur le visage d'une petite fille noire qui les fixe, les yeux épouvantés et pleins de larmes.

Matthias et Seb rangent précipitamment leur arme tout en empêchant l'enfant de refermer la porte. Elle recule, la bouche entrouverte sur un grand cri de terreur muette.

— Tes parents sont là ? demande Matthias, le teint empourpré.

Incapable de parler, elle secoue la tête.

— Tu es toute seule ?

Elle hoche la tête.

— Tu t'appelles Kacemi ? demande-t-il, perplexe.

Les larmes débordent et se mettent à couler.

— Attends, ne t'affole pas, on ne va rien te faire. Dis-moi juste ton nom.

— Mariama, balbutie l'enfant.

— Mariama comment ?

— Mariama Benaba.

— Putain, mais rien à voir. Ils sont où tes parents ?

— Au travail. Ils partent à 5 heures. Moi je vais à l'école à 8 heures et demie.

— C'est quoi ce bordel ? chuchote Seb.

— Pleure pas, fait Matthias, emmerdé.

— Mais qui a fait les vérifs de dom', bordel de merde ? demande Seb.

Ils repartent après avoir calmé la petite comme ils peuvent. Khader, le père, habite l'étage au-dessus. Ils grimpent, il est 6 h 27 quand ils sonnent à la porte. Ils entendent clairement un bruit, étrange et traînant, irrégulier. Ils sonnent à nouveau, frappent du poing.

La porte s'ouvre enfin sur une très vieille femme. Encore plus petite que la gamine du dessous, elle arrive à peine au niveau du coude de Matthias. La tête enveloppée d'un tissu blanc immaculé, une canne à la main, le visage couvert de tatouages bleutés, elle commence à les agonir d'injures en kabyle. Matthias et Seb ne peuvent pas en placer une, elle crie sans reprendre son souffle, couvrant leurs voix quand ils finissent par lui demander son identité.

Derrière eux, une porte s'entrouvre sur le palier et

une vieille femme au visage long et mou de cheval édenté apparaît.

— *Psst. Psst.*

Matthias se retourne. La vieille dame kabyle en profite pour leur claquer la porte à la figure après avoir repoussé le pied de Seb d'un coup de canne.

— C'est le grand Arabe que vous cherchez ? C'est cette porte-là, fait la femme en indiquant l'appartement d'en face. Elle, c'est la mère.

— Pas besoin de vous demander ce que vous auriez fait pendant la guerre, grogne Matthias.

La femme, vexée, referme sa porte.

— T'aurais pu la remercier. Pour une fois qu'on tombe sur une citoyenne modèle, fait Seb en se massant le tibia.

— Je supporte pas la délation. Chacun son travail.

Ils sonnent enfin au bon endroit. Khader leur ouvre, jette un coup d'œil sur leur carte de police, les fait entrer et leur offre le café, comme prévu, pendant qu'ils perquisitionnent son appartement. Ils trouvent un peu de cocaïne.

Paris 20e

Il est 6 h 02 lorsque Palacio sonne à la porte de la mère de Rayan avec la troisième équipe. C'est ici que vit le jeune homme de vingt-sept ans. Elle ouvre, elle est seule : Rayan rentre rarement dormir.

— C'est chez moi ici. Prouvez-moi que vous avez quelque chose contre moi et je vous laisserai entrer.

— C'est le domicile officiel de votre fils et il est recherché par la police judiciaire, sur ordre d'un juge, argumente Palacio.

— Je veux voir votre mandat.

— On n'est pas dans une série télé, madame, y a pas de mandat. Dégagez de la porte avant que ça tourne mal.

La femme recule mais se dirige vers le téléphone.

— Qu'est-ce que vous faites ?

— Je vais le prévenir. Je vais prévenir mon mari. Je vais prévenir mon avocat.

Palacio lui prend le portable des mains mais elle se précipite vers le fixe.

— Il faut poser ça, là, madame.

Son mal de tête ne l'a pas lâché et la femme a une voix stridente.

— Vous n'avez pas d'ordre à me donner !

— Vous allez nous assister dans la perquisition de la chambre de votre fils et vous n'allez prévenir personne tant qu'on ne sera pas sortis d'ici, c'est clair ?

Elle commence à composer un numéro. Palacio se baisse et arrache la prise du mur.

— C'est clair ? répète-t-il.

La femme, épuisée, affolée, se met à pleurer. Palacio se masse les paupières. La perquisition commence.

Brigade criminelle

Trouver les coordonnées des deux avocats : choisi pour le père, d'office pour le fils. Laisser des messages. Lancer un mandat de recherche pour Rayan. Installer les deux gardés à vue dans les geôles, vider leurs poches, taper le contenu de leur fouille de corps. Remplir les registres. Taper le PV précisant que les gardés à vue n'ont pas souhaité voir de médecin mais que cela leur a été proposé. Taper le PV précisant qu'un repas leur a été proposé. Taper le PV qui dit que Khader l'a accepté, et Mahad refusé. Taper les PV de perquisition. Détailler les effets saisis au cours de ces perquisitions. Ne pas mentionner le cannabis qui a été jeté dans les toilettes. Tamponner les documents, les signer, les faire signer aux gardés à vue. Conduire les gardés à vue par les escaliers intérieurs à l'IJ où ils sont photographiés de face et de profil. Prendre leurs empreintes, leur

ADN. Ils peuvent refuser la prise d'ADN mais devront alors payer une amende de 1 000 euros. Le leur expliquer. Ils savent. Ils acceptent. Leurs empreintes génétiques sont déjà répertoriées dans le FNAEG. Taper et imprimer le descriptif de ces procédures, le leur faire signer. Regarder, pour la millième fois, sans les voir, les quelques photos en noir et blanc qui décorent ces pièces aveugles, datant des débuts de la police judiciaire, les descriptifs de différentes formes de crâne répertoriées par Charcot avec de pauvres bougres ramassés sur un quai de Seine qui fixent l'appareil d'un œil inquiet. Se faire la réflexion, à nouveau, que le fauteuil dans lequel les gardés à vue s'installent pour les photos ressemble à une chaise électrique. Échanger des plaisanteries avec les personnels de l'IJ pendant que le gardé à vue attend, tendu, concentré, emmagasinant des détails qui ne lui serviront pas. Redescendre les gardés à vue dans les geôles. Remonter manger un croissant et taper encore d'autres PV. Prendre un deuxième Doliprane. Le café est froid. Attendre les avocats. Celui du père ne répond pas. Descendre chercher le commis d'office à l'accueil. Le conduire dans les geôles pour son entretien d'une demi-heure avec son client. Remonter préparer le début de la première audition, dite de grande identité. Redescendre les chercher, les ramener dans le bureau où la fenêtre est bloquée et où il fait trop chaud. Les installer. Accepter le mépris de l'avocat et l'appeler « Maître ». Terminer de préparer le PV pendant qu'ils attendent sans rien dire.

Mahad regarde Palacio qui tape. Cinq minutes s'écoulent. On n'est plus maître du temps entre les mains de l'institution, voilà le premier message que fait passer le flic.

L'audition commence enfin. Palacio tutoie Mahad, Mahad tutoie Palacio. Mahad est légèrement renversé en arrière sur sa chaise, une posture confortable, détendue mais sans provocation.

Il était dans le bâtiment avant un accident, en 2012, qui l'a laissé incapable de porter des charges lourdes. En janvier, la société qui l'employait a fini par le licencier. Il touche une pension d'invalidité ainsi que divers minima sociaux. Il donne, de mémoire, le numéro de ses deux comptes bancaires.

Quand Fred tape, Mahad promène son regard sur la décoration du bureau, s'arrête sur le tableau magnétique où les objectifs du groupe ont été recouverts de feuilles blanches et a un bref sourire.

Il est propriétaire de plusieurs véhicules, dont une Peugeot verte, qui apparaît dans la procédure. Les puces saisies chez lui ne sont pas à son nom. Oui, il est connu des services de police pour une affaire de stups datant d'il y a cinq ans. Il a été condamné à dix-huit mois de sursis par le tribunal de Paris en 2011. La peine était valable cinq ans, elle est considérée comme purgée.

— Tu as compris que tu es ici en garde à vue dans le cadre d'une commission rogatoire diligentée par le juge M. concernant l'assassinat de Melvin Labiche ?

— J'ai compris, mais je vois pas ce que j'ai à faire avec cette histoire.

La mort de Melvin

Il est 8 h 55 ce lundi 9 mars 2015 lorsque Melvin Labiche, originaire de la cité du boulevard Brune – en rivalité depuis vingt ans avec celle de la rue Raymond-Losserand –, arrive sur le parking de son entreprise dans sa Nissan Micra. Alors qu'il se gare, un homme armé d'un fusil s'approche de la vitre côté conducteur et lui tire une balle en pleine tête avant de prendre la fuite au volant d'une 207 noire où se trouvent deux autres hommes. Melvin meurt avant l'arrivée des secours. Le moteur de sa voiture tourne encore. Il n'y a aucun témoin. Les tueurs se débarrassent du fusil de chasse à crosse sciée entourée de papier collant dans les poubelles d'un parking près de la gare de Villeneuve-Saint-Georges et jettent les fausses plaques d'immatriculation de leur véhicule dans la Seine, où la brigade fluviale de la gendarmerie nationale de Conflans-Sainte-Honorine, après des recherches subaquatiques, les retrouvera plus tard.

Mais… la 207 noire des tueurs était déjà balisée dans le cadre d'une précédente affaire de braquage. Les enquêteurs qui travaillent dessus font le rapprochement avec l'homicide et informent leurs collègues de la Criminelle.

Le jeune utilisateur de la 207 noire, Victor Chabaud, intéresse les policiers. Ils reconstituent le trio qu'il forme avec un trafiquant albanais à demi cinglé, Adrian Krikorian – qui serait l'organisateur du meurtre –, et le tireur, Luc Hornet. Alors qu'il allait cacher la 207 en Belgique, Krikorian a été flashé en très grand excès de vitesse. C'est le père de Chabaud, propriétaire de la voiture, qui a reçu la contravention. Chabaud et Hornet comprennent que Krikorian n'est pas fiable, et c'est un euphémisme. Ils décident de se débarrasser de lui.

L'arrestation des trois hommes a lieu dans le bar parisien où ils ont rendez-vous pour régler leurs comptes. Un jeune garçon engagé par Krikorian pour le couvrir, James, est arrêté par la même occasion et encastré dans le comptoir par Léon, l'ours de la BRI, avant que celui-ci réalise qu'il s'agit d'un enfant – grand, près d'un mètre quatre-vingts déjà, mais pesant tout au plus cinquante kilos, une anguille tout en jambes de quatorze ans.

Les auditions des trois hommes et de l'adolescent apportent quelques précisions : Kriko, comme tout le monde l'appelle, est le chef de la bande. Dans le squat qu'il habite, il a montré plus d'une fois à James le fusil à canon scié avec lequel Hornet a tiré sur Melvin Labiche. Krikorian a payé Hornet 500 euros pour le meurtre et Chabaud 200 pour conduire la voiture. Les enquêteurs établissent que Krikorian a reçu un premier versement de 5 000 euros, la même somme devant lui revenir après le meurtre. Lorsque Hornet découvre ce chiffre, il est très en colère d'avoir été payé si peu et il se met à table. Il identifie Mahad et Rayan Kacemi. Selon lui, les deux frères opéraient pour le compte de leur père. Les enquêteurs commencent à travailler sur la famille Kacemi.

Pourquoi les Kacemi voulaient-ils la mort de Melvin Labiche ? Palacio l'ignore. Il voudrait seulement savoir comment se sont déroulés les événements. Mais il se dégage quand même, de ces presque douze mois d'enquête, l'impression que Mahad s'est chargé de cet assassinat pour le compte de son père.

PV de chique

Sur les photos des trois inculpés qui lui sont présentées, Mahad ne reconnaît que Krikorian, qu'il surnomme Casimir et dont il dit ignorer le nom. Fredo, un ami, les aurait présentés.

— Fredo comment ?

— Je connais pas son nom de famille, quelqu'un de ma ville… On s'est perdus de vue depuis.

Palacio sait très bien qui est Fredo, barman, revendeur de cocaïne pour le compte de Mahad.

— Avec Casimir, on a sympathisé, parlé de la Chine. Je connais bien, j'y suis allé. On a formé le projet de monter une affaire ensemble. Mais ça n'a rien donné.

— Vous vouliez faire de la contrefac de vêtements ou d'électronique ?

Mahad ne semble pas étonné de cette présomption de Palacio.

— Pas forcément de la contrefac, y a d'autres

options. De toute façon, on n'a rien fait finalement. On s'est jamais revus.

— Et tu n'allais pas voir ton pote barman pour lui vendre un peu de matos, par hasard ?

— Non, fait Mahad. Comme je vous dis, c'était juste pour sortir.

— Laisse-moi t'expliquer comment on remonte jusqu'à toi, dans cette enquête pour assassinat.

Le 8 mars, la veille de la mort de Melvin Labiche, vers 16 h 30, Krikorian s'est rendu à Pantin avant de retourner à Paris. Les enquêteurs pensent qu'il est venu chercher la première partie de la paye. Le matin de la mort de Melvin Labiche, trois lignes mises en service la veille à la même heure, au même endroit, activent les bornes qui couvrent le lieu de travail de la victime. Elles ne sont utilisées que pendant trente-six heures, et ne vont communiquer qu'entre elles. Enfin presque.

— L'une des trois, juste avant de cesser totalement son activité, et juste après le meurtre de Melvin, va joindre un autre numéro. Et ce numéro, c'est le tien, Mahad, déroule Palacio. Tu actives la borne habituelle de ton domicile. Tu reçois cet appel, qui est bref, moins d'une minute. Puis tu casses ta puce et tu ouvres une nouvelle ligne depuis laquelle tu passes immédiatement deux appels. Le premier, à ton père. Le deuxième, à ton frère. Peut-être que tu les tiens au courant ?

— Si j'ai changé de ligne, je leur donne mon nouveau numéro, c'est tout simple.

Palacio laisse de côté la téléphonie.

— Tu trafiques des stupéfiants ?

— Non, je ne consomme ni ne vends.

— Bon, reparlons de Kriko.

Mahad prend une profonde inspiration, comme s'il s'apprêtait à parler. Il ignore ce que savent les enquêteurs et c'est toute la difficulté du jeu. Ne pas trop en dire. N'avouer que ce qui est prouvé. Ne pas se contredire. Deviner la main de l'autre. Palacio lève le sourcil et attend.

— Je voulais vous dire quelque chose, fait Mahad. Je préfère vous l'avouer, maintenant que je sais qu'il est impliqué dans un truc aussi grave. En fait, je sais que Casimir est au trou. C'est lui qui m'a appelé pour me le dire. Il voulait que je sache qu'il était plus là, pour cette affaire qu'on voulait monter ensemble. Je voudrais pas être mouillé à cause de ça.

— En effet, approuve Palacio avec satisfaction, Krikorian et toi avez eu de nombreux contacts. D'abord dans les quelques semaines entre le meurtre et son interpellation. Puis, du 1er au 3 avril, alors qu'il était avec nous en garde à vue, tu as essayé de le joindre, avec insistance. Tu étais inquiet parce que tu n'avais plus de nouvelles ? T'avais peur qu'il se soit fait toper ?

Mahad ne répond pas.

— Le 3, tu as eu l'air d'avoir enfin compris, à moins que ce soit James, le gamin, qui venait de sortir et qui t'a prévenu ? En tout cas, tu as cessé d'appeler et tu as de nouveau changé de ligne. Ton frère aussi. Puis Krikorian t'a rappelé de la prison. Mais pas qu'une fois, comme tu viens de me le dire, pour te prévenir. Il t'a appelé des dizaines de fois. Vous avez maintenu ce que j'ai bien envie d'appeler un contact intense. En juin, hanté par un projet d'évasion, il t'a d'ailleurs demandé ton aide, et tu as essayé de lui faire parvenir des clés de menottes, qui ont été interceptées par les gardes.

Mahad ne dit toujours rien. Palacio continue.

— Fredo, ton pote barman, on sait très bien qui c'est. Tu lui fournissais de la coke qu'il revendait pour ton compte à ses clients. Ton père, c'est un pote des gens du voyage de la cité Losserand. Melvin, lui, il était de la bande des Blacks. Ça fait des années qu'il y a des règlements de comptes entre ces deux équipes, on n'en finit plus de voir des matchs retour. Mais qu'est-ce que tu es venu faire là-dedans, toi ? C'est dommage, c'étaient pas tes histoires.

Silence.

— Je vais te lire ce qu'un des complices de Krikorian dit de toi. C'est celui qui a tiré sur Melvin Labiche, et je te rappelle qu'il a reconnu les faits.

Le tireur détaille les quelques rendez-vous qui ont été nécessaires à la conclusion du marché entre Mahad et Krikorian. Il donne des lieux, des dates et des horaires précis. Il dit quand l'argent a été versé. Il dit que Rayan était souvent présent, mais en général en retrait, qu'il attendait dans la voiture. Il décrit précisément le véhicule vert de Mahad. Il décrit Mahad lui-même, assez bien.

Mahad balbutie :

— C'est fou. Je sais même pas c'est qui ce mec.

Palacio prend une profonde inspiration. Il ne sait pas si Mahad est idiot, il a du mal à évaluer ses réactions.

— Laisse-moi te résumer un peu les choses telles que nous les comprenons, sur des bases bien solides, hein, te trompe pas. Tu as ce témoignage d'un homme, en prison pour meurtre, qui dit que tu les as payés, lui et ses potes, pour exécuter Melvin. Tu as écouté ce qu'il dit ? Tu les as payés 10 000 euros. C'est cher, d'ailleurs. Ces débiles ont emprunté la Peugeot du père de Victor Chabaud pour commettre le crime. Après les faits, Kriko est allé planquer la caisse en Belgique. Sur la route, il a commis un grand excès de vitesse. Les deux autres, comprenant qu'il est fou, paniquent et décident de lui tendre un piège pour le dézinguer. Les Pieds nickelés, tu connais ? Non, tu connais pas ? Ben c'est les gars que tu as engagés et c'est dommage pour toi. Lors du rendez-vous au cours duquel ils ont été arrêtés, ils étaient armés d'un gomme cogne.

— Un gomme cogne ? murmure Mahad, consterné.

— C'est ce que je dis, c'est des branques. Donc, armés de leur gomme cogne, ils donnent rendez-vous à Krikorian dans un bar. Mais ils ont pas compris à qui ils ont affaire. Kriko, c'est un malade. Imprévisible, incontrôlable, oui, mais aussi profondément paranoïaque. C'est un fou. Il arrive au rendez-vous les mains vides, pour pas les affoler, mais accompagné de James, qui cache son arme sous sa veste. Tu vois qui c'est, James. Hein ?

Mahad ne dit rien.

— Allez, bien sûr que tu vois. Et tu sais quel âge il a, James ?

Toujours rien.

— Quatorze ans. Donc le gus que tu as recruté pour commettre un assassinat a pris comme porte-flingue un enfant, à qui ça a d'ailleurs valu une sévère avoinée des collègues de la BRI. Tu veux que je te montre sa gueule après l'interpelle ? Mais tu t'en fous, hein, Mahad ?

— J'ai rien à voir là-dedans.

— C'est pas du tout l'avis des complices de Krikorian.

Il fait trop chaud dans le bureau, l'odeur de sueur est forte, la pluie bat les carreaux. Palacio souffre toujours de son mal de crâne et le léger balancement d'avant en arrière de l'avocat l'irrite. Il maîtrise sa mauvaise humeur, par habitude. Il reprend :

— C'est en juillet que Krikorian t'appelle pour t'informer que ses complices t'ont mis en cause.

— J'ai pas compris.

Mahad joue maintenant les imbéciles, ou alors il l'est vraiment. Palacio répète, plus lentement :

— Krikorian étant mis en examen, il a accès au dossier d'instruction. Grâce à son avocat, il a pu lire les auditions qui y sont versées. Donc, il sait que tu as été identifié comme étant le commanditaire du meurtre. Tu comprends ? Et du coup, il t'appelle et il te prévient. C'est en juillet, ça.

— Ah non, non, pas du tout.

— Si si, Mahad, il t'appelle pour te le dire. Tu l'as bien traité, Kriko, en cabane. Tu lui as envoyé de l'argent. Parce que t'as compris que c'était un fou. T'as compris que ton sort dépend qu'il ferme sa gueule.

Pas très français, ça, se reprend intérieurement Palacio.

— Non, pas du tout, répète Mahad.

— Oh si. Écoute ça, par exemple. Juste après ce coup de fil de Krikorian, tu appelles ton père à qui tu dis – je te cite : « C'est pas bon pour moi. »

— C'est pas bon pour mon père ?

— Non ! Sois attentif, putain. Tu auras maintenant compris qu'il y a une surveillance technique, quand même ? Tu es sur écoute, Mahad.

L'avocat intervient :

— Elles existent, ces bandes ?

— Oui Maître, elles existent, elles sont cotées et versées au dossier, vous en aurez connaissance si vous assurez la défense de monsieur.

Palacio ne fait pas remarquer à l'avocat qu'il est censé la fermer pendant les auditions de garde à vue – à quoi bon se mettre tout le monde à dos ? Il retourne à Mahad, qui attend, attentif.

— Donc Mahad, qu'est-ce que tu as à me dire, là ?

— J'ai une bonne relation père-fils, je suis proche de mon père.

— Et ?

— Je deale des petites quantités, vraiment pas grand-chose, du chichon. Juste de quoi vivre, depuis que j'ai perdu mon travail. C'est mon frère qui livre. Fredo est un de mes principaux clients, il prend pas mal et d'ailleurs il me doit de l'argent. On trafique exclusivement du shit, parfois un peu de beuh. Pas de cocaïne, je sais pas qui vous a dit ça. C'est un petit business.

— T'as pas que Fredo, comme revendeur. T'as aussi Ben, dans le 6e, non ? Ça part fort, d'ailleurs, chez les bourgeois, la cocaïne.

Mahad soupire.

— Ton frère, il trafique aussi alors ?

— Il fait pas grand-chose, Rayan. Pour l'essentiel, il dort la journée et il s'alcoolise la nuit. Parfois il me rend des services, mais c'est tout. Voilà ce que c'est, ma vie. Rien de plus. On est des petits, nous autres.

— Je sais pas. Écoute par exemple la lecture d'une conversation entre Krikorian et toi. Tu lui dis : « T'as compris ? Il faut leur en donner un peu. On peut avouer qu'on avait un projet de contrefac. De toute façon, comme on l'a pas fait, ils peuvent rien. T'as compris ? »

— C'est juste que je préférais qu'on parle de la Chine plutôt que de chichon. Maintenant que je suis face à vous, je me rends compte que ça sert à rien de mentir et je préfère avouer que je trafique un peu.

Palacio tape sa réponse sans faire de commentaire. Il n'y a jamais d'épiphanie dans un interrogatoire, pas de révélation de la vérité toute nue. On n'est pas dans un film, hein ? Il n'y a que des mensonges dont certains, lorsqu'on parvient à les tirer à la lumière, se déforment et s'adaptent. À la fin, on a un tableau, pointilliste et flou, mais on n'aura jamais mieux et il faut savoir s'en contenter. L'aveu du trafic de cannabis, c'est un point de plus dans le tableau final de Palacio.

— Ce que j'aimerais bien savoir, Mahad, c'est pourquoi t'as changé de ligne le jour de la mort de Melvin ?

— Comment tu veux que je me souvienne de ça ?

— Et sur ce nouveau changement, le jour de l'interpellation de l'équipe ?

— Comment je peux savoir ? Est-ce que vraiment toutes ces lignes dont tu parles sont à moi ?

— Rassure-toi, je ne te pose pas de questions fantaisistes. Je le sais, qu'elles sont à toi.

— Il n'y a jamais de fantaisie mais il arrive qu'il y ait des erreurs, intervient l'avocat. D'ailleurs regardez, je relève une erreur, sur la date. Vous dites que les puces ont été détruites le jour de l'interpellation de l'équipe. Or MM. Krikorian et consorts ont été appréhendés le 1er avril et les puces que vous mentionnez, en admettant qu'elles appartiennent à mon client, ont été détruites le 3. Je ne vois pas de lien.

Palacio se frotte les yeux.

— Mettez cette erreur sur le compte du manque de sommeil, Maître. Comme je l'ai dit tout à l'heure, l'équipe a été arrêtée le 1er, votre client a tenté de joindre M. Krikorian en vain du 1er au 4, durée de la garde à vue. Le 4, il a détruit sa puce, lorsqu'il a appris que M. Krikorian était en prison.

Puis il se tourne vers Mahad et repasse soudain au vouvoiement :

— Avez-vous commandité le meurtre de Melvin Labiche ?

— Non.

— Avez-vous agi pour le compte de quelqu'un ?

— Non.

L'avocat intervient à nouveau :

— Vous avez bien compris la question, monsieur Kacemi ? Vous n'essayez pas de couvrir quelqu'un ?

— Non.

— Votre frère était présent à au moins un des rendez-vous avec l'équipe de Krikorian, fait Palacio.

— Possible, mais il lui aura sûrement pas parlé. Mon frère s'occupe pas de ces choses-là. C'est un gars simple.

C'est beau l'amour fraternel, pense Palacio.

— Vraiment, nous on fait juste du business, tranquille, et déboucher comme ça sur une affaire d'homicide, c'est un truc de fou. Je me souviens pas de ces numéros dont vous me parlez, je sais pas quoi vous dire.

— Les contrats téléphoniques sont au nom d'Anakin Skywalker, par exemple. En même temps, Anakin, ses principaux correspondants, ce sont ta femme, d'abord, en numéro deux, ton père, puis ton frère et ta mère à peu près à égalité. Exactement comme toi. Et exactement comme toutes ces puces que je vais te citer. » Il reprend le dossier et cite une dizaine de numéros : « Et la puce d'Anakin, comme ces quatre autres puces par exemple, active principalement la borne qui couvre ton domicile. Qui ça peut être, tu dirais, qui habite chez toi et qui appelle ta femme, ta mère, ton père et ton frère ?

Silence. Palacio demande à Mahad s'il est d'accord pour faire un test salivaire afin de dépister d'éventuelles traces de drogue.

— Vous pouvez y aller, je suis pas consommateur.

L'avocat se plonge dans la lecture du mode d'emploi du test.

— Avant tout, je vérifie la date de validité. C'est pas toujours fiable ces machins.

— On va demander la prolongation de ta garde à vue. Tu as des observations ?

— Pas trop.

L'avocat exige le planning de la journée du lendemain.

— Il faut quand même que je puisse m'organiser.

Il est trop gros, son pull rose moule son ventre, son crâne commence à se dégarnir. Sa voix est traînante, son regard intelligent et attentif sous des paupières dédaigneuses. Palacio s'efforce de s'arranger en fonction de ses impératifs. Tout le monde souffre de la chaleur, l'avocat est un peu rouge. Seul le teint de

Mahad reste pâle, ses yeux très noirs dans son visage immobile. Il demande :

— Et mon père, ce que je comprends pas, c'est ce que vous lui reprochez ?

Personne ne lui répond.

On attend les résultats du test en silence. Quelqu'un passe en sifflotant dans le couloir, des éclats de rire retentissent dans un bureau voisin, l'activité paraît triviale tandis que dans la petite pièce étouffante résonnent le cliquetis de l'horloge murale et la voix bourdonnante, ennuyée et impérieuse de l'avocat, qui explique à Mahad à quel point il est important de toujours bien relire ses déclarations. Mahad s'en fout, n'est-ce pas le travail du baveux ?

Matthias, qui revient de l'audition de Khader, réussit enfin à ouvrir la fenêtre et un filet d'air froid et humide, désagréable, frôle les peaux qui frissonnent et se rétractent. Il y a quatre heures qu'ils sont là. Les résultats du test sont négatifs.

— Je vous avais dit que j'étais pas consommateur, souffle Mahad.

Palacio le redescend pour la nuit dans les geôles.

Les enquêteurs bécanent, l'homme de ménage passe de bureau en bureau, le pas traînant, laissant des giclées d'eau noirâtre derrière lui.

Le lendemain

— Mon père il a dit ça ?

Mahad est entré en se tenant droit, ses épaules larges résistant à la pression des menottes dans son dos. Il s'est assis, jambes écartées et pieds bien calés, à côté de son avocat. Et puis Palacio lui a dit que son père l'accuse de trafiquer de la cocaïne.

— Je te lis sa déposition.

Palacio lit d'un ton monocorde et indifférent les mots de Khader, qui accuse son fils d'être son fournisseur de coke, de mener grand train, d'avoir des possessions en Asie du Sud-Est. Un mouvement du torse met tout le monde sur ses gardes mais Mahad recouvre son calme. Il est très pâle. Il répète :

— Il a dit ça, mon père ?

— J'invente pas. Demande à ton avocat, je n'ai pas le droit d'inventer.

— Je ne suis pas censé intervenir au cours de cette audition, lâche l'avocat.

— Quand ça vous arrange, Maître, sourit Palacio. Ne me crois pas si tu veux pas. Tu liras toi-même le dossier, si tu es mis en examen.

Mahad regarde par terre.

— Rien que là-dessus, y a moyen sans doute d'ouvrir une procédure disjointe. On va voir. Vous êtes proches, hein, avec ton paternel, comme tu me disais hier.

Mahad relève la tête. La haine, pure, liquide, dans les yeux du jeune homme. Palacio sourit.

— Tu n'es pas content, mais reconnais que moi, je n'y suis pour rien. Donc qu'est-ce que tu as à répondre ?

— J'ai rien à dire.

— Tu ne veux plus discuter ?

— Je refuse de répondre aux questions.

— Tu t'expliqueras avec le juge ?

Mahad tourne la tête vers le mur, une veine bat sur sa tempe. On entend du raffut et des cris de joie monter d'un bureau voisin où un groupe fête l'arrestation du complice de Sonny, Bab, interpellé alors qu'il sortait de chez sa copine. Palacio se souvient de cette affaire : la tentative de meurtre sur Mathis Calmel. Il avait été envoyé en renfort au domicile de Bab à l'époque. Il a mal à la tête depuis deux jours, il reprend une aspirine et va les rejoindre pour se faire offrir un café.

— Je me demande toujours s'il voulait vraiment le tuer, ou juste le punir ? s'interroge Marceau. S'il avait l'intention de tuer, n'aurait-il pas tiré en pleine tête ?

La santé de Mathis s'est suffisamment améliorée pour qu'il soit transporté à l'hôpital de la prison de Liancourt. Pendant qu'il se vidait de son sang sur un parking, il a été condamné par contumace pour trafic de stupéfiants. Il a des poches pour l'urine et les selles, et ne peut pas marcher.

— Sacrée punition, remarque Yohan.

— On n'a pas démontré l'intention de tuer, insiste Marceau. C'est dommage pour le procès de ce gros enculé de Sonny.

Palacio doit redescendre Mahad dans les geôles. À l'issue de la présentation au juge, il sera envoyé en prison. Son père a été remis en liberté.

Palacio remonte taper ses PV.

Équipe de nettoyage

« On se souviendra de la semaine 7 comme d'une semaine de merde. »

Lundi 15 février

La mère de Sammy est à l'hôpital. Tous les jours, à l'heure du déjeuner, il va s'asseoir à son chevet. En général, elle dort. Il s'assied, lui prend la main, regarde par la fenêtre. Il attend qu'elle ouvre les yeux. Souvent en vain.

Il textote avec le Danseur. Les armes ne sont pas revenues de l'analyse. Sammy ne lui dit pas que le juge a imposé une analyse ADN de la voiture. Pour l'instant, ils font traîner, la Renault bleue est au parking de la préfecture de police, sous scellés, entre des véhicules accidentés et d'autres saisis dans des affaires de stupéfiants, mais une équipe de la PTS finira par passer prélever des écouvillons. Sammy espère que le Danseur a pris ses précautions.

Y en a encore autant, écrit le Danseur.
Mm procédure ?
Attends. Je devais pas être payé ?
3 mois minimum. C l'administration qd mm.

G besoin de thunes. Je vais devoir travailler.

Me dis rien, tape Sammy.

Le code de l'émoticône qui rigole lui répond. Sammy efface le message.

Et le terro ?

Ben oué, et le terro ?

C tjs en cours ?

Il atta ses fafs.

Sammy regarde par la fenêtre. Si c'était vrai. Si c'était Abrini. S'ils l'attrapaient. Sa mère bouge un peu, il range son téléphone. Elle s'apaise, n'ouvre pas les yeux. Il repart travailler.

L'équipe de nettoyage a mis toute la BRB à la porte des bureaux et les hommes traînent dans le couloir en attendant.

— La BRB, c'est vraiment un service d'action, raille l'un d'eux.

Michel, de la BRI, passe, les hanches sanglées d'une serviette, en claquettes.

— L'autre, il est comme chez lui, fait quelqu'un d'un air dégoûté.

— Vous attendez pour l'examen ? demande Sammy, qui vient d'arriver. Vous avez pris votre ticket ?

— Ça devait pas être fini à 9 heures, cette saloperie ? ronchonne La Fourche, qui ronge son frein.

Un peu plus loin, un jeune enquêteur, célibataire géographique qui attend sa mutation à la BRI de Toulouse, compare les méthodes d'interpellation américaine et française. Il plaque Nacim contre le mur de différentes façons, sous les commentaires sarcastiques des uns et des autres.

— Vous avez vu, y avait un VZ58 dans les armes

saisies ? dit Sammy, qui vient de recevoir le rapport du spécialiste vietnamien.

Le VZ58, un peu plus petit que l'AK47, est l'arme qu'exhibait Coulibaly dans son message de revendication. La Fourche continue de pester.

— « Acariâtre, lit Sammy. Qui est d'humeur fâcheuse et aigre. Une femme acariâtre. Un esprit acariâtre. »

L'équipe de nettoyage libère les bureaux, Loïc reprend son poste et son casque. Il est toujours sur l'affaire de proxénétisme.

Voix digne, onctueuse et assurée d'homme d'affaires :

— Oui bonjour, je vous appelle au sujet de votre annonce. J'aimerais connaître vos prestations.

Voix chantante et fatiguée, accent brésilien prononcé, un souffle :

— C'est massagefellationpénétration69éjaculerlapoitrineetlevisage.

— Très bien, je vois, je vois, je vous remercie. Et la sodomie, vous faites la sodomie ?

— La sodomie c'est 10 euros de plus.

— Et vous embrassez ?

Les prostituées demandent 100 euros la demi-heure, 150 l'heure. Il faut les prévenir une heure à l'avance.

Voix jeune, tendue, difficilement audible :

— Et juste pour la fellation, c'est combien ?

— 70.

— Ah bon, tant pis alors, au revoir.

Voix suppliante, aiguë, inquiète :

— Bonjour, c'est suite à l'annonce, s'il vous plaît, madame ? C'est juste pour une fellation.

— C'est 70.
— Mais vous la faites nature ?
— C'est possible, répond la voix traînante, chantante, fatiguée.

Voix rauque, basse, pressée, fiévreuse :
— Vous êtes libre là maintenant, tout de suite ?
— Je suis libre.
— Donne l'adresse.
Elle la donne et ajoute :
— Appelle quand tu es en bas, je te guide.
L'homme a déjà raccroché.

De nouveau en possession de son bureau, La Fourche savoure son café d'un air satisfait. Il est de permanence et ce matin, il a réussi à refuser une saisine dont le parquet voulait le charger. Un bar-tabac du 78 braqué pour la deuxième fois en quelques semaines : peu de dégâts, maigre préjudice – la caisse n'était pas pleine –, et la victime n'est pas certaine d'avoir aperçu une arme… À force de persuasion sournoise, il a convaincu la magistrate de confier l'enquête au groupe BRB du commissariat intervenu sur les lieux. Personne ne sait comment il s'y prend, mais La Fourche a un talent indéniable pour shooter les affaires.

— On n'a pas que ça à foutre quand même, courir après des minots, argumente-t-il.

Le talent d'un bon chef de groupe consiste selon lui à choisir, dans un système compliqué et relativement opaque, les enquêtes auxquelles il pourra apporter une valeur ajoutée. Il faut savoir passer entre les gouttes pour économiser ses forces : la délinquance organisée demande du temps. Chaque groupe a plusieurs lignes d'écoute, les enquêteurs en suivent parfois individuellement jusqu'à sept à la fois. Il faut aussi avoir du temps à consacrer à ses informateurs : aller boire un café ou un verre, échanger des coups de fil, des textos. Maintenir le lien. Il faut prendre connaissance des affaires qui tombent sur les fils d'actualité interne et rester informé des actes de délinquance commis sur le territoire. Lire la presse, les quotidiens, les blogs, aussi, où s'exprime tout un savoir sur le milieu criminel et où l'on trouve parfois des éléments utiles, au moins pour dresser le panorama de la profession. Sans compter la paperasse. Le bureau de La Fourche est d'ailleurs toujours encombré par l'épaisse procédure orpheline sur le trafic de voitures. Il ne désespère pas que quelqu'un s'y intéresse un jour.

Les Stups
Mardi 16 février

À la brigade, un homme est menotté à une chaise à roulettes. Il dort profondément.

— C'est à qui, le truc dans le couloir ? demande Alex à la cantonade en entrant dans la cuisine.

La discussion roule sur l'enlèvement d'un salaf – un banquier qui opère en liquide et sans laisser de traces. Les prêts consentis servent aussi bien à financer l'achat de drogue qu'une boutique... Toto raconte que lors de l'arrestation, l'homme avait un million deux cent mille euros en liquide dans un sac-poubelle. Il avait été séquestré deux jours mais avait refusé de porter plainte.

— Qui c'est qu'a pas rangé son truc ? gueule Dieu en arrivant, un candidat sur les talons.

L'homme dort toujours profondément, ouvrant parfois brièvement les yeux lorsque sa tête part en arrière, puis replongeant dans le sommeil. Les geôles sont pleines, il sera entendu plus tard.

L'imprimante crache des feuilles, un jeune flic actuellement en poste en Guyane arrive pour un entretien, quelqu'un commente le T-shirt jugé trop moulant de Charlène et se prend un doigt d'honneur désinvolte en réponse, « Ah… sa mère la pute ! » beugle un autre. Il est 9 heures, les services informatiques arrivent.

Toto vient enfin réveiller l'homme pour son audition. C'est une queue de CR, la liste de courses du juge, personne ne pensait trouver le type à son domicile et ils sont pris de court. Âgé de vingt ans, il est mis en cause dans une affaire d'import de cannabis. Toto le fait entrer dans le bureau qu'il partage avec Bogdan le mince. La pièce reflète les personnalités contrastées de ses occupants : rangée au carré du côté de Toto ; de l'autre, explosion de maillots de bain, de serviettes, de chaussures de sport et de photos d'opérations, de matraques et de cartes postales plus ou moins humoristiques. Sur les deux tables, toutefois, trônent des gourdes de liquide protéiné.

— Je peux te tutoyer ? demande Toto.

— Bien sûr.

— Tu consommes du stup ?

— Oui.

— Quoi ?

— Oui, monsieur.

— Mais non ! Quoi comme stup ?

— Ah ! Du shit, c'est tout.

— Combien ?

Le jeune homme hésite à répondre.

— Vas-y, dis-moi. Je suis ni ta mère ni ton éducateur.

— Je fume trois ou quatre joints par jour.

Toto lui montre la photo de celui qui l'implique dans l'affaire. Le jeune homme est furieux :

— Mais oui je le connais, c'est une merde. Je lui achète du shit, mais je connais que son surnom, pas son blase. Attendez un peu, j'espère qu'il est pas ici, parce que je vais me le faire, je vais le baiser, je vais le fumer. Faut pas croire ce qu'il dit, hein, monsieur. Sincèrement, c'est quelqu'un qui a très mauvaise réputation. Y peut même plus aller rendre visite à sa daronne tellement qu'il est mort s'il fout un pied dans le quartier. C'est une chose grave que vous me dites. *Tttt.* Je vous dis, je vais l'appeler et ça va pas être la même. Il va revenir sur ses dires, croyez-moi.

Toto résume la réponse du jeune homme sur son PV en aussi peu de mots que possible. Dehors, la pluie cingle les vitres. Une énorme tempête commence, qui va durer des jours.

Mercredi 17 février

Le groupe de Ludo, de permanence, prend une saisine pour une mule humaine de quinze ans arrêtée à Roissy par les douanes le ventre plein de sachets de cocaïne. On les appelle les bouletteux et personne n'aime les affaires de bouletteux : il faut gagner Paris dans les embouteillages, arriver jusqu'à l'Hôtel-Dieu, où les mules sont placées sous perfusion et sous surveillance à la fois policière et médicale jusqu'à ce qu'elles restituent dans leurs selles les sachets de drogue ingérés. Ludo, jamais en reste d'une histoire, raconte à une stagiaire que la préfecture, pour libérer les gardiens qui n'aiment pas mettre les mains dedans, avait commandé seize toilettes trieuses pour la somme de un million d'euros. À la livraison, l'architecte du bâtiment a déclaré qu'elles étaient trop lourdes pour la structure de l'hôpital.

— Y a donc des chiottes à un million qui prennent la poussière au sous-sol et les gardiens trient toujours la merde. En général, c'est ceux qui ont pas été bons à l'école, c'est ce que je dis toujours à mon fils.

Ludo met son blouson et récupère les clés d'une voiture. De nouvelles informations ont fait de la bouletteuse de quinze ans un bouletteux de dix-sept ans.

Il a ingéré trente sachets de cocaïne, ce qui représente environ 500 grammes de produit, et ça pourrait le tuer si l'un éclatait. Il est hospitalisé salle Cusco, dans l'unité médico-judiciaire. D'ici deux jours, il aura tout évacué.

— Allez, vocifère Ludo, moustache frémissante, les bouletteux n'attendent pas.

— C'est une porcherie, ici, lâche, impressionné, un des hommes du service de nettoyage en entrant dans son bureau.

— Oui, c'est ce que je dis toujours, répond Ludo, qui s'apprête à prendre la route de Paris accompagné de Georges.

Hôtel-Dieu, salle Cusco

Dans chacune des petites chambres, une mule est allongée. Une femme enceinte regarde le mur, le drap tendu sur son ventre haut. Devant chaque porte, un gardien attend la fin de la journée. Les interprètes se croisent et se saluent familièrement.

Le jeune homme, maigre et servile, se redresse à l'arrivée des policiers, puis retombe ; il espérait une avocate. Il ne parle que le taki-taki et un peu de néerlandais. La traductrice l'engueule copieusement entre chaque question. Ils étaient une quinzaine dans l'avion. Un minibus entier est passé quand lui seul a été retenu par les douanes.

— Balancé comme lot de consolation, fait Georges.

Le minibus a pris la direction des Pays-Bas. Les mules en repartiront chargées de cannabis cette fois. Le garçon a été recruté car il a des papiers français, bien qu'ayant grandi au Surinam, de l'autre côté du fleuve Maroni. Georges pense qu'il a été balancé car, étant mineur, il risque un peu moins lourd que les autres. C'est en tout cas ce qu'on lui a dit avant qu'il embarque, et il semble convaincu qu'en France on ne met pas les enfants en prison. Il partira pourtant pour

Fleury-Mérogis aussitôt la dernière boulette expulsée, sans argent, sans amis et sans comprendre un mot.

Jeudi 18 février

Lucky roule en direction de Choisy. L'affaire vient d'une information de son indic préféré. Presque vingt ans d'échanges de bons procédés. Lucky essaie de le convaincre de rencontrer le chef de groupe qui le remplacera bientôt, mais le tonton est réticent. Il est tôt, les autoroutes sont déjà chargées, Lucky fume à la fenêtre et les pensées volettent dans sa tête : les examens de son fils, sa femme qui trie leurs affaires pour que ça tienne à la campagne, les piles dans le salon, ça on jette, ça on donne, ça je ne sais pas, et ça dure depuis des semaines, les automobilistes qui conduisent comme des connards et sa voiture qui fend les flots, conduite souple de l'homme qui a passé vingt ans à se fondre dans la circulation, qui voit sans les voir défiler les pavillons et les barres, les terrains vagues et les morceaux de campagne noirs et détrempés, les vols de corbeaux au-dessus des fils haute tension, tout ce paysage humide, brun, noir, gris, le bruit sans pareil des roues sur le bitume toujours mouillé, pas de neige cette année ?, le rythme de la route, brusques embardées impatientes et ralentissement, les moteurs chauds, la pollution qui s'élève en halo, les visages fatigués derrière les volants, il jette son mégot par la fenêtre, le talkie grésille, il arrive à Vigneux.

Quelque part entre les maisons basses, dans des ruelles à sens unique et virages secs, l'équipe qu'ils travaillent vient chaque matin déposer sur une parcelle protégée par un mur rongé de salpêtre une voiture propre – c'est-à-dire qui n'a jamais servi à commettre une infraction –, et repart dans un, ou deux, véhicule dit « de guerre ». La BRI aimerait bien savoir où ils sont garés la nuit pour les baliser. Le juge a donné l'autorisation mais leurs clients sont si méfiants qu'ils les perdent chaque jour dans ce dédale.

Lucky monte le son de sa radio et entend Fatboy commenter sa filature. C'est lui qui est derrière la voiture propre, à bonne distance. Il la lâche devant un café fréquenté par des gens du voyage, la voiture propre a tourné au coin, Fatboy continue les yeux fixés droit devant lui, quelques hommes devant le café le regardent passer, attentifs. Lucky évite la rue, fait demi-tour et va se garer en amont. Il roule une nouvelle cigarette. Après un moment, deux voitures sortent de la ruelle. Laquelle est la bonne ? La BRI se partage la filature sur les ondes. Fatboy prend la première, Michel la deuxième, les autres plus loin derrière. Fatboy commente nerveux, Michel, décontracté et laconique. Fatboy perd sa cible, continue, au hasard, la retrouve un peu plus loin sur la nationale. La circulation, maintenant que le jour se lève, est très chargée.

— Je suis derrière, à un écran, annonce Michel à la radio.

— Moi je décroche devant le KFC, fait Fatboy.

— Je prends, répond Ange.

La filature se poursuit sans heurt, les voitures de la BRI se relaient pour ne pas se faire remarquer, sortent et rentrent en utilisant différentes bretelles, et communiquent en continu sur les ondes. Les banlieues se font bourgeoises, Saclay, Jouy-en-Josas. Les deux voitures, complices, se sont retrouvées, elles roulent désormais à quelques mètres l'une derrière l'autre, sans plus de méfiance.

— Quelqu'un a le talkie pour voir ? demande Lucky.

— Pour entendre, Lucky, pour entendre, rigole Michel.

— C'est moi qui ai le talkie. Ça cause.

— Et ça cause de quoi ? demande Lucky, toujours curieux.

— Ça cause de cul, de quoi tu veux ! Tenez, c'est cadeau : « Toi qui chines avec les Arabes, comment on dit un 69 chez eux ? – Eh pourquoi tu veux savoir ça, vieux dégueulasse ? – J'aime bien le cunnilingus moi, j'aime que la femme soit satisfaite. »

Un fourgon de police les dépasse. Une des voitures se rabat pour le laisser passer. La discussion reprend.

« Oh c'est bien, tu respectes les forces de l'ordre, se moque l'autre. – Tant qu'y z'en ont pas après moi ! – Tu penses au pavillon que tu vas acheter avec le pognon qu'on va taper ? – Je pense surtout à tout ce qu'on a dû laisser dans la voiture qu'on a cramée. Faudra qu'on trouve un nouvel uniforme de la Poste. – Je m'en occupe, t'en fais pas. »

Dans la circulation de plus en plus dense, la BRI finit par perdre l'équipe, mais Lucky n'avait de toute façon pas l'intention de taper ce matin. Il faut trouver le lieu de stationnement des deux véhicules de guerre, avant. Les suivre toute une journée, ce serait difficile sans balise. Lucky entrouvre sa fenêtre et rallume son mégot. C'est bientôt l'heure du déjeuner. La BRI prend la route de la PJ. Les jeunes iront au sport, puis au restaurant administratif. Les plus vieux, directement au restaurant. Lui, il n'a jamais faim. Il a des choses à faire dans son bureau. Des appels à passer. Cet indic à convaincre de changer de traitant. Lucky jette son mégot.

Vendredi 19 février

L'équipe de nettoyage s'est attaquée à l'étage de la Crime. Ils ont sorti un des bureaux pour passer la pièce au kärcher et maintenant, ils n'arrivent pas à l'y remettre. Deux enquêteurs leur prêtent main-forte et se retrouvent coincés dans la porte.

— S'il est sorti, il doit pouvoir rentrer.

LRPPN est en panne. Des cris de frustration s'élèvent avec régularité de tous les côtés, d'autant qu'un nouveau logiciel d'écoute vient d'être imposé : la PNIJ. Un enquêteur, hors de lui, éructe dans le couloir :

— Toutes les vingt minutes ça s'arrête ! Tu dois réentrer ton code. Et l'écoute repart de zéro. Quand t'appuies sur « entrée », ça passe à l'écoute suivante, donc impossible de prendre des notes, puisque tu peux pas aller à la ligne. Tu comprends ce que je te dis ? articule l'homme comme un dément, les yeux rouges et les cheveux en l'air.

Yohan referme la porte pour avoir un peu de calme. Un jeune homme pleure comme un enfant dans son bureau. Très maigre, une coupe de footballeur mal taillée, des mains larges et rouges qu'on croirait attachées artificiellement à son corps fin, des mains puissantes de travailleur manuel, abîmées et utiles, qui empoignent l'air devant lui. Il sent l'alcool et la sueur, il a les yeux injectés de sang, des cernes mauves, il est tout barbouillé de ses larmes. Les jambes écartées, les coudes sur les genoux, l'air hagard, il menace d'une voix rauque, cassée d'avoir trop crié et entrecoupée de sanglots :

— Je vais le tuer. Faut pas qu'y s'attende au pardon, faut pas qu'y s'attende à l'oubli. On va lui faire la peau, aussi loin qu'y va se cacher on va le retrouver.

Puis à nouveau, de gros sanglots secouent son torse frêle et il tousse, crache et se mouche.

— Faut pas dire ça, Rémi, faut pas dire ça. C'est nous qui allons le retrouver, on va s'occuper de tout ça. Il va comment votre petit frère ? demande Yohan, apaisant.

Rémi s'essuie sur le revers de sa manche.

— Y a perdu son œil. Y a la joue qui déconne à

cause de la balle qu'est dans le nerf et un plomb à côté de la moelle épinière.

— Ils vont l'opérer ?

— Y peuvent pas, sinon il est paralysé.

Il regarde dans le vide. Personne ne dit plus rien. Les dossiers d'enquête s'entassent sur le bureau dans des pochettes pastel.

C'est une dispute qui a dégénéré. Rémi, son frère, des cousins et des amis, tous issus de la communauté des gens du voyage, passaient la soirée sur la parcelle de la famille. Ils étaient une douzaine de jeunes gens rassemblés autour d'un feu, à boire.

— Combien vous aviez bu, Rémi ? À peu près…

— On devait tourner à une dizaine de capsules.

— De canettes ?

— Oui.

— Des canettes de 25 ou 33 cl ?

— Des 33.

— Bon Dieu, ça fait plus de trois litres de bière. Vous étiez complètement paf, non ?

Rémi hausse les épaules.

— Et qu'est-ce qui s'est passé ?

— C'était juste une discussion. On a parlé de qui était le plus fort. On a fait des bras de fer. Et y a mon cousin Nicolas qui est parti. J'ai pas fait attention, j'ai cru qu'il rentrait sur sa parcelle. Il avait voulu faire le mariole et je lui avais montré qui c'est qu'est le plus fort. Chien de sa mort. Il est revenu avec le camion.

— Quel camion ?

— Le Master. Ils étaient trois à l'avant, comme ça. Nous on était restés au bidon.

— Autour du feu ?

— Oui.

— Il était quelle heure ?

— Je sais pas.

— Essaie de te souvenir.

— Je sais pas. Il est entré sur la parcelle. Y avait tout le monde qu'était dehors. Il est descendu. J'ai vu qu'il avait le fusil entre les mains et il s'est mis à tirer dans tous les sens. Il tirait comme un fou en hurlant. J'ai vu ma femme, qu'était en train d'étendre le linge, qui se couchait par terre. J'ai vu les femmes qui criaient. Tout le monde s'est jeté au sol. C'était comme un film. Y tirait, tout le monde hurlait, courait. Y criait : « Alors c'est qui qu'est le plus fort maintenant ? » Il nous regardait même pas, il tirait sur les femmes et les enfants. Puis il a filé.

Il se tait. Yohan demande :

— Et puis ? Qu'est-ce qui s'est passé alors ?

— Alors j'ai entendu le cri de la mère. Et j'ai vu le corps de mon petit frère au milieu de la cour, allongé dans son sang. Fils de sa mort, je le tuerai, je le tuerai de mes propres mains. Il peut bien essayer de se cacher dans la prison qu'y veut, je le tuerai.

Yohan secoue la tête.

— Tu es sous le choc et c'est normal Rémi, mais il faut que tu arrêtes de dire ça. C'est à la justice de gérer. Quel bien ça ferait à ton petit frère que tu te retrouves en prison pour meurtre ? Tu comprends bien que c'est ça qui arrivera si tu mets ton projet de vengeance à exécution ? Et puis si j'ai bien vu, ta femme attend un bébé, non ?

Rémi a dix-neuf ans, sa femme dix-sept et elle est enceinte. Mais il n'écoute pas.

— J'ai couru à mon frère, c'est moi qui l'ai pris dans mes bras, tout son sang sur moi... On l'a emmené à l'hôpital de Poissy. Puis on est retournés au camp, avec les hommes. On a pris nos fusils et on est allés sur la parcelle à Nicolas. Et là, c'était déjà tout vide. Ils avaient filé.

Sur le terrain, il ne restait que des bassines en plastique crevées, une Crocs rose oubliée, quelques ordures, les braises encore chaudes d'un feu de camp, les traces des roues des caravanes, le fil à linge, quelques pinces et un ballon dégonflé. En une ou deux heures, les familles qui habitaient là avaient tout remballé et repris la route, pour fuir non pas la police mais la vengeance. Nicolas a été interpellé un peu plus tard, mais sa famille ne reviendra pas.

— Mon frère y a perdu son œil. Il verra plus de cet œil. Il a cinq ans.

— Il faudrait que vous alliez vous reposer un peu. On va se reparler plus tard.

Yohan raccompagne le jeune homme. En bas l'attendent des frères et des cousins. Tous portent les marques d'une soirée très arrosée, du manque de sommeil, des larmes et de la colère. Yohan les regarde partir. Ça se terminera pas bien.

L'après-midi, Rémi est de retour, plus calme, dessoûlé. Des souvenirs lui sont revenus.

— Déjà, j'ai oublié de vous préciser que sur les lieux, y avait Tino aussi, Tino Caron.

— Pourquoi il est pas venu témoigner avec vous ?

— Comment dire... Il a une fiche. Il a peur de venir. En fait, il a déjà été pris quatre fois pour des délits routiers, il a pas le permis...

— Ah. Donc il a peur qu'on l'arrête ? Mais on l'aurait même pas passé au fichier, on l'aurait juste entendu comme témoin.

— Bah je sais, je lui ai dit c'est pour l'enquête. Si vous l'appelez, il viendra.

— Mais vous connaissez son numéro ?

— Non, je crois pas.

— C'est qui, par rapport à votre famille ?

— Un cousin, sorte. Il y a longtemps, son père était marié avec ma tante. Elle en a fait quatre ou cinq, des hommes, ma tante. Elle a même fait mon oncle. C'est la mère à Nicolas, aussi. Elle a divorcé d'avec lui parce que c'était un pédophile.

— Le père de Tino est un pédophile ?

Yohan essaie de suivre.

— Nan, le père à Nicolas.

Tout en l'écoutant, Yohan passe Tino Caron au fichier.

— Mais non, il a même pas de fiche, votre Tino !

Rémi a un petit rire fatigué :

— Quelle tarte, mais pourquoi qu'il a peur ?

— Bon, tant pis, essayez quand même de le convaincre de venir, mais on verra. En attendant, maintenant que tu as l'air plus calme, reraconte-moi comment ça s'est passé.

La soirée se dessine. Des garçons, la vingtaine, et leurs pères, leurs oncles, autour d'un feu allumé dans un bidon de ferraille. Il fait froid. Le camp n'est pas endormi encore, des enfants jouent et courent entre les caravanes et les voitures, les femmes travaillent. Les hommes boivent, font des bras de fer, se mesurent, s'énervent. Des rancœurs se réveillent, des vieilles blessures qui saignent à nouveau, pour des mots trop hauts, échangés il y a longtemps, jamais digérés. Un jeune homme mitraille le camp avec son fusil à plomb, tirant sur les femmes et les enfants comme sur des faisans.

— Le père à Nicolas comme on lui a dit qu'il y avait un problème de rage avec Bilou, il s'est levé en catastrophe, il a sauté dans la Renault Scenic gris-beige et c'est lui qu'a arraché le fusil des mains de Bilou.

— C'est qui Bilou ?

— C'est Nicolas.

— Et là, Nicolas a filé ?

— Je sais pas. Moi, c'est comme si je l'avais pas vu. J'avais que le petit en tête, j'avais que cette image. Donc son père a pris le fusil des mains de Nicolas et l'a jeté à Tino. C'est aussi pour ça qu'il avait les frousses Tino. Il a dit : « Ils vont dire que c'est moi. »

Normalement, sur le fusil vous allez trouver Nicolas, son père et Tino.

— On va trouver ces trois ADN, c'est ça ?

— Oui. Aussi, je voulais vous dire que tout à l'heure, je me suis garé à côté dans une rue en pente. Quand j'ai récupéré ma voiture, le gasoil s'était vidé. Je me suis allongé dessous et j'ai vu que dans la bagarre, j'ai pris un plomb dans le réservoir. Je suis obligé de porter plainte pour ça aussi, sinon je pourrai pas me faire rembourser. J'ai une franchise de 400 euros et aussi les impôts qui vont me tomber dessus et les frais du petit. Dans l'attente, j'ai mis une vis avec du nylon pour le rafistoler.

Yohan hoche la tête.

— Vous pouvez porter plainte en bas, au commissariat. Je vais essayer de les prévenir pour qu'ils comprennent un peu l'histoire, mais il va forcément falloir tout recommencer.

— Je peux pas le faire ici ?

— Non, c'est une procédure distincte, vous ne pouvez pas porter plainte auprès d'un service criminel.

— Sa propre famille comprend pas pourquoi il a fait ça. Ils sont tous partis à cause de ça, même s'ils savent qu'on se vengera pas contre eux. Moi aussi, je vais partir. Je vais m'acheter un autre terrain. On veut pas rester là. Les enfants sont mal, ils vont devoir aller chez le psychologue. Personne n'ose plus sortir. On a tous peur. Pourtant, on est des hommes, on a pas peur de se battre. Mais que ça touche les enfants, comme ça, c'est pas bien.

Yohan approuve.

— Et le motif de l'agression, c'est plus clair maintenant ?

— Comme je vous ai dit, c'est une embrouille autour du feu entre Bastien, mon frère, moi et Nicolas. C'est rien. Mais ça demande réparation. Moi, je suis calmé, je vais pas aller au chtar à cause de lui. Mais y en a plein qui y sont déjà, au chtar, et qui ont rien à foutre. Je sais que Nicolas a choisi Nanterre, comme prison. Il avait peur d'aller à Bois-d'Arcy. Mais y se trompe de se croire en sécurité. Même à Nanterre, y ferait mieux de s'méfier.

— Au final, dans ce bras de fer, c'était pas vous et Nicolas ?

— Bah si, et aussi avec Bastien. Aussi, Nicolas, il en avait après sa paire d'souliers.

Yohan le fixe, perplexe. Rémi explique :

— Bastien l'avait balancée dans le camp. J'étais allé le rechercher, je lui avais dit : « Allez cousin, on réglera ça demain. » Mais il ressassait que d'ses baskets.

Yohan commence à taper puis renonce. L'histoire est incompréhensible. Il remercie une quelconque divinité intérieure de l'absence de Marceau, qui a pris sa journée et que tout cela aurait rendu furieux. Comme le reste. C'est plus simple, parfois, quand Marceau n'est pas là.

— Moi, j'ai même pas été voir si ma petite et ma femme allaient bien. J'ai su après que ma petite, pendant la fusillade, dormait toute seule dans une caravane où y a eu des impacts.

— Vous avez déjà un enfant ?

— Bah oui, j'ai ma petite. Mais sur le moment, j'ai vu que l'frère. Je l'ai pris dans mes bras, d'autres prenaient les blessés où qu'ils se trouvaient et les emmenaient à l'hôpital. J'ai même pas su que Bastien aussi était blessé avant tard.

Yohan termine de taper une version qui ferait sens, un peu, puis imprime la procédure.

— Vous lisez le français, n'est-ce pas ?

— Oui, moi je le lis. Mais j'espère que vous avez l'temps, je vais pas vite.

— Oh, j'ai l'temps, fait Yohan, se calant dans son

fauteuil, et ses paupières se baissent malgré lui sur son regard rond, lumineux, fatigué.

La semaine est bientôt finie, pense-t-il.

Samedi 20 février

Et puis samedi, le Danseur a été arrêté.

Comme un frère

« Dites-lui qu'on l'attendit
Jusqu'à s'en mourir... »

Maeterlinck,
« Et s'il revenait un jour »

Samedi, dans la soirée, le Danseur est tombé sur une patrouille qui l'a embarqué dès qu'il a sorti ses papiers. Il a demandé à la chef de poste de contacter Sammy, ce qu'elle a fait à contrecœur. Au nom de la coopération entre les services, a-t-elle soufflé, je vous fais une faveur. Sammy a répondu à l'appel alors qu'il était à table au restaurant avec des collègues de sa femme. Il n'avait pas posé son téléphone sur la table, il le gardait dans sa poche, concession maximale, et il l'a senti vibrer contre sa cuisse. Il a vérifié discrètement qui l'appelait. Numéro inconnu. La tentation était très forte. Il a levé les yeux, sa femme le regardait en articulant un non silencieux.

Il a décroché, s'est levé avec une grimace d'excuse – ces gens le détestent déjà, ils votent à gauche, voudraient qu'il leur raconte des histoires d'épouvante mais tordent la bouche quand il dit « un individu de type nord-africain » pour éviter de les heurter. Il aimerait parfois leur montrer à quoi ressemblent ses jours – et ses nuits. Il aimerait qu'ils sachent qu'à la PJ il est le gaucho de service quand, à leurs yeux, il flirte avec l'extrême droite. Mais ils entendent sans jamais écouter : rien de ce qu'il pourrait leur dire ne les ferait bouger dans leurs convictions. Bon, on verra bien la prochaine fois qu'ils auront besoin d'un service. Il y en a quand même un qui lui a demandé, un jour, les antécédents judiciaires de la future nounou de son gamin.

Il a filé prendre La Fourche chez lui et ils ont foncé au commissariat de Boulogne où la commandante a refusé de remettre le Danseur en liberté malgré leur insistance. Blême de fureur, La Fourche lui a postillonné au visage :

— C'est un informateur officiel dans une affaire d'importance, qu'est-ce qui n'est pas clair ?

— Eh bien si c'est important, le juge le remettra en liberté. Pour moi, il a un mandat de recherche, il reste là.

Sammy a fini par pousser son chef dehors, mais lui non plus n'a pas réussi à amadouer la commandante. À peine l'a-t-elle autorisé à échanger un mot avec le Danseur.

Sammy promet qu'il va le faire libérer.

— Le juge comprendra. Laisse-moi un peu de temps.

Le Danseur n'a pas l'air convaincu.

— Si je tombe, je dis plus rien.

Sammy soupire, fourrage dans ses cheveux.

— Comprends-moi, j'ai rien d'autre à mettre dans la balance.

Sammy va rejoindre La Fourche, déjà au téléphone avec le directeur.

— Ttt-tout ça pour faire des crânes ! bégaie-t-il de fureur dans la voiture, au retour. La police est morte en 1995 – il fait référence à la réforme qui a fusionné tenue et uniforme, c'est son antienne.

Sammy le dépose chez lui et rentre enfin. Il est minuit. Sa femme est couchée. Il ressasse. Est-ce qu'Abrini va leur échapper ? Est-ce que c'est même Abrini ? Est-ce que c'est même un terroriste ? Est-ce que le Danseur va ressortir ? Une des jumelles pleure dans son sommeil, puis s'apaise. Il renonce à dormir.

BRB
Lundi 22 février

Le directeur arrive directement à leur étage pour faire le point. Il a eu le juge auquel a été présenté le Danseur. Il est d'accord pour le remettre en liberté à condition qu'il reconnaisse sa participation au braquage pour lequel il était recherché. En échange de quoi, il comparaîtra libre à son procès.

La Fourche secoue la tête, effondré.

— Il va jamais reconnaître ça, monsieur.

— Évidemment, fait le directeur, emmerdé. Je n'ai rien pu obtenir d'autre. On essaie encore.

Il redescend et croise une équipe de la Crime, de retour d'une opération à Vaux-le-Pénil. Le directeur ne s'intéresse pas aux meurtres. Règlements de comptes ou disputes familiales, tout l'ennuie et les cadavres le dégoûtent. Il continue de dégringoler les marches et les salue en passant, sans poser de questions. Les hommes se sont arrêtés et lui disent « Monsieur » en hochant la tête. Ils attendent qu'il soit passé avant de reprendre leur ascension vers le troisième. C'est Marceau qui ferme la marche, gris comme un trottoir parisien. Un garçon de dix-huit ans est mort dans la nuit, touché par des billes de plomb.

Tommy

Ils sont trois sur le palier extérieur d'un petit immeuble du square de la Noue. Tommy, son meilleur ami Bilal, et Petit Will. Il fait nuit et froid, ils fument une chicha en parlant de foot – c'est tout ce qui les intéresse –, et de filles aussi, un peu. Jamais de leurs familles cabossées, une loyauté douloureuse les retient. Bilal et Petit Will évoquent aussi le lycée, alors Tommy se rembrunit et tire sur la chicha ; il n'aime pas ça, les histoires du lycée. Il a décroché au début de l'année. Petit à petit, d'absence en absence, il a complètement cessé d'y aller et comme il est majeur, on l'a laissé partir. Personne ne lui a conseillé de terminer, personne ne lui a dit : « Allez, plus qu'un an et tu auras au moins le bac. » Tout doucement, sans faire de vagues, il a abandonné. Dans la journée, il s'ennuie, même s'il ne veut pas le reconnaître. Il ne deale pas, ne vole pas, ne travaille pas. Il dort tard sauf quand sa mère le réveille en l'engueulant, puis joue à la PlayStation dans la maison vide. Il traîne un peu dans la cité, où il connaît tout le monde. Quand le gymnase est ouvert, il va s'exercer : pompes, squats, burpees... Mais les horaires sont fluctuants, les lieux souvent fermés. Le foot commence lorsque l'école libère les copains. Alors la vie reprend.

Ce soir, il est venu en trottinette. Tommy est grand et musclé mais presque un enfant encore.

Ils fument tous les trois sur cet escalier extérieur parce qu'ils n'ont nulle part où aller. Tommy veut devenir éducateur. Il pense reprendre ses études en septembre. En attendant, il assiste le coach pour les matchs des plus jeunes. Il adore ça. C'est un bon garçon, dans le fond, un garçon sérieux.

La porte, en bas, se referme avec un petit *clac*. Les trois amis se regardent. À cette heure et par ce froid, personne n'emprunte les coursives extérieures. Ils tendent l'oreille, sauf Petit Will qui continue à bavasser.

— Chut, fait Tommy.

Ils sont nerveux, par habitude. Il y a depuis des

mois – depuis toujours, en fait – des rivalités entre les jeunes du Mée et ceux d'une cité de Melun, toute proche. Il y a ces histoires qu'ils se racontent, une cousine giflée à la sortie du lycée, une bagarre violente après un match de foot – Tommy et Bilal étaient là, d'ailleurs, ils ont réussi à filer –, un jeune retrouvé inanimé dans la cave d'un immeuble du Mée. C'est la guerre, c'est ce qu'ils se disent en commentant les mouvements des troupes, observateurs plutôt que partisans.

Ils entendent un bruit léger. Tommy se lève.

Quatre garçons débouchent sur le palier. Ils les connaissent de vue, de nom même pour certains. Bob, La Hyène, Driss, et un quatrième. Bob a une arme à la main. Driss étale Petit Will d'un uppercut en plein visage. Bilal, qui n'a pas eu le réflexe de se lever, reçoit un violent coup de pied dans la figure et bascule. La Hyène est sur lui. La lumière est faible, seule l'ampoule du palier supérieur fonctionne, Tommy distingue mal ce qui se passe, c'est une confusion de corps, il entend le cri de son ami et ceinture La Hyène. Bilal se dégage, son nez saigne, il titube vers l'escalier, il commence à courir quand il entend le coup de feu.

Bilal fuit. Il dévale les marches et fonce dans la nuit, comme un dératé. Il ne regarde pas derrière lui. Courir pour sa vie. Tout le monde disparaît.

Sur le palier, il n'y a plus que Tommy. Il a reçu une balle dans la cuisse, elle a ouvert l'artère fémorale. Son jean est trempé. Il essaie de se lever, en vain, il rampe vers la porte qui donne sur le couloir des appartements. Il la pousse. Il rampe. Il appelle. Il n'a plus beaucoup de forces. Il appelle encore.

Myriam a reconnu la voix de Tommy. Ils sont ensemble depuis la maternelle. Ils ont toujours été dans les mêmes classes, les mêmes garderies, les mêmes centres de loisirs le mercredi et pendant les vacances. Elle a entendu le bruit de la bagarre, le coup de feu. Elle écoute la voix de Tommy qui supplie. Sa mère veut l'empêcher d'ouvrir la porte, c'est une femme qui vit seule avec trois enfants, elle craint les mauvais garçons qui font du grabuge toutes les nuits dans les escaliers et qui réveillent les petits. Mais Myriam la repousse, elle ouvre la porte. Elle est à genoux à côté de Tommy. Il la regarde, elle ne sait pas s'il la reconnaît, il murmure quelque chose. Elle le prend dans ses bras, le sang, gluant, liquide, chaud, qui s'écoule si vite, couvre ses mains, ses jambes, imbibe son pyjama. Quand il était plus jeune, Tommy a été emmené au poste, une fois, pour avoir vidé un distributeur de bonbons cassé. Il en avait donné à tout le monde. Elle en avait eu aussi. Elle pleure, elle caresse ses joues, elle entend le bruit des sirènes.

Les pompiers sont là les premiers. Ils la relèvent et l'écartent. Tommy est encore vivant, son regard est braqué dans celui de Myriam, ne le quitte pas. Elle repousse sa mère qui veut la faire rentrer dans l'appartement. Les pompiers découpent les vêtements de Tommy, son grand corps solide et nu couché sur le carrelage. Ils s'agitent, s'activent, ils parlent calmement mais bougent vite. Elle regarde toujours les yeux de Tommy. Elle saisit l'instant exact de sa mort.

Bilal est caché dans une rue latérale. Il s'est accroupi entre deux voitures. Il a repris sa respiration difficilement. Il ne sait pas quoi faire. Il attend. Il sort de sa cachette. Tout est tranquille. Il va à l'entrée de la ruelle. Personne. Bob, La Hyène, Driss et l'autre qu'il n'a pas reconnu ne sont visibles nulle part. Qui a tiré ? Qui a été touché ? Il repart au petit trot vers le square de la Noue. Il entend les sirènes, aperçoit les lumières bleutées intermittentes. Des gens sont sortis dans la rue. Il avance dans la foule.

Il y a des rumeurs. Un jeune est mort, dit quelqu'un. Règlement de comptes entre dealers, dit un autre.

Bilal repart, en courant toujours. Pas de forfait pour appeler Tommy. Il court une vingtaine de minutes, moins vite que tout à l'heure, vers la maison de Tommy. Tout est noir. Il hésite. Il est au moins 2 ou 3 heures du matin. Peut-être plus, il a perdu la notion du temps. Il s'avance. Il sonne. Rien ne bouge. Il sonne encore. Si un frère de Tommy est là, il ouvrira. Si c'est sa mère, elle est peut-être bourrée. Ou alors elle est au travail. Tommy n'aime pas trop parler d'elle. Il sonne une troisième fois. Tommy n'est pas rentré.

Les heures passent. Bilal attend le matin, il tourne dans la cité, il tremble dans sa veste de sport trop légère.

8 heures. Il est de retour devant chez son ami. Il sonne à nouveau. Cette fois, la mère ouvre. Tommy n'est pas rentré cette nuit, elle ne sait pas où il est.

Bilal n'ose rien dire. Il rentre chez lui. Sa mère crie dans son dos quand il passe, il va tout droit dans la chambre qu'il partage avec ses frères. Il s'allonge. À plat ventre. La tête tournée contre le mur. Et bientôt, les sanglots le secouent si violemment que sa mère, de l'autre côté de la porte, arrête de l'engueuler.

C'est Marceau et Yohan qui sont de permanence. Marceau, mâchoires serrées, commence par s'engueuler avec le commissariat qui a autorisé l'évacuation du corps vers la morgue avant leur arrivée. Yohan prend le relais et lui fait signe de monter pendant qu'il tire les choses au clair. Marceau prend l'escalier extérieur, contourne les traces de sang. Il sonne au palier du premier. Une femme, un tissu blanc noué sur les cheveux, lui ouvre. L'appartement est plongé dans la pénombre. Elle frappe un coup à une porte et le fait entrer dans une chambre étroite, occupée par un lit superposé massif et deux bureaux dans l'angle. Une jeune fille est assise sur la couchette du bas, en tailleur. Marceau prend place en face d'elle, sur la chaise à roulettes.

— Quand on était petits, Tommy m'avait fait croire qu'il pouvait voler. La cour des CP était sur la terrasse de l'école et il m'avait dit que quand personne ne regardait, il montait sur la rambarde, et qu'il s'envolait.

Elle pleure. Marceau ne dit rien. Il regarde ses mains, qui pendent entre ses genoux.

L'épouse

« Ma biche, ma colombe. »

Il y a des affaires qui prennent leur temps avant d'arriver à maturation. Elles grandissent dans une procédure de Sécurité publique, ou bien chez les gendarmes, dans l'ombre, discrètement. Un jour, elles sont prêtes, elles ont atteint la forme d'un dossier de cinquante centimètres d'épaisseur ; un juge les cueille et les dépose dans une PJ sur le bureau d'un officier, qui les acceptera avec mauvaise humeur et estimera que tout, jusque-là, a été mal fait.

La Fourche a le nez enfoui dans l'affaire qui vient de lui échoir. Il a commencé à lire avec désinvolture mais il n'a plus relevé la tête. Il est concentré. De temps en temps il grommelle quelque chose. La Scribe, qui tape des comptes rendus d'écoutes à son bureau au fond de la pièce, lève les yeux pour voir s'il s'adresse à elle, puis se replonge dans son travail.

— Sammy ! braille La Fourche en terminant. Sammy !

La Scribe sursaute. Sammy rapplique et se suspend à la barre de traction dans l'encadrement de la porte.

— Écoute-moi un peu cette histoire de fou, dit La Fourche, ronronnant comme un gros chat.

— Raconte, fait Sammy en se soulevant.

— T'as pas pris un peu ? demande La Fourche, fielleux.

Sammy retombe, tire sur son T-shirt.

— Les rondeurs de l'hiver, fait-il.

— Putain, si ça commence à ton âge…

— Allez, raconte, fait le jeune lieutenant, assombri.

La Fourche se renfonce dans son fauteuil, souriant, mauvais, malin.

Il y a quelques semaines, le consul d'un pays d'Afrique de l'Ouest rentre de congé. Son fils vient le chercher à l'aéroport et le ramène au pavillon familial, dans une zone nouvelle assez coquette. Alors que le fils sort de la voiture pour ouvrir le portail, ils sont agressés par deux hommes masqués. Le père n'a que le temps de jeter sa mallette à son fils, qui la rattrape au vol. L'un des assaillants dégaine une arme automatique et la pointe sur la tempe du père.

— Donne la mallette. Tout de suite, lance un des hommes masqués.

Le père supplie son fils :

— Ne le fais pas !

Il reçoit un violent coup sur le crâne. Le fils hésite.

— Je compte, fait l'homme.

Le fils lance la mallette.

Les deux agresseurs prennent la fuite. Au coin de l'allée, une Clio rouge démarre sur les chapeaux de roues. Le fils la poursuit en courant à travers le lotissement, mais la perd, inévitablement. Il retourne auprès de son père et ils préviennent la police.

— À combien le préjudice ? demande Sammy.

On entend le commissaire Payet, dans un bureau voisin, qui enguirlande quelqu'un : « Vous êtes l'inverse de la pierre philosophale. Vous transformez l'or en merde. »

— Tu vas voir, glousse La Fourche, enchanté. D'abord, le père a dit que la mallette contenait 90 000 euros en liquide.

— Les gars étaient prévenus, commente Sammy.

— Attends, attends, continue La Fourche. Les nuisibles prennent la plainte.

— J'aime pas quand il dit ça, grogne Alice, qui a été ADS en police secours.

La Fourche l'ignore.

— Le lendemain, notre consul se pointe au commissariat. Il voudrait, comme il dit, amender sa déposition. Et de 90 000 on passe à 900 000 ! 900 000 euros qui correspondent à la paie en retard de tous les employés du consulat, dont les comptes sont bloqués par une saisie Tracfin. Le cash servait à pallier les retards de salaires.

— Donc, ils étaient prévenus, répète Sammy. Et comme la somme est d'importance, ça nous revient.

— Ça aurait de toute façon dû nous revenir direct étant donné qu'il y a une arme, commente la Scribe.

— Oui, enfin on va pas se plaindre qu'ils nous refilent pas toutes les merdes à main armée, tempère La Fourche. Mais là, c'est pour nous. Et ça a l'air très amusant. Les nuisibles ont eu le temps de travailler un peu. Ils ont appris que la famille se compose de monsieur, madame qui ne travaille pas, monsieur fils qui a terminé ses études et va rentrer au pays bosser pour le gouvernement, et une nièce adoptée à la mort de ses parents. Elle sort avec un demi-voyou qui a fait son temps en cabane avec un certain Fall.

— Fall ? répète la Scribe.

— Un complice de Marc Tuho, la renseigne Sammy, qui a une mémoire encyclopédique.

— Qui ? demande Alice.

— Exactement, fait La Fourche, scintillant de plaisir, à son adjoint. C'est bon, non ?

— C'est bon, acquiesce le jeune lieutenant.

— Mais c'est qui ? insiste Alice.

Marc Tuho, originaire de Seine-Saint-Denis, est en prison pour une série de gros braquages. Lors du dernier, l'équipe, dirigée par un ancien militaire, était composée de deux artificiers, de braqueurs professionnels et de petites mains. Le casse avait été préparé soigneusement, une complicité intérieure achetée. Le jour dit, l'artificier a posé une charge plus importante que prévu – crise de confiance en soi. Lorsque le mur a explosé, il a été blessé à la main. De l'autre côté, un vigile a eu, lui, les jambes arrachées par le souffle. Les braqueurs ont buté sur lui en entrant, et les caméras ont saisi l'image de l'un d'entre eux attrapant le type qui agonisait et le balançant de côté comme un sac. Ils ont vidé la pièce, sortant d'abord les grosses coupures, efficaces et rapides, puis les pièces. Là, ils sont retombés sur le corps. Le vigile n'était pas encore mort. Il levait les bras, implorant. Ils l'ont dégagé à coups de pied. Avant de partir, ils l'ont exécuté d'une balle dans la poitrine.

Montant du butin : plus de huit millions d'euros.

L'artificier blessé s'est rendu chez un médecin connu pour ses liens avec le grand banditisme. Malheureusement pour lui, l'homme avait été épinglé peu auparavant par la brigade financière. Pour échapper à une mise en accusation dans une affaire de financement illicite d'une clinique privée, il s'est fait informateur et a dénoncé l'homme à la main brûlée dans la foulée. Le rapprochement avec le braquage a été rapide. L'équipe au complet était arrêtée dans les mois suivants, Tuho le dernier, alors qu'il s'était réfugié en Belgique sous une fausse identité.

Tuho a trente ans. Fils aîné d'une famille d'origine ivoirienne, il s'est tourné il y a peu vers une pratique rigoriste de l'islam. Les services de renseignement le soupçonnent de financer l'État islamique. Il a épousé religieusement Ophélie de la Bourdonnais, une jeune fille de bonne famille, convertie. Ophélie porte le voile intégral, elle apprend l'arabe, suit des cours de théologie avec d'autres femmes. Victor, son frère, converti en même temps qu'elle, sert de petite main à Tuho. Lors de ses auditions, Ophélie assure, de sa voix douce et polie, que son époux était avec elle la nuit du braquage. Elle sera condamnée à une simple amende pour faux témoignage.

— Si c'est pas magnifique, jubile La Fourche à chaque nouvelle découverte. L'aristo islamo. C'est bon, hein ?

Chaque groupe a sa propre personnalité, qui survit parfois à toutes les mutations de personnel, car elle se propage, par imprégnation, à partir de celle de son chef. Le groupe de La Fourche a la réputation de ne se charger que de grandes affaires (pas d'histoires de manouches, pas de petits braquages, que du banditisme, du vrai, ou du réseau mafieux) et d'être, à l'image de son chef, complètement asocial, bien que Sammy, rouage intermédiaire, soit de tous les événements mondains, de tous les pots de départ et d'arrivée, des fêtes d'anniversaire, galettes et réveillons. Les autres vivent retranchés dans leurs bureaux. Ils évitent le café de la brigade aux heures de pointe, ne menottent que rarement leurs prisonniers, sortent parfois sans arme – toujours, dans le cas de La Fourche –, n'aiment pas casser les portes. Ils posent beaucoup de lignes d'écoute – trop, estime le commissaire Payet. « Vous ne pouvez pas toutes les suivre, La Fourche. – Je sélectionne, siffle l'autre en réponse. Je sais ce que je cherche. » De tout l'étage, c'est aussi le groupe le plus féminin (elles sont deux, la benjamine et la doyenne de la brigade). Ils s'échangent des livres, se conseillent des films, méprisent l'ignorance. Les deux officiers du groupe moquent impitoyablement les lacunes d'Alice, qui s'éduque à leur épineux contact. Ils sont railleurs, méchants, susceptibles, solidaires et secrets. Très efficaces.

La Fourche procède donc comme il en a l'habitude. Il charge la Scribe de mettre la main sur toutes les procédures. Il fait identifier les numéros de Tuho en prison, d'Ophélie et de son frère Victor, de la fille adoptive, et de son petit ami, et demande au juge leur mise sur écoute. Bientôt s'ajouteront celles d'un lieutenant de Tuho, chez qui vit Ophélie, ainsi que d'un garagiste avec qui il est en affaires. La Fourche et Sammy lisent les dossiers et les résument pour le reste de l'équipe. La Scribe prend des notes afin de s'y retrouver. Ils se répartissent les lignes. La Fourche écoute d'abord un peu Tuho. « Le type est intelligent, commente-t-il avec plaisir. Très intelligent. » Puis il le confie à Sammy.

La vie dans une cellule de neuf mètres carrés. Deux hommes. L'un est âgé, dépressif et silencieux. L'autre, jeune, puissant, une colère en cage. Mais sous contrôle. Tuho ne s'emporte pas, il n'élève pas la voix. Les gardiens le respectent et reconnaissent son pouvoir : sur un signe de Tuho, la prison s'embrase. Ils signalent donc leur arrivée pour lui laisser le temps de ranger son téléphone. Il a de l'argent, il refuse les plateaux de la prison, leurs nourritures collantes et indéterminées, est-ce de la viande ou du poisson, des carrés de protéines compacts pris dans une sauce quasi solide, beige en général, qui tremblote au rythme de la marche. Il cantine des produits frais, les plus chers, des tomates dures et gelées, des œufs, de la salade sous vide. Il cuisine sur son réchaud, avec soin. Il partage avec le vieux, parfois, car le vieux n'a personne dehors et il ne le fait pas chier. Deux heures de sortie chaque jour. Marcher à pas lents dans la cour, en parlant à mi-voix avec les détenus auxquels l'administration pénitentiaire l'a apparié, être toujours conscient du regard des gardiens. Marmonner, éviter les noms propres, être élusif. T'as compris ? T'as compris ? Soulever des poids et voir ses épaules se développer. On s'affûte en prison. Les carrés de chocolat sur le ventre. Être *fit* et prendre plaisir à regarder son corps. Fréquenter la librairie, choisir des biographies d'hommes célèbres et chercher la recette de leur succès. La nuit, apprendre à dormir malgré les cris. Vivre l'oreille aux aguets, repérer tous les bruits inhabituels, deviner quand il se passe quelque chose. Savoir auprès de qui se renseigner. Attendre que l'information remonte. Ne pas devenir fou de frustration, patienter, c'est une force, la patience, la maîtrise de soi, ne jamais pousser un cri, dissimuler sa fureur, recomposer son visage, être impassible et froid. Refuser de travailler – il n'est pas un esclave et qu'est-ce d'autre que de l'esclavage ? N'y a-t-il pas un salaire minimum en France ? Deux euros de l'heure pour le travail d'un prisonnier. L'État laisse les entreprises s'enrichir sur leur dos. Forçats, bagnards, travail forcé, ça existe encore aujourd'hui. T'as une idée de ce que tu coûtes à la communauté ? se demande Sammy, dans une conversation imaginaire, intérieure, une conversation qu'ils n'auront jamais. Chaque détenu, chaque année ? T'as une idée, Tuho ? Ne pas travailler, aussi, parce qu'il n'en a pas besoin. Il a une équipe à l'extérieur. Il a une famille. Il n'est pas un crevard, tout seul, sans protection. Les parloirs. Les visites de la mère. De la femme. Des lieutenants. La misère sexuelle et l'envie. Les conversations de cul avec des filles faciles. Se maîtriser. Arrête ça le vieux, arrête de faire trembler le lit ou je te pète la tête par terre. Le lit ne bouge plus. Il est là pour huit ans. Il faut tenir.

Tuho vit au téléphone. Une dizaine d'heures chaque jour, il téléphone. À sa femme. L'appareil coincé entre l'oreille et l'épaule, il touille sa casserole. Le vieux s'est tourné contre le mur, il boude.

— Tu fais quoi ? demande-t-elle de sa voix douce, gentille.

— Je cuisine, et toi tu fais quoi ?

— Moi aussi, dit-elle dans un petit rire.

Elle est debout dans la cuisine de cet appartement qu'il ne connaît pas. Il imagine une fenêtre ouverte sur une petite place. La lumière des immeubles. Le carrelage froid, ses pieds dans des chaussons. Le bruit de la télé qui vient de la pièce de vie. Il y a deux salons, celui des hommes et celui des femmes, pour qu'elle ne soit pas obligée de croiser le locataire de l'appartement.

— Tu te fais quoi ?

— Du riz à la sauce tomate.

Ensemble, ils touillent leurs casseroles. Elle écoute sa respiration. Lui, il reste aux aguets des bruits à l'extérieur. Il perçoit, en marge de sa conscience, la respiration du vieux, des pas dans le couloir, des cris un peu plus loin dans la prison, des portes qui s'ouvrent et qui se ferment, le buzz qui signale chaque ouverture, le tissu sonore habituel dans lequel son oreille sait repérer l'anomalie.

Elle rit encore, un gloussement doux, comme pour le ramener à elle, comme si elle le sentait distrait.

— Quoi ? aboie-t-il.

— Rien. Tu dis plus rien.

À sa voix, il sait qu'elle est blessée et il s'en veut. Il s'adoucit :

— T'as fait quoi aujourd'hui ?

Elle s'anime.

— Justement, je voulais te raconter. J'ai regardé une émission passionnante sur la guerre en Syrie. C'était bouleversant. Ils racontaient comment tout a commencé, quand le peuple s'est soulevé…

Une émission passionnante. Le peuple s'est soulevé.

Il boit ses paroles. Elle parle bien, elle est précise et volubile, quand il ne se moque pas d'elle. Lorsqu'elle se sent écoutée, en confiance, elle est persuasive. Il est toujours impressionné. Il est fier qu'elle soit sa femme. Quelle fille parle comme ça ? Quelle fille voudrait même regarder une émission sur la Syrie ? Les autres parlent des « Anges de la téléréalité ». Il le sait car il leur parle à elles aussi, les filles de rien qui lui font l'amour par téléphone. Il n'aime pas demander ça à sa femme. Pas trop souvent. Ça la salit. Il l'imagine si pure, dans cet appartement où elle vit jour et nuit, à l'attendre, ne recevant de visites que de sa mère à lui, de son frère à elle, sous la surveillance du couple locataire des lieux. Elle ne sort qu'accompagnée. Parfois, elle va passer un week-end dans sa famille, mais sa mère n'aime pas la voir voilée et lui n'aime pas penser qu'elle retire son niqab. Alors elle n'y va pas souvent.

Elle continue de parler, elle raconte le déclenchement de la guerre, elle parle aussi des opérations américaines en Irak, de Colin Powell, du 11 Septembre, des enfants musulmans. Il écoute sans mot dire, il s'instruit.

— Ça te fait chialer, les enfants ? T'es une chialeuse, alors ?

— T'es bête, dit-elle doucement, blessée à nouveau.

Elle se tait.

— T'es fâchée ? reprend-il.

Si elle était là, il la prendrait dans ses bras, elle mettrait la tête sur son épaule, il respirerait ses cheveux qui sentent bon, ses cheveux dorés.

— T'es fâchée ? Dis quelque chose.

— Pourquoi tu t'énerves tout le temps ? demande-t-elle.

— Je m'énerve pas, qu'est-ce que tu racontes ?

Son pouls s'accélère, il est fou de rage subitement.

— D'accord, d'accord, dit-elle.

— Je raccroche.

Il coupe sans attendre sa réponse. Maintenant, elle pleure toute seule dans la cuisine, il le sait. Il pourrait démolir quelqu'un à mains nues. Il respire profondément. Ne pas péter les plombs. Il se reprend. Un appel.

C'est un copain, un détenu d'une autre aile. Tuho éteint son réchaud et s'allonge sur son lit.

Le rythme lent et rassurant de leurs échanges. Ça va mon frère ? Ça va. *Hamdoulilah*. T'as vu que Samir est aux nouveaux arrivants ? J'ai entendu dire ça, mon frère. Il s'est fait serrer par les douanes, c'est ça ? C'est ça mon frère, c'est ça. Tu te souviens de ce kebab de la place, la petite place devant le lycée Voltaire ? Oui mon frère, je me souviens. Tu te souviens comme il était bon ? La vérité, c'est le meilleur kebab que j'ai mangé. Même au bled. Même en Thaïlande où pourtant il y en avait des bons. Imagine, mon frère, si on s'associait avec le patron. Il était pas de la famille Benkhadra ? Je saurais pas te dire, mon frère. Mais tu t'associerais pour faire quoi ? Écoute-moi, écoute-moi bien. On est combien de détenus ? En France ? Non, pas si gros. Disons en Île-de-France. Y a quoi comme zonzons ? Ils les énumèrent. T'oublies Meaux. Ah oui, et Meaux aussi. Tu dirais que ça fait combien ? Je dirais dans les quarante mille. Là-dessus, combien de frères ? L'autre rigole. Ben, y a que nous. Et les Renois. Mais les Renois sont musulmans aussi. La plupart, oui. Disons qu'on représente 80 %. Si on montait une affaire à l'extérieur et qu'on fournissait, disons, le poulet du vendredi pour tous les repas hallal d'Île-de-France. Déjà, ça serait bon. Et puis y a du flouze à se faire. En tant que détenus, on pourrait pas faire ça, dit l'autre, sérieux. Il nous faudrait quelqu'un à l'extérieur. Des mecs clean qui montent l'affaire en notre nom. Ben oui. Mais regarde bien, les grosses sociétés se font bien du blé sur notre dos : les ampoules machin, les matelas, les papiers truc. Pourquoi on serait les seuls à pas en tirer avantage, alors qu'on est majoritaires dans le système ? L'autre se marre à nouveau. Tu es un fou mon frère, un fou visionnaire. Puis il se laisse prendre au jeu et ils lancent des chiffres, bâtissent leur projet, passent leurs commandes et signent des marchés juteux.

Un autre appel. C'est un copain qui est dehors. Ça va mon frère ? Ça va, *hamdoulilah*, et toi ? J'appelais pour prendre des nouvelles. C'est gentil, mon frère, c'est gentil. L'autre parle de son fils. Je suis convoqué à l'école parce que mon môme, tu te souviens de mon aîné, Hakim ? Un beau garçon, je me souviens. Il a mal parlé à son instit et il lui a donné un coup de pied. Rappelle-moi son âge, demande Tuho qui se souvient d'un tout petit garçon timide dans les bras de son père. Il a six ans, Dieu le garde. Le directeur et la prof me convoquent, j'y vais, ils me disent : Hakim doit s'excuser pour son mauvais comportement. Là je leur fais : s'excuser ? Jamais. Je prends mon gamin par le menton et je le force à lever les yeux, tu vois ? Je vois, mon frère, je vois. Et je lui dis : fils, ne t'excuse jamais, devant personne. Et ne baisse jamais les yeux, sinon c'est moi qui te démolirai. Je l'ai pris, on est partis. J'ai pas raison ? Tu as raison, mon ami. Qu'est-ce qu'elle croyait, cette pute ? Qu'il allait lui lécher les pieds ? Faut jamais s'excuser, jamais baisser la tête. Jamais.

Tuho mange son rata, un peu refroidi, en regardant la télé. Il ne termine pas son assiette.

— Le vieux, t'en veux ?

L'autre se retourne sur son lit, pas rancunier, et accepte la fin de la casserole.

— Baisse un peu le son, fait Tuho.

Le vieux obéit. Il rappelle Ophélie. Elle répond à la première sonnerie, mais ne dit rien.

— Ça va ?

Silence.

— Tu fais la gueule ?

Silence.

— Je suis désolé.

Elle soupire.

— C'est pas grave. Moi aussi je suis désolée. Tu me manques. Tu sais, tu te souviens de Samira ?

— Quelle Samira ?

Il est méfiant, tendu, il n'aime pas qu'elle fréquente des gens qu'il ne connaît pas.

— La femme de ton pote qui est à Drancy. Je l'ai vue au cours de théologie où je vais avec Samia.

— Ouais.

— Elle a eu une visite famille. Un week-end entier. Tu te rends compte ? J'ai fait la demande, mais il paraît qu'il faut parfois attendre un an.

Elle se met à pleurer.

— Pleure pas ma douce, ma colombe. Pleure pas.

Le vieux se racle la gorge.

— Pleure pas, chérie, répète Tuho plus doucement.

Et Sammy écoute tout.

Un appel passé. Sans réponse. Quelques secondes plus tard, nouvel appel. C'est Victor, le frère d'Ophélie, qui répond. La voix de Tuho est différente, sèche, dure.

— Je t'ai appelé.

— Pardon, je conduisais et j'ai pas vu.

— Quand je t'appelle, tu réponds.

— Pardon.

— Tu as fait ce que j'ai demandé ?

— Euh… quoi ?

— Pour la caisse ?

— Ah, oui, oui. C'est bon, c'est fait.

— Tu as vérifié qu'il reste rien ?

— C'est bon, je te jure, il reste rien.

Sammy met sur pause, passe cette conversation en rouge sur le logiciel et tape rapidement le résumé. « Alice, faudra faire les retrans rapidement. » Il relance :

— L'Espace, faut que tu la livres au poto.

Silence pénible.

— Tu m'entends ? gronde Tuho.

— Pas bien, là, ça capte pas bien, balbutie Victor.

— L'Espace, tu la livres au poto.

— Euh… quel poto ? demande Victor, timide.

La voix de Tuho se fait encore plus basse, dangereuse.

— Tu te souviens l'an dernier, t'es allé à une fête, tu te souviens ? Une fête de naissance.

— Ah, oui, oui.

Ton précipité, soulagé.

— Là, t'as rencontré un poto, on en a parlé.

— Ah, oui, oui, je me souviens.

— Tu lui livres l'Espace.

— Aujourd'hui ?

— Oui.

— D'accord. Et après ? Faudra la brûler ?

— Ta gueule.

La conversation est coupée.

— Chef ! gueule Sammy.

Il va dans le bureau de La Fourche.

— En fait, Tuho, j'ai tout l'impression qu'il tient le Rent A Car du crime. Il a un parc de bagnoles, faussement plaquées j'imagine, et il les prête pour des coups. Sur une conversation, on voit que le frère d'Ophélie prend ses instructions. Il demande s'il faudra la brûler après. C'est un schlag. Et il est pas bien traité, d'ailleurs.

— Il a une tronche de victime celui-là, commente La Fourche en agrandissant une photo du jeune homme, âgé d'une vingtaine d'années, qui a un doux visage et de grands yeux bruns.

— Ils parlent aussi d'une voiture déjà cramée. Est-ce que ça pourrait être celle qui a servi au braquage consulaire ?

— Possible. T'as vu, on nous signale une Clio retrouvée brûlée sur la route de Lille. Il borne pas vers Lille, Fall, à cette date ?

Un scénario commence à se dessiner : le petit ami de la nièce du consul aurait informé son ancien codétenu, Fall, du magot que transporterait l'oncle. Tuho, depuis sa cellule, avec l'aide de son homme de main, le frère d'Ophélie, aurait organisé l'agression et mis une voiture à disposition. Fall et un complice encore inconnu auraient dérobé l'argent, puis fait brûler la voiture. Tuho récupère un pourcentage.

— Affirmatif, fait Sammy, suspendu à la barre de traction. Et cette fille, là, Ophélie, tu y comprends quelque chose ?

— Elle est belle, en plus, souffle la Scribe qui imprime les photos des différents personnages de l'enquête.

Sammy va chercher les sorties papier et regarde le visage pur et innocent d'Ophélie, ses immenses yeux, limpides.

— Putain, elle a les yeux myosotis, non ?

— Sammy, tu tombes amoureux, le taquine la Scribe.

— Que va dire maman ? persifle La Fourche.

Les jours de Sammy se passent maintenant casque aux oreilles. Néron appelle et essaie de gagner du temps en faisant semblant de savoir où est le Danseur, ça fait glousser La Fourche. Les prostituées et leurs clients continuent de se susurrer. Mais Sammy, c'est Tuho qu'il écoute. On dirait que l'homme ne se tait jamais. La nuit, Sammy entend encore sa voix, basse, traînante, menaçante. Tuho téléphone. Toute la journée. Toute la nuit. Des écoutes dont on ne peut venir à bout. Sammy connaît maintenant les moindres de ses inflexions. Il sait avant les autres quand il va se mettre en rogne. Il devine ses humeurs, ses fureurs. Il aime son rire, même. Un rire de gorge. Nuit et jour, la voix de Tuho bourdonne à ses oreilles.

Interceptions

Tuho et Ophélie sont au téléphone. Ils cuisinent ensemble. Ils restent en ligne tellement longtemps qu'ils se taisent parfois de longues minutes, comme s'ils étaient dans la même pièce, et on n'entend plus alors que leurs respirations. Sous les yeux de Sammy, ça dessine comme un encéphalogramme plat, mais ils sont encore là, pourtant. Tuho ne dit rien à Ophélie de ses relations en prison, des affaires qu'il continue de gérer. Parfois, seulement, il s'énerve contre son petit frère, qui lui sert d'homme de main et qui fait souvent défaut.

— Appelle-le, suggère-t-elle doucement.

— Et tu crois que j'ai fait quoi ? Je l'ai appelé et ton bâtard de frère ne répond pas. Il va venir te voir ce matin. Dis-lui qu'il a intérêt à me rappeler. T'as compris ?

— Il pouvait peut-être pas répondre.

— Dis-lui seulement.

— Je lui dirai. Ne te fâche pas.

Il respire profondément, il ne veut pas s'énerver, il ne veut pas la faire pleurer, gâcher leur soirée. Il a tant de poids sur les épaules : gérer ses affaires, faire vivre, depuis sa cellule, sa mère, sa sœur, sa femme, faire travailler tous ces gars, préparer sa sortie, et tout ce qu'on ignore, tous ces plans, tous ces liens qu'il tisse, chaque jour, patiemment. Elle ne sait rien, elle est si jeune, si naïve. Il n'en revient pas. Les filles de son quartier ne sont pas comme ça. Elles en savent long, toutes jeunes, même les voilées, même les religieuses. Ophélie, c'est un territoire vierge et tendre.

Innocent. Il a peine à croire qu'elle ait pu parvenir à cet âge, vingt-cinq ans déjà, si préservée. Il ne se lasse pas de l'entendre parler. Elle est savante, cultivée, elle a plus de mots que lui. Il les connaît, mais ne les prononce pas, ce sont des mots qu'on entend, à la télé par exemple, pas des mots qu'on dit. Elle les dit, elle, pourtant. Il aime tellement l'entendre parler.

Ophélie a pourtant des secrets, même pour lui, son mari qui lui fait peur et qu'elle attend. Il est dur et peut être cruel, elle le sait. Elle sait que Victor le craint, de même que ses amis, ses associés. Même sa mère a peur de lui. Il n'y a qu'à elle qu'il ne fera jamais de mal, et c'est ce qu'elle aime. Être la protégée d'un homme puissant et dangereux.

Il y a tout un réseau de femmes avec qui elle correspond. Elles s'échangent des informations. Il y avait Hayat Boumeddiene, la femme de Coulibaly. Il y en a d'autres à présent. Des femmes de détenus qui lui racontent leurs nuits dans les unités de vie familiale et qui parlent crûment des hommes privés d'elles trop longtemps. Ophélie est troublée. Elle attend la réponse de l'administration pénitentiaire. Elle aura d'abord six heures, lui dit une amie. Mais six heures, ça lui suffira pour te prendre trois ou quatre fois. À chaque fois, trop court pour toi. Elles rient.

— Puis tu auras vingt-quatre heures. Et là, ça va commencer à s'arranger.

— Au maximum, tu peux avoir combien ?

— Soixante-douze heures. Mais j'espère que ton homme sortira avant qu'on vous les accorde.

— *Inch'Allah*, répond Ophélie.

Dans le bureau de Loïc

Voix tremblante :

— Et… est-ce que vous faites le pipi ?

Voix lasse :

— Qué ?

— Pipi dans un verre. Et moi je bois.

— Oui-i.

— Et vos copines ?

— Qué ?

— Vos copines, elles peuvent le faire aussi ? Mais j'apporte mon verre.

— ... (Inintelligible.)

Voix fébrile :

— Quoi ? J'ai pas entendu la réponse.

— Oui-i.

— Et le caca ?

— Qué ?

— Le caca ? Vous faites, le caca ?

— Ah non, non.

— Bon, d'accord, d'accord. Et je voulais savoir... est-ce que je peux venir avec mon préservatif ?

— Oui, le préservatif c'est bon.

— Non mais le préservatif dans lequel je me suis branlé déjà trois fois.

— Viens.

— Bon, OK. Merci.

Voix grave, sérieuse, business :

— Vous faites dans l'urologie ?

— La réligion ?

— L'urologie. La pisse, quoi.

— Oui, le pipi. Viens.

Loïc enlève son casque et se prend la tête entre les mains.

— Ça va ? demande Nounours.

— J'en peux plus de cette affaire, ça me fout la gerbe. Je me demande si je préfère pas les macchabs. Ça fait longtemps que j'en ai pas vu, d'ailleurs.

— Ben t'étais pas à La Belle Équipe ?

— Ah si. Putain. Et à quand un bon braquage, simple et net ?

Il va se chercher un café à la brigade, où le commissaire Payet débarque, mécontent :

— Pas question qu'on fasse la police d'audience ! La Crime a pas osé dire non, c'était Monika qui était devant le magistrat, mais moi je vais monter au créneau. Comme si on avait le temps, bordel !

— Et vous avez vu les dernières directives européennes ? On peut plus travailler plus de quarante-huit heures d'affilée.

— Ben bientôt on fera comme les ophtalmos. On dira : on a un créneau dans six mois pour la planque. L'année prochaine, pour l'interpelle. Et d'ici là, dormez tranquilles bonnes gens.

La discussion se poursuit sur le manque de moyens. Ils se souviennent quand ils sont allés comme des crevards récupérer dans la cuve des Stups le mobilier des impôts, qui, eux, avaient les moyens de redécorer.

— C'est pas pire qu'à la PP où il y avait encore, il y a quelques années, des bureaux portant le Stempel de la Wehrmacht.

— Et les balises ? Ça coûte un bras les balises en leasing. Faudrait en acheter cinq cents pour être tranquille.

— Ben c'est pas pour demain.

— D'ailleurs le petit lieutenant, là, il a le berlot, j'espère.

Le berlot, c'est un trophée remis au responsable d'une connerie. On arrive un matin, on le trouve dans son bureau.

— Oh que oui.

Sammy a renversé son thé sur son ordinateur qui en est mort. Il hausse les épaules et repart dans son bureau. Troisième berlot de l'année.

Sammy, avec Tuho, encore. Il parle avec un autre détenu. L'homme est à Nanterre. On les imagine chacun couché sur son lit, fixant les grillages de la couchette du dessus, nuit après nuit. L'autre a encore trois ans.

— Nanterre, c'est surpeuplé. C'est vraiment une des pires. Lis *Le Parisien*, tu verras. Tu tapes prison de Nanterre et t'auras tous les chiffres. Tu sais quoi ? Ils en sont à faire signer les détenus comme quoi ils sont d'accord pour dormir par terre.

— Quand je pense à ce qu'on leur rapporte.

— Mais bien sûr.

— Regarde le téléphone. La minute de communication la plus chère de France, c'est celle de prison. Et pourquoi, mon frère ? Ça te paraît juste ?

L'autre tchipe, dégoûté. Tuho continue.

— Ce projet des brouilleurs pour les prisons, c'est pareil, que du business ! Tu penses bien que c'est pas pour la sécurité, les civils sont naïfs de croire ça. Les condés, d'ailleurs, ça les arrange qu'on ait nos téléphones, ils peuvent nous écouter. Tiens là je suis sûr qu'il y en a qui s'en mettent plein les oreilles. Non, c'est juste pour nous faire raquer. Ils veulent installer des cabines dans les cellules. Moi, je comprends pas pourquoi on n'a pas droit au portable, d'un point de vue constitutionnel. Une fois que t'es jugé, pourquoi t'aurais pas le droit de téléphoner ?

— La vérité, pourquoi ils se fatiguent avec ça, à nous foutre au mitard quand ils nous chopent avec un portable ?

— Non, mon frère, te trompe pas de cible. Les matons, c'est que des exécutants. Ils font qu'obéir. Ceux qui s'en foutent plein les fouilles, c'est les gros, toutes les grosses boîtes qui ont des ateliers en zonzon.

— Des ordures.

La voix de Tuho se fait cassante.

— Te laisse pas aller, t'es bientôt au bout. Faudrait qu'on fasse une conf call avec qui tu sais.

— Ah lui, je le retiens. T'as vu ce qu'il a fait à notre poto ?

— Ouais, je sais.

— Il a l'Oscar de la Palme, ce salopard.

— Ouais, je sais, je sais. Mais pour l'instant il est bien utile.

— J'organise ça, mon frère.

La Fourche s'encadre dans la porte. Sammy lève les yeux, met la conversation sur pause.

— Néron a paniqué, il a merdé.

Incapable de remettre la main sur le Danseur, l'indic a appelé la SDAT et a tout raconté, y compris ses contacts avec la PJ. Dans la demi-heure, le téléphone du directeur sonnait. Ils sont tous convoqués le lendemain dans les bureaux de la SDAT pour clarifier l'affaire. Et le Danseur est toujours en prison.

Entre deux écoutes, Sammy essaie de joindre l'Identité judiciaire pour savoir où en sont les recherches préliminaires sur les armes. Il espère bien ne pas y trouver l'ADN du Danseur. Personne ne répond.

Il remet son casque. Tuho rappelle Ophélie.

— Ça fait longtemps qu'on n'a pas dormi ensemble.

Il a un rire, malgré lui, un rire étranglé.

— C'est vrai. » Elle rit, aussi, doucement. « Hmm. Je prends toute la place dans le lit maintenant.

Ils rient tous les deux, la gorge serrée.

— Ma biche, ma colombe, souffle-t-il dans le téléphone.

Une adolescente

> « La médiocrité, c'est la clé de notre succès. »

Les Stups
Jeudi 3 mars, 2 h 45

— Je me demandais éventuellement…

— Oh putain, Shampoo, arrête de dire éventuellement… Demande-toi fermement, pour une fois.

Les Stups attendent au café de la brigade la fermeture du bowling d'un de leurs clients du moment. Ils doivent aller retirer la sonorisation de sa voiture sur ordre du magistrat, qui trouve que ça n'a pas avancé suffisamment pour justifier une prolongation. Et il y a la question du budget des surveillances, de plus en plus pressante.

— Putain, il ferme tard, cet enculé.

Shampoo reprend :

— Je me demandais, juste : personne a prévu d'aller dormir avant ?

Personne, apparemment.

— Par contre, on n'envisagerait pas une fermeture administrative ? Il ferme tous les soirs bien après 2 heures, hein ?

— Fais le signalement, si ça t'amuse.

— Je vais me gêner, tiens.

Il pleut, il n'est que 23 heures, ils ont encore un long moment à attendre. Ils suivent attentivement le flash du soir : le patron de l'OCRTIS, l'office central des Stups, vient d'être muté à l'antiterrorisme. La nouvelle est présentée comme une promotion, mais tout le monde sait qu'il est soupçonné d'avoir entretenu des relations sulfureuses avec ses indicateurs. L'IGPN, la police des polices, est déjà au travail.

— Prochaine étape, prison, commente Petit Ben.

Petit Ben est un lecteur insatiable. Il cache ses livres pour éviter les remarques mais Alex, qui est aussi observateur qu'il est revêche, voit les titres et les couvertures qui défilent. Il pense que Petit Ben aurait pu passer le concours de commissaire, mais il est content qu'il soit resté simple flic. À sa façon, Alex veille sur Petit Ben, qui n'a rien à faire ici mais qui est le meilleur chef de groupe qu'il ait jamais eu. Il protège ses arrières.

— Y en a qui savent pas s'arrêter, fait Ludo. Regarde, nous, on est modestes dans nos réussites… La médiocrité, c'est la clé de notre succès.

Lui, il l'a passé, le concours, il y a quelques années. Devant le jury, il a perdu contenance. Les mots lui ont fait défaut, à lui qui a la plus belle repartie de toute la DRPJ. Il ne recommencera pas.

BRB

Le Danseur est égaré dans un imbroglio administratif. Il a été présenté au juge qui croyait à tort son marché accepté – reconnaissance de sa participation au braquage contre libération. Le Danseur lui a ri au visage, comme c'était prévisible. Furieux, il l'a renvoyé en prison et est parti en vacances. Il ne répond plus au téléphone. Sammy, La Fourche et même le directeur ont laissé des messages partout, en vain. Leur réunion à la SDAT s'est mal passée, ils ont fait le dos rond, canard, comme on dit ici. Ils ne savent plus quoi faire. Sammy espère que le Danseur l'appellera depuis sa prison.

La Crime

La disparition inquiétante d'une mineure radicalisée occupe le groupe de permanence à la Crime. La jeune fille, Aïcha – c'est le nom qu'elle s'est choisi, mais pour l'état civil, elle est Thaïs –, âgée de presque quinze ans, vit seule avec sa mère célibataire. Elle a déjà essayé une fois de partir pour la Syrie mais sa mère, informée par le voisinage qu'un type louche était venu chercher sa fille, l'en a empêchée à coups de taloches dans la figure. « La seule chose à peu près rationnelle qu'elle a faite pour sa fille », commentera Yohan après l'avoir rencontrée. L'adolescente, sans amis, sans relations et presque sans famille, passe ses jours et ses nuits sur Internet. Elle sèche les cours pour scroller son fil Instagram en paix. Sur ses photos de profil, elle pose avec un voile intégral, les yeux très maquillés, affichant dans le regard un savant mélange d'invite et de modestie. Ce portrait a du succès, des hommes la contactent pour la demander en mariage mais aussi pour parler de religion, de politique, de la difficulté d'être une femme dans un pays comme la France, où elles sont traitées comme des putes, tout juste bonnes à être dénudées pour vendre des machines à laver.

« Ils couvrent les murs de leurs villes avec vos corps nus, mais est-ce qu'ils vous respectent ?

— Non, c clair, répond la jeune fille, qui n'avait jamais pensé à ça. Y a pas de respect.

— Ils parlent de liberté, mais c être libre de poser nue pour vivre ? »

Elle est d'accord.

« La France, si prompte à s'émouvoir de tout, si prompte à condamner, qu'est-ce qu'elle fait pour les enfants qui meurent chaque jour sous les bombes en Syrie ? »

C'est bien dit, ça fait réfléchir Aïcha. Tout ça la touche. La personne qui communique le plus souvent avec elle lui envoie des photos d'enfants hurlant sous les bombes, de corps déchiquetés, qui la font pleurer et qui hantent ses nuits.

Elle met désormais un foulard quand elle sort dans la rue. Sa mère, qui la traite de pute depuis son entrée en sixième, quand elle s'est mise à porter des T-shirts coupés sous les seins qui dévoilaient son ventre bien lisse – elle est jalouse –, lui arrache son voile, lui tire les cheveux, l'enferme dans sa chambre, la frappe avec sa brosse à cheveux ou sa claquette en plastique.

« C normal, ça ? » écrit-elle, en larmes, à ses amis virtuels.

Au collège, elle n'a jamais été populaire. Trop désireuse d'être aimée, dès le départ. Carrément flippante, maintenant, avec ses discours sur la religion, sur la politique, sur le monde. Elle est la seule à s'intéresser à ces questions, lui semble-t-il. Les autres sont trop superficiels.

À la pause déjeuner, elle ne va plus à la cantine, qui ne propose pas de repas hallal. Elle reste dans la salle de classe, vautrée sur une table, à gratter les lettres de son nouveau prénom. Elle entend ses condisciples qui jouent, discutent, s'engueulent, rigolent. Elle regarde par la fenêtre, elle attend que ça passe. Chaque fois qu'elle peut, quand sa mère n'est pas à la maison, elle sèche. Il n'y a que dans ces moments qu'elle se sent bien, seule à la maison, avec sa petite fenêtre ouverte sur le monde. Elle mange des céréales en surfant sur Internet, où elle n'est jamais seule, où elle se sent comprise. Elle a tant d'amis, sur Facebook, tant de contacts sur Messenger, sur Telegram. Personne ne la traite de débile. Personne ne lui parle comme à une enfant. Ni comme à une pute. Une femme, qu'elle n'a jamais vue mais que plus tard, en garde à vue, elle appellera pourtant son amie, lui envoie des photos de Syrie, où elle vit depuis trois ans.

« Tu vois les bombardements, c'est de la propagande. Ici, la vie est super belle, on a tout ce qu'on veut, on est heureuses. Et les moudjahidin cherchent des femmes, on peut carrément faire notre marché. On a trop le choix. »

Ça la choque mais l'émoustille en même temps. C'est un beau mot, moudjahidin. Elle n'est jamais sortie avec un garçon.

« Mon homme est parti au combat, écrit encore la femme, et je suis fière de lui. »

Aïcha imagine un jeune combattant valeureux, elle se figure son arme, son uniforme, comme sur les photos qu'elle fait défiler. Elle veut se marier à un moudjahid elle aussi, un jeune homme musclé au torse imberbe.

« Les Noirs sont souvent les plus appréciés, écrit carrément son amie de Syrie. Tu vois pourquoi ? »

Aïcha, qui a vu beaucoup de films porno depuis qu'elle est enfant, voit très bien et rougit violemment. Elle n'imaginait pas quelque chose d'aussi cru. Elle se demande si c'est conforme à la religion. Mais son amie doit le savoir.

« Ma sœur, j'espère que je ne t'ai pas choquée, écrit la femme, alertée par le temps qu'Aïcha met à répondre. Ici, entre femmes, la solidarité est telle qu'on se parle comme ça. »

Aïcha écrit : « Je veux venir. »

Sa nouvelle amie est une recruteuse. Quelques minutes plus tard lui parvient un message détaillé. Prends contact avec Alya, qui habite Paris. Elle est fidèle à la cause et elle va t'accueillir chez elle, le temps de préparer ton voyage. Tu as quel âge ?

demande la recruteuse. Bientôt quinze ans, répond Aïcha, le cœur serré d'angoisse. C'est plus compliqué, puisque tu es mineure, mais c'est pas impossible. Et tu sais, la seconde épouse du Prophète avait treize ans. Aux yeux de la religion, tu es déjà une femme.

Ce matin, après un petit déjeuner maussade avec sa mère dans la cuisine dont la fenêtre donne sur les tours de la cité, Aïcha fait mine de préparer son sac à dos d'école mais n'y met que des vêtements et son chargeur de téléphone. De sa chambre, elle poste un dernier message sur son profil Facebook. Elle revêt pour cela le niqab qu'elle cache au fond de son placard et poste un selfie accompagné des mots suivants : « Prenai pas le métro aujourdui, vous allez tous crevé. »

« C'était juste pour faire chier », dira-t-elle plus tard à Yohan.

Elle entend la porte de l'appartement qui claque : sa mère est partie sans lui dire au revoir. « Tu me fais vraiment que des emmerdements », lui a-t-elle crié la veille. Mais au moins, cette fois, elles ne se sont pas battues.

Vêtue de son niqab, elle se regarde dans la glace : ses yeux, bien maquillés, agrandis par le crayon noir, paraissent très beaux et très brillants dans le bandeau noir qui les enserre. Elle jette son sac sur son épaule et sort.

Elle prend le métro jusqu'aux Champs-Élysées, où elle est déjà venue à deux reprises, la première avec sa mère et le précédent petit ami de celle-ci, il y a quelques années, pour voir les décorations de Noël, et la suivante avec une fille dont elle pensait qu'elle était son amie et qui l'a laissée tomber, en cinquième, pour rejoindre une bande plus populaire. Dès qu'elle entre dans Paris, elle commence à se sentir mal sous son niqab. Dans le métro tout le monde la regarde, elle a l'impression qu'on ne voit qu'elle. Dans la cité, ça passait mieux. Et puis, elle a trop chaud.

Elle a rendez-vous devant le magasin Nike avec Alya, cette fille qu'elle ne connaît pas. Elle commence presque à regretter, elle se demande si elle ne devrait pas faire demi-tour. Et si elle n'était pas là ? Et si quelqu'un l'arrêtait ?

La fille est là, en doudoune blanche, un petit foulard noir cachant ses cheveux. Un peu plus âgée qu'elle, elle a un visage rond, gentil. Elles entrent ensemble chez Zara, en face, la fille la prend par le bras, sourit au videur qui les considère avec méfiance. Elle attrape une tenue au hasard sur un cintre et l'entraîne dans une cabine.

— Change-toi. C'est mieux de pas porter le niqab ici, tu sais, tu le mettras assez tôt là-bas. Mets juste un foulard, comme moi, ce sera plus simple.

Elles se regardent toutes les deux dans la glace, comme des amies de toujours, elles éclatent de rire.

— J'aimerais bien aller au Jardin d'acclimatation, dit Aïcha.

Ça lui est venu comme ça. Le Jardin d'acclimatation, c'est un rêve depuis toujours.

— Mais ouais, on va y aller, vas-y, on part.

Elles ressortent du magasin en se tenant par le coude.

— Au revoir ! lance Aïcha au videur, audacieuse, et Alya rigole.

Il fait froid mais elle se sent bien maintenant, heureuse, légère.

Le lendemain, quelqu'un qui surfait sur Facebook, guidé par l'algorithme de son fil d'actualités, tombe sur le message publié par Aïcha et appelle le commissariat : avec le niqab, impossible de deviner son âge.

— Bien sûr, c'est peut-être un canular, je ne sais pas. Mais je m'en voudrais de laisser passer ça. Vu le climat actuel…

C'est le commissariat de Colombes qui reçoit le signalement. Le profil d'Aïcha affiche seulement vingt-neuf amis – c'est toujours plus que dans la vraie vie. Seuls deux de ses posts sont publics : la menace, et une phrase en arabe.

— C'est même pas une vraie sourate, commente un policier arabophone. Ça veut dire à peu près : Seul Dieu retient le ciel et l'empêche de tomber sur vous. Du prêt-à-penser pour convertis.

Le commissariat prévient le parquet qui saisit la PJ.

Dans les pages likées par Aïcha se trouve celle d'un collège. Yohan se fend d'un appel. Le proviseur n'est pas de bonne humeur.

— C'est pour l'alerte incendie ? demande-t-il en apprenant que la police est en ligne. C'est la dixième fois cette semaine qu'un petit malin la déclenche.

— Ici la brigade criminelle, monsieur. Je ne crois pas que…

— Bon, fait l'autre, impatient. Si c'est pas pour l'alerte incendie, que puis-je pour vous ?

Yohan demande si une certaine Aïcha est portée absente ce jour.

— Aïcha, Aïcha, ça me dit rien du tout. Marlène ! hurle l'homme. On a une Aïcha dans l'établissement ? Non. C'est bien ce qu'il me semblait. On n'a pas ça ici. Et comme élèves absents, il y en a une tripotée, il y avait un contrôle de maths en troisième 5. C'est pas Thaïs que vous cherchez ? Sa mère a appelé, elle a disparu depuis hier.

Yohan obtient l'identité complète de la jeune fille, son âge et son adresse. Il s'y rend avec Marceau. La mère ouvre, lasse, mais pas l'air inquiet.

— Cette gosse ne me cause que des emmerdements depuis sa naissance, d'ailleurs je lui ai dit. Bébé, elle était tout le temps malade. Elle n'a pas fait une nuit complète avant l'âge de cinq ans. Elle avait des coliques. Puis la diarrhée pendant deux ans. Elle a toujours quelque chose qui va pas. Maintenant, elle s'est mis dans la tête qu'elle est musulmane et elle a même essayé de partir en Syrie l'année dernière. Je n'en peux plus.

Yohan l'écoute en regardant autour de lui l'appartement sans chaleur et sans soin. Il demande des éclaircissements sur cette tentative de départ en Syrie. Rien n'est très clair. La mère ne sait pas trop s'il s'agissait d'un recruteur de l'État islamique ou bien d'un pédophile. Marceau fixe la femme de ses yeux transparents qui la mettent en colère, elle se sent jugée, puis il demande à voir la chambre de la gamine pendant que Yohan s'occupe des formalités. Il fouille ses pauvres petits secrets.

— Si vous la retrouvez, mettez-y une baffe de ma part, que ça lui apprenne, un peu, leur fait la mère quand ils s'en vont.

Ils reprennent l'ascenseur. Marceau pense à ses filles, à la balançoire qu'il a construite dans la cour de leur maison. Les deux petites ont hérité du teint brun et des yeux noirs de leur mère, elles sont rieuses et gentilles, elles n'ont rien de moi, se dit-il parfois, avec satisfaction. Mais elles grandissent et qu'est-ce qui les attend ? Monde de merde, pense-t-il en sortant dans la rue, où souffle un vent glacial. Il aimerait qu'elles restent comme ça pour toujours, neuf ans, onze ans, gentilles, douces. Protégées.

— Une mère aimante, rien de tel pour se lancer dans la vie, commente Yohan.

De retour à la PJ, ils lancent les réquisitions, mentionnant qu'il s'agit d'une urgence à double titre : disparition inquiétante d'une mineure de moins de quinze ans, suspicion de terrorisme. Ça marche : douze minutes plus tard, ils ont la géolocalisation du téléphone de la jeune fille.

— Ah ça, quand ils veulent, ils peuvent, persifle Marceau.

Le téléphone borne dans une cité de Bobigny. Yohan, Marceau et quelques hommes du commissariat voisin se rendent sur place. Dans un appartement encombré où une femme éreintée étend la lessive d'une tripotée d'enfants pendant qu'un homme torse nu, en bas de jogging, est avachi devant une télé qui braille – toutefois pas aussi fort que le nourrisson qui s'égosille sans que personne lui prête attention –, Yohan et Marceau trouvent Aïcha et Alya, en pyjama.

L'homme dévisage les policiers d'un air mauvais sans quitter son canapé.

— Vous hébergez une mineure en fugue, aboie Marceau.

— Comment je pourrais le savoir ? Elle a dit qu'elle était une amie de ma belle-fille.

L'homme porte la barbe et les policiers regardent les djellabas qui sèchent dans le salon, les calligraphies encadrées qui décorent les murs, le tapis de prière roulé dans un coin.

— J'ai quelque chose à me reprocher ? demande l'homme.

La femme a enfin pris l'enfant dans ses bras et il a cessé de pleurer.

— Thaïs, tu vas venir avec nous, dit doucement Yohan.

— Je retourne pas chez ma mère ! le défie l'adolescente, en serrant la main de sa nouvelle amie.

— Oh non, malheureusement. Tu vas être entendue pour dénonciation de crime imaginaire. Tu as des ennuis, petite, fait Yohan.

Thaïs récupère son petit sac à dos et sort, tête basse.

PJ

Elle est fluette et menue, avec un fin visage triangulaire, des mains d'enfant aux ongles rongés, ses cheveux qui bouclent échappent à sa queue-de-cheval, mais elle répond aux questions avec la fermeté d'un gangster rompu aux techniques d'interrogatoire. Elle est décidée à ne pas mouiller Alya, la première personne à lui avoir témoigné un peu d'affection depuis longtemps.

— C'est juste une connaissance.

— C'est pas la première fois que tu la voyais ? demande Yohan, qui fixe sur elle un regard attentif, soucieux.

Marceau, à son bureau, écoute l'audition sans intervenir ; une sensation de malaise de plus en plus palpable lui comprime la poitrine. Il ouvre un document Word et commence à taper un courrier officiel.

— On s'est rencontrées sur Internet, on a sympathisé et on a décidé de se voir en vrai.

— Quel était votre projet ?

— On voulait aller dans un parc d'attractions.

— Et vous y êtes allées ?

Elles y sont bien allées, Thaïs y a passé la meilleure journée de sa vie lui semble-t-il. Elles ont mangé des gaufres tièdes, molles et un peu écœurantes, la pâte n'étant pas tout à fait cuite, couvertes de Nutella qu'elles ont ensuite léché sur le papier fin qui les enveloppait. Elles ont fait les montagnes russes et le papier tue-mouches, comme elle l'appelle, un tube qui tourne à une vitesse telle que lorsque le plafond descend, on reste collé à la paroi. Un garçon a fait des figures, il s'est mis la tête en bas et Thaïs l'a imité. Il lui a crié : « Attention, remets-toi ! » avant que la machine cesse de tourner. Ça a touché Thaïs, le fait qu'il s'inquiète pour elle. À la fin, il a juste remis sa casquette et il est parti, les mains dans les poches, timide, peut-être, et elle s'est senti un lien avec lui. Quand Alya l'a prise par le bras et lui a dit, mais gentiment, « T'es trop une folle, toi », ça lui a réchauffé le cœur.

Elle ne raconte rien de cela aux policiers. Elle répond juste :

— Ouais, on y est allées.

— Et tu voulais faire quoi, après ?

— Chais pas.

— T'allais t'installer dans la sympathique famille de cette fille rencontrée aujourd'hui ? interroge Yohan.

— Hier. C'est hier qu'on s'est rencontrées. Et ils *sont* sympathiques. Ils ont été gentils avec moi.

Yohan repense au bébé qui hurlait, à l'homme hostile, à la femme débordée, au désordre ambiant... Puis il revoit l'appartement froid, aseptisé, et la mère distante. Comment saurait-elle ce que c'est, une famille sympathique ? C'est juste une adolescente, presque une petite fille encore. Elle n'a rien à faire ici. C'est ce qu'il lui dit, d'une certaine façon.

— Qu'est-ce qu'on va faire de toi ?

— Je pourrais pas rentrer maintenant ?

Elle a presque envie de pleurer soudain, elle est fatiguée, mais elle se retient.

— Non petite, tu peux pas. Tu n'as pas l'air de comprendre, mais les faits qu'on te reproche sont très graves.

— J'ai dit ça pour les faire chier. C'était juste une blague.

— Ça n'a fait rire personne. Attends un peu tranquille, je vais te chercher un Coca.

Il sort et Marceau le rejoint à la porte, qu'ils laissent entrouverte pour la garder à l'œil. Ils conversent à voix basse.

— Qu'est-ce qu'on fait de la gosse ?

— Le psy arrive pour l'expertise.

— L'expertise, mon cul ! C'est une gamine malheureuse à la maison, elle est paumée, c'est tout. Qu'est-ce que tu veux expertiser ?

— Je sais. Et en plus on est samedi.

En plus on est samedi et le week-end des deux hommes est en train de s'envoler en fumée. Les filles de Marceau, quelque part, s'amusent sans lui sur leur balançoire.

— Qu'est-ce qu'une gosse comme ça va faire dans les geôles ? dit-il presque tendrement – ce qui devrait alerter Yohan.

— Ça va peut-être la faire réfléchir, tente Yohan, pas convaincu lui-même.

— Depuis quand les adolescents réfléchissent ?

— Je sais pas, au-delà de huit ans, c'est territoire vierge pour moi, répond Yohan.

Finalement, il faut s'y résoudre. Une fois qu'elle a fini son Coca, Yohan l'accompagne dans les geôles et l'enferme pour la nuit. Elle attend bravement que la porte se ferme pour se mettre à pleurer.

Dimanche, ils sont de retour à 9 heures. Yohan commence par aller la chercher et la faire monter dans son bureau, où elle prend un petit déjeuner et se réchauffe lentement. Elle est pâle, elle dévore tout son plateau. Les actes prennent la journée. Yohan boucle son dossier et appelle le parquet pour convenir d'une présentation devant le juge. Thaïs étant mineure, il est impossible de prolonger sa garde à vue puisqu'elle est mise en cause pour un délit dont la peine n'excède pas cinq ans. Elle doit voir un juge avant 15 heures.

Yohan reste longtemps en attente avant qu'on lui passe enfin quelqu'un.

— Écoutez, ça va être très compliqué d'organiser son audition aujourd'hui. Gardez-la au moins jusqu'à demain.

— Dans quel cadre voulez-vous que je la garde, madame la juge ? demande Yohan d'une voix aussi calme que possible.

— Je ne sais pas trop…, fait la magistrate, pas concentrée.

— Elle est dans des cellules de garde à vue pas du tout prévues pour une fille de quatorze ans.

— Je vous rappelle.

La magistrate raccroche, excédée. Quelques minutes plus tard, elle rappelle. Le parquet a décidé de requalifier les faits de dénonciation imaginaire en menace de mort.

— Donc c'est bon comme ça. Menace de mort, c'est plus de cinq ans, vous pouvez prolonger la GAV. Allez, bon dimanche, major.

Yohan raccroche et tape une cigarette à Marceau, qui fume maintenant comme s'il n'avait jamais arrêté. Les deux hommes ne disent pas grand-chose. Thaïs, la tête sur le bureau dans ses bras croisés, s'est endormie.

Il reste un problème. LRPPN, le logiciel de procédure, a automatiquement enregistré la fin de la garde à vue, puisque vingt-quatre heures se sont écoulées. Trop tard pour changer la qualification des faits. Pour rester dans le cadre de la loi, il va falloir présenter la jeune fille à un juge – par visioconférence, pour gagner du temps – puis lui notifier à nouveau sa garde à vue, mais sous un autre chef. La procédure est longue, fastidieuse. La petite n'y comprend rien. Elle ne semble même pas entendre lorsqu'on lui parle de menace de mort.

— Je sors quand ? demande-t-elle.

— Pas tout de suite, répond doucement Yohan.

— Mais vous m'aviez dit que je sortais cet après-midi.

Elle lui lance le regard des enfants à qui on a menti.

— Le juge a décidé que tu devais rester encore un peu avec nous.

Il la redescend dans les geôles. Quand il referme la porte sur elle, il attend un instant. Mais elle ne fait aucun bruit.

Lundi 7 mars, 9 heures

Yohan vient chercher Thaïs. Elle a des cernes violets, elle s'est rongé les ongles jusqu'au sang. Il l'installe dans la voiture, à l'arrière, avec Marceau. Ils mettent la radio, lui demandent ce qu'elle aime. Ça, dit-elle, en les arrêtant sur un morceau de Lorde. Ils prennent la route pour le tribunal de Versailles. Elle chantonne. *And we'll never be royals, royals. It don't run in our blood.*

Cinq heures d'attente dans la petite cellule qui sent la pisse, la merde, le vomi. Le tribunal est engorgé, tous ceux qui n'ont pas été présentés pendant le week-end font la queue. Thaïs passe à 14 heures. Elle ne lève pas la tête, ses cheveux tombent sur son front, masquent ses yeux. Elle a l'air hostile et buté des adolescents que personne n'écoute. Le juge décide de la placer en centre d'accueil ouvert.

À ce stade, les policiers ne sont pas autorisés à intervenir, bien qu'ils soient tenus d'être présents. Aussi Yohan ne dit-il rien. Mais un centre ouvert, pense-t-il. Vraiment ? Ouvert ?

En sortant, ils font un arrêt dans un McDonald. Thaïs picore ses nuggets au poulet. Elle a une tache de ketchup au coin de la bouche. Elle a ramené ses cheveux derrière son oreille. Yohan et Marceau la regardent. À nouveau, Marceau sent monter ce tremblement intérieur qu'il réprime. La lettre qu'il a fini de taper est dans un tiroir de son bureau. Il y pense pour se calmer, il se concentre sur son souffle. Inspirer. Expirer. Combien d'heures de procédure pour une petite conne de quatorze ans ? Et les terroristes, eux, ils courent toujours. Inspirer. Expirer.

— Ça va, Marceau ?

Ils reprennent la route et déposent Thaïs au centre pour mineurs où on lui a trouvé une place. Elle s'éloigne sans se retourner, sans un mot ni un regard.

Yohan arrive à la PJ vers 20 heures, après des gros

bouchons à la porte de Paris. Il a déposé Marceau à la gare – « Ce que j'aimerais, c'est que mes filles visualisent mon visage de temps en temps, pour pas l'oublier. » Un post-it est collé sur son écran d'ordinateur : « Le centre a appelé : la gamine a filé. »

Thaïs s'est fait la malle. Yohan rentre chez lui sous une pluie battante.

La nuit des deux saisines

> « Pas ici, seigneur. Pitié, pas ici, devant tous ces étrangers.
> Je suis trop loin de la maison. »
>
> George P. Pelecanos, *King Suckerman*

La Crime
Vendredi 11 mars

Cette nuit, la Crime a deux saisines successives : un matricide par strangulation à Coignières et un meurtre à l'arme blanche dans la gare RER de Grigny. Bertrand et Palacio sont de permanence.

Coignières

C'est une petite zone qui vient de pousser entre la campagne et la ville, dont les ruelles en arc de cercle, bordées de pavillons récents, ne rejoignent jamais rien d'autre qu'elles-mêmes. Un quartier sans centre, sans commerce, « à l'américaine », tout droit sorti d'une sitcom. Chaque maison a son *driveway*, son garage ouvrant sur l'intérieur, son jardinet tondu. Ce soir, la rue est bloquée par de longues bandes de plastique coloré. Des voisins ou des proches se serrent en silence les uns contre les autres. Les policiers du commissariat de Coignières sont adossés à leurs véhicules dans l'air curieusement chaud, moite, sous un ciel violacé. La PJ, appelée vers 19 heures, vient d'arriver.

Palacio pousse la porte du pavillon et entre dans un grand salon carrelé, en L, qui se poursuit avec la cuisine. Il balaie la pièce du regard et, comme toujours, se tient immobile un instant. Les impressions, les pensées, vagues, se déposent en désordre. À ce moment, son visage est complètement mou, relâché. Puis il tire un calepin et commence à griffonner un plan. À main gauche, une porte, fermée mais pas à clé, donne sur le garage où une grosse Nissan est garée, coffre ouvert. Une baie vitrée donne sur un jardin sans fioriture. Au-delà, les champs dévalent jusqu'à l'autoroute, qu'on distingue derrière une maigre rangée d'arbres.

Palacio se penche sur une photo encadrée posée sur le buffet : les parents, entourés par deux jeunes hommes, un beau gosse souriant et costaud et un autre, plus rond, au teint pâle, semblant fuir le regard. « J'imagine que c'est notre client », fait Palacio à mi-voix.

Le salon est séparé de la cuisine par un comptoir haut. Dans l'évier, une tasse à café est posée, la dernière de la victime.

Une porte ouvre sur une resserre où il aperçoit des étagères qui supportent quelques boîtes de conserve, un lave-linge, un sèche-linge, une boîte à compost végétal et des bottes en caoutchouc. Un escalier en bois assez raide, presque une échelle, gagne les combles. Palacio l'emprunte, suivi par une stagiaire officier qui postule pour la brigade. La pièce d'en haut n'est pas terminée. Quelqu'un était en train de l'isoler. Il y a un radiateur partiellement démonté, des planches de placo, deux boîtes à outils, des grands sacs fermés qui contiennent les affaires d'hiver de la famille et, à moitié roulé dans une bâche en plastique, au fond de la pièce, derrière quelques planches, le corps cireux d'une femme.

L'air est sec et poussiéreux, on a aussitôt les yeux qui grattent et se ferment. Ceux de la femme, eux, sont grands ouverts. Ses cheveux gris répandus autour de son visage. Petit gabarit, mince, elle est pieds nus. L'odeur, déjà, se mêle à celle de la poussière et de la laine de verre. Le corps dépasse de la bâche en plastique.

— Travail bâclé, grommelle Palacio.

— Quoi ? dit la stagiaire.

— Rien.

— Je crois que j'ai entendu un bruit.

Elle est nerveuse, elle sort son arme. Palacio la regarde avec curiosité :

— Ça doit être Bertrand, on va redescendre.

La maison est déserte, pourtant. Ils retrouvent Bertrand dans la rue.

— Le corps de maman est en haut, dans le grenier, annonce Palacio. Alors c'est quoi l'histoire ?

— J'en sais pas plus que toi, je viens d'arriver, je suis rincé.

Un jeune major du commissariat, en uniforme, rasé de près, aux oreilles décollées et au maintien militaire, les rejoint et se présente énergiquement.

— Ce qu'on sait : M. Gouveia a essayé à plusieurs reprises de joindre sa femme aujourd'hui, en vain. Il travaille sur un chantier vers Villepinte, elle est femme de ménage chez des particuliers. Ça a fini par l'inquiéter. Il a appelé leur fils aîné, qui habite pas loin, pour lui demander de faire un saut à la maison, et lui-même a pris la route. Finalement, le fils n'ayant pas pu partir tout de suite, c'est le père qui est arrivé le premier. Il est entré, est tombé sur son cadet… – il regarde son carnet et cherche quelque chose –, Pierre, qui était là, à la maison. Mais qui ne répondait pas au téléphone.

— Il habite là ? interrompt Palacio.

— Non. D'après ce que j'ai compris, les trois fils sont adultes et tous ont quitté le domicile, mais M. Gouveia est très bouleversé et puis, vous allez voir, c'est un Portos, il a un sacré accent, on comprend rien de ce qu'il dit.

— Je suis portugais, je me débrouillerai avec ça, répond Palacio.

— Ah OK, pardon, je savais pas.

L'homme a rougi violemment.

— C'est pas grave, continuez.

— M. Gouveia tombe donc sur son fils. Il lui demande ce qu'il fait là, où est sa mère, etc. Le garçon dit qu'il ne sait pas, mais demande avec insistance à son père de lui prêter de l'argent. Apparemment, de ce que disent les voisins, il vivait aux crochets de sa famille, dont il faisait le désespoir. Bon, le père jure que c'est la dernière fois et il se tourne pour ouvrir le coffre. Là.

Le jeune major les ramène à l'intérieur et ouvre un placard dans le salon, au fond duquel un coffre est fixé.

— Donc le père se tourne et là, *bam*, il se prend un coup à l'arrière du crâne. Vous le verrez quand il rentrera de l'hôpital, c'est un miracle qu'il soit encore debout. Ils sont coriaces, les Portos. Oh pardon.

Palacio lui fait signe de poursuivre.

— Le fils prend la fuite, avec à ses trousses son père qui gueule comme un possédé au meurtre, à l'assassin, et toute la rue se retrouve dehors, il y en a, vous verrez, les voisins d'en face, qui essaient même d'arrêter le fils, mais qui n'y parviennent pas. Des Portos eux aussi. Enfin bref.

L'homme est écarlate.

— Il s'enfuit à pied ?

— Affirmatif. À travers les champs, par là.

Bertrand, à Palacio :

— Y a la moitié de la brigade qui lui court après.

Le major reprend :

— Pendant ce temps, le fils aîné est arrivé, il a trouvé la porte ouverte, les voisins lui racontent la bagarre entre son père et son frère. Il entre, appelle sa mère. Il cherche. Il voit que la trappe est ouverte dans l'arrière-cuisine – vous avez vu la petite pièce avec l'échelle ? » Palacio hoche la tête. « Il monte. Le corps est en haut.

— J'ai vu. Donc c'est lui l'inventeur du corps ?

— Affirmatif.

— Et il est où, ce jeune homme ?

— À l'hôpital, avec son père. Après avoir vu le corps il est redescendu, il nous a appelés, et puis il a pris sa voiture, il a fait des tours dans le coin et il a fini par retrouver son père qui revenait à pied, le crâne entaillé, couvert de sang. Il l'a emmené voir la mère puis il l'a conduit à l'hosto se faire recoudre.

Palacio lui montre, sur la photo de famille, le plus petit des garçons, pâle et replet :

— C'est lui, là, le fils en fuite ?

— Affirmatif. Et le grand souriant, là, c'est l'aîné, celui qui est à l'hôpital.

— Est-ce que vous pouvez vous servir de cette photo pour faire une diff de recherche ?

Le major, photo en main, repart presque en courant vers ses équipes. Il voulait postuler à la PJ et on croirait presque l'entendre penser : « Mais que je suis con, que je suis con ! » Palacio, sicilien par son père, milanais par sa mère, né à Nice, le regarde s'éloigner en souriant.

Une heure plus tard, la photo est sur le site du *Parisien*. Rapide, pense Palacio en regardant son téléphone. Le major réapparaît :

— L'info circule tellement vite que parfois, on a

Le Parisien ou BFM avant l'avis de recherche. J'ai honte de mes équipes.

— C'est partout pareil, le console Palacio.

Des effectifs de la BRB ont été appelés à l'aide de la Crime. Alice et la Scribe, du groupe de La Fourche, viennent d'arriver pour aider Bertrand dans l'enquête de voisinage. Elles se tiennent un pas en retrait, attendant les consignes. Comme Bertrand ne dit rien, la Scribe propose de prendre le côté pair de la rue. Bertrand approuve. Palacio se chargera des constatations, accompagné de la stagiaire et de la légiste qui est enfin arrivée.

— Pétéchies sur le globe oculaire, dit la femme en soulevant sans douceur les paupières de la morte pour les besoins de la démonstration. » Palacio se penche. « Pour moi aucun doute, c'est une strangulation.

— Combien de temps, pour donner la mort comme ça ? demande Palacio, un pied de chaque côté du cadavre.

— Plusieurs minutes, au moins, répond la légiste.

Ils manipulent le corps tous les deux, cherchent des marques, des traces de coups, des hématomes, des lésions défensives.

— Pas grand-chose, hein ? fait la légiste avec une moue déçue. Y a ces petites abrasions sur les mollets, bizarres. Mais rien de spectaculaire.

En bas, dans la salle de séjour, Palacio saisit un morceau de chiffon blanc posé sur la table. De ses mains gantées, il le porte à son nez.

— Ça sent quelque chose, non ?

La stagiaire ne sait pas. Dans le doute, ils le mettent sous scellés.

Sur le comptoir de la cuisine, il y a une bougie neuve, encore sous plastique, parfum d'atmosphère *Orage d'été*. Dans le garage, ils trouvent des sacs de chez Leroy Merlin. Le ticket de caisse indique

que les achats datent du matin même. La bougie y figure. Retour dans le salon où, entre le canapé et le mur, Palacio trouve le manche de pioche couvert de sang coagulé qui a servi à assommer le père. Il porte encore son étiquette.

Il est 3 heures du matin. Le téléphone de Bertrand sonne. C'est le SICOR, le centre de répartition des appels :

— Tu vas rire, Bertrand. On a un nouvel homicide, en gare de Grigny. Un Pak-Pak, vingt-cinq coups de couteau.

Ça ne fait pas du tout rire Bertrand qui s'assied au bord du trottoir quelques instants puis lève la tête. Le ciel est marronnasse, sans étoiles. Palacio et la stagiaire, sur le seuil de la maison du drame, le regardent. Un peu plus haut, Alice et la Scribe, qui sortent de chez les voisins, aussi. Palacio se détourne de son chef et appose les scellés sur la porte d'entrée.

Grigny

Les images sont de mauvaise qualité. Sur celles enregistrées par la caméra qui surplombe le vaste hall venteux de la gare, on voit quelques silhouettes, de plus en plus rares, se déplacer à pas pressés jusqu'à 1 h 13. C'est à ce moment qu'il arrive : trapu, petit, il a la démarche lente, hésitante. On devine une forme sur sa tête, un chapeau, un bonnet plutôt, avec des oreillettes sur le côté, de travers. Il chancelle sous le panneau d'affichage et lève la tête avec la perplexité des ivrognes. Il se balance sur ses talons.

La gare est déserte. Il ne fait rien. La tête en l'air. Vacillant.

Quelques minutes après, un homme arrive. Pas beaucoup plus grand probablement, bien que l'angle de la caméra ne permette pas de le jurer. Jambes arquées, démarche nerveuse et juvénile, mains dans les poches, il s'arrête à son tour sous le panneau des heures de départ, puis se tourne vers l'homme au chapeau. Ils semblent échanger quelques mots. L'homme au chapeau, à plusieurs reprises, indique une direction d'un geste bref et imprécis, avec un peu d'agacement peut-être, comme si l'autre demandait son chemin et le faisait répéter : « Oui, oui, par là, par là le train. »

L'autre se remet en mouvement. Il passe les doubles portes restées ouvertes près des portillons, suivi par l'homme au chapeau. La caméra de surveillance du hall les perd à cet instant.

L'homme au chapeau est visible sur la caméra 7. L'escalator l'emporte. Il est récupéré après un angle mort par la 3B qui filme l'escalier du quai de Paris.

L'autre est parti de l'autre côté. On le voit sur la caméra 23 se diriger vers le quai d'en face. Il descend rapidement, les mains dans les poches de son blouson court. Toujours cette démarche sautillante.

Quelques passagers remontent par l'escalier central.

Soudain, le jeune homme se fige. Qu'a-t-il aperçu ? Pourquoi change-t-il d'avis ? Il fait demi-tour et remonte en quelques enjambées à l'étage intermédiaire.

Caméra 3B, l'homme au chapeau n'a toujours pas fini de descendre. Il progresse lentement, comme un hanneton, vers un quai sur lequel aucun train n'est plus annoncé, comme on l'apprendra plus tard. Il faut que le jeune homme le saisisse par l'épaule pour qu'il s'arrête et se retourne. On distingue alors nettement son visage étonné.

Du jeune, on ne voit que le crâne rasé, le dos râblé, un bras qu'il tient en arrière. Au bout de sa main, le long de la cuisse, un long couteau est apparu.

Il tient l'homme au chapeau par l'épaule, il le secoue, un peu. L'autre essaie de se dégager et commence à remonter l'escalier. Sur son visage, toujours aucune inquiétude, seulement l'interrogation confuse et butée de l'ivrogne qu'on tracasse. Il n'a pas encore vu le couteau. Le jeune se cramponne à sa veste qui glisse le long de son bras. Il grimpe encore quelques marches.

Alors, le jeune abat le couteau. La lame entre dans la chair de l'épaule, entre la colonne vertébrale et l'omoplate. Il relève le bras, la lame ressort, il l'abat à nouveau et encore et encore. Un geste hypnotique, sans brutalité, sans trop d'élan, des coups, précis et comme indifférents, sept exactement.

L'homme a perdu son couvre-chef en s'affaissant sur les marches. Au-dessus de lui, bien campé sur ses jambes écartées, le jeune le regarde se traîner sur le sol.

Sur les caméras XS, 4B et 3, on voit quelques voyageurs se figer plus loin dans la gare, tendre l'oreille et regarder autour d'eux. Ils ont dû entendre des cris. Ils regardent en l'air, dans l'attente d'un nouveau bruit, indécis. Puis ils reprennent leur marche. On ne retrouvera aucun de ces témoins.

Dans l'escalier, le jeune, son couteau toujours à la main, semble réfléchir. Il lève la tête et c'est alors qu'on peut isoler, sur la caméra, un gros plan de son visage. Aucune expression. Pensif, opaque. La victime continue de ramper, tout doucement, vers le haut de l'escalier. Lentement, le jeune se détourne et se décide à descendre les marches, en bonds légers, agiles. La victime se redresse et regarde par-dessus son épaule. Un espoir ? Mais quelques marches plus bas, le jeune fait demi-tour.

La victime rampe maintenant avec l'énergie du désespoir. Le jeune la rattrape en quelques enjambées. À terre, l'homme se retourne et lève les bras en un geste de supplication. Le jeune se penche, comme à son chevet. Il pose un coude sur son genou, adopte une position confortable et, rapide, précis, il frappe à nouveau l'homme à terre. Dix-huit fois.

Il n'y a pas assez de lumière à cet endroit pour qu'on distingue bien le sang qui coule sur les marches et recouvre l'escalier. Le jeune se redresse en prenant appui, de la main qui tient le couteau, sur le mur le long duquel court la rampe. Il remonte. On voit sur ses chaussures une bande phosphorescente qui renvoie la lumière. Il range son couteau dans la ceinture de son jogging. Il emprunte l'escalator, un dernier passager derrière lui, traverse le hall venteux, franchit les hautes portes qui donnent sur une petite place encaissée. Là, les caméras sont en panne. Juste avant que la caméra 6P le perde, il s'arrête. La nuit est totale, il ne pleut pas, il fait curieusement presque chaud, les réverbères, en haut, sur l'avenue de Grigny, font des cercles ternes. Plus loin sur la droite, on distingue les grands ensembles de Grigny 2. Le jeune homme se tient là un long moment. Il lève la tête vers le ciel et, soudain, il écarte les bras, comme quelqu'un qui s'étire au réveil d'une sieste, largement, avec plaisir et même volupté.

Puis il enfonce les poings dans les poches de son jogging, rentre la tête dans les épaules et s'éloigne, de sa démarche chaloupée, sautillante. Il quitte le champ de la caméra.

Caméra 3B : l'homme est étendu à plat ventre, un bras tendu devant lui, l'autre coincé sous le corps. Les minutes passent. Les heures.

Une histoire de famille

« *It serves you right to suffer* »

John Lee Hooker

Samedi 12 mars

L'autoroute est chargée comme tous les matins à partir de 6 heures, même le samedi. C'est Seb qui conduit : crâne rasé, yeux gris, il bouge comme un chat et Yohan a toujours pensé qu'il aurait plutôt dû faire l'armée, quelque chose comme les forces spéciales. Les gens oublient facilement son visage. Il est infatigable, jamais malade, jamais blessé. Il court le marathon sans entraînement. Il est l'écorce dure que rien ne peut atteindre. Très difficile, en général, de savoir ce qu'il pense. Peut-être rien. Il est méthodique, systématique, débrouillard. Malin.

Seb a mis le bleu et il roule entre les deux bandes de circulation avec aisance, mais un peu trop vite au goût de Yohan, qui se tient fermement à la poignée.

— Du coup, qui prend Coignières ?

— Le taulier va sans doute filer l'affaire au groupe d'Olivia.

Ce matin, Marceau, ne supportant plus d'entendre Bertrand se plaindre du surcroît de travail, l'a chargé d'un seul coup, sans prévenir, comme un petit taureau. Yohan partage depuis trois ans le bureau de Marceau et, sans prétendre le comprendre, ni l'aimer vraiment, peut-être, il lui donne raison. Bertrand pleurniche depuis des mois. Enlacés, ivres de fatigue, furieux, les deux hommes ont tournoyé, heurtant les armoires métalliques et les murs écaillés, avant d'être séparés par leurs collègues. Bertrand s'est ensuite enfermé quelque temps dans son bureau puis il est rentré chez lui. Une heure après, il a appelé : son médecin l'arrête pour une durée indéterminée. Personne ne sait quand il reviendra – ni même s'il reviendra. Dans leur groupe déjà restreint – ils étaient cinq au lieu de six –, ils ne seront bientôt plus que trois, puisque l'adjoint a demandé sa mutation et que tout le monde sait que Palacio espère intégrer le GAT – le groupe de la Criminelle dédié à l'antiterrorisme sera créé en septembre.

Un conducteur de VTC ne s'écarte pas assez, Seb force le passage sans un regard pour le chauffeur, puis ils quittent l'A86 et empruntent l'A6, tout aussi encombrée, vers le sud. Presque une heure après avoir quitté le service, ils arrivent à Grigny. Leur groupe a écopé de l'affaire. Marceau, après un passage dans le bureau du commissaire, dont rien n'a filtré derrière la porte fermée, est parti directement à Paris récupérer les images de vidéosurveillance.

Sur la place devant la gare, leur chef de groupe, Lionel, les attend sur le parking. Léger, tout en muscles et en tendons, il ne se départ jamais d'un sourire un peu triste et peut travailler quarante-huit heures d'affilée sans se lever de son bureau. Pour carburer, une barquette de carottes râpées, petite taille, lui suffit. Il est pressenti pour prendre la tête du GAT car il a l'habitude de collaborer avec la SDAT, ayant déjà dans son portefeuille des dossiers en cosaisine avec les services de l'antiterrorisme.

Il est capable de maintenir une égalité d'humeur lorsqu'on lui demande de transmettre l'intégralité de ses PV sans rien attendre en retour. Seb et lui s'entendent bien.

Un agrandissement du visage du meurtrier, en noir et blanc, très pixélisé, a été diffusé à la BAC locale, qui ne l'a pas reconnu. La victime, elle, a été identifiée par les papiers trouvés dans son portefeuille : c'est un Sri Lankais de quarante-neuf ans du nom de Jenushan Turaï. Les policiers ont trouvé une adresse, un logement social à Évry.

Yohan et Seb emboîtent le pas à Lionel qui descend en courant les escaliers vers la gare. Ces trois hommes minces et nerveux, aux cheveux ras, ont tout du flic ; certains voyageurs leur jettent un regard méfiant.

La responsable de la station porte haut sa queue-de-cheval sous la casquette SNCF. Elle accueille les trois policiers et leur fait faire le tour du propriétaire en leur expliquant le fonctionnement de la gare : les derniers agents de la SNCF partent à 23 h 30 et le dernier train, en provenance de Paris, est à 1 h 34.

— Alors, comment ça se passe ? demande Lionel. Tout le monde part et la gare reste ouverte encore deux heures ?

— C'est ça.

— Mais comment vous gérez ?

— On ferme les guichets, on ouvre les portes des tourniquets et il y a des agents de sécurité avec des chiens qui patrouillent dans la nuit, à intervalles réguliers.

— Donc le transport est gratuit ?

Elle hoche la tête. Les flics se regardent.

— C'est magnifique. Et quand vous dites intervalles réguliers, c'est-à-dire ?

— Je ne sais pas à quelle fréquence passent les maîtres-chiens. Il faudrait entrer en contact avec la compagnie de sécurité. Mais disons que mon conseil, après 23 h 30, c'est de rentrer chez soi en voiture plutôt qu'en transports.

— Je vois…, fait Lionel.

Sans attendre, il se met en chemin vers la cahute du maître-chien, au bout d'un quai. Seb, lui, déplie le prospectus des horaires. Il aimerait comprendre où se rendait la victime. Après quelques instants, il relève la tête.

— Mais sur le quai B, à l'heure où il est mort, il n'y avait plus de train ?

La jeune femme confirme.

— Aucune raison de descendre sur ce quai, donc ?

L'homme s'est-il trompé ? Savait-il seulement ce qu'il faisait ? Était-il tellement ivre qu'il est descendu du mauvais côté ? Et où allait son agresseur, puisqu'il est finalement remonté et sorti de la gare ? Est-ce un habitant de Grigny ?

Seb descend lentement les escaliers, sur le trajet de la victime. Il regarde autour de lui, repère les caméras et griffonne un schéma. L'escalier du quai B est encore poisseux malgré le nettoyage au kärcher. Des croûtes marronnasses sont visibles en bas du mur et dans les rainures plastifiées qui chambrent les marches. Voilà ce qu'il reste de l'homme qui s'y est vidé de son sang.

Yohan termine d'interroger les employés. Seb et Lionel le rejoignent.

— Il y a la possibilité que l'auteur soit remonté vers chez lui et qu'il habite ces tours, fait Lionel. Mais dans ce cas, difficile d'imaginer qu'il n'ait jamais eu affaire à la BAC.

— Il peut aussi avoir découvert qu'il n'y avait plus de train – le dernier passage était quai A, à destination de Livry –, et être remonté pour voir si des bus partaient encore, dit Seb. Il y a un départ après minuit.

— Il faudrait essayer de retrouver le chauffeur du dernier bus, dit Yohan.

— L'interroger aussi sur les habitués. Doit y avoir des gens qui prennent tous les soirs le même. Si on les retrouve, on pourrait avoir un témoin.

— Et il y a l'arme. Puisqu'il l'a pas jetée dans la gare, il peut s'en être débarrassé en sortant.

— On le saura quand on aura récupéré les images des caméras du parvis. Marceau est au central à Paris.

— Mais d'ici là, les poubelles auront été enlevées.

— Donc…

— Oui.

Seb dit :

— J'y vais.

Dans le local à poubelles, des bennes gigantesques sont pleines des sacs transparents de la gare et des environs. Seb enfile des gants et s'attaque à la première benne.

— Ne te blesse pas, fait Yohan.

Seb ouvre un premier sac et plonge le bras dedans.

Les deux autres l'abandonnent à sa fouille et remontent vers le centre commercial qui trône au centre d'un vaste parking. Au nord, on aperçoit les tours de Grigny 2, le collège Pablo-Neruda puis, à l'arrière, un centre culturel et le commissariat. Au sud, la départementale file vers l'A6, longeant une zone mal définie où un terrain désaffecté jouxte un petit centre d'activité industrielle et quelques pavillons d'habitation qui semblent avoir été implantés là par erreur.

Dans le centre commercial dévasté, la plupart des boutiques sont fermées par des planches couvertes de tags. Des jeunes traînent dans la galerie couverte, à l'abri du vent et de la pluie, entre un Petit Casino aux rayons presque vides, une boucherie et une boulangerie industrielle. Ce sont les seuls commerces accessibles à pied depuis les tours. Dans le café, l'apparition des deux hommes blancs en blouson court, cheveux ras et visages glabres, provoque instantanément des regards hostiles, malgré la peau brune de Yohan. Yohan et Lionel marchent le nez en l'air, repérant toutes les caméras.

Ils remarquent un petit groupe d'adolescents désœuvrés au bout d'une galerie et des ivrognes déjà bien éméchés sous l'auvent des Caddie, à l'arrière. Des canettes de 8.6 jonchent le sol. Seb les rejoint.

— Déjà ?

— Y en avait pas tant que ça. Rien trouvé qui nous intéresse. T'as vu, c'est des Pak-Paks, non ? fait-il, les mains dans les poches pour se réchauffer, en désignant les buveurs de bière du menton.

— Des Sri Lankais tu veux dire ? demande Lionel. Sans doute.

Ils font le tour du bâtiment et trouvent l'entrée du PC de surveillance. Déjà trempés, la pluie ruisselant sur le crâne lisse de Seb, ils sonnent. Un très grand homme au teint doré et aux cheveux gris vient leur ouvrir et, après avoir regardé leurs brèmes, les fait entrer. À l'intérieur, dans une petite salle pleine d'ordinateurs et d'écrans diffusant les images des caméras, le chef du poste, un petit homme très beau à la peau d'un noir absolu, de fines scarifications visibles sur les tempes, fait la morale d'une voix grave et roulante comme le tonnerre à un couple âgé surpris en train de voler des bières à l'intérieur du Casino.

— Vous me causez tant de problèmes, tous les jours, sans arrêt à vous disputer et ne vous réconciliant que le temps de commettre de nouveaux larcins, que j'ai bien envie de vous conduire, à peine à une enjambée d'ici, au commissariat. Est-ce vraiment ce que vous voulez ?

L'homme qui se fait réprimander porte une queue-de-cheval lâche mêlant cheveux roux et crins blancs.

Il a des poches sous ses yeux bleus fatigués, il marmonne. Le vigile semble grandir et sa voix emplit la pièce.

— Voulez-vous que je me fâche à présent ? Est-ce vraiment ce que vous voulez ? Vous avez usé de ma patience et n'en avez pas fait bon usage.

La femme, plus prudente, réagit à la menace :

— On recommencera plus ! promet-elle d'une voix rauque.

Le vigile les regarde sévèrement, les mains sur les hanches. L'homme à la queue-de-cheval regimbe un peu, par fierté :

— C'est pas la peine de nous brutaliser non plus.

— Qui donc vous a brutalisés, eh ? Ne me force pas à me mettre en colère.

Le vigile écarquille très largement les yeux ; un instant, on dirait un masque antique de démon.

— Oui, bon, d'accord, c'était la dernière fois, chef, je te le promets, fait l'ivrogne, baissant la tête en gage de soumission.

La colère du vigile reflue, il secoue la tête avec tristesse :

— Je suis déçu, déçu par votre comportement. Ce n'est pas digne. » Le couple baisse la tête. « Filez, maintenant, je suis fatigué.

Il les congédie d'un geste royal. L'homme qui a fait entrer les policiers prend le couple en charge et le pousse devant lui, doucement et fermement, comme des gamins pris en faute, vers la sortie. Le vigile regarde la brème des policiers avant de leur serrer la main. Il se rassied devant ses écrans de contrôle après leur avoir indiqué un siège.

— Ils recommenceront ; tous les jours ils sont là à 10 heures. Ils achètent un premier pack, ils le boivent. Ils se disputent, ils se battent – et ce n'est pas toujours l'homme qui gagne. Puis quand ils n'ont plus rien à boire, ils mendient ou ils volent. »

Il secoue la tête. « Quelle honte ! Que puis-je pour vous ? enchaîne-t-il.

Lionel mène l'entretien tandis que le regard de Seb passe de caméra en caméra, relevant mentalement les angles de celles qui l'intéressent. Le responsable du PC de sécurité a entendu parler du meurtre de la veille, mais n'a rien constaté d'inhabituel au centre.

— Les mêmes problèmes, jour après jour..., dit-il – et ça sonne dans sa bouche comme empreint d'une étrange sagesse.

Seb et Lionel échangent un regard rapide ; les videurs et les services de sécurité privés ont mauvaise réputation auprès des forces de l'ordre, qui leur reprochent d'engager des voyous et de faire fuiter des informations. Mais l'homme inspire confiance. Lionel lui tend l'agrandissement du visage du tueur.

Le chef du poste lisse la photocopie sous sa main, plisse le front, se concentre, puis secoue la tête et déclare :

— Je le connais.

Lionel et Seb se figent.

— Je n'oublie jamais un visage. Et là c'est facile car c'est un Malien, comme moi. Nous sommes originaires de la même région, vers Dioïla. Il a les traits caractéristiques d'un Malinké. C'est un jeune garçon qui n'est pas bien, hein ?

Il fait clapper sa langue.

— C'est-à-dire, « pas bien » ?

— Il n'est pas équilibré. C'est un garçon qui fait toujours des problèmes. Il embête les petites filles. La dernière fois, j'ai dû le chasser et je lui ai interdit de remettre les pieds ici.

— C'était quand, la dernière fois ?

— Il y a des mois de cela, répond l'homme.

Lionel demande :

— Évidemment, vous ne connaissez pas son nom.

— Évidemment, sourit l'homme.

— Bon, et vous êtes sûr que vous ne l'avez pas vu hier soir ?

— J'ai terminé mon service à 22 heures, quand ferme le dernier commerce, et il n'était pas là. Peut-être sur le parking, il y a quelques zones, comme par exemple celle-ci, derrière les Caddie, qui ne sont pas couvertes par les caméras. Les jeunes le savent, c'est là qu'ils se réunissent pour fumer. Je fais des sorties régulières, mais on ne peut empêcher qu'ils reviennent. C'est comme les étourneaux… Plus ils sont nombreux, moins j'y peux quelque chose.

— Il traîne avec les bandes de jeunes, celui-là ?

— Je ne peux pas l'affirmer, je l'ai toujours vu seul. Ce n'est pas quelqu'un qui a des amis, d'après moi.

Désabusés et sans beaucoup d'espoir, ils regagnent leurs voitures. Yohan va aller à Paris rejoindre Marceau qui n'a pas fini de visionner toutes les bandes vidéo. Seb prend le volant de la voiture de Lionel – il est du genre à qui l'on donne toujours le volant – et ils se mettent en route pour Évry, direction le domicile de la victime.

Évry

Un parking en guise de place, des adolescents devisent autour d'un scooter dont ils font parfois vrombir le moteur. Une supérette ouverte devant laquelle deux hommes, dont l'un a l'air sri lankais, s'alcoolisent assis sur un plot. Une vieille femme tire un Caddie. Des enfants sortent de l'école voisine.

Dans un dédale de ruelles, des immeubles spiroïdaux s'incurvent les uns dans les autres, peints en bleu ciel et bleu roi, des couleurs qui jurent avec les trottoirs rougeâtres. On dirait qu'il va pleuvoir de nouveau et tout le monde courbe machinalement la tête sous les nuages qui s'amassent sans crever encore.

Une jeune femme fait entrer les policiers dans l'immeuble sans poser de question. Au deuxième étage, au bout d'un palier étroit qui dessert trois appartements, se trouve la porte qu'ils cherchent. Lionel sonne d'abord, écoute, puis introduit dans la serrure la clé retrouvée dans la poche du blouson en cuir parti pour le centre d'analyse ADN. Il pousse la porte, appelle. Le silence est total. Ils entrent.

L'appartement d'un mort. Un inconnu. Ils connaissent son âge, son nom, sa nationalité. Ils imaginent son alcoolisme. Ils connaissent la date de sa mort. Ses circonstances. Ils l'ont vu ramper, dans ses derniers instants, pour sauver sa vie. Ils savent qu'il a supplié son meurtrier. Dans quelle langue ? Quels mots a-t-il employés ? A-t-il été éloquent ?

Ils savent qu'il a été transpercé de vingt-cinq coups de couteau portés avec force. Ils savent que son meurtrier portait des baskets à bandes réfléchissantes d'une marque à la mode. Ils connaissent le descriptif exact des blessures. Ils ont vu l'intérieur de son corps, ses organes. Ils ont vu la blancheur de son crâne, le foie enflammé. Ils ont manipulé ses sous-vêtements souillés, ses chaussettes trouées et raidies par la crasse, son drôle de chapeau, une chapka en laine graisseuse. Ils se souviennent qu'il portait une moustache. C'est tout. Ce n'est rien.

Chez lui. À gauche, une cuisine, plutôt propre surtout parce qu'elle n'est pas utilisée. Le frigidaire ne contient qu'une boîte en polystyrène de Kentucky Fried Chicken. Dans l'évier, un robinet goutte dans une bassine en plastique. Pas de vaisselle, ni sale, ni à ranger – Seb ouvre les placards –, ni dans les placards. La fenêtre donne sur le paysage tentaculaire de la banlieue parisienne, où des tours se hérissent par endroits sur fond d'un ciel toujours plus noir.

Les deux flics, jambes maigres écartées et mains dans les poches, se tiennent maintenant sur le seuil du salon. Des matelas entassés font office de lit, avec un sac de couchage et un oreiller sans taie. Des papiers administratifs, des cartons de fast-food, des vêtements sales jonchent le sol.

— C'est l'appartement d'une cloche, constate Seb.

Ils laissent les petits signaux faire tranquillement leur travail et déposer un sédiment au fond de leur esprit. Le fantôme tremblotant de Jenushan est tapi en ces lieux. Ils doivent le faire entrer dans la lumière. Dans la plupart des cas, les meurtres sont commis par un membre de l'entourage. Les crimes gratuits sont rares. Et rarement résolus quand le coupable n'est pas interpellé sur les lieux.

Jenushan, ivre, est assis au bord de son matelas et se frotte les yeux. Jenushan titube dans l'entrée. Jenushan fourrage dans ses papiers à la recherche de quelque chose qu'un organisme lui demande et qui conditionne le versement de sa pension. Il ne trouve pas.

Seb et Lionel vont examiner les deux autres pièces. La chambre ne comporte qu'un sommier, une commode branlante, une armoire haute, vide, et des rideaux en dentelle dont l'un pend misérablement. La table de nuit est couverte de boîtes de médicaments poussiéreuses. Lionel jette un coup d'œil sur les noms. La pièce n'est plus utilisée. À côté, dans une chambre d'enfant, deux sommiers de lits jumeaux sont poussés contre un mur. Le papier peint, jaune et bleu avec une frise de petits lutins, a un jour été choisi par quelqu'un, pour un enfant aimé. La victime ? La femme de la victime ? Attentifs, prenant leur temps, les deux enquêteurs font le tour de la pièce. Le fantôme de Jenushan se ratatine, disparaît au pied du mur dans une flaque. Des photos de classe et de fratrie sont punaisées, on y voit un petit garçon et sa grande sœur, souriants, bien coiffés. Sur une photo de groupe on reconnaît la même fillette : au dernier rang, grande pour son âge, ses longs cheveux noirs rassemblés en une tresse qu'elle a ramenée par-dessus son épaule, elle porte un pull camionneur en polaire bordeaux et un serre-tête gris. Elle adresse à l'objectif un grand sourire, rayonnant, confiant.

— Où sont les enfants ? demande Seb.

— Placés ? propose Lionel en indiquant du pied un document.

Seb s'accroupit, enfile ses gants en plastique et entreprend d'inspecter les papiers qui s'échappent d'un carton crevé abandonné dans la pièce. Les bulletins scolaires de l'année de troisième de la jeune fille montrent des notes excellentes dans toutes les disciplines et des appréciations de professeurs enthousiastes : « Élève agréable, excellent niveau, très bon travail, participation encore trop timide. Bravo ! » Une convocation à l'école pour parler d'un enfant scolarisé en maternelle : le petit Jirushdani est un enfant craintif, qui peine à se faire des amis et ne parle pas du tout. Des signalements aux affaires sociales. Des rendez-vous en PMI.

— Y a deux gosses, annonce Seb à Lionel, qui est retourné dans le salon. Je saisis quoi ?

— Attends, attends, si on n'est pas sûrs qu'il vivait seul, on peut pas faire la perquise sans témoin.

Trois portes sur le palier, ils sonnent à la première, qui s'ouvre sur un type colossal au crâne rasé et aux avant-bras tatoués, une perceuse à la main.

— Oui ? demande-t-il, son accent russe perceptible dans ce simple mot.

Lionel et Seb, les deux coureurs de fond, disparaissent dans son ombre. Lionel, les yeux pétillants, lui explique son problème ; l'homme est justement en train de faire des travaux pour s'installer dans l'appartement que lui loue un flic, à qui il passe un coup de fil avant d'accepter de servir de témoin. Il débranche sa perceuse et les suit. À partir de là, sa massive silhouette encombrant l'entrée, il restera immobile et patient, et n'aura pas un haussement de sourcils.

Lionel et Seb se mettent à l'ouvrage pour de bon. Lionel s'attaque au salon, Seb à la chambre puis à la salle de bains. Ils parcourent les liasses de papiers et tentent de se faire une idée de l'existence du disparu. L'histoire d'un naufrage se dessine.

Une fois les documents principaux saisis, ils libèrent le géant et vont sonner à la troisième porte, à l'autre bout du couloir.

— Je vous attendais, dit une femme à la voix chantante en les faisant entrer. Je vous ai vus arriver – on l'imagine derrière son œilleton. Je connais bien Jenushan.

Elle a un teint de miel, une masse mousseuse de cheveux blancs retenue comme un nuage sur le sommet de son crâne, des taches de rousseur et des lunettes carrées pendues à un cordon en scoubidou.

Histoire de Jenushan par mamie Fantine

Elle installe Seb et Lionel devant une table ronde dans le salon, leur sert d'office un jus d'ananas et pose au centre de la table une assiette de gâteaux secs.

— Mamie Fantine, c'est comme ça que tout le monde m'appelle dans la résidence. Vous pouvez m'appeler comme ça aussi, ou sinon Fantine Mil Fantine.

Seb a sorti son ordinateur et tape le PV. Il épelle.

— Fantine Mil M-I-L ?

— Fantine. Fantine Mil Fantine.

Seb lève la tête.

— Prénom : Fantine, nom : Mil ?

— C'est ça. Fantine Mil Fantine.

Seb pose les mains sur la table, de part et d'autre de son ordinateur.

— Vous vous appelez Fantine Mil ?

— Fantine.

Seb lance un bref regard à Lionel, qui lui vient en aide :

— Madame, juste pour être sûrs qu'on a bien compris, c'est quoi votre prénom ?

— Fantine, répond mamie Fantine du ton de l'évidence. Ça fait quatre fois que je vous le dis.

— Bon, c'est bien, note ça, Seb.

Seb, le regard vitreux, tape.

— Et maintenant, votre nom de famille.

— Mil. Fantine.

— Votre nom de famille c'est Fantine Mil ?

— Voilà, c'est ce que je vous dis.

— Et votre prénom ?

— Mais Fantine !

— Fantine Mil Fantine ?

— C'est pas ce que je dis depuis le début ?

Les deux flics en conviennent mais demandent quand même à voir sa pièce d'identité, avant que Seb consente à taper le nom complet de mamie Fantine.

— Évidemment, si vous mettez un quart d'heure rien que pour le nom, ça va être long. Moi ça m'embête pas, j'ai toute la journée. C'est surtout pour vous que je dis ça.

— On va faire de notre mieux, promet Lionel. On vous écoute.

Mamie Fantine commence à parler. Seb engloutit un à un les gâteaux à la cannelle, Lionel ne touche même pas à son jus. L'appartement sent fort les pots-pourris disposés un peu partout ; les murs sont décorés de photos d'enfants sur des plages aux Antilles. Mais mamie Fantine vit seule et ne reçoit presque jamais de visite de ses petits-enfants.

— C'est une autre histoire. Alors voilà ce que je peux vous dire. Jenushan et sa femme Stella se sont installés dans l'immeuble il y a plus de quinze ans. L'aînée était un beau bébé bien calme qui tétait encore sa mère. Je me souviens qu'elle avait de minuscules boucles en or sur ses toutes petites oreilles, c'était joli. Stella était une femme douce et timide. Elle avait les cheveux les plus longs que j'aie jamais vus. Un jour, pour me montrer, elle a détaché la natte qu'elle portait toujours : ils lui arrivaient aux genoux. Vous vous rendez compte ? Ça faisait comme un rideau noir et liquide tout autour d'elle, le plus joli tableau qui soit.

Seb croque un biscuit et se tasse encore un peu plus sur sa chaise. Il s'assoupit dans la tiédeur. Les deux dernières nuits ont été courtes. La télé est allumée et diffuse un dessin animé. Un cochon affirme à un officier qu'il vaut mieux être un cochon qu'un fasciste, phrase qui le laisse songeur.

— Jenushan est mort, c'est ça ?

La question le réveille, il se redresse.

— On peut pas vraiment vous répondre pour l'instant…

Il y a quelques rocs bien durs sous la douceur de cette mamie dorée qui lui ressert un verre de jus d'ananas.

— Je me doutais bien. Ils arrivaient de leur pays, le Sri Lanka, une île pleine d'oiseaux je crois, mais où sévissait la guerre. Ils venaient pour tout recommencer à zéro. Lui, il avait trouvé un travail sur des chantiers, il était très habile de ses mains. Elle, elle s'occupait de la petite et de la maison. Elle ne parlait pas un mot de français mais elles venaient parfois goûter chez moi. On sentait les bonnes odeurs de ce qu'elle cuisinait et elle m'en déposait souvent un tupperware. J'ai du mal à me déplacer, ça fait des années que je souffre de sclérose en plaques. Jenushan, le week-end, me rapportait mes courses, c'était un gentil petit homme. J'appelais ce voleur du Petit Casino – si un jour vous pouvez faire quelque chose, d'ailleurs. On n'a pas d'autres commerces, ici, alors il en profite, tout coûte le triple. Je me ruine, moi qui n'ai pas de voiture. Je passais ma commande et Jenushan allait me la chercher. Voilà. On parle beaucoup de la violence, de la délinquance, de la solitude dans nos sociétés, je vois ça à la télévision, dans les émissions. On ne peut pas dire que notre ville soit riche. Mais on s'entraide. C'est ça la réalité que personne ne veut raconter. La solidarité.

— Mouais, lâche Seb, dubitatif.

— Je vous assure. Je vis ici, moi.

Il ne répond pas.

— Après, il est arrivé à cette gentille famille la même chose qu'à beaucoup d'autres. Des malheurs. Jenushan s'est blessé sur un chantier. Évidemment, il n'était pas déclaré. J'imagine que puisqu'il est mort, ça ne lui attirera pas d'ennuis que je dise ça. Il travaillait sous l'identité de quelqu'un d'autre, tout simplement. Et il n'a donc pas pu être indemnisé. Il s'est trouvé sans travail. Il n'en a pas dégoté d'autre, en tout cas pas de régulier. Et il s'est mis à boire. Les hommes ne devraient pas boire, ce n'est pas bon pour eux.

— Ah ça..., confirme Seb.

— Entre-temps il y avait eu un autre enfant, un petit garçon très timide. Et le voilà, le père, qui passe ses journées devant l'épicerie, sur le parking, à boire. Vous les avez vus, sûrement, en arrivant. Ils sont toujours là, ni bons ni mauvais, à ne plus rien savoir faire. C'était devenu ses fréquentations. Et à la maison. Aïe aïe aïe. Ça criait, ça criait. Cette pauvre Stella, elle courait parfois se réfugier chez moi avec les petits.

— Donc il y avait combien d'enfants ? demande Lionel.

— Trois. La grande et deux garçons. Pourtant, croyez-le ou pas, il restait gentil, Jenushan. Il continuait de me rapporter mes courses. Parfois, il venait pleurer chez moi. Il avait honte de ce qu'il leur faisait subir. Mais l'alcool rend les hommes fous. Il l'a battue comme plâtre, cette pauvre femme. Il l'a même battue enceinte du petit dernier. Un enfant malheureux c'était, ce petit, un enfant qui ne disait jamais un mot. La grande essayait de s'en sortir. Puis l'école s'en est mêlée, les assistantes sociales sont venues, les enfants ont été placés. La mère a disparu, quelque part, dans ces réseaux pour femmes battues. Au début, la grande, Sara, elle revenait sans cesse. Elle fuguait de son foyer, où elle n'était pas heureuse, et elle revenait à la maison, dans l'espoir de retrouver sa mère. Vous savez qu'elle n'a plus jamais donné signe de vie, la mère ? Elle en a profité, peut-être, pour tout recommencer à zéro quelque part. Qui sait ?

— Vous n'avez aucune idée d'où elle est allée ?

— Aucune. Elle ne m'a jamais recontactée. Pourtant, Dieu sait qu'elle y avait passé du temps, à pleurer dans ma petite cuisine. Peut-être que ça lui rappelait pas de bons souvenirs, que voulez-vous. C'est comme ça que Jenushan s'est retrouvé tout seul, et de ce jour, je crois qu'il n'a plus jamais dessoûlé. Il était si rond qu'il me parlait dans sa langue, quand on se croisait, ces derniers temps. C'est une langue qui ressemble à un chant. Vous pensez si j'y comprenais quelque chose. Il est mort, n'est-ce pas ?

— Vous lui connaissiez des ennemis ? Des gens qui auraient pu lui en vouloir ?

— Qui irait se préoccuper de lui suffisamment pour le tuer ? Un petit homme comme ça, qui traverse la vie sans que personne, jamais, ne remarque son existence ?

— Mais dites donc, madame Fantine », la coupe Lionel en lisant un SMS. Il passe son téléphone à Seb qui se secoue difficilement. « Vous avez un peu oublié de nous dire que vous êtes connue de nos services !

La vieille dame lui jette un long regard par-dessus ses lunettes.

— Laissez-moi vous dire, mon petit. Il y a des

femmes comme celle de Jenushan, qui encaissent toute une vie sans jamais ne serait-ce que lever le coude pour se protéger. Et puis y en a qui se laissent pas faire, du moins pas si longtemps. Vous en avez une devant vous.

Et elle lève le menton.

— Vous avez dérouillé votre mari ? interroge Seb.

— Oh, c'est pas moi qui ai cogné la première, je vous l'assure.

— Mais vous y êtes pas allée de main morte.

— J'avais un peu de colère en moi, suite à beaucoup de déceptions avec cet homme.

— Faudra pas qu'on vous déçoive, nous autres, sourit Lionel.

Elle glousse.

— Je suis une vieille dame, maintenant. Je ne place plus mes espoirs dans l'humanité et de ce fait, je ne suis plus jamais déçue. Je ne connais plus la colère.

Lionel approuve. C'est sa méthode, à lui aussi.

— C'est plus prudent.

— D'autant que j'ai payé. J'ai été condamnée. Et mes enfants m'ont laissée. Ils ont choisi un camp.

Lionel hoche encore la tête :

— J'en suis désolé.

Elle lui sourit en remerciement.

De retour à la voiture, regardant deux femmes en niqab traverser l'avenue en tenant par la main un petit garçon, Seb dit doucement :

— D'une certaine façon, il y a des personnes qui te réconcilient avec le monde.

— T'es fâché avec le monde, toi ? lui demande Lionel en s'installant à la place du passager.

— Tu vois ce que je veux dire.

— Ouais, je vois. Enfin, ça dure qu'un temps.

Des mères

> « — Tu as une coupe préférée ?
> — J'aime bien le dégradé. »

La Crime
Mardi 15 mars

Le retour des différentes réquisitions apprend à Lionel que la fille aînée a porté plainte pour viol dans son premier foyer. Elle a ensuite été trimballée de famille d'accueil en centre pour mineurs, n'a pas passé son bac et a maintenant dix-huit ans.

— Quel gâchis ! fait Lionel qui a en tête ses excellents bulletins scolaires.

Ils parviennent à la localiser et la convoquent pour le lendemain.

— C'est à cause de mon père ? demande-t-elle.

— On vous dira ça demain.

— Mais je dois venir avec maman ?

— Vous êtes avec votre mère ? répète Lionel, stupéfait.

Les Stups

Bogdan le mince restera à la marge de l'affaire du lendemain matin. Pendant le briefing, il a reconnu un des hommes ciblés – ils étaient dans le même collège, à Charenton. Le garçon avait enfermé leur professeur d'histoire dans le placard.

— Où est Dieu ?

Personne ne sait.

— Des renforts d'interpelle deux jours de suite ? Je vais faire un recours syndical, grogne un des hommes, Jean-Luc, en chemise violette.

— Oui, moi aussi, ça m'embête un peu de travailler lundi et mardi. J'ai posé mon mercredi, je risque d'être fatigué pour mes congés, se moque Petit Ben.

— Non, tu vas faire un recours chyndical. C'est la même chose mais plus appuyé, rétorque Ludo.

Jean-Luc a un léger défaut de prononciation.

— La prochaine fois que tu te fous de ma gueule, tu vas voir.

Il serre convulsivement la mâchoire.

— Faites excuse, ricane Ludo.

Puis il répartit les hommes dans les voitures du service en engloutissant une poignée de Haribo.

La veille, il a trouvé la maison vide. Sa compagne est partie. Sans un mot. Sans un avertissement. Elle n'a pas laissé une lettre. Elle ne répond pas au téléphone. Il s'est assis devant la télé et il a regardé les programmes jusqu'au matin.

Les Stups se rendent à Orly, où un informateur leur a annoncé l'arrivée d'une mule de Guyane. Dans la voiture, Ludo lâche :

— Quand tu sais que pour un que t'arrêtes, y a un minibus entier qui passe. La mule, c'est l'obole qu'ils nous lancent.

— Ça va Ludo ? s'alarme Charlène.

— Impeccable, ma Chacha. Impeccable.

— On a interpelle aussi demain ? demande son adjointe.

— On va voir, y a un recours chyndical, grince Ludo.

Ils rentrent bredouilles, quelques heures plus tard. La mule n'était pas dans l'avion.

Le lendemain, à 4 h 30

Cette fois, les Stups partent pour une série d'interpellations demandées par un juge. Ils n'ont aucun espoir de trouver leurs clients aux adresses indiquées – celles des parents en général – mais doivent s'en assurer avant de pouvoir lancer une fiche de recherche. Alors qu'ils quittent le service, ils croisent le groupe de Bertrand – sans Bertrand, toujours en congé, mais avec Palacio, à la recherche d'un tueur présumé qui se cache chez sa sœur. La BRI, elle, a rendez-vous à 5 heures au commissariat de Noisiel avec un officier de la DGSI, qui arrive seul, en moto, et un groupe de l'antenne de Meaux. Ils doivent interpeller un braqueur dans une cité sensible. L'homme, fiché S, s'est radicalisé lors de sa dernière incarcération.

Sept policiers de la BRI grimpent à l'arrière du camion, Ange prend le volant, Lucky s'assied à côté de lui et donne un coup contre la paroi derrière lui pour encourager les hommes serrés dans le noir, à l'arrière. Ils roulent jusqu'à la petite cité grise. Ils descendent d'un bond et progressent en colonne dans les rues désertes. Le premier porte le lourd bouclier, le deuxième suit avec le *door raider* qui servira à ouvrir la porte. Ils grimpent l'escalier d'une HLM de quelques étages. On entend des voix derrière les portes minces des appartements. « Le bruit des bottes », pense Lucky en montant derrière ses hommes. « La brigade a besoin de moi », pense-t-il aussi, comme douze fois par jour. Le jour de son départ à la retraite approche.

Au troisième, ils se tassent dans le couloir. Devant l'appartement, une porte dégondée est simplement posée contre le mur. Celle de l'appartement est neuve.

— Ça date d'une précédente interpelle ? chuchote Lucky.

La DGSI hoche la tête.

— Y risque pas d'être là, souffle Lucky, un peu las.

Le *door raider* est en place. Il se met à mouliner, les battants s'écartent dans un craquement, la porte bascule et les hommes de la BRI avancent en hurlant des consignes. Les mains en l'air ! Police !

Lucky suit. La DGSI, elle, attend qu'on lui fasse signe d'entrer. Le petit appartement délabré sent le renfermé. Dans le salon, la mère, seule, se dresse en levant les mains : elle dormait sur une couverture posée à même le sol. À gauche, une chambre sert de débarras. L'autre est la chambre principale, le lit est défait.

— Vous êtes toute seule, madame ? demande Lucky.

— Mon mari est parti travailler.

— Qu'est-ce que vous faites par terre ?

La femme, frissonnant, se redresse difficilement et s'installe sur le canapé. Quelqu'un ramasse la couverture et la lui tend, elle la drape sur ses épaules.

— Et votre fils, il est où ? demande Lucky.

— Je sais pas, il habite pas ici. Ça fait déjà deux fois que vous venez, mais il habite plus là depuis longtemps, c'est un adulte.

— Mais lui, il déclare cette adresse. C'est pour ça qu'on vient. Dites-lui de donner une autre adresse. Sinon, on risque de revenir. C'est quand la dernière fois que vous l'avez vu ?

— Il y a six mois au moins. Il ne nous rend pas visite…

Rien à voir, rien à trouver, la BRI reflue lentement, l'un des plus jeunes lance un « Au revoir madame » un peu hésitant. La porte pend, à moitié arrachée. Lucky la repousse derrière lui. Dehors, le jour s'est levé, la BRI va au petit trot vers son camion, croisant les hommes qui reviennent de la mosquée. Lucky est le seul à ne pas porter de cagoule. Il regarde le ciel.

Les Stups

Ludo a, comme prévu, trouvé les domiciles de leurs objectifs vides mais alors qu'il s'apprêtait à repartir, un homme, les apercevant, a tourné les talons et détalé. Ludo s'est lancé à sa poursuite, l'a rattrapé dans le hall, plaqué au mur et interpellé. De retour à la PJ, il a découvert que c'était un habitant de l'immeuble n'ayant ni casier ni fiche de recherche, totalement étranger à leur affaire.

— Mais pourquoi t'as couru ? crie Ludo, fou furieux, la moustache en bataille. Un honnête citoyen prend pas la fuite devant la police !

— Vous voyez pourtant que j'avais raison de me méfier, répond l'homme dignement, vous me jetez par terre, vous me brutalisez.

— Mais si t'avais pas couru, je t'aurais rien fait du tout, banane !

— C'est un raisonnement spécieux, comment pouvais-je le savoir ?

— Mais ferme ta gueule ! tempête Ludo.

— Voilà, c'est ce que je dis : de la violence, de la vulgarité. Et vous demandez pourquoi j'ai couru ?

Ludovic se prend la tête entre les mains.

Dans le couloir, Bogdan le mince partage un café avec son camarade du collège arrêté par le groupe de Petit Ben. Ils échangent des nouvelles sur les amis d'autrefois.

— Aussi, qu'est-ce que tu as été t'acoquiner avec des nègres ? demande Bogdan.

— T'as toujours été un putain de raciste.

Bogdan se marre :

— Affirmatif.

La Crime

Impossible de reconnaître le sourire confiant de l'enfant qu'elle était cinq ans auparavant : c'est une jeune fille au visage marqué qui entre dans le bureau de Lionel, tenant par le bras une petite femme dont l'immense natte balaie le manteau gris trop étroit. Elles sont silencieuses. La mère ne parle pas français, c'est la fille qui traduit. Elle passe sous silence les années de foyer, raconte qu'elle a retrouvé sa mère à sa majorité. Ni l'une ni l'autre ne manifeste la moindre émotion à l'annonce du décès de Jenushan. Elles acceptent de se rendre à la morgue pour reconnaître le corps et s'en vont toutes les deux, bras dessus, bras dessous.

Les Stups

Ce mercredi, trois hommes des Stups se lèvent à nouveau de bon matin : Shampoo, dont la crête est de travers, Alex et Bogdan le mince, qui était dispensé de l'interpelle de la veille. À 6 heures, ils quittent le service. Dieu n'est pas avec eux, il reçoit aujourd'hui quelques candidats pour la brigade, qui se dépeuple – il est de plus en plus difficile de trouver des policiers désireux de rejoindre la PJ, où les heures supplémentaires, bien que comptabilisées, ne sont pas rémunérées, et où la progression hiérarchique est plus lente.

Les hommes prennent la direction de Villiers-le-Bâcle, en bordure de la vallée de Chevreuse. Une petite zone de pavillons, des maisons miniatures. L'impasse s'appelle des Quatre-Arpents. Il fait encore nuit sur la campagne.

Ils se garent devant la maison de Maxime, un jeune homme suspecté d'avoir pris part à un trafic de cannabis de très moyenne ampleur.

— Il sera là ? demande Bogdan, qui n'a pas suivi l'affaire.

— Nan, bien sûr que nan, grogne Alex. C'est chez sa reum.

— Alors on attend un peu, non ?

Tous les trois, ils attendent, au chaud dans l'habitacle. Pas besoin de parler, ils se connaissent si bien qu'ils peuvent rester là à somnoler sans rien dire. Alex fait un rêve fiévreux et se réveille en sursaut quelques instants plus tard. À 7 heures, ils sortent, dégainent leurs armes et trottent jusqu'à la porte.

Ils tambourinent. La mère ouvre. C'est une toute petite femme des Antilles, qui serre sur son corps mince un peignoir en pilou usé. La maison est dans un désordre absolu. Elle est infirmière de nuit, en repos aujourd'hui.

— Y a quelqu'un d'autre ici ? demande Bogdan le mince.

— Mon fils, dans sa chambre.

— Maxime ?

— Non, son petit frère. Max, il habite plus ici depuis longtemps.

— Ben dites-lui d'arrêter de donner votre adresse, la prochaine fois que vous le croisez. Ça nous évitera de vous réveiller pour rien, aboie Alex.

Le bulletin du petit frère, actuellement en terminale, traîne sur une table : décevant, est-il écrit partout. Il sort de sa chambre, inquiet, ses lunettes de travers.

— Il a encore une chambre ici, Maxime ? demande Bogdan.

La mère hoche la tête et indique une pièce de la main. Bogdan et Alex la fouillent rapidement et trouvent 500 euros.

— C'est quoi, ça ?

— Il a vendu un chiot de notre pit, répond la mère, fatiguée, qui fait chauffer de l'eau pour le thé.

Elle a des poches sous les yeux, les cheveux secs, des mains maigres aux ongles cassés, les cheveux dénattés. Sur les photos accrochées de travers aux murs, on voit qu'elle a été une jolie femme, dont elle n'est plus que la trame usée.

Shampoo est le plus haut gradé sur place, il essaie plusieurs fois de prendre la parole, mais la mère, douloureusement consciente de la présence hostile et compacte d'Alex, dont les pensées assassines encombrent les pièces glaciales, semble ne reconnaître que l'autorité de Bogdan. Shampoo finit par renoncer tout à fait à la direction des opérations.

En sortant de la chambre de Maxime, Bogdan prend la femme à part et lui glisse les billets dans la main. Il a été élevé par une mère célibataire et se souvient.

— Vous les gardez pour vous. Vous les lui rendez pas. Compris ? fait-il sèchement.

Elle hoche la tête, reconnaissante. Ils n'ont pas retourné la maison, comme c'est déjà arrivé. Alex, accroupi sous l'escalier, caresse le pitbull, un molosse baveux qui se couche sur le dos en remuant la queue, lui arrachant un sourire :

— C'est une bonne grosse, ça, hein ? fait-il en la papouillant.

Ils repartent. Une bâche en plastique, emportée par le vent, s'est coincée contre la balustrade du jardinet ; la pluie qui se met à tomber la plaque contre le sol. Le frère de Max, son sac sur le dos, sort derrière eux et va prendre son bus pour aller au lycée.

La Crime, vendredi 18 mars

— On annule l'enquête de voise ? répète Seb.

Lionel a transmis au parquet le dossier épais de trente-sept centimètres pour demander une ouverture d'information. Le parquet n'a pas réagi, or les huit jours autorisés pour l'enquête en flagrance sont écoulés et la commission rogatoire n'a pas été délivrée. Les enquêteurs n'ont plus de cadre légal d'enquête.

— On annule, confirme Lionel platement.

Ils avaient décidé de se rendre à Grigny pour interroger les voyageurs du soir dans l'espoir de tomber sur un habitué qui aurait observé quelque chose. Ils ont retrouvé le conducteur du bus de nuit : il était en congé ce soir-là. Son remplaçant, contacté à son tour, n'a rien remarqué. Le maître-chien était dans sa cahute jusqu'à 2 heures.

Ils n'ont pas un début de piste. Les prélèvements effectués sur le blouson de Jenushan, au niveau du col, là où le meurtrier le saisit quand il tente de s'échapper, ont permis de mettre en évidence un ADN sans concordance dans la base nationale. On retrouve ce même ADN sur le mur, à l'endroit où le jeune homme s'est appuyé pour reprendre son souffle.

Lionel se masse la tête, le combiné coincé contre l'oreille : il est en attente sur le standard du parquet depuis une heure. Seb rejoint Yohan dans son bureau.

— Le chef est en colère ?

— Tu l'as déjà vu en colère ? demande Yohan. Moi, par contre, je suis un petit peu en colère.

— Viens courir avec moi.

Yohan décline. Seb part à longues foulées dans les allées venteuses, entre les lycéens qui se cachent pour fumer et les mères de famille qui poussent devant elles une progéniture nombreuse.

La vidéo du meurtre tourne dans le service. Tu l'as vue ? se demande-t-on.

Deux saisines criminelles tombent à nouveau pendant le week-end : un règlement de comptes sur un parking et une tentative de meurtre dans un supermarché. Rien de passionnant. La pluie tombe, les caniveaux se transforment en cours d'eau furieux.

La Crime, lundi 21 mars

Le téléphone sonne sur le bureau de Lionel. Une voix grave, caverneuse et chantante demande à lui parler.

— Qui est à l'appareil ?

— Ici le responsable du poste de sécurité de Grigny 2. Comme convenu, je vous appelle car j'ai sur mes écrans de surveillance votre suspect.

Lionel, d'un signe bref de la main, intime le silence à son groupe.

— Vous êtes sûr que c'est lui ?

— Comme je vous l'ai dit, je n'oublie jamais un visage.

— Il fait quoi ?

— Il va, il vient dans la galerie. Comment dois-je agir ?

— Le quittez pas des yeux et rappelez-moi s'il bouge.

Lionel raccroche. Il est debout, d'une main il place son arme à sa ceinture, de l'autre il décroche le téléphone et compose un numéro. En même temps, il lance ses consignes.

— Seb, appelle ton pote de la BAC de Grigny. On fait un contrôle d'identité classique, ils l'embarquent au poste sans grabuge, pour vérification. Le temps qu'on arrive. Dis-leur de faire gaffe, c'est peut-être un dingo. Et pas un mot sur l'affaire. Je vais prévenir le patron.

Deux heures plus tard, le contact de Seb à la BAC rappelle : ils ont l'identité et ils gardent le jeune homme au chaud. Lionel tape le nom, une fiche ressort du TAJ. Il clique sur la photo. Le visage rond d'un jeune homme à la peau noire apparaît. Le crâne est rasé. Ils comparent ce portrait avec celui issu de la bande vidéo de la gare. Personne ne dit rien.

— Ça peut, hésite Seb.

— Ouais, ça peut aussi ne pas, lâche Lionel, tendu.

Joada, âgé de vingt-trois ans, de nationalité malienne, a déjà fait un court séjour en prison pour vol sous la menace d'un couteau. Il n'y a rien d'autre.

— Pourquoi y avait rien au FNAEG, alors ?

Ils prennent la route pour aller le chercher au commissariat de Grigny.

— Ça peut, insiste Seb.

Lionel ne répond pas.

Grigny

La fouille de l'appartement, au douzième étage, dure trois heures. Ils ne trouvent pas l'arme du crime mais, dans la chambre de Joada, une paire de baskets à bandes réfléchissantes identiques à celles qu'on distingue aux pieds de l'agresseur sur les vidéos. Ils les saisissent.

À la nuit tombée, ils sont de retour à la PJ, accompagnés de Joada, amorphe. Il n'a paru ni étonné ni indigné d'être embarqué par la police judiciaire. Lorsqu'on lui a signifié le motif de sa garde à vue, il n'a rien dit. Il est calme, docile. Comme on le lui a proposé, il a demandé à voir un médecin et un avocat, et a pris un repas à son arrivée dans les geôles. Il a mangé avec appétit.

Seb va le chercher et l'emmène dans le bureau où Lionel l'attend. Il s'assied un peu en retrait et l'observe.

Lionel montre à Joada la photo de la victime : il dit qu'il lui semble la connaître pour l'avoir déjà vue près du centre commercial.

— Tu vas souvent au centre commercial ?

— Pas plus que ça. J'aime bien traîner là-bas. Y a pas grand-chose à faire dans le coin.

Il nie le meurtre :

— Pourquoi je l'aurais tué ? demande-t-il. J'ai aucune raison de le tuer.

Il raconte qu'il a lui-même été victime d'une attaque au couteau, et il montre le large bourrelet rose qui lui barre les hanches, en diagonale.

— C'est pour ça que ma mère, elle aime pas trop que je sorte. Je suis en danger.

— Mais, dit doucement Lionel, je lis dans ton dossier que tu aimes bien jouer du couteau, toi aussi ?

— Jouer ? demande Joada, toujours souriant.

— Tu as agressé quelqu'un au couteau.

— Non, j'ai pas fait ça.

— Si, Joada, tu as fait ça. Tu es même allé en prison.

— Ah, ça, d'accord ! Je l'ai pas agressé, je l'ai seulement menacé.

Les dossiers du TAJ sont imprécis ; à moins de se faire envoyer la procédure complète, une agression, une tentative d'agression, ou même la participation à une tentative d'agression commise en bande peuvent ressortir de la même façon. Lionel n'insiste donc pas.

Joada parle lentement. Lionel l'écoute raconter son histoire sans jamais le quitter des yeux. Il est arrivé en France à l'âge de sept ou huit ans (il ne se souvient pas exactement) pour rejoindre son père après la mort de sa mère.

— Tu m'as pas dit que ta mère ne voulait pas que tu sortes ?

— Celle-là, c'est ma petite mère.

— La femme de ton père ?

— C'est ça.

— C'est elle qui t'a élevé ?

— C'est ça.

Sa voix est paresseuse et atone, sans émotion.

Les hommes du groupe, pendant ce début d'audition, essaient d'organiser un tapissage pour le vigile. Lionel sort un instant, laissant le jeune homme sous la surveillance de Seb. Yohan l'attend à la porte :

— J'ai appelé le commissariat pour demander à

Samuel et Djibril de monter, mais l'un est en récup et l'autre est allé chercher sa fille ce soir, il peut pas rester. Moi je le ferai.

— Merde, fait Lionel. Pourquoi tout est toujours compliqué ?

Il est fatigué et, pour une fois, il ne sourit pas.

Ils ne sont que quatre présents dans le groupe. L'une avait posé son congé il y a longtemps, un autre est malade. Seb avait prévu de partir bientôt, c'est l'anniversaire de son fils aîné. Mais la possibilité d'y être à l'heure s'éloigne à chaque instant.

Il leur faut près de deux heures pour trouver trois hommes noirs afin d'organiser un tapissage. Le gars du PC arrive, avec son fils, qu'il gardait ce soir – la mère travaille de nuit. Le petit garçon est installé dans un bureau avec du papier et des stylos quatre couleurs.

Le vigile, aussitôt que les quatre hommes apparaissent derrière la vitre sans tain, désigne Joada. Il signe son PV, attrape la main de son petit garçon et reprend la direction de chez lui.

Après son passage à l'IJ où il donne ses empreintes digitales et génétiques et où l'on prend sa photo, Joada est reconduit dans les geôles, car son avocat n'est pas arrivé. Lionel a libéré Seb à 22 heures. Sa famille l'a attendu pour le gâteau. Il ne reste que lui, le brigadier Fred T. et Yohan. Lionel prépare ses questions et demande à Fred de lui faire un montage de plusieurs moments précis de la vidéo, selon un ordre défini. Il aurait aimé présenter Joada, dont le comportement lui semble anormal, à un psychiatre, mais le juge d'instruction ne l'a pas estimé nécessaire. Le retour des réquisitions aux opérateurs téléphoniques apporte la fadette du suspect. Son téléphone est éteint depuis l'après-midi précédant le meurtre, jusqu'au lendemain dans l'après-midi.

— Mais c'est un comportement habituel pour sa ligne ? demande Lionel à Fred T.

— Je sais pas, je n'ai pas encore reçu la totalité des fadettes.

La mère de Joada, à qui ils ont laissé un message, les rappelle enfin. Dans un français hésitant, elle explique que son mari est en voyage au pays. Elle ne peut pas venir parce qu'elle est seule à la maison avec un petit. Fred T. raccroche et va prévenir Lionel :

— Bon ben la petite mère ou je sais pas quoi, elle veut pas venir.

— Elle veut pas ou elle peut pas ?

— Je dirais qu'elle veut pas. Elle a posé aucune question, comme si elle s'y attendait en fait.

— Tu surinterprètes pas ?

— Je te dis ce que je pense. Tout ce qu'elle était capable de dire c'est : « Je suis toute retournée, je suis malade. » Ils sont toujours malades… Je lui ai donné rendez-vous demain au commissariat de Juvisy, à 16 h 30.

— Elle viendra ?

— On verra bien.

— Tu peux relancer le juge pour l'autorisation de bris de scellé ?

— Elle a pas déjà dit oui ?

— Oralement seulement, répond Lionel, et puis elle a jamais envoyé le papier. Tant qu'elle l'envoie pas, je peux pas lui présenter les baskets.

Fred T. appelle la juge, laisse un message sur son répondeur, puis s'attelle au montage que lui a demandé Lionel. Il passe et repasse les images de l'agression, et Jenushan meurt, encore et encore, dans le grand escalier désert. « Pauvre Jenushan », pense Fred T. en lançant l'impression des extraits qu'il a sélectionnés.

23 heures

L'avocat arrive enfin. Très grand et voûté comme pour le paraître moins, il porte un pantalon beige, des mocassins, une veste en tweed, mais n'a probablement pas atteint la trentaine. Il s'inquiète de Joada :

— Ça va, vous avez dormi et mangé ?

Joada ne répond pas, il regarde les visages des policiers qui s'affairent dans le tout petit bureau. Seb est revenu aussitôt le dessert avalé et les bougies soufflées – son fils ne lui a pas adressé la parole du dîner. Lionel tape.

— Je vous laisse refermer la porte, Maître, dit-il poliment.

L'avocat obtempère. Fred T. installe Joada sur une chaise et le détache. Enfin, Lionel termine de taper le début de son PV et lève la tête. Ses yeux sourient, plissés et bienveillants.

— Vous voulez boire un verre d'eau avant de commencer ?

Joada accepte. Sur un signe de son chef, Seb sort chercher un gobelet et en profite pour récupérer les images imprimées par Fred T., qu'il pose discrètement, côté pile, sur le bureau de Lionel.

L'audition commence.

Joada regarde son gobelet d'un air méfiant, comme si on avait pu l'empoisonner.

— Tu peux boire, sourit Lionel. Bon, tu t'es un peu reposé ?

— Non, j'étais très mal en bas.

— Pourquoi ?

— Ben par rapport à ce que vous me dites, monsieur.

— Tu as des choses à déclarer ?

— J'ai plus l'habitude d'être en garde à vue. Je me sens mal, j'ai le cœur serré, j'ai envie de me suicider.

— On va discuter un peu tous les deux pour

clarifier tout ça. Parce que ce qui m'étonne, Joada, c'est qu'on ne t'a pas encore beaucoup parlé, et pourtant il y a déjà des contradictions.

Silence.

— Tu comprends ce que c'est des contradictions ?

Lionel pense que Joada est très limité intellectuellement et probablement psychologiquement instable. Une fois encore, il regrette de ne pas avoir pu commencer par une expertise psychologique. Mais le juge était catégorique.

— Je ne sais pas, moi, maugrée le jeune homme.

— Ça veut dire des choses différentes. Des choses qui vont pas ensemble. Laisse-moi te donner un exemple. Quand on t'a demandé ta taille, tout à l'heure, tu as dit un mètre soixante-cinq. C'est ça ?

— Oui.

— En fait, il s'avère que tu mesures un mètre soixante-treize. C'est une grosse différence, quand même.

Joada ne répond pas.

— Et j'ai remarqué, aussi, que quand tu as signé le premier PV tu as utilisé ta main droite. Mais quand tu as signé ta fouille, en bas, tu as signé différemment, et de la main gauche. Pourquoi cela ?

— Vous croyez que je vous cache quelque chose ? demande Joada.

— Tout à fait, c'était d'ailleurs la question suivante, répond Lionel avec son sourire malicieux.

L'avocat, au mépris des règles en vigueur, se penche et chuchote quelque chose à l'oreille de son client. Lionel le regarde fixement mais ne le reprend pas.

— Qui te coupe les cheveux ?

— Ben, le coiffeur.

— À chaque fois ? Ce n'est pas ta mère, parfois ? Ou un ami ? Une petite copine ?

Joada sourit :

— Non non, c'est le coiffeur.

— Tu y vas tous les combien ?

— Toutes les trois semaines.

— Tu as une coupe préférée ?

— J'aime bien le dégradé.

— C'est-à-dire ? demande Lionel, qui porte ses cheveux en une brosse militaire pas très coquette.

— La boule à zéro, mais avec des cheveux sur le dessus. C'est ça que je préfère.

— Je vois. Tu as des diplômes ?

— Non.

— Le brevet des collèges ?

— Non.

— Tu suis une formation ?

— Non. Je voulais, mais y avait pas de place.

— Tu voulais faire quoi ?

— Ferronnerie.

— Tu as ton permis ?

— Non.

— Qu'est-ce que tu fais, habituellement ? Comment tu passes le temps ?

— Je traîne.

— Avec qui ?

— Avec mon cousin.

— C'est qui ton cousin ?

— Oh non non, ça m'embête de vous donner son nom. Pourquoi vous voulez mettre tout ça ?

— On fait connaissance, là, c'est pour te comprendre.

— C'est pas un cousin familial. » L'avocat a un bref haussement de sourcils. « Moi, vous savez, depuis que je suis sorti, on m'empêche de traîner. C'est par rapport à mes bêtises passées, et par rapport que je suis sous médicaments.

— Alors tu fais quoi quand tu sors pas ?

— Je regarde la télé. Je joue à la Play.

Lionel lui présente trois photos.

— Reconnais-tu l'endroit ?

— C'est Grigny, oui, quand même, je connais. Et ça, c'est la gare.

Puis Lionel tourne vers Joada l'écran de son ordinateur, où une image est figée : on y voit l'auteur des faits, de dos, à l'intérieur de la gare. Lionel ne déclenche pas la lecture.

— Là, tu te diriges vers un escalator qui conduit vers quel quai ?

L'avocat s'étrangle et ouvre la bouche.

— Maître, s'il vous plaît, le reprend Lionel.

— Ben, vers Paris, répond Joada.

Lionel lance la lecture : le jeune homme, de dos, se met en marche et emprunte un escalator.

— Ah oui, en effet, c'est la direction de Paris.

L'avocat tousse, le garçon se tourne vers lui et le regarde fixement, l'avocat agite les sourcils. Joada ajoute :

— Mais c'est pas moi.

Un sourire naît lentement sur son visage inexpressif. Il s'approche de l'écran, les yeux plissés.

— Oh non, non, non, c'est pas moi… mais je crois savoir c'est qui.

— Ah oui ? Et c'est qui selon toi ?

— Je peux pas vous dire comme ça, je connais pas son nom, mais si je pouvais sortir dans le quartier, je pourrais me renseigner et je vous dirais alors. Je crois vraiment savoir c'est qui.

Lionel lui montre maintenant une photo du visage, prise par les caméras de surveillance.

— C'est pas moi, ça, regardez monsieur, c'est pas ma gueule. Regardez sa pipe, regardez ma pipe, c'est pas la même.

Lionel hoche la tête et passe à un deuxième extrait vidéo. Il a la voix très douce quand il demande :

— Est-ce que tu reconnais quelqu'un Joada ?

— C'est la carrure en fait qui me dit quelque chose.

— Oui, moi aussi Joada, ça me dit quelque chose.

Joada regarde l'écran, fixement. Puis soudain, d'une voix suraiguë il s'exclame :

— Et pourquoi il a les mêmes chaussures que moi lui là ?

— C'est quoi ces chaussures ? demande Lionel.

— C'est mes Air Max, monsieur !

— Joada, est-ce que vous maintenez n'avoir joué aucun rôle dans la mort de M. Jenushan Turaï ?

— C'est quoi ça, aucun rôle ?

Lionel soupire, l'avocat soupire, Seb soupire et regarde sa montre.

— Bon, est-ce que tu as tué Jenushan Turaï ?

— Ah ! Non.

Et il se retire, fait reculer la chaise à laquelle il est toujours menotté en se dandinant jusqu'au fond de la pièce. Collé au placard. Il ne peut pas aller plus loin. Lionel remet en place son pot à crayons qui a bougé.

— La vie de ma mère c'est pas moi. Pourquoi j'irais faire ça ? Pourquoi j'irais vous inventer des vies ?

— Est-ce que vous avez des choses à ajouter ?

— Dites que je suis contre, parce que c'est pas moi. Lui, là, il est beaucoup plus balèze.

— Je remarque que vous portez plusieurs couches de vêtements. C'est votre habitude ?

— De quoi ?

— De mettre par exemple deux joggings l'un sur l'autre ?

— Oui, c'est mon style.

— Et ça vous arrive de doubler le haut aussi ?

— Oui, je fais ça. Pour avoir l'air plus balèze.

Lionel soupire à nouveau.

— Maître, vous avez des observations ?

L'avocat n'en a pas.

— Joada, vous voulez relire votre PV ou vous lisez difficilement ?

— Je lis difficilement.

L'avocat prend les feuilles qui sortent toutes chaudes de l'imprimante et en entreprend la lecture à mi-voix. À la fin, il explique à son client qu'il y a toutes les chances que la garde à vue soit prolongée. Joada s'indigne. L'avocat, un peu sec, lui dit :

— C'est pas ce que je pense, que je vous dis, mais ce qui va se passer. Je vous dirai ce que je pense quand on sera tous les deux.

Joada essaie de contester qu'il ait répondu à la question de sa destination sur les bandes. L'avocat ne dit rien, n'essaie même pas. Joada lui lance un regard blessé : il le classe désormais dans le camp des policiers et refuse de discuter avec lui. Lionel ajoute une note sur le PV, spécifiant la remarque de Joada. Le jeune homme ne sait pas ce qu'est une autopsie, il insiste pour faire préciser, sur le PV, qu'il ne double le haut que lorsqu'il porte sa veste Quechua, qui est trop grande pour lui. Ensuite, il insiste pour tout relire.

— Je sais comment ça marche, moi. Vous allez me rajouter des choses que j'ai pas dit.

Lorsque l'avocat lui explique qu'il a été identifié au tapissage, il s'indigne encore.

— C'est trop facile, vous avez pris que des gars qui ont pas la même couleur que moi.

— C'est-à-dire ? demande Fred T., qui a organisé le tapissage, sincèrement stupéfait. Vous êtes tous noirs.

— Les autres c'est des métis. Moi, je suis noir.

Fred T. n'a pas l'air convaincu, Lionel ne dit rien. Joada est reconduit dans les geôles. Lionel libère Seb et Fred T. Il termine son PV à 4 heures.

Mardi 22 mars

En arrivant au bureau, Lionel constate que le juge a fait une erreur en faisant remonter la garde à vue de Joada à 19 h 30, heure de sa prise en charge par la PJ, et non à 16 h 30, heure à laquelle il a été conduit au poste après son contrôle d'identité par la BAC de Grigny.

— Selon le Code pénal, la durée de la rétention s'impute sur la GAV totale, réfléchit Lionel. Ça va nous péter à la gueule.

Il essaie d'appeler le magistrat mais tombe sur la messagerie. Selim, qui prépare le concours de commissaire, se plonge dans ses bouquins.

— En théorie, tu as raison. Mais y a un précédent qui fait force.

— Attends, faudrait m'expliquer. De 16 h 30 à 19 h 30, quand il était à la BAC de Grigny, il était en quoi alors ? Il était privé de sa liberté. Il pouvait pas marcher libre hors du commissariat, on est d'accord ? Donc soit il était en GAV, soit eux étaient dans l'illégalité, soit c'est nous maintenant. Le dossier va péter.

— Je vais te retrouver le truc, promet Selim.

Des premiers retours d'analyse attendent sur le bureau de Lionel. Sur les chaussures de Joada, le liquide Bluestar a révélé trois petites traces de sang.

— Vu comme Jenushan a saigné, ça paraît pas trop peu ?

Lionel est fatigué, inquiet, il a les yeux au milieu de la figure, il est de plus en plus mutique.

Le juge, qui répond enfin au téléphone, pense qu'il y a un arrêt de la Cour de cassation qui va dans leur sens, mais ne le retrouve pas pour l'instant. Personne ne sait à quand faire remonter la demande de prolongation de garde à vue. Ils sont quatre ou cinq, autour du bureau de Lionel, à débattre de ce point, quand le téléphone sonne : c'est le laboratoire.

— Fermez la porte, souffle Lionel avant de décrocher.

Au téléphone il est calme et attentif, alors que

sous la table son genou tressaute violemment. Tout le monde est suspendu à ses lèvres. La discussion est longue et technique, il feuillette sa procédure en flagrance tout en marmonnant à intervalles réguliers : d'accord, d'accord. Au bout d'un temps infini, il dit doucement :

— Pardon, je suis un peu fatigué, je vais me permettre de vous faire répéter pour être certain d'avoir bien compris.

Il écoute encore un long moment avant de raccrocher. Il soupire, se frotte les yeux et entreprend de résumer pour son groupe.

Quatre écouvillons ont été prélevés sur la rambarde de l'escalier. Deux sur la veste, au niveau du col et de l'épaule gauche. D'après les conclusions du labo, il s'agirait à chaque fois d'un mélange. Le labo a d'abord fait l'hypothèse qu'il s'agissait de celui de la victime et d'un seul autre ADN. Au FNAEG, cela n'a rien donné. Ils ont refait l'analyse en partant au contraire de l'hypothèse qu'il s'agissait d'un allèle de la victime et de deux autres allèles distincts. L'un de ces deux allèles appartient sans doute possible à Joada.

— Donc c'est bon ? demande Seb, qui aime les réponses concises.

— Donc c'est possible que ce soit bon.

Bruxelles

Ce matin, un peu avant 8 heures, trois attentats suicides secouent la ville de Bruxelles. Sammy, qui est en train de donner le biberon à ses filles, un dans chaque main, monte le son de la radio. Il apporte les bébés à sa femme dans la salle de bains tout en pressant le raccourci du numéro de La Fourche – son premier correspondant, sans conteste, loin devant sa femme, si quelqu'un demandait sa fadette.

— J'ai vu, dit son chef en décrochant.

Une demi-heure plus tard, ils sont dans le bureau du directeur et ils regardent les images de l'aéroport de Zaventem. À droite, le petit homme en beige qui pousse un Caddie, un bob sombre sur la tête, est Mohamed Abrini. Sammy a l'air hébété, les mains pendantes. La Fourche regarde par la fenêtre en ruminant de sombres pensées.

La Crime

Entre une femme en robe brodée, pieds nus dans ses sandales malgré le froid. C'est la belle-mère de Joada. Port royal, silencieuse, elle écoute Lionel lui expliquer l'affaire. Les mains serrées entre les genoux, elle leur dit qu'elle a toujours su qu'il était dangereux. Elle raconte l'enfance de ce petit garçon en deuil qu'elle a dû élever alors qu'elle n'avait pas vingt ans. Elle raconte son impuissance. Elle dit les colères de l'enfant, ses hurlements. D'une voix sourde, elle décrit les cérémonies de désenvoûtement auxquelles elle l'a soumis pour juguler les crises. Elle raconte que souvent elle l'attachait, quand elle était au travail, pour qu'il ne sorte pas. « Il est possédé, dit-elle doucement, avec fatalisme. Je n'ai jamais eu peur pour moi, seulement pour les autres. C'est arrivé, maintenant. Prenez-le. Je ne peux plus rien. »

Elle a apporté des vêtements chauds et repassés, la veste de sport Quechua. Elle pose le sac sur le bureau de Lionel, signe d'une croix son audition. Puis, droite et impériale, elle se lève et part sans un mot.

Les Stups

La nouvelle du départ de la compagne de Ludo a fait le tour de l'étage. Ils sont dans leur petite cuisine, ils s'assurent que son verre soit toujours plein. Dieu lui-même offre des tournées, Pierrot a rapporté des terrines. Alex fait les cocktails, Ludo tangue au centre du groupe, qui se resserre.

La Crime

Marceau plie soigneusement sa lettre de démission, lissant les bords de son ongle dur. Il regarde ses mains, qui ressemblent à celles de son père. C'est pas des mains d'intello, ça, pense-t-il. Il glisse la lettre dans une enveloppe et va la poser sur le bureau du commissaire, parti depuis longtemps. Il est tard, l'étage est calme. Avant de sortir, il aperçoit son reflet dans la vitre noire. Sa silhouette tremblée, son crâne très blanc. Et la pièce derrière lui. La laideur de ces lieux, les heures qu'il y a passées, sous le néon qui a toujours grésillé et auquel il flanque un coup avant de passer la porte.

III

RECOMMENCEMENTS

12 avril – 9 septembre 2016

« On s'excite, on s'emballe...
... on croit que ça va être une belle affaire...
... et ça finit toujours comme d'habitude : en pipi de chat. »

Quai des Orfèvres

Ménage de printemps

« Un accident est vite arrivé et personne veut d'un deuxième trou de balle. »

Les Stups
Mardi 12 avril

Cette semaine a lieu l'inspection de toutes les armes de la PJ. Le moniteur de tir et ses deux assistantes s'installent dans le petit bureau où ils vont attendre l'arrivée des brigades, convoquées les unes après les autres. La BRI se présente la première, défilé militaire et fière exhibition d'armes graissées et entretenues. Le deuxième jour est réservé aux Stups, mais personne ne se montre.

Au premier étage, un ménage de printemps a pourtant commencé sur l'impulsion de Toto qui profite des vacances du Grand Ben, son chef de groupe, pour tout nettoyer.

— Salut, pute malienne ! Comment ça va, négro ? lance d'une voix tonitruante l'homme de ménage sénégalais en arrivant.

— Non, sors d'ici, toi, viens pas tout me saloper, hurle Toto.

L'homme rebrousse chemin et va arroser d'eau sale un autre bureau.

À côté, Ludo, emporté par l'enthousiasme, jette derrière lui un rouleau de papier toilette qui atterrit entre le mur et le canapé, où il restera ces prochains mois, et construit des piles de paperasses selon les catégories suivantes : Divers et varié, Autre, En attente. Son poste sonne, il décroche : « Secrétariat du capitaine Ludovic Bellanger, j'écoute ? Il n'est pas là, je lui ferai part de votre appel. » Il raccroche. Charlène, sous ses écouteurs, le laisse s'agiter sans lever un sourcil. Ludo avale une poignée de bonbons, tire sur sa cigarette électronique, parfum maracuja, en allume une vraie de l'autre main, met les pieds sur son bureau et déclare :

— Qu'est-ce qu'on se fait chier ! C'est pourtant pas ramadan.

Le téléphone sonne à nouveau. Il décroche, écoute :

— Comment tu dis ?… Le blase me parle pas mais je vais me renseigner.

Zyeux Bleus descend dans les geôles chercher un prisonnier arrêté la veille. Il le tire de la cellule 2, les gros loquets tournent et claquent, il signe le registre, menotte à l'arrière les mains de son gardé à vue.

— On va où ? demande le jeune homme.

— En audition, répond Zyeux Bleus de sa voix basse et douce.

Il le pousse devant lui dans la cour.

Des civils qui attendent devant la porte du commissariat jettent un coup d'œil rapide, curieux mais circonspect, au jeune homme menotté qui redresse la tête avec humeur. Zyeux Bleus a choisi de passer par là alors qu'il existe un accès plus discret, par l'escalier intérieur. Il amène son prisonnier jusqu'au bureau qu'il partage avec Georges et l'installe sur une chaise.

— Tu es droitier ou gaucher ?

— Droitier. Vous pouvez me desserrer un peu ?

— Ça te fait mal ? demande Zyeux Bleus, avec ce qu'on aurait tort de prendre pour de la sollicitude.

— Un peu, quand je bouge.

Zyeux Bleus reste immobile les quelques secondes nécessaires pour montrer qu'il peut, ou pas, donner satisfaction. Puis, comme Georges revient, il desserre la menotte. Une avocate au look strict d'étudiante des beaux quartiers prend place à côté de son client sans cesser d'envoyer des textos. Elle ne salue personne.

Célestin Diawara, surnommé Chill, est né en 1995 en région parisienne. Il porte une doudoune North Face, un jogging bleu, et ses baskets sont dépourvues de lacets. Il travaille dans une association, en contrat d'avenir, son emploi est donc menacé par de récentes mesures du gouvernement, explique-t-il doctement. Il est allé jusqu'en première mais n'a pas eu son brevet.

— Tu es connu ? demande Zyeux Bleus, cajoleur.

— Oui. Pour du stup. Des conneries de jeunesse.

— Bon, Chill, il s'agit d'une commission rogatoire pour une importation de stups. Tes copains Soundiata et Bali t'ont associé à l'affaire.

— Ça me paraît impossible vu que je les connais pas.

Zyeux Bleus lui montre une photo, et Chill, entravé, se déhanche pour mieux voir.

— Ça te dit vraiment rien ? Parce que eux, ils te connaissent de nom et de visage. Ils t'ont reconnu sur photo.

Le jeune homme se rassoit :

— Elle a commencé l'audition, là ?

— En effet.

— Ah ! Parce que moi, tout ce que je veux savoir, c'est ce que vous me voulez, et après j'en parle avec mon avocat.

L'avocate le tance :

— Vous vous souvenez de ce que je vous ai expliqué ? Je suis présente pendant l'audition, mais je ne m'exprime pas.

Zyeux Bleus lui relit les faits qui lui sont reprochés.

— Je vais garder le silence.

— Comme tu veux, mais moi je vais te poser mes questions quand même. Chacun son job, vois-tu ?

L'avocate envoie ses SMS, Zyeux Bleus lit ses questions auxquelles le jeune homme répond plusieurs fois : « Je garde le silence », avant de renâcler.

— Non mais si je décide de pas répondre, je vais simplement me taire, hein.

— Comme tu veux, répond Zyeux Bleus, qui continue, et le jeune homme, un peu par politesse, et aussi parce qu'il ne sait pas comment faire autrement, continue de répondre chaque fois : « Je garde le silence. »

En face, un chat qui passe sur la gouttière attire son attention et quelque chose d'enfantin illumine un instant son regard.

— Comment ça se fait que tu veux pas me parler en fait ? demande Zyeux Bleus.

— C'est sur les conseils de mon conseil, répond le jeune homme avec un geste du pouce en direction de l'avocate.

— Ah, fait Zyeux Bleus, sans la regarder. Des conseils destinés à contribuer à l'établissement de la vérité ?

— Non, des conseils destinés à protéger les intérêts de son client qui l'a pourtant dans l'os, lance depuis la porte Ludo, venu chercher une procédure.

— Ces conseils-là…, susurre Zyeux Bleus. Eh bien, Maître, vous avez des questions ou des observations ?

— Je n'en ai pas.

Tandis que le PV s'imprime, Ludo et l'avocate s'engueulent copieusement :

— Ça fait dix ans que je fais du pénal, vous n'allez pas m'apprendre mon métier.

— Moi ça fait vingt ans que je suis flic, mais n'hésitez pas avec vos leçons de morale, ça fait toujours rire…

Elle part furieuse. Quelqu'un tire au pistolet à plomb sur Toto, qui plonge sous une table. « C'est l'heure du goûter ! » les appelle Pierrot depuis la cuisine, où ils se rassemblent autour d'un juge égyptien en voyage d'observation. Chacun y va de son anecdote, que le juge écoute en riant – mais il en a vu d'autres.

Dans le bureau voisin, Alex, en gueule de bois, visionne d'abord distraitement, puis moins, les images qui viennent de leur parvenir d'une caméra installée dans un entrepôt où un informateur anonyme croyait avoir repéré une activité suspecte. L'image tremble un peu. Un semi-remorque entre dans un vaste garage, la porte se referme derrière lui. Quatre ou cinq personnes vont et viennent, dont un jeune homme mince qui semble avoir les clés et a fait entrer le camion. Il tient un bébé dans les bras. Il accueille le chauffeur lorsqu'il descend pesamment de sa cabine. Trois camionnettes arrivent. Le jeune homme mince va d'un groupe à l'autre, comme un hôte prévenant. Puis le conducteur d'une des camionnettes le raccompagne vers la porte et le pousse dehors avec son bébé, après une brève embrassade. À son départ, les hommes ouvrent les hayons du camion et déchargent des cagettes d'oignons. Derrière, des dizaines de valisettes marocaines sont entassées.

Alex se frotte le menton, remet la bande à zéro et reprend la lecture, mettant sur pause à plusieurs reprises. Puis il lance de sa grosse voix :

— Rappliquez avant d'être beurrés et venez mater ça, bande de merdes !

BRB
Mercredi 13 avril

Pascal est au volant. À sa droite, la Scribe, qui a passé la nuit à soigner sa fille malade, somnole. Derrière, Sammy et Alice sont profondément endormis de chaque côté de leur prisonnier du matin, qui ronfle aussi, paisiblement. Après une première saisine pour le braquage d'un magasin Cash Converters, puis un balisage de véhicule, c'est leur troisième nuit de travail : une interpellation dans le braquage d'une boulangerie. Pascal regarde dans son rétroviseur les trois têtes qui ballottent et sourit, se sentant l'âme d'un père de famille veillant sur ses enfants. Heureux, autant qu'il peut l'être, de son retour à la PJ, il se sent en pleine forme et profite de leur sommeil pour faire une petite pointe de vitesse. Des traînes de brouillard s'agrippent aux cimes, autour de l'autoroute, mais le ciel est bleu. C'est une belle journée toute neuve.

En arrivant à la PJ, ils interrompent une explication de gravure entre le commissaire Payet et La Fourche dans le bureau de ce dernier. Ils s'installent en silence, en attendant que passe l'orage.

— Il faut qu'un équipage BRB soit présent de manière systématique pour accompagner la BRI sur les filatures de votre connard, là, Ahmed Kader…

— Hamza Kadri.

— … Hamza Kadri, c'est ce que je dis. Vous ne devez pas vous reposer sur eux.

Le commissaire Payet est furieux, c'est rare. Il remonte ses lunettes sur son crâne rasé, les redescend, les remonte encore et elles ont l'air humides. La Fourche regarde obstinément par terre et chuinte :

— C'est débile d'aller traîner à Trappes le matin. Les gars ont autre chose à faire.

— Écoutez, je me suis bagarré pour qu'on soit associés avec la BRI, c'est pas pour que vous vous retiriez au bout de deux jours. Il faut la regarder vivre, cette affaire.

— C'est simplement débile. Déjà ce matin on avait une interpelle de merde. Et puis avant midi, les connards dorment et pendant ce temps, y a personne aux écoutes.

Le groupe n'a jamais eu autant de lignes vives. En plus des quatre ou cinq suspects de l'histoire de trafic de véhicules, dont les lignes tournent encore, même si La Fourche n'a toujours pas de parquet, de Tuho, Ophélie et son frère, une nouvelle affaire vient de leur échoir : Cheambi, un trafiquant du 19e arrondissement, incarcéré pour meurtre, aurait engagé Hamza Kadri, braqueur multirécidiviste et ancien haltérophile, pour exécuter un concurrent. Le directeur a offert cette information au groupe de La Fourche, éprouvé par les attentats de Bruxelles et par l'interminable surplace de l'affaire Tuho.

— C'est pas faute d'avoir répété que ça faisait trop d'écoutes. Bon, La Fourche, si vous voulez pas de l'affaire, elle peut être attribuée à un autre groupe, vous êtes pas obligés de la garder. Vous la prenez, ou pas ?

La Fourche, qui refuse de regarder le commissaire Payet dans les yeux, finit par lâcher, glacial :

— Sammy, Alice, demain à 5 heures vous serez à Trappes, en surve, pour pas heurter les sentiments de la BRI. Après-demain, ce sera la Scribe et Pascal. Et ainsi de suite. Quelqu'un a quelque chose à dire ?

— Ben c'est-à-dire que ce soir, c'est mon anniversaire…, tente Sammy, qui va fêter ses trente ans.

Le commissaire Payet tourne les talons, saluant au passage une femme du service des statistiques qui arrive :

— Messieurs dames, z'êtes assis ? J'ai une question, c'est pour le logiciel, il me faut impérativement une réponse : votre magasin qui a été braqué, là, le Cash Converters, je le range en supérette ou en supermarché ?

— Je dirais supérette, répond la Scribe avec sérieux.

— OK. Donc c'est plutôt comme un Carrefour Market que comme un grand Carrefour ?

— Ben, réfléchit Alice, y en a des grands des Cash Converters…

— C'est en termes de métrage du magasin ou de chiffre d'affaires, ta question ? demande Sammy avant de se désintéresser du sujet – il vient de recevoir un message du Danseur.

Depuis qu'il est sorti de prison, leurs échanges ont repris avec la même intensité, mais moins de confiance, peut-être. Sammy enrage de ne pas savoir si l'homme qui avait besoin de faux papiers était bien Mohamed Abrini. « On saura jamais, man », lui a dit le Danseur. À peu de chose près ce que lui répète La Fourche : laisse tomber et reprends le travail.

— Merde, y a inspection arme demain, lâche Alice.

— Où est mon Glock ? s'inquiète La Fourche.

Lors d'une récente interpellation, il a dégainé son index en criant « Arrête-toi ! » à son objectif qui prenait la fuite. L'homme s'est arrêté, machinalement.

— Je l'ai. Je vais te le nettoyer, propose Alice.

Elle y trouvera des toiles d'araignée.

La Crime
Jeudi 14 avril

Une jeune femme, jolie et apprêtée, sort du bureau du commissaire L., des hommes la suivent du regard dans le couloir. Le jeune commissaire se tourne vers son adjointe avec une moue hésitante :

— Non, hein ?

— Ben non, répond Monika en écarquillant les yeux.

— Trop jolie ?

— Mais beaucoup trop.

Il raye le nom de la liste des candidats.

La Crime recrute. Le directeur de la PJ, malgré son manque d'intérêt pour la matière, s'est battu pour obtenir des postes. La bagarre de Marceau et Bertrand, leurs départs successifs, toutes les demandes de mutation ont fini par attirer son attention sur ce que lui répète le commissaire L. depuis des mois : les hommes n'en peuvent plus.

Parmi les candidats qui défilent, il y a le jeune officier du commissariat de Coignières, celui qui trouvait que les Portugais ont la tête dure. Le jour de son audition devant le commissaire et son adjointe Monika, ses oreilles en chou-fleur étaient si rouges qu'on aurait dit des drapeaux. Il a fait bonne impression et il incombe maintenant à Palacio de le former, lui et les autres recrues. Provisoirement déchargé des affaires en cours, Palacio sadise donc dans les locaux de l'IJ une poupée gonflable lourdement maquillée au cours de macabres mises en scène.

Les stagiaires passent les uns après les autres et il les regarde procéder aux constatations. Puis il les reçoit un à un et leur indique leurs erreurs, calme et pédagogique, tout en pensant aux écoutes qui prennent du retard, aux dossiers qui s'entassent sur sa table, à sa copine qui revient ce soir pour repartir demain, et à ce problème irritant de l'heure de la mort d'Éric Donner.

— Tu n'as pas fait un mauvais travail, dans l'ensemble on peut même dire que c'était bien. Mais quand tu t'es posé sur la planchette des scellés pour prendre tes notes, tu l'as polluée et ça c'est le truc le pire qui puisse arriver. Tu as entendu parler de l'affaire Clara ? Tu liras le dossier et tu verras qu'il y avait un téléphone, sur les lieux. Celui de la victime. Un policier municipal l'a ramassé et l'a passé de la main à la main à un collègue de chez nous, qui l'a machinalement accepté. *Bam*, deux ADN de plus dessus, qui se sont mélangés… Ce n'était plus utilisable. On l'avait tous dans le cul jusqu'à l'os. Parles-en à Yohan, il s'en est jamais remis. Depuis, il est bizarre.

Le stagiaire baisse la tête autant pour prendre en note ce reproche que pour dissimuler son embarras.

— N'oublie pas que si on est limités dans le nombre de prélèvements qu'on peut envoyer pour analyse, on ne l'est pas dans le nombre de ceux qu'on peut faire. Tu saisis la nuance ? Les techniques évoluent, la loi aussi, la qualification d'une affaire peut changer… Blinde-toi au niveau des écouvillons, mets-les sous scellés, ça pourra peut-être te servir un jour.

Matthias l'interrompt pour lui faire lire la dernière retranscription des interceptions de la ligne de Feuilloley : un ami lui écrit.

— « Si t'arrêtais de picoler et de jouer au casino, peut-être que tu serais là pour moi », lit Palacio. On sait s'il joue toujours ?

— Joueur un jour…, répond Matthias.

— Faudrait trouver trace de ça. De dettes. Est-ce qu'il joue en ligne ? Bar-PMU ? C'était quoi son truc à l'époque de la fausse séquestre ? » Puis Palacio reprend à l'intention du jeune policier : « Tu as pris des mesures conservatoires en mettant des sacs sur les mains de la victime, mais tu n'as pas fait les prélèvements de poudre avant. Or c'est hyper volatil. Une fois que tu as posé les sacs, c'est perdu.

Le stagiaire est consterné.

— Putain, je suis passé complètement à côté.

— Mais non, c'est long, c'est tout. Tu seras pas seul les premières fois. D'abord, tu assisteras quelqu'un d'expérimenté et quand le moment sera venu, c'est toi qui te feras assister par quelqu'un d'inexpérimenté. Mais note ça : quand l'arme du crime est encore sur les lieux, la première mesure, c'est de la prélever. Tu fais un prélèvement de poudre. Tu fermes la fenêtre pour réduire les déplacements. Et puis je vais te dire : moi, je laisse entrer personne dans une pièce tant que l'arme est marteau armé. Un accident est vite arrivé et personne veut d'un deuxième trou de balle.

Dans l'après-midi, Palacio et Matthias retournent à l'immeuble de Donner. Les voisins de palier, en vacances au moment du meurtre, viennent de rentrer. Ils reçoivent les policiers dans un salon qui ressemble à la salle d'attente d'un dentiste et évoquent le couple en fronçant le nez. Palacio met quelques minutes à comprendre qu'ils parlent de Donner et Feuilloley, et non de Donner et Iona. Elle, ils ne l'ont jamais vue. À leurs yeux, il ne fait aucun doute que Donner était homosexuel et que Feuilloley était son amant. Ils entendaient souvent des « bruits de rapports », comme ils disent en tordant la bouche – les murs ne sont pas épais. Palacio les fait répéter, pour être sûr d'avoir bien compris.

— C'était un couple de pédés, quoi, finit par conclure la femme.

De retour à la PJ, Palacio reprend toutes les analyses scientifiques, tous les témoignages, et recommence à zéro, une nouvelle fois. Il griffonne des notes sur des post-it, une frise chronologique qui se découpe à la minute orne bientôt le tableau en liège derrière son bureau. Il n'est toujours pas convaincu par l'heure de la mort, fixée aux alentours de 16 heures. Il pense qu'elle peut être intervenue dans la nuit, quelques heures plus tard. L'alibi d'Iona ne la couvrirait pas, celui de Feuilloley non plus.

— Et cette blessure à la cheville… Personne ne l'a remarquée la veille au magasin. Il pourrait s'être blessé en reculant devant les coups. Au premier coup, il lève la main, se blesse à la paume, se tord la cheville et tombe en arrière sur le lit.

— Mais au moins deux coups ont été portés dans le dos. À quel moment ?

Aucun scénario ne se dégage.

— Pas de blessures de défense, énumère Palacio pour lui-même. Caleçon à moitié baissé.

— Si on n'est même plus sûrs de qui la lui fait, la turlute, ça nous aide pas, remarque Matthias, qui regarde un film des frères Farrelly sur son PC.

Et Iona est toujours dans une vitrine quelque part en Allemagne.

BRI

Au petit matin, non loin de Villeneuve-le-Comte, Lucky roule lentement vers un camp. Une femme veille à l'entrée, guettant quelque chose, tâchant de distinguer les conducteurs en contre-jour. Il la dépasse sans la regarder et va se garer plus loin, hors de vue, dans un petit bois face à la route. Les camionneurs le dévisagent en passant jusqu'à ce qu'une prostituée, une belle femme noire en débardeur rose, arrive au volant d'un Sprinter identique au sien mais dont les sièges sont couverts de tissu imprimé léopard. Elle baisse son carreau, Lucky le sien.

— Vous êtes à ma place.

— Désolé ma belle, s'excuse Lucky, je te laisse t'installer.

Elle le remercie d'un coup de menton. Il redémarre et va se ranger plus loin. Presque aussitôt, un camion ralentit et vient occuper la place qu'il a laissée. Le conducteur sort, s'étire dans le soleil matinal avant d'aller rejoindre la femme. Lucky garde un œil, machinalement. Les femmes qui travaillent seules courent des risques. Il tapote un rythme sur le volant. Dans la lumière du matin, il voit que ses mains sont vieilles. Veinées. Il roule une cigarette.

À midi, Lucky lève le dispositif. Le camionneur est

reparti depuis longtemps, suivi d'autres clients. La vieille femme a disparu. Six heures d'observation de la parcelle n'ont apporté aucun élément. Ils reviendront demain. Lucky et la prostituée échangent un regard, il lui fait un signe de la main, qu'elle lui rend, après une infime hésitation. Elle sait bien que c'est un flic.

Alors que les deux groupes, les 30 et les 50, cherchent un point de rendez-vous pour débriefer – « Y a toujours le Quick de Nozay », « J'en ai marre du Quick »… – une demande de renfort des 40 retentit sur les ondes. La radio marche mal, on comprend seulement qu'ils sont à Melun vers la N36.

— OK c'est pris. On y va et on se recontacte sur place.

Les 30 se passent leur propre consigne, inaudible. Lucky n'allume pas son GPS. « La forme d'une ville change plus vite, hélas ! que le cœur d'un mortel », récite-t-il alors que la forêt fait place à des champs, de grosses fermes trapues, des châteaux d'eau qui se détachent sur le ciel bleu pâle, limpide, où s'effilochent quelques cirrus. Des corbeaux sautillent dans les plantations. Un des jeunes officiers, l'adjoint des 50, l'appelle sur son portable :

— Qu'est-ce qui se passe ? J'entends rien avec ma radio.

— Je sais pas mon grand, pour l'instant on se transporte sur le secteur de Melun.

Le rendez-vous se précise : une cité industrielle à Fontenay-Trésigny, qui semble avoir poussé en pleine nature comme un champignon. Une dizaine de véhicules de la BRI se garent dans les ruelles, les hommes sortent et se dégourdissent les jambes. Le soleil est haut à présent, il fait chaud, les nouveaux arrivants se font briefer sur l'opération en cours, la plupart n'écoutent que les détails pratiques, ils savent à peine qui ils vont arrêter.

Lucky porte sa cagoule roulée en bonnet à l'arrière de son crâne. Les mains sur les hanches, il regarde les champs tandis que les autres, les jeunes surtout, de plus en plus nerveux, s'équipent rapidement et remontent dans leurs véhicules. Quelques bâtiments anciens, en ruine, sont visibles un peu plus loin, c'est là que vit leur cible. Un vol d'étourneaux s'élève dans le soleil. Lucky donne le top interpellation.

Les voitures prennent de la vitesse et pénètrent dans la cour d'un grand corps de ferme, sous le regard stupéfait d'une famille rassemblée autour du barbecue. Fureur, crissement de freins, moteurs en surchauffe, les hommes de la BRI tombent des voitures comme des raisins trop mûrs, les ordres et les cris fusent. Deux hommes sont plaqués au sol d'une balayette. Une jeune fille crie, une femme enceinte retient son ventre. Un homme âgé, infirme, reste tranquille dans son transat de plage, sa bière à la main. Bientôt, tout est figé. L'opération n'a pris que quelques minutes.

La ferme, vaste et ancienne, est en travaux. Dans la cour sont garées trois caravanes, une camionnette et une voiture. Des fauteuils de plage et des outils sont éparpillés au petit bonheur. Le propriétaire des lieux a autorisé cette famille à s'installer le temps du chantier, pour servir de gardiens.

— Pas bête, commente Fatboy à voix haute. Employer des voleurs comme surveillants…

Le groupe de PJ chargé de l'enquête commence les perquisitions dans les caravanes pendant que la BRI se chauffe au soleil en discutant avec la famille. Il y a Rodolphe, malade du cœur, sa femme qui a quarante-cinq ans et en paraît soixante-dix, leur fils aîné, un garçon de vingt-quatre ans qui refuse de leur adresser la parole, sa sœur, une adolescente au beau visage indolent sous une longue chevelure teinte en blond, un petit garçon échevelé de sept ans qui suce encore son pouce. Le braqueur présumé, un cousin, est bien là, en short, le torse couvert de tatouages, ainsi que sa femme, très enceinte. Des chats et des chiens s'ébattent, un chaton chasse un papillon, un brasero brûle, l'odeur des saucisses qui grillent se répand. Un skateboard, suspendu à un arbre à l'entrée de la cour, sert de balançoire au petit. Un vieux canapé en velours moisi complète le décor.

L'adolescente porte une robe moulante marron et des tennis en toile, ses yeux sont très maquillés.

— C'est ton môme ? lui demande Lucky.

— Non, c'est mon frère, le môme à ma mère, répond-elle en montrant sa mère du menton.

La femme sourit à Lucky : il lui manque plusieurs dents.

— Pourquoi il est pas à l'école ?

— Ils font qu'à l'embêter là-bas. C'est des mauvais, il revenait couvert de coups.

— Il sait pas lire, alors ?

— Pas encore. Je le remettrai l'année prochaine.

— Plus t'attends plus ça sera dur, dit Lucky.

— Oui mon chef.

La mère hoche la tête mais elle n'est pas convaincue.

— C'est l'homme des menottes, chantonne le petit en sautant sur le canapé avec un chaton dans les bras.

La perquisition est rapide : les caravanes sont vides, c'est la misère toute nue. Le jeune homme tatoué est embarqué.

— Chien de ses morts, lance sa femme en tenant son énorme ventre. Il y a des violeurs et des assassins, et vous venez nous embêter !

— Oui, c'est vrai, il y en a. Et il y a aussi des détrousseurs de petites mamies. Et des braqueurs. C'est toujours les mêmes arguments, constate Fatboy.

— Mais pourquoi tu réponds, alors ? lui demande Lucky.

Fatboy, il l'a vu se marier, devenir père, divorcer, pleurer même une fois ou deux, se remarier, avoir un nouveau bébé… Comme presque tous les gars de sa brigade, il connaît leur femme, leurs enfants, parfois leurs maîtresses. Bientôt il ne les reverra plus qu'une fois ou l'autre, à l'occasion d'un pot, d'un anniversaire, ou à la fête du souvenir, et c'est devant un autre chef que Fatboy piquera ses colères.

Lucky attend qu'ils soient tous en voiture avant de monter dans la sienne. Il quitte la parcelle le dernier. L'adolescente regarde s'éloigner le convoi, son rimmel bleu coule sur ses joues, elle lève le bras très haut, dans un dernier adieu, moulée dans sa robe usée ; le petit a rampé sous une caravane, le père écluse sa canette, immobile dans son transat, un peu las. La femme enceinte s'est retirée dans sa roulotte.

Le tournoi

> « Gueule jusqu'à ce que t'as plus de voix poupée, puis tu viendras me sucer pour te faire pardonner. »

La Crime
Mardi 14 juin

Dans la nuit, un attentat a lieu à Magnanville. Un couple de policiers est assassiné chez lui. Tous les enquêteurs sont appelés sur les lieux : la ville est de leur ressort et le policier, Jean-Baptiste Salvaing, une connaissance de nombre d'entre eux. Pour l'interpellation prévue ce mardi matin – le suspect d'un règlement de comptes datant de septembre – Yohan n'a qu'une des nouvelles pour l'accompagner. Même Seb est parti pour Magnanville. Il demande un renfort au commissariat de Vitry.

Vitry-sur-Seine, 5 h 15

Le jour se lève, des oiseaux chantent à pleins poumons dans les arbres qui bordent la petite rue. Le printemps a enfin commencé. Au commissariat, la major chargée de la nuit fait patienter Yohan. Elle n'a à lui « prêter » que trois hommes qui seront bientôt de retour des patrouilles de nuit.

— Tu voudrais pas être à Magnanville ? demande la nouvelle, qui suit les infos sur le fil de BFM.

— Non, répond-il sèchement. J'aimerais juste pouvoir faire mon travail correctement, et avoir les moyens d'arrêter un tueur.

Sa cible, identifiée depuis des mois, aurait exécuté d'une balle dans la nuque un petit trafiquant de cannabis de la région. Son arrestation a tardé par manque de moyens.

Quand ils se mettent enfin en route, il fait grand jour. Le domicile de leur suspect est situé dans une cour dont la grille est fermée de l'intérieur. Les hommes de la Sécurité publique font le tour du pâté de maisons, cherchant par où passer, tandis que Yohan sonne à la maison voisine. Une jeune femme, mince, les cheveux attachés en chignon, vient ouvrir. La fenêtre de sa cuisine donne sur la courette. Sans un mot, lasse, comme si elle avait déjà fait les mêmes gestes cent fois dans sa vie, elle s'écarte et laisse entrer Yohan, qui ressort dans la cour et vient ouvrir la porte cochère. Les voilà tous à l'intérieur.

Pas de sonnette, pas de matériel pour faire sauter la porte, ils frappent. Leur suspect, Alan, un Antillais à la coupe afro, vient ouvrir, torse nu, son ventre rond débordant sur un caleçon de boxeur en satin rouge. Une jeune fille métisse aux cheveux joliment nattés se blottit contre lui, l'air effrayé. L'appartement est payé par sa mère qui finance ses études de comptabilité en métropole. Mais la jeune fille, à peine débarquée, a rencontré les garçons qu'il fallait pas, ainsi qu'elle l'explique en pleurant aux policiers. Elle a laissé tomber ses études, et passe tout son temps à la maison, avec Alan, à fumer de l'herbe, à jouer à la console, à cuisiner pour lui et ses copains, à boire avec eux avant de descendre se coucher dans la chambre à l'entresol, attendant qu'il la rejoigne à pas lourds et hésitants, tard dans la nuit.

Ils se fâchent sans arrêt, se réconcilient sur l'oreiller, il est sensuel et bon amant et il n'a jamais levé la main sur elle ; quand elle lui fait des scènes, il allume la télé, se roule un joint et lui lance paresseusement : « Gueule jusqu'à ce que t'as plus de voix poupée, puis tu viendras me sucer pour te faire pardonner. »

Il glousse doucement, content de lui. « Et elle le fait ! » assure-t-il. Elle a dix-neuf ans, c'est son premier grand amour.

Entre deux profonds canapés clic-clac, sur la table basse, il y a un gros sachet d'herbe. Des bouteilles d'alcool sont entassées contre les murs. Dans la kitchenette, des sacs-poubelle fermés suintent et coulent sur le carrelage. À droite, sous la fenêtre étroite masquée d'un tissu rouge, se trouvent la télé et les consoles de jeu.

— Vous êtes en garde à vue, annonce Yohan.

— Vas-y, ouais, répond Alan d'une voix de basse, traînante et paresseuse.

— On est de la PJ.

— Vas-y, ouais.

— T'as déjà été en garde à vue ?

— Au pays, ouais.

— T'as une arme ?

— Au pays, ouais.

— Qu'est-ce qu'on risque de trouver ici ?

— Rien d'autre que ma beuh.

— On va faire une perquisition quand même.

— Vas-y, ouais…

Il se balance légèrement d'avant en arrière, avec nonchalance, mais il regarde fixement le policier du commissariat, un sosie de Teddy Riner. Il finit par s'adresser à lui en créole.

L'autre lui répond en français :

— Ouais c'est ça, parle, parle…

— Qu'est-ce qu'il vous a dit ? demande Yohan.

— On est du même village, au pays, répond l'autre avec un peu de réticence. Il me dit des conneries.

Pendant que Yohan commence la perquisition, la nouvelle engage la conversation avec la jeune fille. Elles parlent d'abord tatouages, études, puis la collègue de Yohan demande doucement :

— Vous êtes enceinte, non ?

La fille hoche la tête, de grosses larmes montent à ses yeux.

— Ma maman le sait pas encore.

— C'est pas moi qui vais lui dire. Mais tu sais qu'il faut pas fumer, quand on est enceinte. C'est pas bon pour le bébé.

— Je sais, dit la fille en baissant la tête. Je fais attention, je fume pas trop.

Yohan, qui a écouté d'une oreille, se dit qu'elle n'est peut-être pas si mauvaise, finalement, cette nouvelle sur qui tout le monde crache. La perquisition s'achève. Au dernier moment, Yohan trouve un nouveau téléphone dans la poche d'un short.

— C'est pas à moi, fait l'homme de sa voix grave.

— Pourquoi c'était dans ta poche ? interroge Yohan.

— ...

— C'est à qui ?

— ...

— Bon, ben avant plus ample information, on saisit.

— J'ai soif, Mae.

La jeune femme fait boire son amoureux à la bouteille puis s'assied à côté de lui sur le canapé. Il lui murmure quelques mots à l'oreille, elle se presse contre lui, il lui suce l'oreille.

— Mademoiselle, exagérez pas, fait Yohan avec lassitude.

— Une petite faveur quoi, plaide Alan.

— C'est une opération de police, pas un *speed*

dating ! fait la nouvelle. Allez, va te mettre plus loin, on te laissera lui dire au revoir après. T'as vu, ils sont toujours à Magnanville, dit-elle à Yohan, les yeux sur son portable.

La Crime

Dans le bureau de Yohan, Alan ronfle, les jambes écartées, la tête en arrière. Personne ne s'occupe de lui, on ne parle que du policier assassiné.

— Sa femme a été égorgée, il paraît ? demande un des nouveaux.

Le directeur adjoint passe en coup de vent récupérer un costume. Il arrive de la scène de crime de Magnanville, il va recevoir la famille.

Yohan entre dans le bureau de Lionel. Très pâle, ce dernier a un casque d'écoute et lui fait signe de se taire.

— Qu'est-ce qui se passe ? demande Yohan à Seb.

— Le tueur, c'est Larossi Abballa. Tu vois ?

Le groupe l'avait sur écoute pour une affaire de filière de départs vers la Syrie. En l'apprenant, le directeur a blêmi. Le téléphone du commissaire L. a sonné dans la minute, celui de Lionel dans le quart d'heure.

— Je vous ai parlé de la chaîne de la merde ? demandera bientôt le commissaire Payet, commentateur enthousiaste des événements. La chaîne est descendante.

Lionel est revenu au bureau au milieu de la nuit pour faire toutes les écoutes en retard et voir s'ils avaient pu manquer un détail. Il a les yeux au milieu de la figure. Yohan demande :

— On a raté quelque chose ?

— Non, il disait rien, c'était juste sa ligne de vie, des conneries sur une affaire de pizzeria ou je sais pas quoi. Y avait rien...

En bas, dans la cour, Shampoo cherche son arme

oubliée dans une voiture – mais laquelle ? Il a rasé sa crête et laissé pousser sa barbe, mais aucun des programmes de CrossFit mis au point par ses collègues n'a encore réussi à étoffer sa silhouette longiligne et voûtée.

— Bon, en attendant, on a du travail de PJ en attente, fait Yohan, qui va tirer Alan de son profond sommeil.

Des hommes de la SDAT, en contact téléphonique continu avec leur hiérarchie, passent dans les couloirs en chuchotant. Deux femmes attendent à l'accueil. Elles ont été convoquées dans le cadre du double assassinat, mais personne ne sait par qui. L'accueil rappelle, encore et encore, pour savoir où les envoyer. Leur appel est systématiquement dirigé vers Palacio, qui finit par se fâcher :

— Ce-n'est-pas-le-mo-ment, articule-t-il d'une voix blanche.

Des messages de menace terroriste visant des policiers ont été postés sur Facebook, le parquet a confié l'affaire à la PJ.

— Bordel ! jure Yohan, dérangé pour la troisième fois dans son audition. Non seulement c'est pas notre travail, mais si en plus on doit enquêter sur tous les bâtards qui postent des conneries, on sera morts d'épuisement avant la fin de l'année.

La SDAT vient d'exiger les originaux de toutes les interceptions sur la ligne de Larossi Abballa.

— Vous allez me dire que ce n'est pas du contrôle, peut-être ? fait Lionel, blême.

— Faut pas le voir comme ça, lui répond le commissaire L., pris entre deux feux.

Dans les bureaux, des membres de l'entourage lointain de Larossi Abballa, des femmes pour la plupart, sont interrogés par des enquêteurs qui, le plus souvent, savent à peine de qui il s'agit puisque la SDAT ne partage pas ses informations.

Palacio commence :

— Quelle est votre adresse ?

— Je suis sans profession…

Il examine son témoin, soupire, reprend :

— Et vous habitez où, alors ?

Fred T., lui, s'énerve :

— Comment vous avez appris ce qui s'était passé à Magnanville ?

— Sur Internet, le soir même.

— Votre cousin a des connaissances à Magnanville ?

— Je crois pas.

— Quels sont ses rapports avec la police ?

— Je sais pas.

— Qu'avez-vous pensé de cet assassinat d'un couple de policiers ?

— Horrible.

— Et des attentats de *Charlie* ?

— Horrible.

— Et votre cousin il en pense quoi ?

— Je sais pas.

— Et il en pense quoi du 13 novembre ?

— Je sais pas.

— Vous en avez jamais parlé ?

— Non.

— Vous êtes la seule famille en France à pas avoir parlé des attentats, en fait ?

— Ben comme tout le monde, on suivait aux informations, ça nous touchait. En tout cas, moi, ça me touchait.

En bas, une minute de silence en l'honneur des victimes a commencé. Fred T. s'approche de la fenêtre pour regarder les hommes rassemblés, en uniforme et en civil. Il aimerait bien descendre, et il a envie d'une cigarette.

— Gaaarde à vous !

Un grondement monte de la cour.

Plus loin, Seb suit le canevas de la SDAT :

— Qu'est-ce que vous pensez du djihad ?

Qui a inventé ces questions de merde ? pense-t-il.

— Je sais pas. Vous me posez des questions pièges, dit la femme d'un doux ton de reproche.

— Vous êtes sunnite ou chiite ? lit encore Seb.

— Je sais pas. On est du nord du Maroc.

— Vous parlez arabe ?

— Quelques mots seulement.

— Percevez-vous du rejet ou de la méfiance des non-musulmans à votre égard ?

Questions de merde, pense-t-il à nouveau.

— Non, j'ai aucun rejet des non-musulmans, absolument pas.

— C'est pas ce que je vous demande. Vous vous sentez rejetée, vous ?

— Non.

— Combien y a-t-il de piliers dans l'islam ?

C'est pas possible..., se dit-il. Il se prend le front entre les mains et parcourt rapidement la feuille jusqu'en bas.

— C'est-à-dire ?

— Ben j'en sais rien, c'est pas moi qui suis musulman. Je vous demande. Y en a combien ?

— Il doit y en avoir au moins... je sais pas combien...

— Bon. Que pensez-vous du fait que ces attentats soient commis au nom de l'islam ?

— Horrible.

— Attention, crie quelqu'un, les PV sont vérolés. Y a un virus qui fait tout foirer au moment de l'enregistrement. Travaillez en mode hors connexion.

Dehors, il s'est remis à pleuvoir. Seb rejoint Yohan pour l'audition d'Alan. Monika est au téléphone avec ses enfants, qu'elle n'a pas vus depuis dimanche.

— Mais ça va ? Ça s'est bien passé à l'école ? Et tu travailles, là ? Tu travailles sur quoi ? Hmm.

Elle raccroche :

— Je sens qu'il y a une salade…

Lionel a repris la lecture des transcriptions des écoutes de Larossi Abballa. Dans l'une des conversations, on l'entend dire à une de ses amies, fraîchement convertie, qui évoque un projet de départ pour la Syrie : « Parle pas trop… » Est-ce qu'il se savait écouté ? La brigade financière monte les retranscriptions des procès-verbaux manuscrits recueillis pendant la nuit. À chaque PV, ils ont joint une photocopie de l'original. Monika leur dit qu'il va falloir tout refaire, c'est l'inverse de ce qu'il faut.

— Mais c'est pourtant ce qu'a demandé le commissaire.

— Votre taulier s'est trompé. D'un point de vue légal, vos PV, là, c'est des faux. Je réexplique : vous devez joindre à la retranscription le PV manuscrit, puisque c'est celui-ci l'original, celui que les personnes auditionnées ont signé. Vous comprenez bien qu'il faut un original signé dans la procédure, non ?

Elle est épuisée. L'adjointe de la Financière redescend dans ses bureaux, pincée.

On apprend que la SDAT avait prévu l'arrestation de Larossi Abballa pour le mois de septembre prochain. Ils ont des centaines de dossiers judiciaires en attente, des centaines de personnes à surveiller et seulement quelques dizaines d'hommes. Le moral est bas.

La fête des brigades criminelles est annulée, mais pas le tournoi de foot. Le samedi suivant, la BRI le remporte. Le directeur jouait avec la BRB, ils ont perdu en demi-finale.

Les fils de Zed

« L'homme désarmé tombe à mes genoux
et m'appelle Seigneur et Grand-Roi. »

Gustave Flaubert, *Salammbô*

Les Stups
Mercredi 15 juin

Les Stups ont travaillé. Ils ont exploité les images de vidéosurveillance des caméras municipales placées aux alentours de l'entrepôt. Ils ont retrouvé la trace de leur semi-remorque blanc à une heure plausible dans une ville voisine. Ils en ont déduit un trajet possible depuis la sortie de l'autoroute et, de là, une tranche horaire pour le passage au péage – celui du sud, les valisettes marocaines, ça monte, ça ne descend pas. Ils ont récupéré les bandes du péage. Des semi-remorques blancs sans signe distinctif qui passent par là dans leur tranche horaire, il y en a un paquet. Ils ont relevé toutes les plaques, les ont fait vérifier et ont trouvé plusieurs candidats possibles, dont un qui leur paraît sérieux, une entreprise de transport de marchandises espagnole. Ils ont demandé les numéros de tous les portables bornant à proximité du premier péage. Puis ils ont retrouvé l'heure de passage du camion espagnol au péage précédent et ont également demandé les numéros émettant depuis la borne proche. Ils ont croisé les fichiers. Ont isolé des numéros. Les ont fait identifier et ont demandé les fadettes de celui qui est probablement le chauffeur. C'est un téléphone à puce prépayé qui a passé deux communications en France. La première en direction de l'Espagne. La seconde, à un portable français, également un prépayé, enregistré sous un nom fantaisiste, ainsi que le résume Alex dans son PV selon la formule consacrée. En regardant les bornes activées par ce numéro, il a retracé un trajet emprunté après l'appel l'informant sans doute de l'arrivée du camion. Le numéro a été placé sur écoute. Pour l'instant, il n'émet pas et le numéro espagnol est en *roaming* – il est hors frontière.

Petit Ben relit tous les PV de la procédure.

— Plus qu'à attendre.

— Mais qui dit qu'ils vont reprendre la même équipe ? demande Shampoo, anxieux.

Alex, les pieds sur la table, hausse les épaules.

— Personne. Mais une équipe qui gagne, ça se change pas. Y avait combien dans ce chargement ? Une tonne ?

Petit Ben rigole et se frotte le ventre.

— Je dirais une tonne cinq.

— Et ça s'est passé tout *smooth*, pas un à-coup, pas un problème. Tu voudrais qu'ils courent le risque de changer d'équipe ? Jamais de la vie.

En attendant, ils descendent à la salle pour une séance de CrossFit, Shampoo traînant sa longue dégaine voûtée et sa gourde de jus protéiné.

BRB

— Jusqu'à 2 heures tu as bossé ? Houla ! Mais ça va ? Tu es sûr que tu veux pas poser ta journée ? » fait mine de s'inquiéter La Fourche, grinçant, auprès de Sammy, qui a passé une partie de la nuit en surveillance du braqueur haltérophile, Hamza, comme l'appelle désormais le groupe. Car si à la Crime ce sont les victimes qu'on connaît par leurs prénoms, à la BRB ce sont les bandits qu'on travaille. « Tu as noté tes heures, au moins ?

— Un peu que je les ai notées, fait Sammy, impassible.

La Fourche est de la vieille génération. Noter ses heures, à ses yeux, c'est bon pour la bleusaille. Mais Sammy, syndiqué et bien au fait de ses droits, se moque de l'avis de son chef. On entend la voix du commissaire Payet qui passe dans le couloir avec un visiteur inconnu :

— Dans la nature, les lions attrapent toujours l'antilope qui court le moins vite. C'est quand même une vraie règle.

D'après les écoutes et les surveillances, Hamza Kadri a bien été engagé pour liquider un concurrent de Yacine Cheambi, le trafiquant déjà incarcéré pour le meurtre de son ancien associé, qui avait fait grand bruit à l'époque : Zoheir Benbouabdellah avait été abattu de trois décharges de chevrotine pendant une partie de poker dans un bar du 20e arrondissement, il y a trois ans. Cheambi n'est pas encore passé aux assises, mais les règlements de comptes se sont enchaînés depuis entre les deux bandes rivales, celle de Cheambi et celle des Benbouabdellah, reprise en main par Poupe, un frère cadet de Zoheir.

Pour l'instant, Hamza Kadri filoche sa cible et prend note de ses habitudes.

— Il fait un boulot de poulet, en fait, résume Alice.

— D'opérateur BRI tu veux dire, la reprend Sammy. Il glande dans sa bagnole.

Mais ce qui intéresse Sammy, c'est que Hamza prépare en même temps un casse à Castres. L'ancien boxeur a eu une amourette avec Fatia, rencontrée dans un club de vacances en Tunisie. L'histoire en serait restée là si Fatia ne lui avait pas raconté qu'elle faisait le ménage chez un homme très riche actuellement incarcéré au Brésil, qui, pour assurer ses dépenses en prison, loue sur Airbnb son appartement de Castres.

— Magnifique, vraiment magnifique ! commente La Fourche.

La nouvelle amie de Hamza aurait aperçu, dans ce qu'elle a décrit comme une véritable salle des coffres, des dizaines de montres de luxe, des liasses de billets, des armes aussi, croit-elle. Hamza ne sait pas si elle lui a raconté ça par naïveté ou bien si elle a une idée derrière la tête. « C'est clair qu'il y aurait trop de thunes à se faire pour une équipe qui casserait le coffre », a-t-elle dit à plusieurs reprises.

Sammy demande l'ouverture d'une incidente pour travailler sur ce projet de braquage et il aimerait bien que Hamza arrive à monter son coup. Mais l'homme hésite, change d'avis, tergiverse. « Putain, mais vas-y ! » l'encourage Sammy intérieurement tandis qu'il réunit une équipe. Comme convoyeur, il veut recruter un de ses complices habituels – qui se trouve être l'indicateur de la police, celui-là même qui les a rencardés sur le projet d'assassinat. Sammy écoute en direct Hamza tenter de convaincre son ancien acolyte de participer. Il devine les angoisses de l'informateur, qui sait le téléphone sur écoute, et ricane en assistant à ses pauvres tentatives de dérobade. Aussitôt qu'il a raccroché avec Hamza, l'indic l'appelle :

— Tu as entendu ? Je suis sûr que tu as entendu. Tu pourrais pas me mettre au trou, juste pour quelques semaines ? Il va se douter de quelque chose si je viens pas avec lui à Nice. S'il tape et qu'il se fait serrer, il va croire que c'est moi qui l'ai balancé. Et alors je suis mort.

— Oh, toujours les grands mots, répond Sammy.

— Je te jure, gamin, je suis mort s'il croit que c'est moi. Il plaisante pas, Hamza.

— Tu veux dire : s'il *apprend* que c'est toi. Pas s'il *croit*…

— Attention, je l'ai balancé pour le contrat, pas pour le casse ! s'indigne l'indic.

— Subtilités byzantines, rétorque Sammy. D'ailleurs, pourquoi tu l'as poucave pour le contrat ? Au téléphone, vous avez l'air copains comme tout.

— C'est une affaire privée. Allez, mets-moi au trou quelques jours !

— Je vais voir ce que je peux faire.

Le parquet accepte l'ouverture de l'incidente, Sammy se met en contact avec la BRI de Toulouse qui commence les filatures.

— Quand c'est facile comme ça, c'est jamais bon, le prévient La Fourche.

— T'es jaloux, répond Sammy. T'aimerais aller à Castres, toi aussi, hein ?

— Dieu m'en préserve, siffle son chef.

Dans l'après-midi, le groupe reçoit la réponse du consulat du Maroc à une réquisition lancée il y a plusieurs semaines : Fall, qu'ils croient être l'homme de main de Tuho et l'auteur de l'agression du consul, était au Maroc au moment des faits.

La Fourche ne comprend pas :

— Pourquoi son téléphone borne près de Lille ?

— Il l'avait prêté ? propose Sammy.

— Pourquoi ce téléphone borne près de la zone où la voiture utilisée pour commettre les faits a été cramée ?

— Un hasard ?

— Pourquoi le téléphone du frère d'Ophélie borne exactement au même endroit au même moment ?

— Un autre hasard ?

— Le consulat se goure jamais ?

Sammy ne répond pas. Leur dossier est vide, le juge ordonne l'interruption de la surveillance de Tuho. Des kilos de procès-verbaux sont entassés dans une armoire. Sammy les regarde disparaître, le casque vissé sur les oreilles. La voix lourde et vulgaire de Hamza Kadri a remplacé la diction cinglante, précise et menaçante de Tuho. Et les douces intonations d'Ophélie.

La Crime

Fred Palacio est dévasté. Au rez-de-chaussée du petit immeuble de Donner, le gardien, de retour de congé maladie, a trouvé sur les boîtes aux lettres un couteau taché de sang.

— Je comprends pas. J'ai tapoté le dessus des boîtes le jour des constat's, ressasse Palacio.

— Peut-être pas jusqu'au fond. Les boîtes sont profondes, dit Matthias pour le consoler. Le gardien ne l'a vu que quand il est monté sur un escabeau pour changer une ampoule.

Palacio se masse les tempes.

— Putain. Bon, on appelle le juge et on demande l'ADN sur le schlass.

BRI
Jeudi 16 juin

Zed est spécialisé dans le vol par ruse. Il travaille le plus souvent avec la même équipe, son beau-frère et un « cousin d'enfance » comme il le décrira plus tard. Ils sont efficaces et leur numéro est bien rodé. Les deux autres ne prennent jamais la parole car leur accent les trahirait. Zed, lui, a une bonne élocution et il présente bien, il a une prestance naturelle. C'est toujours lui qui parle. Le scénario est écrit d'avance – son père suivait le même, à quelques variations près. Ils se présentent comme des policiers à la recherche de voleurs en maraude et demandent à leurs victimes de vérifier leurs possessions en sa présence…

Mais ce jour-là, parce que son beau-frère était malade et qu'il le sentait vaciller derrière lui, il s'est montré un peu plus pressant que d'habitude et une chose infime, son insistance ou une légère brusquerie, a alerté la vieille dame aux cheveux blancs délicatement bleutés. Elle a levé un regard soudain méfiant, alors qu'elle était sur le point de lui confier ses bijoux « pour analyse ». Son regard flou est allé de Zed, qui lui souriait d'un air encourageant mais déjà vaincu, à son beau-frère, derrière, qui réprimait ses haut-le-cœur, et au cousin qui attendait, brute passive et ennuyée, en regardant les oiseaux filer dans le lointain. Zed a compris que c'était mort.

— Je peux revoir votre carte ? a hésité la vieille d'une voix grêle.

Zed, las, a fouillé dans la poche de sa veste en cuir pour y chercher sa fausse carte de police.

— Comment vous m'avez dit que c'est, votre nom ? C'est quel commissariat ?

Il a suspendu son geste. Déjà, elle reculait lentement dans l'entrée et s'apprêtait à refermer la porte. Il l'a bloquée d'un revers du coude, a avancé et l'a giflée, trois fois. Rien de plus. Le nez s'est brisé au deuxième coup, la peau très fine s'est fendue. La vieille dame s'est effondrée. Des os d'oiseau.

Zed a ramassé les bijoux répandus et ils ont filé tous les trois. Un voisin les a vus monter avec précipitation dans une Opel Vectra grise. Après une prudente attente de quelques minutes, il s'est approché et a trouvé la femme inanimée.

La BRI travaillait depuis quelques semaines sur cette équipe mais ce matin-là, justement, ils étaient en renfort sur une opération de la Crime. Ils sont agités, mécontents, ils se racontent les blessures de la vieille dame, s'excitent et se montent la tête. Ils se sentent habités d'une sainte colère et décident de procéder à l'interpellation de Zed sans attendre le flagrant délit. Tant pis, il prendra moins cher devant le juge.

À 7 heures, les trois groupes se réunissent sur un parking. Ils ne savent pas où est garée la voiture de guerre de Zed.

— Si on tape au dom', on risque de rien trouver, résume Lucky. Et on n'aimerait pas qu'il s'en sorte trop facilement. Il nous faut la caisse.

Le camp est situé en amont d'une petite rue en pente qui se termine en cul-de-sac, protégé par un épais rideau d'arbres et par une grille. Aucun des suspects n'y habitant, une perquisition n'est ni utile ni même légale. En général, Zed s'y rend avec une voiture propre, une Clio bleue, qu'il gare à l'intérieur pour qu'elle ne risque pas d'être balisée, et en ressort au volant d'une autre, parfois accompagné de son beau-frère, mais pas toujours. Il lui arrive de répéter le même manège sur un autre campement un peu plus loin. En raison de cette extrême prudence, aucune de ses voitures n'a jamais pu être balisée.

Zed est matinal – il part toujours avant 8 heures –, travailleur – il va chiner au moins trois fois par semaine – et très méfiant – il n'emprunte jamais le même itinéraire. Il connaît les moindres traverses d'Île-de-France, fait souvent plusieurs tours de rond-point afin de s'assurer que personne ne le suit, ou bien entre sur le parking d'un centre commercial pour repartir dans une autre direction. La BRI ne connaît qu'un de ses numéros, celui d'un téléphone qu'il n'emporte jamais quand il travaille. Les filatures sont difficiles à tenir et avortent régulièrement.

Léon, l'ours de la BRI, a garé sa fourgonnette à quelque distance de la grille, près d'un rond-point d'où il devrait le voir passer. Plusieurs options sont possibles, mais Lucky a fait le pari que Zed empruntera la petite route qui longe la voie ferrée. Elle donne sur une rue passante après un feu rouge qui crée parfois un petit ralentissement. Elle offre une vue dégagée sur l'artère qu'il emprunte ensuite, lui permettant de contrôler qu'il n'y a rien d'inhabituel alentour.

Les autres véhicules sont stationnés sur des parkings dissimulés à la circulation, près de la gare et derrière un centre commercial. La matinée est froide. Les hommes, en jean, baskets, sweat-shirt, attendent près de vieilles locomotives abandonnées. Quelques passagers qui empruntent ce raccourci pour accéder au quai du RER les regardent du coin de l'œil.

La manœuvre, qui n'a pas été répétée pour ne pas attirer de soupçons, consistera à bloquer la voiture de guerre, une Opel Vectra en général, dans l'étroite venelle. Il faudra des véhicules devant, derrière et sur la voie d'en face. Les manouches ont la réputation d'être de bons conducteurs.

— Et le trottoir ? demande Ange.

Le trottoir est étroit.

— Quand même, si y a un espoir que ça passe, il tentera. Et si y a un piéton…

— On peut rien faire pour ça, on peut pas bloquer le trottoir.

Thom, le motard du groupe, qui a eu il y a deux ans le genou broyé par un véhicule lancé contre lui à toute vitesse, hoche la tête :

— C'est clair, faudra faire gaffe. Moi je pense qu'ils le tenteront, le trottoir. Tant qu'ils sont au volant, ils abandonnent pas.

— Faudra pas leur en donner le temps.

Il est 8 h 31.

— Ils sont déjà sortis plus tard que 8 heures ? demande Thom.

— Une fois, à 8 h 15, répond Lucky.

— Merde.

Plus personne ne dit rien, la déception monte dans la troupe, Lucky le devine à leur silence. Lui n'est pas déçu. C'est sa dernière affaire, ça se fera, ou pas, ça ne dépend pas de lui. Les arbres qui longent le petit canal sont couverts de feuilles, mais le froid est vif, ce matin. Il pense à son pot de départ. Les gars lui auront sûrement préparé une surprise. Il espère que ce ne sera pas trop une connerie. Il donnera d'abord une fête, dans une salle qu'il a louée. Il a invité un paquet de monde. Sa femme ne viendra pas, elle n'aime pas les ambiances de flics. Il regarde les voitures, les passants, il est invisible, pâle, immobile, fondu dans l'ombre. Il la sent bien cette histoire, il sent qu'ils vont serrer ce matin. Avec les années, il a l'expérience, il se trompe rarement. Son pouls est lent et régulier. Il repère la Clio bleue. Pas de gestes inutiles, il démarre et porte la radio à sa bouche.

— Zed vient de passer, avenue de la Liberté, en direction de Montgeron, je me mets à ses basques.

Sans à-coups, il s'engage dans la circulation.

— C'est pris, répondent les hommes.

Assez vite, Lucky perd la voiture dans le trafic. Ça ne l'inquiète pas.

— Je ne l'ai plus en vue. Mais il a pas pris la direction du camp.

La tension retombe. Léon, l'ours, chuchote :

— Sur le camp, RAS, tout le monde dort, la grille est fermée.

— Ça sent pas bon, lâche Fatboy, morose.

La tech de la BRI émet depuis le bureau :

— Notre ami vient de se réveiller, il appelle quelqu'un, apparemment il est en gueule de bois…

— Merde, ils vont pas aller chiner…

— J'ai la Clio, je répète, j'ai la Clio en vue ! fait Lucky, qui vient de la retrouver. Elle remonte l'avenue de la Liberté.

— C'est pris, dit Fatboy.

— Elle passe devant le café du Départ. Elle s'arrête, je passe.

— C'est bon, je prends le relais.

Fatboy embraye derrière la Clio, qui a fait demi-tour.

— C'est la direction du camp, là, lâche-t-il entre ses mâchoires contractées.

— C'est bon, je la vois, elle arrive, souffle Léon après un moment.

Un silence. Tout le monde, dans la solitude de sa voiture, a les yeux rivés sur son talkie. Le temps passe. La voix de Léon retentit enfin :

— L'Opel Vectra n'est plus sur la parcelle.

— L'Opel Vectra n'est plus sur la parcelle, répète Lucky à ses troupes.

— C'est pris, répondent les autres – et on sent la tension dans les voix.

Plus un seul message inutile, plus une blague. Les communications se font rares, précises, concises. L'Opel Vectra passe le parking, longe le cimetière, elle est au feu, juste de l'autre côté du pont qui surmonte la voie ferrée. Lucky, garé en face, regarde droit devant lui. Il suffirait de regards qui se croisent pour tout faire foirer. Il démarre doucement, entre dans la ruelle. Dans son rétroviseur, il voit l'Opel s'engager sur le pont derrière lui, conformément au plan. Il distingue trois silhouettes dans l'habitacle.

C'est alors qu'une petite Panda blanche surgit d'un garage. L'Opel ralentit et ses trois occupants jettent un coup d'œil, machinal mais attentif, professionnel, à l'intérieur du garage. Ils laissent la Panda blanche s'insérer dans la circulation, entre Lucky et eux.

Dans le rétroviseur où il jette à nouveau un regard rapide, Lucky aperçoit une autre voiture, noire, qui s'est intercalée dans le dispositif, juste derrière l'Opel

Vectra, une autre encore et derrière, sur le pont, la voiture de Léon.

Il est plus tard que prévu, la circulation est dense, Lucky devine que ça n'ira pas tout seul. Il ralentit. Derrière lui, l'Opel Vectra commence à se décaler vers la gauche, tentée de le doubler. En face, la voie est libre. Il faudrait que le camion conduit par Ange arrive en contresens. L'Opel va doubler.

— Allez, Ange, c'est maintenant, murmure Lucky à l'instant précis où la silhouette massive du camion conduit par Ange apparaît, remontant la rue en face d'eux.

L'Opel renonce et se rabat. Lucky ralentit encore. La collision va avoir lieu, il faut que la vitesse soit minimale. Il aperçoit le visage d'Ange, concentré, qui ne le regarde pas.

Zed est au volant de l'Opel. Il a bien remarqué, en sortant de la parcelle, à une cinquantaine de mètres en contrebas, un véhicule garé avec, au volant, un gros type pataud qui pianotait sur son portable. Un ouvrier qui attend son équipe, a-t-il pensé. Il a enregistré l'information et n'y a plus pensé. Il discute de la soirée de la veille avec son cousin et son beau-frère. Devant eux, un type roule lentement, très lentement. Agacé, Zed veut doubler mais un camion remonte la venelle. Il se rabat. Quelque chose se met en branle dans sa tête. Tout en continuant sa conversation, il assemble tous ces détails, ces petites anomalies. Il jette un coup d'œil en arrière et reconnaît, dans le rétroviseur, une ou deux voitures derrière eux, la camionnette avec le gros type au volant. Quelque chose cloche. Il interrompt son histoire. Presque encore sans y penser, dans une séquence fluide, il lâche la cigarette qu'il s'apprêtait à porter à ses lèvres, son beau-frère lève les yeux vers lui tandis que ses pieds accomplissent une succession de mouvements répétée des milliards de fois depuis l'enfance

– son père le faisait déjà conduire sur les terrains vagues quand il avait cinq ans, six ans, il collait un vieux coussin sous ses fesses pour le surélever au niveau du volant, lui donnait quelques consignes puis l'envoyait sur la piste en rigolant –, il presse à la fois la pédale d'embrayage et l'accélérateur, passe la marche arrière, se retourne et empoigne le dossier du siège voisin, enfonce l'accélérateur tout en relevant l'embrayage. La voiture, avec un rugissement furieux, se cabre, après un instant de patinage. Le buste à moitié tourné, Zed braque le volant à fond pour faire demi-tour. La voiture part le cul sur le trottoir, qu'elle escalade dans un choc. Son beau-frère, qui a tout de suite compris et qui est en train de mettre sa ceinture, un peu trop tard, est projeté contre le tableau de bord. Leur cousin mal réveillé valdingue contre la vitre.

Derrière eux, la conductrice de la petite voiture noire n'a pas encore compris que l'Opel avait pilé ; elle n'a même pas ralenti. Elle percute brutalement le pare-chocs arrière gauche de l'Opel et est emboutie immédiatement par la voiture qui la suit. La conductrice est enceinte de sept mois. Sous le choc, elle lâche le volant. Zed, lui, a déjà repassé la première. Le moteur de l'Opel vrombit, il braque vers la gauche quand son regard croise celui d'Ange, dans le camion. La compréhension est immédiate, les yeux de Zed s'agrandissent.

Le camion et l'Opel, face à face, s'encastrent pare-chocs contre pare-chocs. De toutes les voitures et de l'arrière du camion surgissent des hommes cagoulés, armes au poing, qui se ruent sur l'Opel où Zed tente une manœuvre désespérée. Mais les vitres explosent, les portières sont ouvertes à la volée, des couteaux tranchent les ceintures de sécurité et les trois occupants de l'Opel sont jetés à terre et roués de coups. Dans la Panda blanche, entre la voiture de Lucky et celle de Zed, le conducteur, médusé, regarde la scène pendant quelques instants avant de changer de couleur et de s'écrouler, en état de choc, sur son volant.

— Bordel, c'est mes mains ça ! Laissez-moi le menotter ! hurle Léon, fou de rage après avoir reçu quelques coups de matraque sur les avant-bras dans la mêlée générale.

— C'est bon, c'est figé.

Le cousin de Zed, allongé en travers du trottoir, les jambes sur la chaussée, sanglote tandis qu'une flaque d'urine s'agrandit sous lui.

— Elle pleurait aussi, la mamie que t'as cognée ? chuchote Fatboy à son oreille.

La femme enceinte sort de sa voiture les mains sur le ventre, s'éloigne de la scène, flageolante. Lucky la fait asseoir, Ange prend en charge le conducteur évanoui.

— C'est bon chef, c'est bon, fait Zed, le nez dans la poussière, on bouge pas.

Il encaisse un dernier coup dans l'estomac, puis tout le monde retire sa cagoule. Un des hommes s'est blessé au front lors de la percussion, il aura besoin de quelques points de suture. Les pompiers arrivent. Un RER chargé de voyageurs qui ne remarquent rien passe lentement le long de la scène.

Une fois les véhicules hors d'usage ou privés de conducteur embarqués, et les blessés pansés par les pompiers, Lucky, Léon et les îliens, comme les appellent les autres, Antoine le Guadeloupéen et Ange le Corse, accompagnent le groupe de la BRB qui va se charger de la procédure à la parcelle de Zed. Situé à la sortie d'un petit village, c'est un terrain étroit jouxtant une maison en construction. Au rez-de-chaussée de ce chantier sont installés une plancha, des bouteilles de gaz, deux motos de cross, une piscine en plastique gonflable crevée, des bottes en caoutchouc et un amas d'objets divers ainsi que deux véhicules, dont une vieille Volkswagen vert bouteille. Devant, sur le parking, sont garées deux caravanes et une camionnette. Encadrant Zed, dont l'œil droit est en train de se refermer sur un énorme coquard, les policiers investissent les trois véhicules.

— Là c'est la chambre à mon fils, dit Zed en montrant la camionnette.

— Il a quel âge, ton fils ?

— Seize, je crois.

— Et là ? demande Lucky en montrant la plus petite des deux caravanes.

— Celle à son frère.

— Il a quel âge lui ?

— Un de moins.

— Bon, et là, on va trouver qui ?

— Ma femme et le petit.

Les hommes se positionnent et toutes les portes sautent en même temps, des cris et des ordres sont hurlés, deux garçons torse nu sont arrachés à leurs lits et plaqués au sol.

— Putain y a quoi, c'est quoi ? braillent-ils, les poignets remontés dans le dos.

Antoine, accroupi à côté du cadet qui s'agite, le maintient allongé.

— Calme-toi, gamin, calme-toi et je te rassieds.

L'aîné se maîtrise et tente de comprendre ce qui se passe. Il n'a pas encore vu son père.

Dans la caravane principale, la mère serre contre elle un petit garçon terrifié. Lorsqu'il aperçoit ses frères allongés par terre, il se met à sangloter de terreur, secoué de spasmes. L'aîné des garçons, qui l'entend mais ne peut pas le voir, devient fou.

— Qu'est-ce que vous faites au petit, touchez pas à mon frère ou je vous plante.

Possédé, il s'écorche le visage contre le bitume et

parvient presque à soulever Léon, qui doit pourtant peser trente kilos de plus que lui.

— Personne fait rien à ton frère, calme-toi, répète Léon.

— Faites pas mal à mes frères, sanglote en écho le petit garçon, serrant les mains l'une contre l'autre.

Lucky arrache sa cagoule et s'accroupit devant l'enfant :

— C'est rien, on n'est pas des méchants, on est des policiers, on va pas faire de mal à tes frères, ne pleure pas.

Le petit garçon braque ses yeux dilatés par la peur dans ceux du policier. Il entend les grognements de son frère qui continue de se débattre sur le sol au pied de sa camionnette et son visage se plisse à nouveau.

— Regarde-moi », ordonne Lucky. L'enfant obéit. « Maintenant, tout le monde va se calmer, personne ne va faire de mal à personne. Il ne faut plus crier et pleurer, d'accord ?

Le petit hoche la tête, la mère lui caresse les cheveux. Elle a les cheveux teints au henné. Ses traits fatigués et ses vêtements usés ne dissimulent pas totalement une beauté anguleuse.

— Tais-toi donc, arrête de gueuler, supplie-t-elle son fils cadet qui agonit d'injures les policiers. Vous énervez pas mon chef, il a la cervelle comme ça, il est pas comme les autres enfants, c'est un bœuf mais c'est un enfant, mon chef, faut pas vous marteler avec lui.

— Vous inquiétez pas, s'ils nous laissent travailler on va rien leur faire à vos fils, c'est pas pour eux qu'on est là, dit Antoine.

— D'accord mon chef, d'accord, ils vont être très calmes. Fermez-la, vos gueules, les gars !

Une fois tout le monde calmé, et un peu éprouvé par la scène, les deux jeunes gens sont installés par terre, en tailleur, les mains menottées en arrière. Pas très grands, athlétiques tous les deux, ils ont la coiffure de tous les garçons de leur âge, avec les tempes rasées et des mèches plus longues sur le dessus.

— Ils vont prendre froid mes fils, dit la mère. Je peux leur passer un capuchon ?

Les flics acquiescent, indifférents, prennent les vêtements qu'elle leur tend et mettent les sweat-shirts sur les épaules nerveuses des garçons. Le cadet, dont le visage est tordu d'un petit rictus, s'en débarrasse d'un mouvement d'épaules.

— Tu vas prendre froid mon fils, plaide la mère – mais il ne l'écoute pas.

Les trois enquêteurs de la BRB commencent la perquisition, véhicule par véhicule. Il y a de nombreuses cartes grises et des clés de voiture. L'aîné explique qu'elles sont à lui.

— Où sont les véhicules ? demande Nounours en se mouchant : ses allergies le rendent fou.

— Je les ai vendus.

— Et tu fais quoi avec les doubles de clés ? Normalement, tu devrais plus en avoir l'usage…

— Sale nègre, grogne le cadet à l'adresse d'Antoine, sans susciter de réaction.

— Faites pas attention, mon chef, il a pas toute sa tête. Il a pas réussi à l'école, il a des colères comme ça, mais il est pas mauvais. Il a le haut mal vous savez ?

— Il est épileptique ? fait Antoine, intéressé.

— Oui, ça le prend parfois. Mais c'est pas un mauvais bougre.

Le garçon, toujours le même sourire figé sur le visage, continue de déblatérer des insultes.

— Mais vas-tu donc te taire ! lui lance sa mère, inquiète.

Le frère aîné, lui, s'est calmé et relevé souplement sans demander l'autorisation. Ils le laissent faire en le surveillant du coin de l'œil. Il a un beau regard, il est vif, il répond aux policiers avec le sourire, évitant la plupart des pièges, quand soudain il aperçoit son père, le visage tuméfié. Un frisson de colère le secoue.

— Qu'est-ce que vous avez fait au père ? Qu'est-ce que vous avez fait au père, bâtards ?

— Calme-toi et surveille ta langue, répond Léon en le saisissant par l'épaule. Rassieds-toi gentiment, sinon je vais être obligé de te remettre par terre.

Mais le garçon est raide de fureur, des larmes montent à ses yeux.

— Bâtards, enculés, j'espère que les terros vont tous vous buter !

Le cadet recommence à s'agiter à son tour et tente de se redresser, mais Antoine, les mains sur ses épaules, le maintient fermement. La mère porte les mains à ses joues et se met à prier, le petit recommence à pleurer, avec de longs hoquets aigus qui lui coupent la respiration. Dans la rue, tenus en respect à quelques mètres de la parcelle, des membres de la famille se sont rassemblés, une dizaine d'hommes menés par un costaud qui hurle :

— Qu'est-ce que vous faites à ces mômes, bande de bâtards ?

Lucky se tourne vers le père :

— Fais-les tenir tranquilles, tes fils, sinon ça va mal se terminer.

Zed se secoue et se tourne vers son fils aîné, aux prises avec Léon.

— Espèce de petit connard tu vas la fermer, ta gueule ? Tu vois pas que t'as affaire à des hommes, des vrais ? Ferme-la donc, sinon c'est moi qui vais te corriger. C'est des vrais, ceux-là, c'est la BRI, alors tu la fermes si tu veux pas que je te botte le cul. T'as compris ?

Le fils se calme.

— C'est la famille, là-bas ? demande Lucky.
— C'est le frère à ma femme, mon chef, répond Zed.
— Ils peuvent prendre le petit ?
Zed hoche la tête et lance à sa femme :
— La grosse, bouge ton cul et amène le fils à ton frère. Et puis prépare-moi des affaires dans un sac.
La femme confie le petit garçon aux hommes rassemblés dans la rue, après lui avoir mis des chaussons et un pull en polaire. Elle revient rapidement, reconnaissante.
— C'est comme ça que tu parles à ta femme ? demande Lucky.
— Y a que ça qu'elle comprenne, répond fièrement Zed.
La petite caravane étincelle de propreté. Dans les placards que les policiers vident les uns après les autres, le linge est plié au carré. Aucun des fils de Zed ne va plus à l'école. L'aîné a décroché au collège, un peu plus tôt pour le second. Le petit n'y est allé qu'un an.
— Il était maltraité là-bas, les autres enfants étaient méchants, et même la maîtresse ne l'aimait pas, explique la mère. Ils disaient qu'il était sale.
— Il faut qu'il y aille, à l'école, fait Lucky avec l'impression, pénible, d'être piégé dans une seule et interminable journée qui a commencé il y a trente ans.
— Je sais, je sais, dit humblement la mère. L'année prochaine, peut-être, quand il sera plus fort.
Pendant ce temps, Loïc, qui a enfin été exaucé – « Il faut changer de régime quand plus rien n'a de saveur », a consenti le commissaire Payet en le libérant de ses écoutes de prostitution –, est engagé dans une conversation avec Zed.
— Non, ils font rien, ils traînent toute la journée. C'est pas comme toi mon chef ! Toi, tu travailles.
— Oh tu sais, si j'avais été si fort à l'école, j'aurais pas fini dans la police.

— On peut rien leur faire rentrer dans le crâne, ils sont durs comme du béton ces deux-là. Les coups, *pfft*, rien n'y fait.

Les garçons ne réagissent pas.

— C'est peut-être qu'une question d'exemple, dit Loïc.

— Peut-être que si t'étais là plus souvent, ils t'écouteraient, intervient la mère.

— La ferme, répond l'époux.

— Il va où votre mari, quand il est pas là ? demande Lucky, qui a saisi l'échange.

— Chez son autre femme, sur une parcelle vers Gif.

— T'as une autre femme ?

— Eh oui, on peut pas s'attendre à ce qu'un homme passe sa vie au même endroit.

— Il a quand même ses affaires ici ? demande Lucky en se tournant à nouveau vers la femme.

— Presque rien, répond-elle. Dans ce placard, là, je garde ce qu'il a besoin quand il vient. Mais c'est pas souvent.

Dehors, le petit garçon a disparu mais les hommes de la famille sont toujours là, grondant, de plus en plus nombreux. La BRI est nerveuse. Le plus âgé des garçons échange des regards et des signes de tête avec son oncle avant que Léon ne lui fasse tourner le dos à la rue.

— C'est des enfants que vous menottez, tortionnaires ! hurle quelqu'un.

— Ouais ben vu la gueule des enfants, on n'est jamais trop prudents, commente Loïc en regardant les torses musclés et tatoués des garçons.

La perquisition n'apporte aucun élément concernant le père, mais les véhicules dont la provenance ne peut être justifiée sont saisis, ainsi que les clés qui appartiennent au fils aîné. Une incidente est ouverte.

— C'était quand même pas la peine de cogner comme ça, mon chef, dit Zed à Ange.

— Parce que t'allais t'arrêter, peut-être ?

— Mais une fois qu'on était arrêtés, c'était plus la peine.

— T'aimes pas te faire cogner, hein ? Ben c'était une première sanction, tu vois. La mamie que t'as cognée, ça lui a plu à elle, tu crois ?

Zed ne répond pas.

— Vous respectez les anciens, soi-disant…

— Les leurs seulement, pas les nôtres, fait Nounours en se mouchant.

La femme a fini de préparer le sac de son mari pour la prison.

— T'y as mis mon jogging ?

— Oui mon prince, y a tout, répond-elle.

Il l'embrasse avec brusquerie sur la bouche pour lui dire au revoir. Tandis que Zed est conduit vers la voiture, Léon et Antoine retirent les menottes des fils, qui aussitôt se redressent pour suivre leur père.

— Où vous l'emmenez ? gronde l'aîné.

— Faut partir, maintenant, fait Lucky, en poussant les trois hommes de la BRB vers leur voiture pendant que Léon et Antoine tiennent les deux garçons en respect.

Une fois la parcelle vidée et les deux véhicules de la BRB partis, les derniers hommes de la BRI montent à l'arrière de leur camionnette et démarrent, laissant les portes ouvertes et Léon, la main sur son arme, en surveillance sur le plateau arrière. Un premier projectile atteint la camionnette alors qu'elle tourne le coin de la rue et prend de la vitesse.

Un import

« L'odeur des oignons masque celle du chichon. »

Les Stups
Lundi 20 juin

En fin de journée, alors que les Stups s'ennuient, l'alarme posée par Petit Ben sur les portables repérés lors de la livraison de cannabis immortalisée en vidéo, qui n'émettaient plus depuis, bipe sur son bureau. Ils branchent la ligne et entendent, en direct, une voix d'homme répondre : « J'arrive. ».

Les Stups sont peu nombreux ce soir, le groupe 3 est en dispo quelque part, il y a des congés et des récupérations, et il est déjà presque 19 heures. La BRI est prévenue.

— On attend la BRI pour décoller ?

— Ils vont mettre des plombes à revenir. On se les fait tout seuls, décide Petit Ben.

— Tout seuls ? hésite Ludo, tirant sur sa moustache. On est six au bureau, en comptant Chacha qui ne compte pas puisque c'est une fille.

— Je t'emmerde, répond platement Charlène.

— Oui, on se le fait nous six, insiste Petit Ben. On peut aussi voir si y a pas quelqu'un à la BRB qui viendrait en renfort ? Dieu, vous pouvez demander ?

Le patron acquiesce :

— Je m'en occupe. On se la fait façon village gaulois, les gars. Préparez-vous. On décolle dans dix minutes.

Au quatrième étage, trois hommes les accompagnent, dont Pascal, qui se porte désormais volontaire pour toutes les missions. Les premiers véhicules sont déjà partis, avec Petit Ben, Alex et Toto, Shampoo ainsi que Ludo et Charlène. Dieu et les trois de la BRB suivent.

Dans les voitures garées devant l'entrepôt fermé, la discussion reprend.

— On les attend ou pas ?

— Moi je dis qu'on attend.

— On peut pas attendre.

— Tu sais ce que tu vas trouver de l'autre côté, toi ? demande Ludo, tendu.

— Je sais surtout ce qu'on trouvera plus si on n'y va pas, rétorque Petit Ben.

Ils sont tous les deux chefs de groupe. Petit Ben vient de passer capitaine, Ludo est plus gradé, mais il n'a pas d'autorité directe sur lui. Aussi, quand Petit Ben sort de sa voiture, suivi comme un seul homme du soldat Toto et, dans la voiture suivante, de Shampoo et d'Alex, Ludo soupire et leur emboîte le pas.

— Chacha, tu restes derrière moi, dit-il à son adjointe qui a déjà dégainé.

Elle ne serait pas si concentrée, elle en serait presque attendrie.

Un peu plus loin est garée une voiture du groupe 3 qui vient de les rejoindre. Au volant, Greg le Normand regarde avec stupéfaction les silhouettes de ses collègues courir sur fond de nuit bleue.

— Mais qu'est-ce qu'ils font ces cons ? bredouille le Normand. Mais ils vont toper !

Il sort précipitamment de la voiture en trébuchant et les rejoint en courant. Dieu et les trois renforts de la BRB l'imitent.

Quand la BRI arrive, la scène est figée, il y a huit écrous, dont quatre Espagnols, une tonne deux de résine de cannabis saisie, et un blessé.

— Vous l'avez fait exprès ? demande le patron de la BRI.

— Nous n'avons fait que notre travail, monsieur, répond Ludo, l'air de se foutre de sa gueule.

— Bravo, concède le commissaire de la BRI à contrecœur. Mais ce n'était peut-être pas très prudent.

— Dieu seul le sait, répond Ludo avec un clin d'œil à son chef de brigade, dont le sourire de loup s'étire encore un peu plus.

— Une tonne deux. C'est beau, ça. On est tranquilles jusqu'à Noël, fanfaronne Alex. C'est vacances maintenant, hein les gars ?

Le blessé a été conduit à l'hôpital par Charlène et le Normand, qui l'a flanqué par terre depuis le toit du semi-remorque. Pour le faire descendre de l'échelle, il l'a tiré par les jambes. L'homme s'est reçu sur l'avant-bras après une chute de plus de trois mètres.

« Donne tes mains, donne tes mains », hurlait le Normand pour le menotter.

L'homme s'égosillait en espagnol.

« Donne tes mains, salopard ! Obéis, donne tes mains ! criait le Normand en tordant l'avant-bras multifracturé pour y passer les menottes, tandis que l'homme, fou de douleur, ruait et sanglotait :

— *Mi brazo, mi brazo.* »

Alex a fait reculer son collègue d'une bourrade :

« Putain Greg, me dis pas que t'as fait allemand à l'école ? *Mi brazo*, ça veut dire mon bras en espingouin. Il a le bras pété, ton gars. »

L'homme pleurait, le visage sur la terre battue, les chairs déjà violacées gonflées dans la menotte.

BRB

La PJ vient d'être dessaisie de l'affaire du casse de Castres au profit du parquet de Grasse. Devant la déception de Sammy, qui doit lâcher Hamza, La Fourche renonce même pour un moment à le titiller.

Sammy regarde son bureau. Des semaines d'écoutes et de renseignements pour rien. Il va falloir classer, ranger, se remettre sur autre chose. La pluie bat sans discontinuer les fenêtres, la tuyauterie glougloute furieusement. Vertige d'angoisse. Son téléphone sonne : le parquet autorise une interception judiciaire de la ligne de la femme de ménage, la fiancée de Hamza. Sammy raccroche, va trouver La Fourche et se suspend à la barre de traction.

— Tu vas rire. Ou peut-être pas. Le parquet autorise la mise sur écoute de la grosse Fatia.

— Je croyais qu'on était dessaisis.

— On l'est.

La Fourche soupire.

— Je vais voir le dirlo.

Après avoir parcouru tous les étages, il le trouve à la BRI et lui explique le problème. Quelques coups de fil exaspérés plus tard, le directeur part à grandes enjambées pour la maison d'arrêt où le procureur est en déplacement. Dans son dos, Sammy hurle les dernières informations qu'il vient de recevoir :

— De toute façon, le parquet de Toulouse a refusé l'affaire, monsieur. Y a plus de parquet du tout ! Ça va taper sous nos yeux et on pourra rien faire ! crie le jeune lieutenant qui reçoit à l'instant un MMS de la BRI de Toulouse : une photo de Fatia, en grande tenue, pendue au bras de Hamza.

Les Stups

La procédure a duré presque jusqu'au matin, les Stups enchaînent sur une journée consacrée aux perquisitions et auditions de sept des gardés à vue. Le Normand retourne à l'hôpital voir comment se porte le chauffeur espagnol dont il a cassé le bras. Dans le bureau d'en face, Alex auditionne Loriot, un des prévenus, un homme au visage en lame de couteau, aux yeux cernés et aux longues mains agitées. Le bureau d'Alex est recouvert d'objets hétéroclites : une bouteille de rhum qui contient de l'eau, des déodorants à bille, des bouteilles de Coca vides, des livres qui appartiennent tous à Petit Ben, des tasses sales, des cahiers et des papiers, des menottes, des lunettes de soleil, des tampons à l'effigie de Marianne et un appareil à raclette. La pièce est encombrée de sacs de sport, de chaussures et de claquettes, entre lesquels il faut se frayer un chemin. Des serviettes sèchent sur tous les supports disponibles, ainsi que des dessous féminins dont certains sont punaisés au mur, à des cibles, ou servent d'abat-jour. Il y en a des sales.

Le manque de sommeil se fait sentir. Alex rattache ses cheveux en un chignon très serré, s'étire et commence l'interrogatoire. Loriot raconte son histoire :

— Je n'ai jamais vu mon père. Je suis connu, mais j'ai jamais été incarcéré.

Aide-soignant, il gagne environ 1 500 euros par mois. Il a une Audi, ne connaît pas son numéro de téléphone, se déclare consommateur de stupéfiants.

— Quoi ? veut savoir Alex, qui a les yeux qui piquent.

Il se souvient qu'il avait rendez-vous avec une petite la veille, qu'il a oublié de la prévenir. Il se demande si elle a attendu.

— Cannabis.

— Shit, herbe ou les deux ?

— Les deux.

La grande identité est vite terminée. Alex fait signer le PV, offre café et cigarette, puis demande :

— Alors, pour la suite, qu'est-ce que tu vas faire ? Garder le silence ?

— Déjà, faut laisser Franck partir.

Franck paraît être le commanditaire de toute l'affaire. C'est un ami d'enfance de Loriot, ainsi que du gérant du garage, le jeune homme mince qui portait son bébé dans les bras, sur la première vidéo. Celui-là, ils ne sont pas encore allés le chercher.

— Laisser partir Franck ? répète Alex.

— Il a rien fait. C'est moi qui l'ai entraîné là-dedans.

— Tu sais, parfois faut se contenter de la merde qu'on a sur les épaules et pas en prendre plus…, répond Alex.

— J'assume la merde que j'ai sur les épaules. Mais Franck, il a rien fait.

— Je te cache pas qu'il va pourtant se retrouver à poil. Il va tout perdre. Sa maison, tout. Ce qu'on lui aura pas pris, ça sera pour le fisc.

Loriot a les larmes aux yeux. Alex tire une longue bouffée. Il est livide, il a des cernes noirâtres sous les yeux. Il s'assoupit un instant devant son ordinateur puis se réveille en sursaut quand sa tête part en arrière.

— Allez, viens, je te ramène, t'auras le temps de réfléchir.

À 17 h 45, le silence est tombé sur le bocal des Stups, tout le monde tape ses PV et ses demandes de prolongation dans la vague mauvaise humeur qui vient toujours ternir les suites d'affaires. Tout ça pour quoi ? C'est la question qu'ils repoussent toujours à demain. Une interprète espagnole aux lèvres botoxées regarde BFM dans le café de la brigade. Ludo est reparti avec deux maîtres-chiens pour une nouvelle perquisition. Alex met un CD et ferme les yeux. Le compte de la drogue a été fait : il y a trente-sept valises de trente-trois kilos chacune. Il s'endort en refaisant le calcul.

Vers 19 heures, Ludo est de retour. À 20 heures, le parquet autorise les prolongations, elles sont tapées puis notifiées et, enfin, Ludo, Petit Ben et Alex partent chercher Lucas Filstroff, le fils du propriétaire de l'entrepôt.

Une jolie ville aux petites maisons solides, en pierre apparente, aux jardinets soignés, aux belles voitures le long des trottoirs. Tout est cossu, silencieux. La nuit est tombée, on aperçoit quelques intérieurs illuminés. Les trois policiers se garent à quelques mètres de la maison et trottent, la main sur la hanche – l'arme d'Alex est enfoncée dans son jean, à même la peau, les autres ont un étui à la ceinture. La lumière est allumée à l'intérieur du pavillon de Filstroff. Ils franchissent le portillon du jardin, progressent silencieusement, quand la porte de la maison s'ouvre. Filstroff se tient là, en jogging gris et chaussons d'intérieur en fourrure rose. Étonnamment, il ne leur accorde aucune attention, il est en train d'embrasser goulûment une fille aux longs cheveux blonds. Les trois policiers, stoppés dans leur élan, les regardent un moment avant que Filstroff, percevant leur présence, tourne la tête, pupilles dilatées, bouche entrouverte ; il est complètement défoncé. La fille fait un pas en arrière, les mains en l'air.

Petit Ben, Ludo et Alex sont à la porte avant qu'il ait le temps de la refermer. Ils le font s'asseoir par terre dans l'entrée et se pencher en avant pour lui attacher les mains haut dans le dos. La fille, dont les cheveux détachés pendent autour d'un visage jeune et vague, ne produit pas un son, sa bouche s'arrondit seulement encore un peu, elle les regarde et secoue la tête, indécise. Puis elle baisse les mains.

Ludo se tourne vers elle avec un large sourire :

— Alors mademoiselle, puis-je vous demander qui vous êtes ? Pas Mme Filstroff, je présume ?

— C'est une collègue, marmonne Filstroff, dont Alex maintient la tête baissée.

— Je suis une collègue, une ex-collègue en fait, on n'a qu'à dire une amie.

Les trois flics échangent un regard : les coussins du canapé sont épars, il y a des verres vides sur la table basse en verre, plusieurs mégots de joints dans le cendrier…

— Maman va pas tarder à rentrer ? Va falloir ranger tout ce foutoir, fait Ludo, railleur.

Il prend l'identité de la jeune femme tout en surveillant Filstroff toujours assis par terre qui regarde les boules roses au bout de ses pieds et les agite par moments, par jeu ou distraction, difficile à dire. Pendant ce temps, Alex et Petit Ben visitent rapidement toutes les pièces. Un bébé dort à l'étage, dans une pièce qu'ils traversent sur la pointe des pieds. Ils laissent partir la petite amie.

— On peut appeler ta femme pour qu'elle vienne chercher le bébé ?

— Elle est pas joignable avant 22 heures, mais il va dormir. Il dort toujours à cette heure. C'est la nuit qu'il fait des siennes.

Filstroff n'arrive pas à maîtriser le ricanement qui le parcourt comme un frisson involontaire. Il n'a pas compris qu'il allait devoir les suivre.

— Je peux me griller une petite clope ? demande-t-il.

Son ton, obséquieux et moqueur à la fois, est celui des petits emmerdeurs du collège qui font des leurs mais pleurent quand leurs parents sont convoqués. Il est souriant, louvoyant, sympathique et défoncé.

— Pas maintenant, attends un peu, répond Alex. Vous êtes tous les mêmes, vous voulez toujours fumer, vous passez quatre jours à rien branler aux frais de la princesse et nous on doit vous faire téter toutes les cinq minutes. Ça va comme ça, hein.

Ludo revient les bras chargés de godemichés. Filstroff glousse :

— Ma daronne, elle est comme ça !

— Tu sais pourquoi on est là ? demande Ludo.

— Bah je me doute, hein, je vous attendais, je trouve même que vous avez mis le temps !

— On avait deux ou trois trucs à faire avant, répond Ludo.

— Tu sais, moi je gagne ma vie, je suis un honnête travailleur ! Mais j'avoue que là, je me suis bien fait baiser la gueule.

Alex lui tend un blouson de bûcheron à carreaux qu'il a trouvé sur le portemanteau :

— Tiens, pour pas que t'aies froid.

— Ah merci mec, c'est vraiment sympa, répond Filstroff en enfilant la veste.

C'est celle qu'il porte sur la vidéo qui a enregistré la précédente livraison de drogue, où on le voit repartir avec ce bébé qui dort maintenant dans son berceau. Ben et Alex se regardent en secouant la tête : parfois, ce n'est même pas drôle. Le bébé pousse un petit gémissement. Alex remonte et enclenche son mobile musical. L'enfant se rendort.

Filstroff devance leurs questions : il avoue sans arrière-pensée au moins une importation précédente et raconte avoir découvert l'utilité des oignons.

— L'odeur des oignons masque celle du chichon.

— En effet, cher ami, l'oignon est souvent employé, rigole Ludo.

Soudain, la porte s'ouvre et une jeune femme blonde au visage constellé de taches de rousseur, aux yeux bleus et à la poitrine lourde, fait son entrée. Elle est vêtue d'un costume de majorette. Derrière elle se tient une petite dame aux cheveux gris tondus, en chaussures orthopédiques.

La jeune femme en majorette regarde son mari, qui est maintenant debout, les mains toujours dans le dos, et fond en larmes. Gêné, il lance :

— Putain, t'es trop émotive, c'est chiant.

Ses larmes se tarissent aussitôt. Elle s'indigne :

— Ben quand même, ça arrive pas tous les jours ! N'est-ce pas messieurs que ça n'arrive pas tous les jours ? Mince alors !

— Si, assez fréquemment en fait, répond Ludo.

— De rentrer chez soi et de trouver son mari menotté ? C'est si fréquent que ça ?

Elle recommence à pleurer.

La petite dame aux cheveux ras essaie de la consoler tout en expliquant :

— Voilà, je suis une amie du cours de théâtre. On était en pleins préparatifs du spectacle de fin d'année dans lequel Maya tient le rôle principal, elle est formidable, c'est vraiment un talent brut, et à ce moment elle a eu votre message. Elle était si bouleversée que j'ai jugé bon de la raccompagner. Elle n'était pas en état de conduire. Elle a laissé sa voiture là-bas.

L'épouse de Filstroff a séché ses larmes et elle adresse maintenant à Alex des sourires enjôleurs.

— Tu peux pas aller t'habiller normalement ? lui demande Filstroff, agacé par son manège.

Elle ne s'enquiert pas du bébé. Ludo est en train de terminer son PV de perquisition dans la petite cuisine, tout est calme, la jeune femme parle de son expérience sur un tournage de pub à Alex, qui s'en fout complètement.

— Bon, ben, je vais y aller si on n'a plus besoin de moi, dit la petite femme aux cheveux gris.

Personne ne la retenant, elle se dirige vers la porte, qui s'ouvre soudain sur un nouveau visiteur.

— C'est du Feydeau ou quoi ? grogne Ludo.

Cette fois c'est le père de Filstroff. Les cheveux blancs, la silhouette droite et haute, il porte un blouson en cuir sur un pantalon de velours côtelé, parfaite incarnation du bourgeois en tenue de week-end. Un instant ébloui par la lumière qui règne à l'intérieur de la cuisine, il parcourt le visage des trois policiers, aperçoit sa belle-fille déguisée et avise enfin son fils, adossé au frigidaire. En trois enjambées il est sur lui, bégayant de fureur, congestionné de rage :

— Espèce de petite ordure, qu'est-ce que tu as encore fait ?

Le fils Filstroff, jusque-là flasque et doux, plein de bonne volonté, se dresse, grandit de plusieurs centimètres. Son visage se déforme, il avance vers son père en hurlant :

— Recule, recule. Tu crois que tu me fais encore peur ? J'ai plus peur de toi.

— Depuis que t'es né tu nous rends fous ! Petit salopard !

— Tu crois que j'ai besoin que tu viennes m'enfoncer ? s'époumone le fils, écarlate. Je suis dans la merde et tu viens m'enfoncer.

Sa voix se brise sur un sanglot.

— Tu es dans la merde ? Tu fous la merde, oui, et tu entraînes tout le monde avec toi. Par ta faute, on risque de tout perdre.

La majorette, après un instant de stupeur, se laisse glisser au sol, les mains plaquées sur les oreilles, répétant : « Je vous en prie arrêtez, je vous en prie arrêtez. » Son amie, fascinée, la poignée toujours dans la main, suit la scène bouche bée.

Le fils avance encore :

— Tu peux plus rien me faire.

Alex enjambe la majorette et vient se placer face au père pour le faire reculer. Ludo, lui, plaque brutalement le fils contre le frigo.

— Lâche-moi, hurle le jeune homme. Lâche-moi !

— Tu parles pas comme ça à ton père et encore moins à moi, t'as compris ?

Fou de colère, le jeune homme essaie encore de se dégager mais Ludo le maintient :

— Tu ne bouges plus maintenant, ça suffit. Regarde-moi dans les yeux. Regarde-moi dans les yeux. Obéis.

Comme malgré lui, le jeune Filstroff reporte sur lui son regard dilaté et, soudain, sa colère disparaît, comme s'il se vidait.

— T'as compris ? répète Ludo d'une grosse voix.

— C'est bon, je bouge plus, répond le jeune homme, les yeux toujours mauvais mais vaincu, tandis qu'Alex pousse doucement le père vers la porte.

La jeune femme, assise par terre, sanglote bruyamment.

— Arrête ça, lui lance son mari, livide, fatigué.

— Pourquoi tu parles comme ça à ton père ? veut savoir Ludo, plus calme.

— Vous pouvez pas comprendre. L'année dernière, il m'a carrément cogné. Enfin, il a essayé, ajoute le jeune homme dans un sursaut d'orgueil.

Ludo a l'air ébahi.

— Et alors ? C'est normal de se faire cogner par son daron, c'est bon, c'est pas grave, ça mérite pas toutes ces histoires. Qu'est-ce que c'est que tout ce tralala pour rien ? Voyons, voyons. » On croirait qu'il console un enfant. « Là, là…, fait-il machinalement.

La crise a épuisé tout le monde. Ben, Ludo et Alex escortent leur prisonnier chancelant vers la voiture. Sa femme pleure dans les bras de son amie qui n'est finalement pas partie. Il ne lui a pas dit au revoir, elle ne lui a pas préparé de sac en vue d'une incarcération. « Ça manque encore un peu de pratique », commente Alex. Un peu plus loin dans la rue, on aperçoit les parents de Filstroff, éclairés par le plafonnier de leur véhicule, qui attendent le départ de la police avant, sans doute, d'aller chercher le bébé.

Pot de départ

« Fascistes. »

Les Stups
Mardi 21 juin

À 22 heures, Filstroff est dans les geôles. À 23 heures, Alex, Petit Ben et Ludo terminent leurs PV puis ouvrent une bière dans le café de la brigade.

— Une tonne deux, on est peinards jusqu'à Noël, répète Alex, dans un vain effort pour retrouver sa bonne humeur.

À 1 heure, ils sont de retour chez eux.

Un peu avant 3 heures, Alex est réveillé par le téléphone : c'est une surveillante des geôles qu'il avait aidée, un jour, à maîtriser un prisonnier.

— Pardon de te réveiller mais ton écrou a fait une tentative de suicide dans sa cellule, les pompiers sont en route.

— Lequel ? grogne Alex, la bouche pâteuse.

— Le grand, Loriot.

À 4 heures, Alex et Petit Ben arrivent à l'hôpital où Loriot a été transporté et sont accueillis comme des tortionnaires.

— Vous leur faites quoi, à la PJ ? demande l'interne

qui a soigné le bras du chauffeur espagnol la veille – ou était-ce l'avant-veille ?

Pendant que Loriot passe un scanner, Alex et Petit Ben attendent sur les sièges en plastique moulé. Tout le monde les dévisage. Alex va vomir dans les toilettes du personnel – il a trop bu, pas assez dormi –, pendant que Petit Ben s'endort, ses longues jambes en vrac dans le couloir.

Après un long moment, Loriot sort de l'examen. Il a le visage contusionné, un œil presque fermé, quelques strips, mais ses résultats sont bons et son état est jugé compatible avec les mesures de garde à vue. Alex et Petit Ben l'emmènent sous le regard noir du personnel. « Fascistes », souffle une infirmière.

Ils conduisent sous la pluie drue qui s'est mise à tomber, détrempant les bourgeons et les feuilles d'un vert tendre jusqu'à leur ôter leur couleur, dans les bouchons du matin, sans échanger un mot. Loriot, son pansement sur le front, somnole, ballotté par les à-coups du véhicule. Ils le remettent en cellule dans un silence furieux. Épuisé, le prisonnier se couche en chien de fusil et s'endort. Alex et Petit Ben remontent à pas lourds et vont prendre une douche à l'étage de la salle de sport.

Alex, le teint vert, Petit Ben, sombre et renfermé, s'abattent dans le café de la brigade, où tout le monde se rassemble autour d'eux. Alex raconte : dans la nuit, Loriot, très agité, a commencé par se taper la tête contre les murs, encouragé par les autres gardés à vue. « Vas-y ! Si t'es en sang demain, t'es dehors ! » Chaque fois que les gardiens allaient à sa cellule, il arrêtait. « Qu'est-ce que tu lui fais s'il continue, tu le cognes ? raillait un voisin de cellule. Tu lui pètes la gueule ? » Loriot pleurait : « Je veux pas retomber. Si je retombe je me flingue. » Et il recommençait à taper, laissant des traînées de sang sur le mur de béton. Ce n'est qu'à son quatrième passage dans sa cellule que la jeune adjointe de sécurité a aperçu un petit flacon vide.

— Première question, dit Ludo en recrachant vers le plafond la fumée de son e-cigarette, parfum mandarine. Comment, mais comment diable a-t-il pu mettre la main sur un tel produit, vu l'ordre quasi maniaque qui règne dans nos bureaux et dans le tien en particulier, Alex, alors qu'il était sous notre surveillance constante depuis quarante-huit heures, sans qu'une minute de sommeil ne nous ait détournés de notre tâche ? Non vraiment, je ne vois pas.

À part Zyeux Bleus, personne, aux Stups, ne menotte jamais ses détenus. Ils trouvent qu'il est plus difficile d'obtenir des informations de quelqu'un attaché à sa chaise.

— Sauf quand on peut lui foutre des coups de bottin, précise Ludo. Mais malheureusement, on ne peut pas. Deuxième question, et non des moindres : Alex, fais-tu vraiment usage de désinfectant pour les mains ?

L'autre grogne en se massant le front.

— Troisième question : le gardé à vue n'a donc pas été fouillé à son retour dans les geôles ?

— Mets pas ça sur le dos de la gamine, dit Alex, rogue. Pendant toute une partie de la nuit, elle était seule pour douze écrous. Comment tu veux ?

— Insinuerais-tu que nous n'avons pas les moyens de mener à bien la tâche qui nous est confiée pour la protection du citoyen ? Je suis choqué. Dernière question : on peut vraiment mourir en buvant de l'alcool ? Le ciel nous préserve !

Un prévenu somnole sur une chaise dans le couloir.

— Qui a oublié ce truc ? râle Dieu en passant.

Il est 9 heures, la journée peut commencer.

BRB

Le directeur a finalement obtenu gain de cause, l'affaire Hamza Kadri est de nouveau du ressort de la PJ, mais pour une semaine seulement. Ensuite, ils seront dessaisis pour de bon. « Donc, pas besoin de préciser que je veux des résultats », a-t-il dit à Sammy, qui y passe de nouveau ses journées.

Ce soir, la BRI donne sa soirée annuelle à Champigny, sur une péniche. La Fourche refuse bien sûr d'y mettre les pieds, et les Stups n'iront pas non plus.

Stups
Jeudi 23 juin

C'est la fin de la garde à vue pour l'équipe franco-espagnole. Alex, accompagné de l'interprète, descend la notifier aux prisonniers. Il toque à chaque porte avant de se faire ouvrir les cellules. Le plus vieil Espagnol écoute, hoche la tête sans manifester d'émotion – il n'en est pas à sa première incarcération – puis demande si un de ses jeunes compatriotes a de l'argent pour la détention. Alex et l'interprète vont d'une cellule à l'autre. Un des jeunes a 500 euros sur lui.

— Il est OK pour partager ? s'enquiert Alex.

L'interprète traduit, le jeune répond par l'affirmative.

— C'est bon, dit Alex au vieux visage maigre et buriné, aux pommettes hautes et aux yeux clairs de paysan de l'Aragon, qui hoche brièvement la tête en guise de remerciement.

Le plâtre du blessé, dans la troisième cellule, a été signé par toute la brigade. « Bienvenue en France », peut-on lire. Loriot, le visage violacé et le front éraflé, lit longuement la procédure, sans un mot. Il est abruti par les médicaments contre la douleur et par l'absence de sommeil. Un raffut s'élève dans la cellule voisine : un gardé à vue du commissariat, arrêté pour vol à la roulotte, a essayé d'avaler des lames de rasoir.

— Je veux mourir, gueule-t-il.

— Décidément, fait Alex.

Loriot hoche la tête, plein d'empathie.

— Pour l'instant, tu signes juste ta garde à vue, pour le reste tu verras après, tente un gardien.

Le détenu refuse de signer.

— Ça change rien que tu signes ou pas, tu pars quand même chez le juge.

— Si ça change rien me faites pas chier, braille le type.

Loriot a fini sa lecture. Il signe.

— J'encule le juge, le proc et les flics, s'égosille son voisin de cellule.

Un des Espagnols demande la traduction à l'interprète par le guichet, et se marre en l'entendant. Le flic du commissariat tente encore sa chance mais une des fliquettes de garde, un petit gabarit d'une vingtaine d'années, portant haut sa queue-de-cheval, l'interpelle :

— Ton major a appelé. Il te fait dire de te grouiller les couilles.

Les Stups récupèrent les fouilles des prévenus et remontent vers les bureaux. En haut, Shampoo fume une cigarette avec Filstroff, qu'ils ont gardé à l'écart. C'est le maillon faible.

— Tes soi-disant potes, c'est des bâtards et y a que toi qui le vois pas. Ça fait dix ans qu'ils t'enculent, t'as rien senti ?

Le jeune homme a la mine d'un mort-vivant.

— C'est possible, je dis pas, c'est possible. Mais c'est des amitiés d'enfance...

Pierrot le chasseur court dans le couloir, les bras chargés de paperasses.

— Bordel, y a pas une table de libre pour poser ce bordel, j'en ai marre.

Dieu sort de son bureau, impeccable dans sa chemise bleue bien boutonnée et ses chaussures de cuir. Autour de lui, ses hommes vaquent dans une agitation silencieuse et irritable.

— Si la procédure est prête, on peut y aller, lance-t-il, souverain.

— Elle est pas prête, justement, la procédure, grogne Petit Ben, l'air mauvais.

— Eh bien, dis-le plus aimablement.

Seb et Yohan, descendus de la Crime pour prêter main-forte au déferement, qui impose trois policiers par gardé à vue, attendent dans le couloir en se balançant d'une jambe sur l'autre : personne n'est jamais très à l'aise aux Stups.

Petit Ben et Alex trient les dossiers originaux et les copies conformes. La procédure mesure une cinquantaine de centimètres de haut. Les dossiers complets sont entassés dans une panière verte. La photocopieuse ne marche plus, il faut utiliser celle de la direction, ce qui oblige à d'incessants allers-retours dans les escaliers.

— Elle est où la fouille de Pardo ?

— Qui part avec Filstroff ?

— C'est Toto.

— Mais non, Toto il est déjà descendu !

Alex, chargé de gros sacs déposés par les femmes des gardés à vue français, grogne :

— On aurait dû les faire partir avec juste ce qu'ils ont sur le dos. On se fait vraiment trop chier pour ces bâtards. Regarde les Espagnols, ils emmerdent personne. Les Français, ça a aucune dignité.

Dans un bureau, un gardé à vue s'énerve.

— Fais-moi fumer, vas-y fais-moi fumer. Ton collègue, là, il m'a dit que t'allais me faire fumer.

L'homme a déjà fait treize ans de prison pour un braquage avec tir par balle. À la sortie, il a si bien tabassé sa femme qu'il soupçonnait de l'avoir balancé qu'il l'a laissée pour morte. Elle a survécu et refusé de porter plainte. Quand Alex l'a appelée hier, elle s'est immédiatement mise à pleurer :

« Ne me demandez rien, il me tuera.

— Il veut juste que vous lui apportiez des vêtements pour la détention. »

Elle a déposé à l'accueil un gros sac de sport bourré de vêtements chauds et d'affaires de toilette.

« J'espère pour elle qu'il ressortira pas de sitôt, a dit Shampoo en la regardant partir, les épaules voûtées.

— Les femmes de voyous, les femmes battues, c'est toutes les mêmes. Elles se laissent pas aider. J'ai pas de pitié pour elles », lui a répondu Alex.

La discussion sur la cigarette menace de dégénérer, Shampoo en faisant une question de principe, et il faut que Pierrot le chasseur, qui a fini de trier son dossier de GAV, intervienne. Il colle une clope dans le bec du gardé à vue, l'allume.

— Allez, mais en deux minutes hein ?

Quai de l'Horloge, Paris

Des touristes en capes imperméables à l'effigie de la tour Eiffel regardent passer les hommes menottés. Ils franchissent le haut portail. À l'intérieur, l'ombre est plusieurs fois centenaire. Les murs sont couverts de salpêtre. C'est la souricière. Un groupe de religieuses en cornette, mains jointes, glisse en direction de la Sainte-Chapelle, tout le monde s'écarte. Les guérites se succèdent, avec des portiques d'aéroport et du lino simplement posé sur les sols de pierre qui ont vu passer des générations de prisonniers.

Chargés de leurs ballots de linge, ils avancent et les Stups les regardent s'éloigner. Quelques insultes s'échangent par-dessus la tête des gardiens qui font doucement refluer leur troupeau vers l'antre de la prison. Les portes se referment.

BRB
Mercredi 29 juin

La semaine fatidique a passé sans résultat, le Royaume-Uni a voté le Brexit et la PJ a été dessaisie de ce qui s'appelle maintenant l'affaire de Castres quand le téléphone de Sammy sonne : c'est le parquet.

— Alors, vous en êtes où des écoutes sur M. Kadri ?

Sammy écarquille les yeux.

— C'est une blague ?

— Pardon ?

— On a arrêté les écoutes, monsieur le juge.

— Et la balise, ça donne quoi ?

— Je suis allé débaliser lundi. À 4 heures du matin, monsieur le juge, ne peut-il s'empêcher de préciser.

— Bon, bon. Beaucoup de cafouillages, en effet. Le parquet est ressaisi, définitivement cette fois. On repart.

— Je relance les écoutes ? demande Sammy, incrédule.

— Vous relancez.

— Et la balise ?

— Eh bien, ma foi, vous rebalisez, si ce mot existe, glousse le magistrat.

— Très bien, monsieur le juge, répond Sammy, fou de rage.

— Ne pas chercher à comprendre, commente La Fourche.

Sammy passe le reste de la matinée à faxer des réquisitions pour relancer les écoutes des différentes lignes de Kadri, de l'équipe qu'il a recrutée pour le casse de Castres, et de Fatia, la femme de ménage amoureuse. Puis, à 4 heures du matin, l'heure la plus calme, il retourne avec deux techniciens baliser la voiture de Hamza.

L'enquête reprend. Et puisque c'est la journée des bonnes nouvelles, Sammy apprend que les primes des informateurs, officialisées par un décret du 15 décembre, vont enfin être versées. Il envoie aussitôt un SMS au Danseur : c bon, tu vas avoir l'oseille. Un smiley lui répond.

La Fourche, lui, est convoqué aux assises le mardi suivant pour une affaire de viol datant de 2008, dont il a tout oublié.

— Ce serait pas le scato ? marmonne-t-il. Ah non, c'est pas le scato. Le violeur à la cordelette alors ?

Il feuillette son dossier, tâchant de raviver ses souvenirs, tandis que dehors, le son de l'eau sur les pavés, les vitres, les toits d'ardoises, offre un bruit de fond auquel il s'habitue peu à peu, ainsi qu'à la disparition de la lumière.

Une salle des fêtes louée pour l'occasion
Jeudi 30 juin

Lucky, peigné, en chemise et chaussures pointues de cuir noir bien cirées, accueille ses invités. On lui tape sur les épaules, sur le torse, dans le dos. Presque toute la PJ est là, ainsi que des fonctionnaires d'autres services rencontrés au cours de sa carrière, et des retraités qui le prennent dans leurs bras. On exhibe les vieux, on les sort bien briqués de leur petit pavillon, ils sentent la naphtaline ou je rêve ? pense Lucky en serrant fort dans ses bras l'homme qui l'a formé. Il a les yeux qui piquent, il se mouche. Leurs regards quémandent l'attention. Sourires avides d'enfants, regards admiratifs sur les épaules larges des jeunes, dont les muscles roulent sous les T-shirts ajustés. Oh, ils sont respectueux, les jeunes. « Viens là mon Yannot, que je te présente quelqu'un » et Yannot s'approche, souriant, il serre la main de l'ancien en disant : « On a tellement entendu parler de vous. » Avoir été chef de l'antigang et arborer maintenant cette panse tendue entre les bretelles ? Lucky bascule son verre, on le ressert.

Qu'est-ce que je l'ai aimé, cet enculé. Un salopard de première. Mais un bosseur ! Il avait du flair. C'était un limier. On n'en a plus des comme ça. Solides. Les petits jeunes écoutent, ils ont les mirettes écarquillées. Les anciens, les secouez pas, ils sont pleins d'histoires qui demandent qu'à sortir, on en aurait jusqu'à la nuit.

Lucky se promet qu'il ne reviendra jamais. Pas un pot. Pas un repas de brigade. Pas un anniversaire. Jamais.

Il voit entrer un de ses fils et il sait que tout le monde l'a repéré d'abord pour ce qu'il est à leurs yeux, un garçon arabe, avant de le remettre : « Ah tiens, c'est le fils de Lucky. » Il s'approche et enlace ses épaules, fier, le pousse devant lui : « Tu connais mon gamin ? » On remplit son verre, encore.

À 20 heures, la pluie s'arrête miraculeusement. Lucky, ivre mort, est hissé sur un cheval et promené en triomphe dans les allées du parc de Sceaux, qu'un jardinier ami de la maison leur a ouvert. Il ne sait comment, il finit dans un bassin, juché sur le canasson, hurlant « À l'assaut ! », des larmes plein les yeux, sous les applaudissements de ses hommes. De ceux qui ont été ses hommes. Le reste de la soirée se perd dans un brouillard. Ange l'a raccompagné au petit matin et l'a laissé entre les mains de sa femme.

Une vraie victime

« Comme un moineau pour le chat. »

Simenon

Il est des crimes qui vous habitent ; des crimes qui font plus mal que les autres et vous ne savez pas toujours pourquoi. Vous êtes cueilli par surprise, au moment où vous vous y attendiez le moins, par un détail qui vous laissera le cœur en pièces. Ils se figent en vous comme une écharde dans la chair et tout autour la plaie ne cesse plus de s'infecter. Un jour, les tissus se reconstruisent enfin – ce mort-là fait désormais partie de vous.

Pour Monika, l'adjointe de la Crime, c'est une petite fille disparue il y a longtemps. Pour JeanJean, qui préfère depuis lors se concentrer sur la téléphonie, c'est une grand-mère dans un pavillon misérable, battue à coups de casseroles et terminée aux poings. Elle avait pris soin d'essuyer son propre sang avant de se rouler dans la couverture du chien pour mourir sans trop tacher. Tentatives dérisoires qui avaient retardé l'enquête et fêlé un bout de l'âme de l'enquêteur.

Pour Yohan, tout le monde le sait, c'est Clara.

La scène

C'était au printemps il y a trois ans, dans une ville modeste de grande banlieue composée de pavillons sans unité, quelques meulières anciennes couvertes de lierre trouant le tissu de maisons plus modernes, familiales, fonctionnelles, avec de larges baies vitrées et des cuisines ouvertes, mais des jardins étroits et humides délaissés par les enfants qui grandissent trop vite et se réfugient dans leurs chambres sous les toits. Les rues en pente descendent jusqu'à la rivière, où a été aménagée une promenade bordée d'arbres, agréable l'été mais mal fréquentée. L'hiver, les berges sont désertes et glaciales et la brume s'élève des eaux noires floquées de la lueur orange de réverbères trop espacés – une association d'habitants a lancé une pétition à ce sujet, restée sans suite. Sur la falaise, surplombant la petite ville tranquille, se dresse la cité des Noisetiers, quelques barres d'immeubles jetées comme par la poigne d'un géant au croisement de deux départementales. Selon les heures, son ombre dévore les maisons en contrebas.

À 6 heures, un travailleur matinal aperçoit des jambes qui dépassent, entre le trottoir et la chaussée. Il fait demi-tour et appelle la police. Une patrouille est passée une heure auparavant, sans rien apercevoir dans l'obscurité. Elle revient et découvre cette fois un corps carbonisé. Le visage n'est pas reconnaissable, les cheveux ont disparu, les vêtements synthétiques ont fondu et se sont mélangés à la chair. On devine un bout de soutien-gorge. La partie basse du corps, les jambes minces moulées dans un jean, est intacte à partir des hanches. À quelques mètres, on trouve un téléphone dans une coque rose, qui fonctionne encore. Un agent le ramasse de sa main non gantée, le passe à un autre qui le prend par réflexe, détruisant irrémédiablement toute possibilité d'y démêler les ADN.

La rue est barrée, un périmètre de sécurité est délimité à l'aide de grands rouleaux de plastique. Après les premières et brèves constatations, la police municipale se contente de garder les lieux en attendant la brigade criminelle, que le procureur vient de saisir.

Quand Yohan arrive, avec tout un groupe de la PJ, les agents de la Sécurité publique font la gueule – ils sont là depuis quatre heures. Il aperçoit derrière eux le corps inconnu qui a gardé une position incongrue dans la mort et semble lui tendre les bras. Il songe aux amoureux qu'il a vus à côté de Naples, à Pompéi, lors de son voyage de noces. Enlacés pour l'éternité. Celle-là, elle est seule. Il songe aussi que sa femme à lui n'a plus tellement l'air de l'aimer beaucoup, qu'elle soupire dès qu'il ouvre la bouche et que ce voyage de noces paraît bien loin. Leur deuxième fils est né il y a six mois, elle dort avec le bébé, et lui sur le canapé – quand il dort.

La police technique et le légiste établissent qu'il s'agit d'une femme jeune, qu'elle a été aspergée d'essence, peut-être enflammée à l'aide de ce briquet à côté duquel un petit chevalet numéroté est posé ; il est photographié puis placé sous scellés. La PTS détermine que l'immolation a eu lieu à l'endroit où l'on a retrouvé le téléphone, que la victime tenait peut-être en marchant et qu'elle a lâché en prenant feu, parcourant les derniers mètres en courant avant de s'effondrer, asphyxiée par les fumées empoisonnées qui s'élevaient de son propre corps.

La jeune fille n'a pas de papiers sur elle. Il n'y a que ce smartphone rose sur l'écran duquel Yohan lit le dernier message arrivé : T où ma Clara ? Apl moi. Le correspondant est identifié sous le nom de Nanie. L'écran est verrouillé par un code. Mais alors qu'il s'apprête à l'ensacher, l'appareil vibre dans sa main. Nanie, de nouveau. Il répond. Une voix de fille, jeune. Il lui demande d'identifier le propriétaire de l'appareil. Elle obéit, d'une petite voix. Puis elle se met à pleurer et demande :

— Il est arrivé quelque chose à Clara ?

Sans lui répondre, il note son nom de famille et son adresse – à deux rues de là, Clara y a passé la soirée la veille, dit la voix – et promet qu'ils vont venir la voir.

La petite banlieue pavillonnaire est paisible, il n'y a pas de caméras municipales. Le travail de terrain commence : les policiers sonnent à toutes les portes. La plupart, à cette heure désormais avancée, sont vides. Il faudra revenir. Dans les autres, on pense parfois avoir entendu un cri, dans la nuit. Mais personne n'a mis le nez à la fenêtre. Il y a parfois des jeunes de la cité qui descendent foutre le bazar. C'est ce que se sont dit les gens avant de se rendormir.

Les parents de Clara sont prévenus.

La nouvelle se propage. Par textos, sur Facebook, WhatsApp, ça tourne, entre les anciens du lycée, du collège, les amis d'enfance, les connaissances perdues de vue, les amis d'amis, les amis de boîte, les amis d'un soir... Tu sais pas ce qui s'est passé ? Clara est morte. Brûlée vive. Putain l'horreur. Y a une meuf du lycée qui a brûlé. Tu vois c'est qui ? Je la connaissais, la nana. J'étais en classe avec elle. Je l'avais vue chez des copains. Je connais sa meilleure amie. Sa mère est une amie de ma mère.

Les amis de Clara se réunissent chez Nanie. Ils n'osent pas aller voir les parents de Clara, ils ne savent pas ce qu'il faut faire, simplement ils ne veulent pas rester seuls. Chez Clara, sa mère est couchée, endormie artificiellement. La nuit tombe et personne n'a allumé la lumière. Le père, lui, livide, vacillant et brave, est avec les enquêteurs : les hommes de la famille sont toujours les premiers suspects. Il répond aux questions sans même imaginer qu'on puisse le soupçonner.

Yohan compile les informations, les centralise et se fait une idée des derniers jours de Clara, de sa personnalité et de son emploi du temps. Il travaille sans compter ses heures, pour ne plus penser aux bras tendus de la jeune fille qui semble l'appeler, et aussi parce qu'il n'a pas envie de rentrer chez lui.

La mort de Clara

Clara est revenue la veille d'un séjour en Italie, dont sa famille est originaire, sans prévenir personne sauf sa meilleure amie, Nanie. Ses parents travaillent, c'est le printemps, l'air est doux. Elle se sent un peu flottante, comme depuis qu'elle a quitté le lycée. Clara se cherche. Ses amis aussi se cherchent. Ils ont souvent en poche un bac général ou pro dans le secteur tertiaire, la plupart vivent encore chez leurs parents. Pas d'études supérieures, ou bien abandonnées à peine commencées. En attendant mieux, ils travaillent chez Disneyland, dans un EHPAD voisin ou dans les restaurants de la zone commerciale à laquelle on accède par la bretelle d'autoroute : un carrefour autour duquel sont disposés des bâtiments modernes dans le style western spaghetti, préfabriqués peints en blanc, toits plongeants, portiques à arc plein cintre, où l'on sert dans un décor uniformisé – tables de bois blond luisantes, moquettes épaisses bordeaux ou vertes, larges baies vitrées ouvrant sur les paysages postmodernes industriels – des nourritures qui le sont tout autant.

Clara travaille parfois dans l'un de ces restaurants. À la fin du service, elle sort par-derrière et le commis de cuisine lui passe une assiette de son dessert préféré, une mousse à la framboise et au biscuit, un tiramisu revisité, rose comme un rêve de jeune fille. Ils fument une cigarette et elle regarde la nuit sans étoiles sur le couvercle mauve de pollution. À leurs pieds s'étendent des centaines de milliers de lumières, comme un tapis. Ils sont au tout début de la vingtaine. Encore des enfants dont on lave le linge, qu'on console même parfois, quand ils sont déçus. Mais des adultes tout autant, qui boivent, qui fument, qui conduisent leur propre voiture, ou leur scooter, qui ont des comptes en banque… un pied de chaque côté, sans passion mais pourtant pas sans rêves. Yohan se souvient d'avoir été un garçon comme ça, poussé dans une zone sans âme et sans trottoirs, mais au soleil du Sud, au moins. Il est allé avec facilité jusqu'au bac, s'est inscrit à l'université, a titubé, assommé, à l'entrée de ce temple majestueux où tout le monde semblait savoir où aller, sauf lui. Il s'est pourtant échiné à terminer un DEUG de droit. Tout le monde voulait devenir avocat, tous les bourgeois, en tout cas. Lui a décidé qu'il serait flic par esprit de contradiction. Il n'a aucun mal à imaginer la jeunesse de Clara, désœuvrée, indécise, hésitante. Clara, c'est les autres. Ceux qui n'ont pas fait ce qu'il a fait. Clara, c'est son passé, sa sœur, son enfant.

Avec l'autre serveuse, Clara termine ensuite de plier les nappes et les serviettes par dix avant de les entasser dans les gros sacs qui partent chez le teinturier, d'où elles reviennent empesées, portant les marques du fer que les jeunes filles s'efforcent d'aplatir du plat de la main en dressant la salle au prochain service. Les ballots sont lourds, Clara est menue mais elle est solide. Elle fréquente une salle de gym. Elle est petite, légère, mais ses bras sont musclés, elle joue parfois à faire ressortir la petite boule de son biceps pour impressionner les garçons avec qui elle sort.

Aujourd'hui, elle rentre de vacances, elle ne travaille pas. Elle passe la journée à traîner chez elle. Yohan reconstituera ses moindres faits et gestes et sera, trois ans plus tard, encore capable de les énumérer à la minute près. Elle va à la salle de gym, vers

15 heures, quand c'est le plus calme (arrivée 15 h 09, précise Yohan). Elle regarde des vidéos sur Internet, elle picore les restes de la veille, son téléphone greffé à la main.

Il y a des fleurs dans les arbres, le ciel est d'un bleu très pur. Son portable rose vibre sur le rebord de l'évier. Les messages se succèdent, ceux de ses amis qui veulent savoir quand elle rentre et ceux de Nanie qui lui propose de venir fêter son retour chez elle.

Elle ira, bien sûr. Clara ne dit jamais non à une fête, à une invitation, à une nouvelle rencontre. À rien, en fait, elle ne dit jamais non à rien. Elle ira retrouver ses amis, ceux avec qui elle se sent bien, sa petite bande depuis le collège. Mais pour l'instant, elle se regarde dans la glace, impassible, elle rêve. Elle est jolie. Elle aime son visage. Il est lisse, pointu, le maquillage noir accentue la forme de ses yeux étirés vers les tempes, ainsi que sa coiffure, une queue-de-cheval bien tirée de ses cheveux lisses et raidis au fer, aussi noirs que son mascara, son body, ses yeux, très noirs, à la pupille un peu élargie par la drogue – elle a pris des cachets dans la pharmacie familiale. Elle repasse son eye-liner, d'un geste sûr qu'elle accomplit tous les jours depuis ses treize ans. Le téléphone vibre encore une fois, la tirant de son rêve éveillé. Elle tape, très vite : Ouais, à toute, bisou.

Elle met de la musique dans sa chambre. La maison est déserte. Elle s'ennuie, elle rêvasse, elle enfile un petit blouson court sur son body et elle sort dans la nuit.

Sept cent trente mètres à parcourir. Yohan a tracé le chemin entre la maison de Clara et celle de Nanie.

Chez Nanie, ils sont une dizaine. Ils boivent, du vin et de la vodka. Quelques joints tournent – Clara n'y a pas touché, elle ne fume pas, explique Nanie, son amie de toujours. Elle boit un peu, parfois même un peu trop quand elles sont en soirée, mais pas de drogue, jamais. Nanie est catégorique. Je le saurais, affirme-t-elle. De quoi ont-ils parlé ? Des choses habituelles. Une de leurs amies a des problèmes avec son mec, les vacances de Clara, le boulot de Nanie, ce genre de choses-là. Une soirée banale entre amis de toujours.

À 2 heures, Clara s'en va. Sur le chemin, à quelques pas du coin de la rue de ses parents, elle est aspergée d'essence et transformée en torche humaine. Elle lâche ses affaires et parcourt quelques mètres, dans la mauvaise direction, avant de tomber entre deux voitures, et d'achever de s'y carboniser. Elle a probablement hurlé, sa bouche est ouverte sur un cri – quelqu'un dit avoir entendu un cri d'enfant. Yohan y pense sans arrêt, à la douleur, mais aucun des voisins interrogés n'a jugé utile d'ouvrir la fenêtre pour voir ce qui se passait. Eh bien, tu aurais vu flamber une jeune fille. Dormez tranquilles, braves gens, pense Yohan tout en prenant note de leurs explications embarrassées.

Les résultats des réquisitions techniques reviennent les uns après les autres. Une faible quantité d'essence a suffi à enflammer le corps, l'équivalent d'une canette, à peu près. N'importe qui aurait pu se la procurer. N'importe qui la porter.

— Vous avez prévenu son petit ami ? demandent ses parents. Wesley Stahl. Ils étaient très amoureux, je crois.

Wesley Stahl, note Yohan, qui entend ce nom pour la première fois.

Wesley Stahl

C'est Yohan qui lui apprend la mort de Clara. Le jeune homme est interdit. Il ignorait même qu'elle était rentrée de vacances. Il donne sans difficulté les codes de son téléphone aux enquêteurs et raconte les débuts de leur histoire. Clara a travaillé l'an dernier dans un gros restaurant où elle n'a pas donné satisfaction – trop lente, expliquera le patron quand Yohan le contactera. Gentille, mais un peu princesse. Pas le genre de la maison. À la fin de sa période d'essai, elle a été remerciée. Wesley tenait le bar. C'est un beau garçon, sportif, sérieux, de cinq ans son aîné. Clara n'était pas son genre, dit-il entre deux crises de larmes. Il la trouvait un peu allumeuse. Du genre avec qui on couche mais pas avec qui on sort. C'est elle qui l'a recontacté, quelques mois plus tard. Il s'est laissé tenter. Il était célibataire – enfin, pas exactement mais il faisait une pause avec son officielle. Une fille sérieuse celle-là. « Du genre qu'on épouse ? » demande Yohan, dont la légère ironie est perdue pour le jeune homme qui répond : « Oui, du genre qu'on épouse si elle est d'accord. » Il a passé quelques mois avec Clara qu'il décrit comme timide, hésitante, pas bavarde, effacée. Yohan la devine écrasée par ce garçon indifférent à ses charmes, honteuse de son ignorance, de son jeune âge, de son manque d'expérience. Wesley a voyagé, il a fait un tour d'Amérique latine pendant presque un an, il sait beaucoup de choses, il regarde des documentaires, il a du succès avec les filles, il sait ce qu'il veut. Wesley dit que pour lui, leur histoire touchait à sa fin. Il pensait qu'il n'aurait même pas besoin de rompre, que ça se ferait tout seul. « C'est commode », glisse Yohan en explorant leur correspondance. Inégale. Il y a beaucoup de messages de Clara sans réponse. Aucune émoticône, alors qu'elle n'en est pas avare avec ses autres correspondants – elle est intelligente, se dit Yohan. Adaptable. Elle voulait lui plaire, devinait qu'il méprisait les smileys qui traduisent les pensées, adoucissent les reproches, demandent grâce. Les réponses de Wesley sont brèves. Viens, écrit-il seulement, parfois au milieu de la nuit – une petite envie, cher Wesley ? se demande Yohan. Et

Clara répond dans l'instant : J'arrive. Parfois, Wesley propose de venir la chercher. Sois au coin dans quinze minutes. Royal, commente Yohan pour Seb, son binôme de l'époque, avant Marceau. Puis, Clara attend. T'es où ? T'arrives ?

Yohan démêle l'emploi du temps du garçon, qui est mis sur écoute. La nuit de la mort de Clara, Wesley travaillait au restaurant, puis il est allé rejoindre son ex, qu'il a emmenée dans un endroit assez chic, aux portes de Paris, pour boire un verre. C'est lui qui a payé, comme le montrent ses réquisitions bancaires, et assez cher encore. Mais ça n'a pas suffi, on voit au bornage de son téléphone qu'il l'a raccompagnée chez elle. À l'heure présumée de la mort de Clara, ils étaient encore ensemble, dans le 15e. Au téléphone, il ne fait part à personne de la mort de sa petite amie. Peut-être que personne ne savait qu'ils étaient ensemble ? Pour lui, Clara n'existe pas. Il se fait pourtant porter pâle au restaurant, le lendemain de son audition, prétextant un problème personnel. Ce soir-là, il ne sort pas de chez lui.

Il a dit à Yohan :

« Je me rends compte que je sais pas grand-chose de sa vie et ça me fait bizarre. C'était juste une amourette, rien de sérieux. Elle parlait pas beaucoup. Mais elle m'avait juste dit comme ça, en passant, qu'elle avait un ex très jaloux qui lui avait fait des menaces. Je sais même pas si je l'avais crue, elle était du genre à dire ça pour se mettre en valeur. Enfin, c'est ce que j'avais pensé. Je me rappelle pas son nom, mais c'était un Arabe. Il était de la cité des Noisetiers. Maintenant je me dis que ça pouvait être vrai. Clara était le genre de fille à pouvoir sortir avec un mec comme ça. C'était le genre de fille à avoir des emmerdes. »

Yohan entreprend de retrouver cet ex jaloux.

Nanie a justement dressé pour lui une liste de gens

avec qui Clara avait eu des différends. En première position arrive un Fathi Chebel. Nanie explique qu'ils ont fréquenté le même collège, que c'est un lascar comme un autre et qu'elle avait mis Clara en garde. Mais il était tout ce que Clara aimait : mauvais garçon, un peu voyou, macho. Il la traitait comme elle pensait le mériter, dit Nanie, finement.

Yohan convoque Fathi sans beaucoup d'espoir de pouvoir éviter de se déplacer mais il a la surprise de le voir arriver le jour dit et à l'heure.

— Je savais bien que vous alliez vouloir me voir. J'ai même appelé le commissariat, ils m'ont envoyé chier.

— Ah tiens ? se dit Yohan. Merci les bleus.

Fathi est un beau garçon. Teint pâle, yeux noirs, chevelure savamment dessinée au rasoir, fin, musclé.

— Et pourquoi on aurait voulu te voir ? demande-t-il.

— Par rapport à la chanson.

Il faut parfois savoir masquer son étonnement. Yohan garde la bouche close pendant que le jeune homme raconte.

Fathi Chebel

Clara et lui sont sortis ensemble deux fois. La première, au lycée, ça n'a pas duré longtemps, il ne sait même plus pourquoi ni comment ça s'est terminé. La deuxième, il y a deux ans. Ils se sont recroisés à une fête chez des amis communs. Elle l'a chauffé, dit-il. Elle était jolie mais très pétée. Il en a profité. Clara fumait et voulait lui en acheter. Il ne vend pas, mais comme il est consommateur, il lui arrive de dépanner les copains. Pour ça, il faut vraiment être un bon copain. Il est arrivé ce qui devait arriver, dans la salle de bains des gens chez qui ils étaient.

— Elle était comme ça Clara ?

— C'était une fille ouverte, répond Fathi, sérieux.

Quand elle voulait quelque chose, elle était pas du genre à faire des manières. Là, elle me voulait moi. Pourquoi j'en aurais fait, moi, des manières ?

Le lendemain, il lui a envoyé un texto. Elle a répondu, avec un petit émoji qui rigole en tirant la langue, et un autre qui a de la fièvre. Elle avait la gueule de bois mais elle avait été contente de le revoir. Lui aussi. Ils se sont donné rendez-vous pour le lendemain. Il a emprunté la voiture de sa mère pour aller la chercher au travail.

— On a commencé à sortir ensemble. Mais tout était compliqué. On pouvait pas aller chez elle, à cause de ses parents. On pouvait pas aller chez moi, à cause de ma mère. Clara, c'était une petite princesse. Elle voulait qu'on lui sorte le grand jeu. Moi, je bosse, je file la moitié de ma paye à ma mère, le reste, je le mets de côté pour monter un label. J'ai pas envie de dépenser mon fric dans les hôtels de Disneyland juste pour tirer un coup. Et puis, Clara, c'est pas une fille fidèle. Enfin, c'était pas.

Il se frotte le visage, appuie sur ses paupières, pour faire disparaître toute trace d'émotion.

— J'ai vu des photos sur Facebook avec des mecs, elle m'a fait des plans. Alors j'ai écrit cette chanson.

— Et c'est quoi, cette chanson, exactement ? demande Yohan.

— C'est un morceau de rap un peu vénère où je parle d'elle. Vous l'avez pas entendu ? Ça dit, en gros, que je vais la cramer. C'est pour ça que je me suis dit… Mais si j'avais vraiment voulu la cramer, je l'aurais pas chanté avant. Et une fois que je l'ai chanté, pour moi, c'était bon. Ça me suffisait. J'ai jamais souhaité sa mort. Je voulais juste plus rien avoir à faire avec elle.

— On le trouve où, ce morceau ?

— Je peux vous le faire écouter.

Le jeune homme se penche et tape sur le clavier

de l'ordinateur de Yohan. Il entre les codes d'une chaîne YouTube. La musique et une voix agressive s'élèvent dans la pièce. Ils écoutent, tous les deux, le jeune homme réclamer la mort de sa petite amie.

— Si j'avais su, dit Fathi, livide, j'aurais jamais chanté une chose pareille. C'étaient que des mots, pour moi.

Yohan ne dit rien.

— Si vous me mettez en GAV – il prononce jave, comme les flics ; il n'est connu que pour des broutilles mais il joue un peu les cadors – vous pourrez prévenir ma mère ? Je sais que je suis majeur, mais elle va mourir d'inquiétude si je reviens pas.

Yohan hausse les épaules.

— Vous pouvez partir. Mais tenez-vous à dispo.

L'alibi de Fathi, c'est sa mère, que Seb a contactée pendant l'audition, et son téléphone. Il a dormi chez lui. Son téléphone était allumé et actif jusqu'au milieu de la nuit. Le matin, il est parti à l'heure au travail – il est magasinier. Ses patrons parlent de lui favorablement. Il chante qu'il va cramer une jeune fille, mais ça ne veut pas dire qu'il l'a fait, se dit Yohan.

D'ailleurs, il n'est pas le seul à parler d'autodafé. Un coup de fil anonyme vient d'orienter l'enquête vers un individu du voisinage, que tout le monde appelle le Fou, et qui a pour habitude de se promener en poussant un Caddie, vêtu de loques, en braillant à intervalles réguliers : « Je vais la cramer. Je vais la cramer. » Quand il croise une jeune fille, il crache.

Antoine Lantier

Les enquêteurs se transportent sur les lieux, comme ils l'écrivent dans leur PV. Ce qui est plus difficile à rendre, ce sont les lieux, justement. Antoine Lantier habite un pavillon ancien en plâtre blanc intégralement englouti par une végétation démente, une forêt vierge de lierre et d'autres plantes grimpantes dont les pieds noueux ressemblent à des pattes d'éléphants. Sur les branches des arbres du jardin, éblouissantes dans le soleil printanier, des amulettes en fer-blanc dansent, s'entrechoquent et cliquettent lorsque le vent se lève. C'est le jardin de Satan, souffle Yohan en ouvrant la porte pour la perquisition. Ils pénètrent sous le couvert de la végétation et progressent dans une pénombre tranquille. Une silhouette furtive file entre leurs pieds. Chat, rat ?

L'homme n'a pas le téléphone. Des dizaines de mains courantes le désignent comme un danger possible pour les filles, pour les enfants, pour les voitures, aussi, qu'il raye parfois volontairement. « C'est notre cinglé, a dit le chef de poste. Il en faut. Mais il est inoffensif. » Les enquêteurs parviennent à la maison. Plusieurs carreaux sont cassés, colmatés par des cartons. Ils n'ont pas le temps de frapper que la porte s'ouvre sur un petit vieux chenu. À l'intérieur, il fait humide et froid, comme dans une grotte, le soleil et les courants d'air n'atteignent jamais ces pièces où s'entassent jusqu'au plafond des piles de journaux qu'escaladent des cafards heureux. Dans la cuisine, où le petit vieux retourne se faire chauffer une tasse de thé, ils aperçoivent des boîtes en plastique, en bois, en métal, pleines de bouts de ficelle, de morceaux de ferraille, de bouchons en liège.

— Je suis un accumulateur, explique Lantier sans les regarder.

Ils vont et viennent, silencieux, entre les piles, prenant garde à ne toucher à rien.

— *Psst*, fait Seb en désignant, dans un ancien garde-manger, des bidons d'essence rouillés soigneusement entassés.

Il les touche du pied, Yohan lui demande avec les yeux : Alors ? Vides.

Antoine Lantier s'assied péniblement à la table de formica aux pieds rongés et demande :

— Vous me voulez quoi cette fois, les poulets ?

Ils lui parlent du cadre de leur enquête. Il grogne.

— Mais vous avez quoi contre les femmes ? demande Yohan. Pourquoi vous crachez comme ça sur les petites filles ?

— Je crache par terre.

— Mais pourquoi ?

— Toutes des putes, grogne le vieux. Toutes. Même la petite jeune qu'a cramé l'autre jour. Bien fait pour sa gueule. Pute.

Antoine Lantier fait un bon suspect, se dit Yohan en écoutant le petit vieux radoter. Il fera même un suspect idéal jusqu'à ce qu'on découvre qu'il a été interné deux jours. Il était à l'HP le jour de la mort de Clara. C'était trop beau.

L'enquête de voisinage se poursuit, ils retournent dans les maisons alentour, poser les mêmes questions, trouver les habitants absents à leur dernier passage. Au 5 de la rue, une femme a entendu une voix d'enfant ou de très jeune fille crier : « Mais arrête ! » À quelle heure ? Vers 2 ou 3 heures, dit-elle. Et vous n'avez pas pensé à aller voir ? demande Yohan, qui maîtrise son intonation pour ne pas paraître accusateur. Il y a parfois du grabuge dans le quartier, dit la femme. Des jeunes de la cité des Noisetiers, ou des gitans. Je voulais pas me faire remarquer à la fenêtre. Elle n'a pas l'air de se sentir coupable, pas du tout, intonation ou pas. C'était un cri comment ? Paniqué ? Énervé ? Rien d'autre que ces mots, « Mais arrête » ? Rien d'autre, dit la femme, pressée d'en finir. Au 12, un couple croit aussi avoir entendu crier. Au milieu de la nuit. Ils n'ont pas regardé non plus. La fatigue. La fille dit : « J'ai attendu un peu, si ça avait recrié, je serais allée voir. Rien. Alors je me suis rendormie. Évidemment, si j'avais su… » et elle se met à pleurer. Yohan se demande combien de secondes Clara a crié, avant de s'asphyxier. À quelle puissance, se demande-t-il, hurle-t-on quand on brûle vif ? La douleur ne s'entend-elle pas ? N'est-ce pas un cri à vous glacer le sang ? Dans la rue des Voisinets, perpendiculaire, au 17, à la première maison, une femme a entendu la portière d'une voiture. Elle a cru qu'il s'agissait de sa fille qui rentrait. Elle a guetté le bruit de la porte d'entrée. Rien. Mais elle n'a pas entendu de cri. La portière ? Il était 2 h 21 exactement. Sa fille était déjà là, en fait, elle ne l'avait pas entendue rentrer. Elle dort souvent très bien en début de nuit.

Nanie revient au commissariat, avec sa liste. Elle pointe du doigt un mot qu'elle a souligné, tracé de son écriture ronde, « le manouche ».

— C'est quoi ça ? demande Yohan.

— Je croyais que c'était de la vieille histoire. C'est un gars avec qui elle est sortie. Je connais pas son nom, elle l'appelait Donnie, je pense que c'était un surnom. Je l'ai jamais vu.

— Mais il existe ? demande Yohan.

— Oh oui. Clara en avait peur. Elle avait même déposé plainte contre lui.

Au commissariat local, Yohan trouve bien trace non pas d'une plainte, mais de deux mains courantes déposées par Clara contre un certain Marcel Flamel.

Marcel Flamel

Aux policiers, Clara a raconté qu'elle s'était fait draguer dans la rue par un garçon inquiétant, un manouche pas très propre, très insistant. Comme elle ne savait pas comment s'en débarrasser, elle lui avait donné son numéro de téléphone. Non, elle n'avait pas eu la présence d'esprit d'en donner un faux. Après, ce garçon s'était mis à la harceler. Parfois, il l'attendait dans la rue, en bas de chez elle. La plupart du temps, c'était au téléphone, des messages ou des SMS d'insultes. Il disait : Je vais te cramer. Sale pute. Tu vas brûler. Pourquoi tout le monde semble-t-il vouloir faire brûler cette gosse, se demande Yohan. Le brigadier a pris note des messages que lui a montrés Clara. Elle revient, quelques mois plus tard, pour dire qu'il a continué. Les policiers l'encouragent à porter plainte, elle refuse et comme c'est seulement une main courante, ils ne peuvent rien faire.

Yohan revoit une à une les amies de Clara, ses parents. À chacun, il demande de parler de ce Donnie, Marcel Flamel, le manouche, le gitan. Les parents ne sont pas au courant, sa mère n'a même pas l'air de comprendre ses questions.

Une cousine de Clara raconte une autre histoire. Clara a rencontré Donnie en boîte, à l'Enfer, croit-elle savoir. Il était beau. Dans le genre cabossé, un peu comme cet acteur de cinéma américain, vous voyez ? Celui qui joue dans les films d'action. Il était blond, il avait les yeux verts. Il était à peine plus âgé qu'elles mais il avait vécu. Il avait fait un peu de prison. Il connaissait la vie. Il avait les yeux verts, elle l'a déjà dit ? Une cicatrice dans le sourcil, un nez de boxeur un peu aplati. Il lui manquait une dent, au moins une. Pas très grand. Mais il avait un beau sourire, un piercing, des épaules bien baraquées. Elle l'a vu une fois ou deux, quand elle accompagnait Clara à leurs rendez-vous. C'est un garçon qui habitait en caravane. Oui, Clara était allée chez lui, sur sa parcelle. La cousine pense que Clara a couché avec lui, mais elle n'en est pas certaine. Au moins une fois, dit-elle. Clara aimait bien les mauvais garçons. Donnie la traitait comme une princesse, ce qui lui plaisait aussi. Ça n'avait pas duré, c'était un coup comme ça. Mais il s'était accroché, il était devenu furieux. Elle n'arrivait plus à s'en débarrasser.

Yohan continue d'interroger les amies de Clara. Elles disent que Clara serait sortie avec lui, aurait couché avec lui, aurait seulement dansé, l'aurait allumé, l'aurait autorisé à la raccompagner chez elle... Elles disent qu'il est laid, qu'il est sale, qu'il est sexy, qu'il sent la sueur. Elles disent toutes qu'il conduisait une Clio blanche dont la vitre arrière était fêlée. Ça rappelle quelque chose à Yohan, une Clio blanche pourrie. Il reprend le descriptif de la rue, dressé deux fois, la première par la Sécurité publique, la seconde par la Crime, plusieurs heures plus tard. Devant le numéro 9, à quelques mètres de là où a été retrouvée Clara, une Clio blanche en mauvais état est signalée. Il demande identification de l'immatriculation. La voiture est au nom d'un Georges Lebeuf. La vitre arrière était fêlée, confirme Seb, qui a fait le PV. Il s'en souvient. Un avis de recherche pour Marcel Flamel est lancé. Les deux mains courantes sont ajoutées à la procédure.

En attendant, Yohan reprend la liste de Nanie. Il y a un autre nom souligné : Jules Leroy.

Jules Leroy

Personne ne savait que Clara le fréquentait, à part Nanie. C'est un ancien du lycée, de deux ans son aîné. Elle a toujours un peu fantasmé sur lui, explique Nanie. Ils se sont retrouvés quand Clara s'est inscrite au club de gym à côté de chez elle. C'est sans doute parce qu'il y passait tellement de temps qu'elle est devenue assidue. Sinon, Clara, elle était plutôt velléitaire, dit Nanie. Jules Leroy, d'après ses posts sur Facebook, est un genre de beau gosse à gros muscles, qu'il exhibe de photo en photo. Mauvais goût, pense Yohan, si mauvais goût pour les hommes, petite sœur. Il contacte les propriétaires du centre sportif et leur adresse une réquisition : le listing de fréquentation de la salle le jour de la mort de Clara. La réponse n'arrive que le lendemain, par fax. Bingo, pense Yohan. Jules Leroy était là, il bipe un quart d'heure avant elle et, apparemment, ils sont repartis ensemble. Il la savait donc de retour à Paris. Yohan le contacte.

Jules Leroy arrive à l'heure, lui aussi, pâle et incertain. Habillé, il ne paraît pas si musclé et il est à peine plus grand que Yohan, qui est franchement petit. C'est trompeur, les photos, se dit ce dernier. Jules raconte qu'il a hésité à contacter la police pour dire qu'il connaissait Clara.

— Mais j'avais pas grand-chose à dire.

— Vous l'avez vue le jour de sa mort. C'est pas rien, quand même.

Il acquiesce.

— On faisait du sport ensemble. Elle m'avait un peu pris comme coach.

— Vous aviez quel type de relation ? demande Yohan, sec.

Jules hésite.

— On se fréquentait. On couchait un peu ensemble, en fait. Personne ne le savait. C'était juste comme ça.

— Ça se passait où ? demande Yohan.

Jules s'empourpre.

— Ça dépend. À la gym, parfois. Dans ma voiture, une fois. Chez moi, quand mes parents n'étaient pas là.

— En tout, combien de fois ?

— Pas plus de dix, je dirais.

— Vous saviez qu'elle avait un petit ami ?

— En fait, moi aussi j'ai une copine. C'était juste comme ça, je vous dis. Clara était une fille pas compliquée. Ça me changeait, vous comprenez ? Et je crois que son mec la traitait pas si bien, enfin c'est l'idée que je m'en faisais.

— Elle vous en parlait ?

— Non.

— Vous parliez de quoi ?
— De sport, surtout.
— Vous saviez qu'elle projetait de s'inscrire dans une école d'infirmière ?
— Non. C'est comme je vous dis, on était juste *sex friends*.
— *Sex friends*, répète Yohan, qui entend l'expression pour la première fois.
— J'ai été super triste d'apprendre sa mort, ça me ronge. Surtout que je pouvais partager ça avec personne, comme personne savait que je la connaissais. Depuis, je me sens mal.
— Vous faisiez quoi, la nuit de la mort de Clara ?
— J'étais chez moi, avec des potes. On a joué à Grand Theft Auto la moitié de la nuit. Ma copine était là aussi, mais elle dormait.
Jules Leroy accepte un prélèvement ADN et il est placé sur écoute. De toute façon, les réquisitions sur le briquet sont revenues, sans surprise : aucune trace d'ADN n'a pu être isolée. Ce pourrait tout aussi bien être le briquet de Clara. Ou un briquet perdu à cet endroit, par hasard. Sur le corps carbonisé, bien sûr, aucun ADN non plus. Jules Leroy repart, triste et pâle comme à son arrivée.
Yohan se dit qu'à ce stade n'importe lequel des hommes autour de Clara aurait pu la tuer. Ça le déconcerte. Qu'est-ce que tu faisais, petite sœur, pour attirer tous ces barjots ?
Un jeune homme se présente alors spontanément au commissariat et cette fois, après la gueulante qu'a passée le patron de la Crime lorsqu'il a appris que Fathi Chebel les avait contactés en vain, on le dirige illico vers la PJ.

Denis Douet

Il est reçu par Seb mais Yohan vient écouter sa déposition. Il se tient légèrement dans son dos, adossé à une armoire métallique, et il sent que sa présence dérange le jeune homme. Il ne bouge pas, il écoute. Denis Douet est grand mais voûté, avachi sur sa chaise, il a des cicatrices de boutons d'acné, la mauvaise mine de celui qui vit la nuit, la silhouette d'une bougie fondue. Pas un prix de beauté, celui-là. Sans profession, il est entretenu par ses parents et sous-loue, juste à côté de chez Clara, une chambre chez un ancien copain de classe qui travaille comme commercial pour un promoteur immobilier. Dans une bulle, précise-t-il inutilement. Sa copine souhaiterait d'ailleurs qu'il dégage mais son pote aime passer dans sa chambre le soir, pour jouer aux jeux vidéo. Le loyer les aide un peu, aussi.

— Et vous êtes venu nous voir pour… ? demande Seb, dont les jambes toujours actives de marathonien dansent la java sous la table.

— Ah, oui, comme je l'ai dit à vos collègues du commissariat, en fait je suis un ex de Clara. Donc j'ai pensé que je pourrais peut-être aider.

Yohan est hérissé intérieurement par ce grand corps mou et menteur. Les vrais ex ne se sont pas manifestés, pourquoi toi ? se demande-t-il. Pourquoi toi dont personne, pas même Nanie, ne nous a jamais parlé ?

Denis raconte qu'il est sorti quelques fois avec Clara, ils ont couché ensemble, il ne saurait dire combien de fois. Ils n'étaient pas officiellement en couple, ils se fréquentaient secrètement. Elle venait souvent se réfugier chez lui quand elle se disputait avec ses parents.

— Vous êtes plus âgé, constate Seb.

— On avait presque dix ans d'écart. C'est pour ça, d'ailleurs, j'étais un peu son protecteur. Je lui filais des cigarettes quand elle n'en avait plus, je la conduisais parfois, comme elle n'avait pas le permis.

Seb demande à voir son téléphone. Il le demande

du ton bien particulier qu'emploient les policiers et qui ne souffre pas de réponse négative. Yohan voit bien que Denis se tend, qu'il voudrait dire non. Mais il ne sait pas s'il a le droit de refuser. Ensuite, de quoi aurait-il l'air, alors qu'il vient proposer son aide ? Seb le regarde fixement, la main tendue. Denis y dépose le téléphone.

— Le code ?

Denis marmonne quelques chiffres. Dedans, il y a des textos envoyés à Clara, le jour de sa mort. Ils ont été effacés de son téléphone à elle, constate Yohan. Il y en a trois. Le premier dit : Alors tu deviens quoi ? C'est la veille de son retour de vacances.

— Vous n'aviez pas vu Clara depuis combien de temps ? demande Yohan dans le dos de Denis, qui répond sans se retourner.

— Je saurais pas dire, quelques jours, une ou deux semaines. Je sais plus trop.

Il ne savait pas qu'elle était en vacances, pense Yohan. Elle ne lui avait pas dit. Pas si proches.

Le deuxième texto, le jour de son retour : Tu me fais la gueule ou quoi ? Suivi d'un smiley qui rigole. Le dernier, à 22 h 27, dit : Ben t morte ou quoi ?

D'après le schéma des déplacements de Clara, ce dernier texto peut avoir été envoyé exactement au moment où elle passait devant chez lui, se rendant à la fête chez Nanie.

— On voit la rue depuis votre chambre ? demande Yohan.

— Ouais, je suis au rez-de-chaussée, répond Denis.

Yohan l'imagine, comme une araignée ventrue dans une pièce qui doit puer la chaussette sale, regarder par la fenêtre et voir la jolie Clara passer dans l'air frais de ce début de printemps, ses cheveux lisses balayant son dos au rythme de sa marche, les mains dans les poches de son blouson court, son jean moulant ses fesses. Sans un regard dans sa direction. L'après-midi même, elle a sûrement couché avec Jules au club de gym. Elle se sent bien, elle va rejoindre sa bande. Elle n'a pas besoin de lui. Alors il envoie ce message, en la regardant passer, comme s'il ne savait pas qu'elle était là, tout près.

— On ne vous a pas vu, lors de l'enquête de voisinage, fait remarquer Seb, penché sur le plan des rues. Comment ça se fait ? On a sonné chez vous plusieurs fois. Le matin de la découverte du corps, notamment. Vous étiez où ?

— Je sais plus trop.

— Vous faites quoi de vos journées ? Vous dites que vous ne travaillez pas.

— En ce moment, je fais pas grand-chose. J'ai du mal à dormir la nuit. Alors le matin, je fais la grasse matinée. Je devais dormir, en fait, quand vous êtes passés.

— On a sonné plusieurs fois, dit Seb.

— J'ai le sommeil lourd.

— Et les autres jours ? On a vu votre colocataire et sa copine. Mais pas vous. Comment vous expliquez ça ?

— J'étais tellement mal de la nouvelle de sa mort que j'ai fumé comme un porc. Je devrais pas vous avouer ça. Je comatais, du coup. C'est pour ça que je suis venu aujourd'hui.

Denis s'en va. Yohan appelle Nanie. Elle affirme qu'il est impossible que Clara ait couché avec lui. Elle le trouvait répugnant physiquement, dit Nanie en rougissant ; c'est ce qu'elle disait exactement. Elle disait qu'il était mou, elle aimait les mecs durs.

— Mais il s'était fait une fixette sur elle. Il était un peu accro. Elle en profitait. C'était pas par méchanceté, elle s'en rendait pas vraiment compte. Mais il habitait juste à côté, il avait toujours des clopes et Clara était toujours un peu fauchée. Quand elle s'ennuyait, elle allait fumer avec lui. Ils s'étaient fâchés, à un moment, justement parce qu'il la collait trop. Il comprenait pas qu'elle vienne toujours chez lui mais qu'elle veuille pas coucher avec lui. Et puis ils s'étaient réconciliés. Clara m'en parlait pas trop, parce qu'elle savait que j'approuvais pas. C'est un pauvre type, un mec qui vit tout seul dans sa grotte, il fait rien, il travaille pas, il passe son temps à jouer aux jeux vidéo et à fantasmer sur Clara. Moi je trouvais qu'elle aurait dû l'éviter.

Yohan entend que Nanie pleure. Tout ce qu'elle dit de son amie, ça en dresse un portrait qu'elle ne reconnaît pas. Bien sûr, elle était comme ça, Clara, toujours amoureuse du mauvais gars, toujours profitant un peu de ses charmes. Mais avec innocence, c'est ce qu'elle voudrait que Yohan comprenne. Comme une enfant, en fait, qui vous fait les yeux doux pour obtenir un bonbon. Pas comme une pute. Comme une fille qui veut s'amuser et profiter. Elle aimerait arriver à dépeindre la joie de Clara, son rire, ses attentions pour ses amies. Comme elle était fidèle. Comme elle était tendre. Et tout ce qu'elle arrive à dire, ce sont des saloperies.

Est-ce que Denis, en proie à son obsession pour Clara, aurait pu prendre ombrage du fait que celle qui disait oui à tous se refuse à lui seulement ? Au point de vouloir la tuer ?

— Ce qui est bizarre, quand même, c'est qu'il n'ait pas ouvert, fait Seb.

Yohan et Seb retournent chez le couple qui héberge Denis et ils y trouvent, entreposé dans l'entrée, un bidon d'essence. Pour la tondeuse, dit le pote de Denis.

Denis est placé sur écoute.

Les parents de Clara sont là, dans le bureau de Yohan.

Sa mère semble avoir perdu tout ce qu'elle avait

de superflu. Son pull flotte sur ses épaules amaigries. Son visage a la couleur du papier mâché mais son dos reste très droit. On devine son squelette, les cervicales qui ressortent, le crâne comme celui d'un oiseau sous les cheveux courts, la ligne droite des mâchoires. Son mari, lui, paraît un peu flou à côté d'elle. Pourtant, c'est lui qui prend la parole.

— Quelques jours après la mort de Clara, un petit mausolée est apparu, à l'endroit de la découverte du corps. D'abord, une ou deux fleurs accrochées à la grille du jardin. Puis des petits mots. Des ours en peluche. Des babioles. "On t'aime, Clara." Des gros dessins de cœurs. De plus en plus de fleurs. À l'endroit où le trottoir, plus foncé, porte la marque des flammes, vous voyez ? J'y vais tous les jours, pour voir ce qu'il y a de nouveau. Pour voir qui pense à ma fille. Ce matin, j'ai tout de suite repéré ça. » Il jette sur le bureau un sac plastique. « C'est un T-shirt taché de sang. Je l'ai pas touché, je suis allé chercher un sac de congélation et je l'ai mis dedans. Le voilà.

Il regarde Yohan avec tant d'espoir. Ce geste de père, celui qu'il n'a pas fait en sauvant sa fille, il le fait maintenant, il ouvre la voie vers le meurtrier.

Le T-shirt est envoyé au laboratoire. La réquisition porte la mention : Urgent. Le lendemain, la réponse est sur le bureau de Yohan. Le sang ressort au FNAEG sous le nom d'Olivier Caron.

Olivier Caron

Trois enquêteurs sont penchés sur le dossier d'Olivier Caron et se passent les pages, les unes après les autres, en silence.

Olivier Caron, vingt-six ans, est connu pour le meurtre de son bébé, une petite fille de trois mois dont il aurait défoncé le crâne un soir qu'elle pleurait trop. Le bébé avait également des côtes cassées et des hématomes sur tout le corps. Olivier et la mère, âgée de dix-sept ans, ont raconté que l'enfant était tombé par terre alors qu'il était sous la garde de son père. La mère était sortie dans la nuit pour aller chercher du lait à la pharmacie de garde. Olivier a fait neuf mois de préventive puis a été relâché en attente de son procès. Il avait vingt-trois ans à l'époque, il n'a pas encore été jugé.

La PJ va le chercher un matin, à l'aube, chez sa nouvelle petite amie.

Olivier Caron est l'homme le plus beau que Yohan ait jamais vu. Il ne savait même pas qu'on pouvait être ému par la beauté d'un autre homme. Il est conscient de retenir son souffle lorsque Olivier entre dans son bureau, les mains menottées derrière le dos. Il a le teint caramel, les yeux d'une étrange couleur, presque dorée. Il est grand, lisse, il a des belles mains, longues et solides, pense Yohan en défaisant les menottes. Il pourrait être acteur, mannequin, quelque chose comme ça. À la place, il vit sur le dos de filles qu'il séduit, puis qu'il démolit.

Il répond à toutes les questions avec calme, de sa voix chaude, sexy, rassurante. Il raconte qu'il connaissait Clara depuis le lycée. C'est elle qui avait repris contact avec lui, sur Facebook. Depuis, ils communiquaient comme ça, tranquille. La nuit, quand elle ne dormait pas, elle regardait s'il était en ligne et ils discutaient.

— On parlait musique, cinéma. C'était une fille bien. C'est pour ça que je suis allé mettre mon T-shirt. Je me suis ouvert la main, j'ai mis mon sang et je l'ai déposé sur le mausolée. » Il montre l'écorchure sur la paume de sa main. « Ça me semblait être la chose à faire, dit-il.

La nuit de la mort de Clara, il était avec sa copine. Elle confirme. Yohan la reçoit, une petite chose apeurée aux cheveux ternes, un bleu sur la tempe, les épaules remontées jusqu'aux oreilles.

— Qui t'a fait ça ? demande Yohan. Et me dis pas que c'est une porte.

La fille ne répond pas.

— Tu sais qu'il est accusé d'avoir tué son bébé ?

— C'était un accident, dit-elle. Il a même voulu se laisser mourir, après... C'est pas lui qui l'a tué.

Yohan hausse les épaules. Ce n'est pas la première femme battue qu'il rencontre, en vingt ans de carrière. On ne peut jamais leur faire entendre raison, pense-t-il.

Au terme de la garde à vue, ils n'ont rien qui leur permette d'incriminer Olivier et ils sont bien obligés de le laisser sortir. La juge accepte toutefois de le placer sur écoute – une ligne de plus. C'est Yohan qui la prend, cette ligne, il en fait un peu une affaire personnelle. Il l'écoute toute la journée. Il sent son pouls qui s'accélère quand il l'entend parler à la jeune fille. La voix douce, chaleureuse, d'Olivier susurre dans le combiné : « Tu m'entends sale petite merde ? Tu m'entends ? Je vais rentrer, tout à l'heure, et je vais te dérouiller. Je vais péter ta sale gueule, mocheté. Tu écoutes ? Je vais te démolir le portrait et après je vais te péter le cul. Attends-moi, connasse. Attends que je rentre. »

Yohan écoute la fille qui pleure, il essaie de respirer calmement mais sa cage thoracique est comprimée.

« Réponds. Dis que tu m'attends.

— Je t'attends Olivier », sanglote la fille terrifiée.

— Celui-là, je voudrais bien me le faire, murmure Yohan.

— En plus, elle a un diplôme d'instit, la gamine. Je comprends pas ce qui leur passe par la tête à ces filles, fait Seb, désenchanté.

Les semaines passent.

Des retours de réquisitions, encore. Georges Lebeuf, le propriétaire de la Clio abîmée, habite la rue depuis dix ans. La voiture était en vente sur leboncoin, à un prix compétitif, c'est pour ça qu'elle a disparu depuis. Il ne connaît pas Marcel Flamel. Voici les papiers de cession du véhicule.

Nanie rappelle : elle a retrouvé le mot de passe du compte Facebook de Clara, c'est crybaby1997 comme le film, avec sa date de naissance. Yohan se connecte. Il lit toute la correspondance de Clara. Et c'est comme ça qu'il entend parler, pour la première fois, de la tournante et de Zélie Sorel, l'ange obscur de Clara.

Zélie Sorel

Zélie a le menton haut, les cheveux ondulés, les yeux insolents, elle est d'origine haïtienne et vit seule avec sa mère dans une des tours de la cité des Noisetiers. Sa mère et les amants de sa mère. Sa mère et ses antidépresseurs quand les amants s'en vont. Ou bien seule dans l'appartement vide, quand c'est sa mère qui disparaît.

Zélie est d'abord une enfant grosse et maussade, mais elle est dangereuse et ça se voit. Quand elles se retrouvent toutes deux dans la même classe, en sixième, c'est d'ailleurs ce qui plaît à Clara. Zélie n'est pas douce. Zélie ne sourit pas sur commande. Zélie ne la ferme jamais, même quand il vaudrait mieux. Elle n'est pas comme les autres filles, qui gloussent, qui se cachent les unes derrière les autres, toutes ces filles montées en graine, dans leurs Stan Smith, ou imitations, avec leurs mini-socquettes et leurs chevilles fines, leurs doudounes à capuche de fourrure l'hiver, toutes ces filles qui font semblant d'être des racailles mais qui craignent leur ombre. Et les hommes. Zélie, elle, regarde les garçons, les hommes, les adultes, les profs, les parents, droit dans les yeux, avec des réserves de haine accumulée. Ce n'est jamais elle qui détourne le regard la première.

Elle n'a pas peur de prendre des coups, elle sait les rendre et quand il s'agit d'un affrontement verbal, elle a la langue assez bien pendue pour remporter le morceau.

Dès le jour de la rentrée, elles se repèrent, se rapprochent, deviennent amies. Mais ce n'est pas comme avec Nanie, une relation chaleureuse et complice, une fidélité de tous les instants, pour toute la vie. Zélie est méchante, manipulatrice, changeante. Elle s'agace vite. Le penchant de Clara pour le compromis et la facilité, son cœur d'artichaut, ses affections successives, contradictoires, sans fondement, sa faculté à s'émouvoir, à oublier, l'irritent. Zélie est dure, elle est un roc, elle est mauvaise, intuitive, possessive, cruelle. Elle envie la joliesse de Clara, elle envie sa famille, son foyer, sa maison, ses parents naïfs et bienveillants. Elle méprise la fragilité de Clara, elle l'appelle la victime, elle se moque de ses illusions, de ses rêves. Toutes les quelques semaines, elles se fâchent, cessent de se parler, Clara se rapproche de sa cousine, de Nanie qu'elle connaît depuis la crèche, de sa famille. Elle retourne vers la douceur, le cocon douillet et un peu éteint de sa vie protégée.

Puis l'ennui revient ; elle regarde Zélie traverser la cour avec ses suivantes, le menton arrogant, elle regarde ses nouvelles bottes UGG, dont on raconte qu'elle les a volées, elle regarde la place vide, en classe, quand Zélie sèche les cours, et le frisson de l'aventure la reprend. Elle revient à Zélie comme à une fontaine, comme à un mystère.

Clara aime aller aux Noisetiers. Là-bas, elle feint la même assurance que dans les rues paisibles de chez elle qu'elle parcourt depuis ses premiers pas, où elle a fait du tricycle et de la trottinette entre ses parents, où elle a fumé en cachette ses premières cigarettes, ces rues qu'elle connaît par cœur, qui semblent gravées dans sa chair et qu'elle arpente désormais en souveraine lasse de son trop petit royaume. Aux Noisetiers, son cœur bat plus vite, ses pupilles se dilatent, c'est l'adrénaline. Là-bas, sur la dalle entre les quelques tours, il y a des garçons qui font du BMX, des plus grands qui font vrombir le moteur de leurs scooters, il y a un point de vente de drogue et il ne faut pas regarder le guetteur dans les yeux, sauf Zélie, Zélie peut, et même, il la salue du menton et elle lui répond en passant, altière, d'un hochement de tête presque imperceptible. « Ouais Gros », disent les mecs en se touchant le torse. Comme les garçons du collège, qui sont leurs pâles imitateurs. Quand elle arrive avec Zélie et qu'elle traverse la dalle, Clara a l'impression que tout le monde les admire et un groupe de filles un peu plus âgées, qui passent en se tenant par le bras, en jogging et foulard, saluent Zélie qui lâche en réponse un simple claquement de langue et glisse à Clara : « Elles, c'est les religieuses. » L'atmosphère est différente, ici, en haut sur la colline. Plus d'air. Plus de liberté. Plus de danger. Et sous le feu de tous ces regards sur ses courbes, son jean gris clair qui la moule, Clara se redresse et repousse une mèche de cheveux derrière son épaule.

Elles sont en troisième quand a lieu la tournante.

Il y a autant de versions que de narrateurs. Elles étaient deux, trois, ou bien c'était seulement Clara. Zélie nie, mais les autres se souviennent d'elle. Il y avait aussi une autre fille de leur classe, une jolie blonde aux yeux verts, Jenifer Bielle, dit Zélie à Yohan lorsqu'il l'auditionne. C'est peut-être faux : selon les autres témoins, le frère aîné de Jenifer, Jordan, était présent. Jordan Bielle a seize ans, il est beau et bagarreur, il a quitté l'école mais il a un talent de mécanicien qui le sauvera, pense sa mère en attendant qu'il s'assagisse.

Clara était-elle consentante ? Est-elle montée aux

Noisetiers pour ça, ce mercredi-là ? Ou est-ce le résultat de l'ennui, traîner avec Zélie dans son petit F3 désert, fumer à la fenêtre de la cuisine et finir par descendre, eh les gars, vous faites quoi ? Wesh rien, et vous meufs ? Peut-être que c'est ce que voulait Zélie, abîmer Clara, un peu, écorner son romantisme comme on démolit son château de sable, pour le pur plaisir de la destruction. Elle avait l'idée derrière la tête, c'est possible, elle a fait venir Clara exprès, elle avait prévenu les mecs de sa cité : j'ai une pote au collège qui est chaude, une vraie pute, elle en veut, elle en veut même beaucoup… Ouais, elle est jolie. Pas mal.

Peut-être, encore, que Zélie était en mission commandée. Peut-être qu'elle s'est fait coincer, un soir, par un cousin quelconque. « Dis donc meuf, ta copine, la petite brune. Celle qui a les cheveux longs et un gros cul. Oui, elle. Elle a un mec ? Tu nous la ramènerais pas, chez Jordan ? »

Yohan, patiemment, retrouve les participants de cette histoire qui s'est déroulée il y a huit ans et les fait venir, les uns après les autres.

Les garçons ont oublié :

— Une tournante ? Je vois pas trop. Qu'est-ce que vous appelez une tournante ? demande Jordan Bielle à Yohan.

— Eh bien, une tournante, c'est quand plusieurs garçons font à une fille ce que ton père fait à ta mère.

La main sur le cœur, le garçon jure n'avoir jamais participé à un truc comme ça.

Nanie, elle, s'en souvient. Elle dit que Clara était rentrée changée. Elle lui avait fait jurer de ne jamais en parler à personne. Elle ne voulait pas que ses parents le sachent. Mais cette fois, entre Zélie et elle, la rupture était consommée. Elles ne s'étaient plus adressé la parole jusqu'à la fin de l'année. Ensuite, elles n'avaient pas été affectées dans le même lycée.

C'est seulement récemment, il y a quelques mois, qu'à la faveur d'une soirée chez un ami commun elles se sont retrouvées. Zélie avait changé, en apparence. L'ado rugueuse était devenue jolie comme un rayon de miel. Mais Clara a reconnu, immédiatement, la flamme obscure qui l'avait attirée. Elle aussi, elle a changé. Elle n'est plus la petite fille timide de treize, quatorze, quinze ans. Elle est devenue belle, elle a gagné en assurance. Elle sait qu'elle plaît, les regards des hommes, son pouvoir sur eux, l'ont fortifiée, étayée. Elle a vécu des aventures, elle voit plus large, elle n'est plus la gosse timide et maigrichonne des pavillons effrayée par la cité. C'est sur un pied d'égalité qu'elles reprennent leur amitié, comme si rien ne s'était passé. Juste quelques mois avant sa mort.

Est-ce que ça a un rapport ? Comment cette vieille histoire de tournante peut-elle avoir un rapport avec la mort de Clara ? Quel est le lien ?

Yohan passe des heures sur Internet, il explore les nombreux sites sur lesquels on parle de la mort de Clara. Il lit les commentaires en ligne sous les articles du *Parisien*. Il identifie ceux qui se disent proches de la victime et dont il n'a jamais entendu parler. Il demande à la juge de pouvoir les entendre.

Retour de réquisition : Marcel Flamel était incarcéré à Liancourt lors de la mort de Clara, pour de multiples faits. Son nom avait été écorché : Flammel, avec deux *m*. Apparemment, il a une double identité : sur son acte de naissance, son patronyme s'écrit avec un *m*, sur sa carte d'identité, il y en a deux. Comment c'est possible, un tel merdier ? Avec les manouches, tout est possible, fait Seb. Mais double identité ou pas, c'est bien lui qui était au trou.

Yohan ne sait plus quoi dire aux parents de Clara quand ils appellent. Vous avancez ? demande le père. J'ai pensé que peut-être, vous pourriez interroger son professeur de gymnastique. Elle disait qu'il mettait des mains aux fesses à ses élèves. Peut-être que… J'ai aussi pensé…, dit le père. Et j'ai pensé à ça… Je me disais, peut-être… Yohan écoute et opine, prend des notes, désolé. La silhouette pâle et légère s'efface. Il se sent seul.

L'anniversaire

> « *Little fish, big fish, swimming in the water.*
> *Come back here, man, gimme my daughter.* »
>
> PJ Harvey

Le temps passe. Trois ans, exactement, durant lesquels Yohan a fait équipe avec Marceau. Ce dernier, d'ailleurs, n'a pas donné de nouvelles depuis son pot de départ, à l'exception d'un mail sans objet qui ne contenait que la photo d'un crocus à peine jailli d'une terre très noire. Une photo mal faite, prise d'un téléphone portable. Yohan l'a regardée longtemps, puis l'a enregistrée en fond d'écran. Il a écrit : « Ça va ? Donne un peu des nouvelles, vieux. Qu'est-ce que tu bricoles ? Tu seras au pot de départ de Heck ? » Il n'espérait pas vraiment de réponse.

L'arrivée des nouveaux les a forcés à se serrer un peu. Yohan partage de nouveau son bureau avec Seb, et une jeune femme nerveuse montée du commissariat, qui a toujours peur de faire une gaffe et redescend dès qu'elle peut retrouver ses anciens collègues. Seb pense qu'elle ne tiendra pas, les paris sont pris dans la brigade. Une nouvelle juge a hérité de cent trente dossiers dont celui de Clara. Les tas, autour de sa table, s'élèvent à hauteur des armoires. Son bureau est un labyrinthe de papier.

Elle convoque les enquêteurs pour faire le point. Yohan a préparé la rencontre :

— La quantité d'essence est minime, comme le démontrent les analyses. Peut-être qu'il n'y avait pas la volonté de tuer ? Peut-être seulement d'abîmer ? Est-ce qu'on ne devrait pas chercher du côté d'un auteur féminin ? Ce pourrait être un crime de jalousie...

— Vous pensez à...

La juge se penche sur ses notes. Il complète avec précipitation :

— Zélie Sorel, oui.

— Le plaisir de détruire ce qui est beau, ce que l'on a, dans un sens, contribué à créer ? dit la juge, pensive.

Un peu littéraire au goût de Yohan, mais c'est l'idée. Le meurtrier, ou la meurtrière, n'avait peut-être pas imaginé que Clara s'enflammerait comme une torche dans la nuit, qu'elle courrait comme un poulet sans tête, en battant des bras, dans un long cri, silencieux ou pas, ça dépend des témoignages, dans la mauvaise direction.

— Vous aimeriez placer Mlle Sorel sur écoute ?

Yohan hoche la tête.

— Je me dis aussi que la date anniversaire peut avoir une importance pour le meurtrier. Il peut se passer quelque chose. Il peut éprouver le besoin de retourner sur ses pas. Sur les lieux du crime.

— Ou au cimetière, dit la juge, décidément sur la même longueur d'onde que Yohan, qui tombe instantanément un peu amoureux.

Ils placent Zélie sur écoute. Avant, Yohan lui passe un appel, un petit coup de sonde, histoire de raviver ses souvenirs et de la faire réagir. Zélie répond sans marquer d'étonnement. Elle a un enfant, elle est mariée, rangée. Elle ne pense plus trop à Clara, dit-elle à Yohan. Ça la rend triste et elle n'aime pas être triste. La tristesse, ça appartient à sa vie d'avant.

La Crime
Jeudi 30 juin

La nouvelle juge est devenue la meilleure amie de Yohan. Ils s'envoient des textos. Il écrit : Madame le juge, vous êtes formidable, parce qu'elle a obtenu les fonds pour qu'une caméra cachée soit installée dans le cimetière, en face de la tombe de Clara. Cette nuit, la cuve, une camionnette de surveillance empruntée aux Stups, sera garée à quelques mètres de l'endroit où elle est morte. Deux autres voitures seront stationnées un peu plus loin, dans les ruelles avoisinantes, en amont et en aval.

Trois policiers du groupe participent à l'opération, accompagnés de deux stagiaires qui ont posé leur candidature et espèrent rejoindre la brigade en septembre. Ils partagent un dîner léger dans un restaurant de la zone commerciale puis se positionnent dans les rues désertes. L'été qui avait tenté de percer a disparu à nouveau.

Yohan a pris place dans la cuve. Il ne bouge pas du tout car le moindre mouvement est visible de l'extérieur, la suspension n'est pas bonne. De temps en temps, ses collègues le contactent par radio. Personne n'y croit vraiment, mais quand on a les moyens de faire quelque chose, il faut y aller, se sont-ils dit tout à l'heure, pour s'encourager. Yohan, lui, pense que c'est possible. Il imagine le meurtrier, un peu grisé par sa puissance, un peu déçu aussi, peut-être, de ne pas s'être fait prendre, revenir sur les lieux. Il l'imagine qui vient rôder, regarder si une trace de son crime subsiste – il n'y en a pas. Le trottoir a été refait. Il n'y a plus de fleurs ni de petits mots sur le grillage du jardin attenant. Plus rien pour se souvenir que Clara est morte ici. L'absence seule persiste, pour ceux qui l'aimaient. Il sera déçu, se dit Yohan. S'il vient jusqu'ici, il sera déçu.

Il remonte la fermeture Éclair de son blouson. Il scrute la rue déserte. Les heures passent lentement. À la lumière des réverbères, il aperçoit vers minuit une silhouette qui avance dans sa direction, depuis l'extrémité de la rue. Il retient son souffle, plisse les yeux. C'est une femme. Elle approche. S'arrête. Il y a, là-bas, quelques bouquets d'arbres dont les branches épaisses et déjà couvertes de bourgeons dépassent d'un jardin, dessinant des ombres et des formes mouvantes sur le trottoir. La silhouette de la femme s'est immobilisée à cet endroit. Elle ne se remet pas en mouvement. C'est comme si elle avait été avalée par l'ombre.

La tension quitte le corps de Yohan.

Il lutte contre la somnolence. Contre l'ennui. Il pense à sa sœur, morte à douze ans d'une maladie du cœur. Rien à voir avec Clara. C'était une jolie petite fille, brune, aux cheveux bouclés, sur les photos que sa mère a gardées et qui couvrent les murs de leur maison d'enfance. Sans ce support, il ne parvient même pas à se rappeler son visage. Il se concentre. S'il la regarde de face, elle se dérobe. Alors il tente du coin de l'œil, de côté, pour la surprendre. Parfois, il a l'impression qu'il pourrait la voir, vraiment. Mais il est tout seul.

Il tressaute, il était en train de s'endormir. Il bouge un peu, il s'étire. Il n'est que 2 heures. Yohan tapote le coussin épais de ses cheveux : cette fois, il va falloir aller chez le coiffeur, il n'est plus très loin d'avoir une afro.

Une voiture passe, une heure plus tard, sans ralentir, et s'engage dans une rue adjacente. Plus rien.

À 3 h 30, l'heure de la mort de Clara, ils apparaissent au coin de la rue. Ils marchent côte à côte sans se donner la main, sans se toucher, d'un même pas, infiniment lent. Yohan les reconnaît immédiatement. Ils s'arrêtent à l'endroit exact où la trace du corps enflammé a disparu. Ce sont les parents de Clara.

Le père tourne la tête et observe la cuve un long moment. Yohan sait qu'il est invisible, mais il a pourtant l'impression que le père le regarde, à travers la vitre sans tain. Il croit entendre ses pensées éparses : « Qu'est-ce que c'est cette camionnette ? Est-ce un fait d'intérêt, quelque chose que je devrais noter, pour la police ? »

Au début, le père de Clara appelait sans arrêt. Il avait des idées, des pistes, des noms à donner, des choses bizarres, incohérentes, qui étaient arrivées. Il les appelait et leur disait tout. Il n'était pas exigeant, il ne posait pas beaucoup de questions sur l'avancée de l'enquête. Il n'avait pas de défiance, il voyait bien qu'ils faisaient de leur mieux. Au bout d'un an, ses appels ont cessé.

Le père détourne la tête. Sa femme et lui s'approchent du grillage où était accroché, pendant des mois, le mausolée de leur fille. Elle se baisse et pose sur le sol deux petites bougies, une jaune et une rouge, des couleurs gaies, qu'elle tire de ses poches ; c'est lui qui les allume, les protégeant du vent froid de ses mains courbées.

Ils restent là tous les deux dans la rue déserte et regardent flamber les bougies.

Yohan a la gorge serrée. Clara, sa vraie victime.

Puis le père, lentement, tourne les talons et commence à s'éloigner, à pas lourds. Mais la mère, elle, s'approche du grillage qu'elle empoigne à pleines mains et soudain, comme si elle recevait un coup de poing à l'estomac, elle se plie en deux. Son mari se retourne et la regarde qui ploie, cramponnée au grillage. Il attend sans un geste. On est seul dans le chagrin.

À 5 h 30, le dispositif est levé. Yohan prend la route dans le camion bringuebalant. La lumière de l'aube pointe sur la grande couronne illuminée. Il n'a plus envie de dormir.

Ce week-end, il a ses enfants pour la première fois depuis plusieurs semaines, il essaie de ne penser qu'à eux, il a mis son portable sur vibreur et il passe la journée au square, à la bibliothèque, au cinéma, au McDo, essayant de les amadouer, de les reconquérir, de les ramener à lui. Il termine éreinté, malheureux. Lundi et mardi, Yohan et les autres sont mobilisés en renfort sur des interpellations pour le groupe dit « de Bertrand », qui n'a toujours pas de nouveau chef. Mercredi, le déluge recommence, la pluie tombe en rideau épais, glaciale, comme d'un seau d'eau, toute la journée, toute la nuit, des petites rivières se forment dans les caniveaux, des rigoles sillonnent les trottoirs, les véhicules roulent au pas sur l'avenue de Paris, soulevant des giclées d'eau sale dans la lueur des feux de croisement. Une des deux voitures du groupe fait des embardées, problème d'embrayage, ils se rendent au garage de la préfecture, où on les fait attendre quarante minutes pour remplir trois papiers. Yohan termine le PV de leur nuit de surveillance. Il écrit : « 3 h 22, le couple M., les parents de Clara, se recueille sur les lieux pendant vingt minutes. » Leurs silhouettes dans la rue balayée de vent froid, le regard du père sur lui, sur la camionnette.

Jeudi matin, enfin, il se rend directement au cimetière – il devrait prendre la voiture du groupe pour ne payer ni l'essence ni le péage, mais ils n'ont plus qu'un véhicule pour six et dans la circulation matinale, il gagne une heure en ne passant pas par la PJ. Il salue en entrant le préposé, qui les connaît. Rien de spécial ? Rien, dit l'homme, qui reste dans sa guérite tandis que la pluie dégouline sur les cheveux drus de Yohan et imbibe le cuir pourtant épais de son blouson style aviateur. Il va au petit trot, sur le sable détrempé des allées, jusqu'à la tombe de Clara. Il ne remarque rien de particulier mais ce n'est pas lui qui a installé le matériel et il n'est pas venu au cimetière depuis longtemps. Un mouvement attire son attention ; c'est un chat blanc et noir qui s'abrite à l'entrée d'un caveau. Yohan s'est fait expliquer par la tech BRI comment relever la caméra. Ils ont installé une fausse pierre tombale en face de celle de Clara – combien cela peut-il coûter ? se demande Yohan en s'esquintant les doigts sur le mécanisme. Il relève la caméra puis essaie de dégager le tombeau en carton-pâte mais il ne parvient pas à saisir comment il est arrimé. La pluie est si dense qu'il a du mal à garder les yeux ouverts. Il renonce – ils n'auront qu'à aller le récupérer eux-mêmes.

Yohan s'est remis à fumer. Il rechute régulièrement, noircit ses poumons pendant des semaines ou des mois puis, un matin, s'arrête à nouveau. Ça ne dérange pas Seb, qui fume lui aussi à l'occasion sans pour autant entraver ses performances à la course. Yohan entrouvre une fenêtre : le ruissellement de la pluie sur les tuiles, sur les pavés de la cour, sur le capot des voitures garées en contrebas l'apaise. Il semble que le monde soit sur le point d'être englouti. Il lance la vidéo. La batterie de la caméra a tenu dix-huit heures. Dix-huit heures d'images en noir et blanc, un plan fixe cadré de travers qui va bientôt lui donner l'impression que l'horizon penche irrémédiablement vers la droite. Il met de la musique. Il bâille. Pas remis encore de sa nuit blanche de vendredi. Ou alors de son week-end. C'est l'âge. Avant, il tenait mieux, il lui suffisait de quelques heures de sommeil pour tout réparer. Maintenant, ça lui prend des jours. Il allume une deuxième cigarette. Il accélère un peu la vitesse de défilement des images. On voit des jambes, des pieds, des chaussures de toutes sortes qui passent, qui vont et viennent, la brouette du préposé du cimetière, en arrière-plan des vieilles dames penchées sur une autre tombe. Le chat noir et blanc. Chat de cimetière. « Quoi ? » demande Seb. « Non rien. » Une heure passe. Il met en pause, il se lève, s'étire, jette un coup d'œil machinal aux pieds de Seb qui trépignent sous sa table – combien de kilomètres parcourt-il ainsi, immobile ? se demande Yohan. Le bureau est glacial et enfumé. Il se réinstalle et relance le défilement des images. La juge a envoyé un texto hier. Vous avez visionné les bandes ? Juste ça. Ni salutations, rien. Il a l'impression qu'elle y pense autant que lui. Demain, a-t-il répondu. Les images l'hypnotisent.

Et puis il se passe quelque chose. Des grandes jambes maigres et hautes, de jeune homme, viennent droit vers la caméra. Yohan retient sa respiration. C'est pour toi, c'est pour toi, marmonne-t-il. « Quoi ? » demande encore Seb. Yohan ne répond pas. Son rythme cardiaque s'est accéléré. Le jeune homme approche encore, longues foulées nerveuses. Seb regarde Yohan qui s'est figé, comme si un mouvement risquait de faire fuir l'homme qui a accompli ces gestes cinq jours plus tôt.

Il s'arrête devant la tombe de Clara. Pas vraiment le look de la grenouille de bénitier. Casquette en toile de style militaire, Ray-Ban – Yohan se souvient qu'il faisait froid ce jour-là mais que la pluie n'avait pas encore commencé –, un T-shirt noir moulant dont l'une des manches relevée sur le biceps retient un paquet de cigarettes. Il reste un moment sans bouger puis tire une clope du paquet et l'allume. Yohan en allume une aussi. Ils fument ensemble, immobiles l'un et l'autre, devant la tombe de Clara. À une ou deux reprises, le jeune homme se retourne pour regarder par-dessus son épaule. Il écrase sa cigarette,

Yohan aussi, après une dernière bouffée. Puis il se met à parler.

— Il parle, ce con, qu'est-ce qu'il dit ?

— Mais qu'est-ce qui se passe ? demande Seb à nouveau.

— Y a un mec sur la tombe de Clara.

Seb fait le tour des bureaux et se penche sur l'épaule de Yohan.

— C'est qui ce mec ?

— Ça me dit rien, c'est personne qu'on a entendu.

Ils regardent le jeune homme qui parle tout seul. Puis il écarte largement les bras. On aperçoit, sous le biceps, un tatouage. Le jeune homme lève la tête en arrière et regarde le ciel. Après un nouveau coup d'œil en arrière, il s'allonge sur la tombe et disparaît ainsi quasiment du champ de vision de la caméra.

— Il s'allonge ? Il fait quoi ?

— C'est un barge ?

— Mais il fait quoi ?

— J'en sais rien.

— Qui a anglé la caméra comme ça, bordel ?

La frustration étrangle Yohan. Le jeune homme reste allongé de longues minutes, on ne distingue que le haut de son épaule, il n'a pas l'air de bouger du tout. Enfin, il se relève, dit encore quelque chose et repart.

— Les gars, venez voir ! gueule Seb.

Les membres du groupe arrivent et s'encadrent dans la porte du bureau.

— Dis donc, ça sent pas la rose chez vous ! fait Lionel en entrant.

— Un mec est venu sur la tombe de Clara.

Yohan relance la vidéo.

Ils vont la regarder une fois, deux fois, dix fois.

— Un geste de puissance, tu crois ? interroge Lionel lorsque le jeune écarte les bras.

— De satisfaction ?

— À moins que ça soit un genre d'incantation sataniste. C'est peut-être un taré ?

— Un mec qui aurait entendu parler de l'histoire et à qui ça serait monté à la tête ?

— Peut-être.

— Et le tatouage, là, ça dit quoi ?

— C'est un texte, mais on déchiffre pas. Tu peux agrandir ?

— Oui.

— Fais des captures d'écran.

— Voilà, mais c'est très flou.

— On peut pas rendre plus net, y a pas un logiciel qui fait ça ?

— Pas sur ce type de fichiers, je connais pas en tout cas.

— Regarde, il a quoi dans la main ?

— Une clé de bagnole.

— T'arrives à voir la marque ?

— Ça peut être une Opel. Mais c'est aussi bien une Renault.

— Merci bien, c'est utile.

— C'est un type de clé particulier, ça, non ? Qui s'y connaît en bagnoles ?

— Romain, de la BRI.

— Bon, on va lancer les actes. C'est quoi ce qu'il dépose sur la tombe ?

Yohan répond :

— Une fleur en plastique.

Il l'a vue, la fleur. Il n'a pas pensé qu'elle était nouvelle, ça faisait longtemps qu'il n'était pas allé sur la tombe.

— Tu retournes au cimetière la chercher, il doit y avoir de l'ADN dessus, il a pas de gants, dit Lionel.

— Avec le déluge, rien n'est moins sûr, dit Yohan, aussi platement qu'il le peut.

S'ils étaient allés récupérer les images samedi…

— On va tenter. Il faut demander au juge une réquisition ADN. Seb, tu fais la paperasse, on essaie d'aller vite. Je vais récupérer les images vidéo de la rue, qu'on essaie de voir d'où il est arrivé et si on peut repérer sa bagnole. Yohan, tu vois aussi avec les employés du cimetière s'ils ont pas remarqué notre client. Quoi d'autre ?

Yohan se demande soudain ce qu'ils avaient prévu. Si un type bizarre se pointait au cimetière, ils avaient prévu quoi, en fait, pour le retrouver ? D'attendre l'année prochaine ? Il n'en revient pas qu'ils n'aient rien prévu. Il se rend compte que personne n'y croyait. Il ne dit rien.

Lionel réfléchit à voix haute :

— Ce qu'il dit, là. On pourrait pas essayer de faire déchiffrer ?

— Par des sourds-muets ? Possible. Avançons déjà sur le reste, on fera ça dans un second temps si ça n'a rien donné.

— Et puis le tatouage. Voir si c'est pas un truc spécial, qu'on pourrait retracer.

— Mais comment ?

— J'ai un copain tatoueur, je peux essayer.

— OK, extrais une photo du tatouage. Et un portrait du gus, qu'on voie si ça matche quelque part.

— OK. Mais avec la casquette et les lunettes...

— Vous êtes sûrs qu'on l'a pas vu pendant l'enquête ?

— C'est personne avec qui on a parlé en tout cas. Hein Yohan ?

Yohan hoche la tête et attrape les clés de l'unique voiture du groupe. Il repart en direction du cimetière. Circulation au pas sous la pluie, ses essuie-glaces sont défectueux, il met le bleu mais va à peine plus vite que les autres, sentant ses roues glisser dangereusement à la surface de la nappe d'eau qui recouvre l'autoroute. Des bretelles sont fermées, les bouchons sont monstrueux. Il met la radio pour ne pas trop penser. C'est un fiasco, non ?

C'est un fiasco. Le préposé du cimetière confirme à Yohan qu'il n'a pas vu ce jeune homme, ni rien de bizarre, et ne l'invite toujours pas à entrer. La fleur en plastique est envoyée au laboratoire pour prélèvement ADN. Les caméras de la rue ne sont pas en service, la municipalité est en défaut de paiement auprès de la société privée qui les gère – « Combien de fois je vais entendre ça dans ma carrière ? demande Seb. Et dire que les gens pensent qu'ils sont fliqués. » Romain de la BRI dit que la clé appartient à trois marques possibles. Opel, Renault ou Audi. Les images tirées de la caméra de surveillance du cimetière sont envoyées aux fabricants de ces trois marques : personne n'est capable de l'identifier formellement. On cherche donc un homme entre vingt et trente-cinq ans ayant circulé vendredi entre 14 et 15 heures dans la localité au volant d'un véhicule Audi, Opel ou Renault. Bien. Les résultats du laboratoire reviennent : la fleur est vierge de toute trace ADN. La pluie. Le copain tatoueur ricane : ce tatouage est une merde, un classique qu'on trouve sur catalogue. Ça dit *Carpe Diem*, Saisis le jour, un truc ringard de midinette mais enfin, chacun ses goûts. Ça se trouve partout ? Ça se trouve partout. Deux éducatrices d'un institut pour sourds-muets spécialisées dans la lecture labiale échouent à déchiffrer ne serait-ce qu'un seul des mots prononcés par le jeune homme. Elles ressemblent à deux sœurs, mais ne sont pas apparentées, expliquent-elles. L'une est entendante, elle fait la traduction. Yohan regarde leurs mains qui volettent à toute vitesse, fasciné. Elles demandent qu'on leur repasse la bande plusieurs fois puis la sourde secoue la tête avec un geste définitif.

— Rien, dit l'autre.

— Rien ? répète Yohan.

— Rien. Il marmonne. C'est très difficile de lire sur les lèvres de quelqu'un qui marmonne. En fait, c'est même impossible. Déjà, quand quelqu'un articule, il y a beaucoup de sources d'erreur. De nombreux phonèmes demandent la même ouverture labiale et c'est seulement la position de la langue, à l'intérieur, qui en modulant le souffle tord les sons. La lecture labiale n'est pas une science exacte. Mais quand on marmonne, alors là, c'est juste impossible.

Yohan les raccompagne jusque dans la cour. Quatre jours se sont écoulés, il pleut toujours. Aux infos, des gens, dans toutes les régions de France, sont évacués les uns après les autres en bateau. On voit des images de maisons inondées, de petites grands-mères dans les bras de grands pompiers, on voit des flics en uniforme patauger et se casser la figure dans des rivières glacées.

La photo du jeune homme, rendue aussi nette que possible, est présentée à tous les policiers ayant travaillé sur l'affaire, à la BAC locale, aux amis de Clara, à sa famille. Personne ne le reconnaît. Yohan et la juge cessent d'échanger des textos.

— Ils ont le temps de préparer leur opération de l'an prochain, ricane La Fourche à l'étage du dessus.

— Tu crois qu'ils feront quoi ce coup-ci ? demande Sammy. Une caméra dans un briquet ? Un faux mausolée avec toute la BRI dedans ?

Mais qui est ce mec ? se demande Yohan chaque matin en arrivant à son bureau, où la photo, un agrandissement de la vidéo au moment où le garçon écarte les bras, a été punaisée sur le panneau de liège.

Quelques semaines plus tard, elle est recouverte de dizaines d'autres documents.

GAV

> « Elle était pas tendre, mamie, hein, Feuilloley ? »

La Crime
Lundi 11 juillet

L'été s'est installé, les hommes arrivent en bermuda et Yohan étrenne sa nouvelle coupe, presque rase. Quand il a un moment, il surfe sur les forums où on parle encore de la mort de Clara. Et il tombe sur un article du *Parisien* qu'il a déjà lu dix fois. En bas, il y a deux nouveaux commentaires. L'un dit : « Il n'y a pas de mots pour décrire ce qu'ils ont fait à cette pauvre fille, paix à son âme, RIP. » L'autre : « Cette fois adieu, ma jolie. » Il agrandit. Il copie le nom de l'auteur – Mat Padre – et ouvre Facebook. Un profil apparaît.

— Marceau ?

Seb lève la tête.

— Pardon, Seb, viens voir.

Seb fait le tour de leurs deux tables de travail encombrées installées face à face et vient regarder son écran. Puis il soulève des papiers punaisés, jusqu'à retrouver la photo du jeune homme du cimetière, les bras écartés. Il l'arrache. Ils la regardent.

Ils regardent l'écran. C'est le même homme. Ils ont trouvé l'inconnu du cimetière.

Plus loin dans le couloir, ils sont trois dans le bureau de Heck, qui ne pense plus qu'à son départ prochain en province. Matthias a les pieds sur la table, Palacio essaie de se concentrer. Il n'a toujours pas de nouvelles de son habilitation secret-défense, et avec le plantage sur Larossi Abballa, de toute façon, il n'y aura peut-être jamais de création de groupe antiterroriste à la Crime. Ils se sont remis sur l'affaire Donner et répètent encore une fois les éléments qu'ils connaissent, dans l'espoir de faire jaillir une nouvelle idée. Le tableau est un kaléidoscope flou et changeant.

Feuilloley n'a pas été élevé par ses parents. Sa mère l'a laissé chez ses grands-parents, des gens très modestes qui l'ont élevé à la dure, dans une ferme de l'Hérault. Son lien avec Donner reste un mystère pour les trois hommes. L'amour, la haine, l'humiliation. Autre piste de réflexion : Feuilloley et le chef du rayon bricolage étaient rivaux dans l'affection de leur patron et maître. Or c'est à lui que Feuilloley a fait appel lorsqu'il s'est rendu chez Donner. Pourquoi lui ? Et pourquoi aller visiter la mezzanine jamais utilisée et laisser le chef de rayon se ruer dans la chambre ? Il y a aussi ces trous dans son emploi du temps. L'incertitude sur l'heure de la mort. Et ce fax notifiant une conséquente augmentation du salaire de Feuilloley.

Décision est prise de le mettre en garde à vue.

Argenteuil

Palacio et Matthias entrent dans le magasin aussi désolé qu'une épicerie soviétique : lave-vaisselle qui prennent la poussière, longs étals de vis et de clous, quelques clients hésitants qui repèrent immédiatement les policiers et, tout en s'écartant lentement, mollement, s'assemblent à la périphérie, assez loin pour qu'on ne les chasse pas, assez près pour ne rien perdre du spectacle.

Feuilloley est à la caisse. Paupières qui clignotent, yeux humides, il salue les policiers.

— On peut vous parler, monsieur Feuilloley ?

— Maintenant ? Bien sûr.

Il appelle une jeune femme pour qu'elle prenne sa place et précède les policiers dans l'arrière-boutique. Il est souriant et volubile, avant de comprendre qu'il est en garde à vue.

— Ah ben ça. Ah ben ça. C't'un choc.

La sueur a perlé sur son front. Il s'essuie. Il écarquille les yeux et lève les sourcils à plusieurs reprises.

— Montre-nous ta chambre, ordonne Palacio.

Feuilloley ouvre une porte métallique ; une rampe conduit à un vaste sous-sol, sous le magasin. Là, des tambours de machine cassés, des cagettes, des cartons et des films plastique déroulés, des murs nus. Des boîtes pleines de documents de comptabilité prennent l'humidité.

Au centre, comme un îlot au milieu du néant, il y a une petite cellule de béton, fermée à clé. Feuilloley l'ouvre d'une main tremblante. À l'intérieur, un matelas posé sur des cageots entassés ; un ordinateur portable sale ; des bacs en plastique contenant des vêtements roulés en boule. La table de nuit est faite d'un carton de chocolats Ferrero Rocher qui jette un éclat d'or sombre dans le réduit puant, éclairé d'une simple ampoule au plafond. Un réchaud. Des boîtes de thon et de cassoulet pas tout à fait vides. Des canettes de bière. L'odeur est fade, révoltante : moisissure, humidité, poussière froide, sperme, renfermé, linge sale, pourriture. Feuilloley, l'enfant du placard, pense Palacio.

Matthias se retourne et jette un coup d'œil rapide,

accusateur, au nouveau directeur, un Indien gras et propret qui vient de les rejoindre et contemple l'intérieur de la petite chambre qu'il n'avait jamais vue.

— Vous saviez qu'il vivait là ?

— Pas vraiment. Y a pas de logement de fonction avec le poste. Il m'a dit qu'il avait l'usage de cette pièce du temps de M. Donner, et ça ne m'a pas posé de problème. Je vois pas ce qui m'aurait gêné…

Matthias, les mains gantées, prélève un gros couteau de table couvert d'une gelée marronnasse séchée, posé sur un carton renversé. Feuilloley regarde dans le vide, hébété.

— Tu dors ici ?

— De temps en temps, juste pour dépanner.

Il y a peu à prélever, ils referment la porte et repartent, Feuilloley devant eux. Arrivés en haut des marches, ils se consultent brièvement.

— Par le magasin, fait Palacio.

Matthias acquiesce. Ils menottent Feuilloley. Il est couvert de sueur, il y a de la buée sur ses lunettes.

— Il y a une sortie par-derrière, plaide-t-il d'une voix faible.

— La voiture est garée devant, répond Matthias.

Vaincu, il baisse la tête. Alors qu'ils s'apprêtent à lui faire franchir le rideau de plastique translucide qui sépare la réserve du magasin, le directeur, qui avait semblé se désintéresser de la scène, ressort de son petit bureau en criant :

— Kevin, tu ne prends pas ta pochette ?

Tout le monde se fige. Feuilloley cesse de respirer. L'Indien tient dans la main une sacoche. Matthias revient rapidement vers lui :

— Il a toujours sa pochette avec lui, dit le directeur.

Matthias l'ouvre : à l'intérieur, il y a un gros canif.

— C'était le couteau d'Éric, dit Feuilloley d'une voix blanche.

— Le couteau d'Éric ? répète Palacio très doucement, les yeux gentiment plissés d'un sourire qui semble complice.

— Oui, je l'ai pris comme ça, en souvenir de lui. Il s'en servait souvent pour se couper les ongles. D'ailleurs, vous trouverez sûrement son ADN dessus.

Les quatre hommes, dans la remise sale et venteuse, se regardent, puis le directeur rentre dans son bureau et Feuilloley paraît dans le magasin, où tous les employés le regardent passer, menotté, le regard fixé droit devant lui.

Dans la voiture

— Ta mère, elle t'aimait pas vraiment, c'est ça ? Elle t'a pas gardé. T'es l'enfant du placard, Feuilloley. Et ta grand-mère ? Elle était comment, ta grand-mère ? demande Palacio, qui conduit.

— Elle était...

— C'était une dure à cuire ?

— Une dure...

— Elle était pas tendre, mamie, hein, Feuilloley ?

— Non.

— T'as pas grand monde, en fait.

— J'ai des copines.

— De temps en temps, c'est vrai. Mais t'es quand même bien seul.

— Oui.

— T'avais Donner.

— Oui.

— Mais Donner non plus, il était pas tendre avec toi, hein ? Il était tendre avec personne, hein, Donner ? Il mordait un peu ?

— Il mordait pas, non. » Feuilloley a comme un hoquet. Un rire ? Il cherche le regard de Palacio dans le rétroviseur. « C'était une grande gueule, c'est sûr, mais il était pas méchant.

— Il était pas méchant ? Même quand il te traitait

comme une merde ? Il te traitait même de merde, carrément, non ?

Le sourire de Feuilloley s'efface :

— Il le pensait pas, en fait.

— Mais ça fait pas du bien d'entendre ça, hein ?

— Non, ça fait pas du bien. Mais il le pensait pas.

— Il te manque, M. Donner ?

— Oh oui, beaucoup.

— Et à sa famille ? Tu penses qu'il lui manque ?

— Ben ça, c'est sûr.

— Tu leur manques, toi, à tes enfants ?

— …

— Raconte-nous ta mauvaise passe, avant que M. Donner te reprenne.

— Mon *burn-out* ? » Il prononce burne oute. « Bah, je me suis fait arnaquer par la marque.

— Mais y avait eu une salade, aussi, en Normandie…

— Hein ?

— Oui, avec les gendarmes.

— Ah oui, oui, y avait eu une attaque, en fait.

— Ah oui, ça te revient maintenant ?

— Bah, il manquait des sous.

— Combien ?

— Dans les 20 000.

— C'est pas des sous, ça, c'est de l'argent.

— …

— Comment ça s'est passé, ton divorce ?

— Mal.

— Mais encore ?

— J'ai perdu trente-cinq kilos en trois mois.

— Tu as l'air de les avoir repris depuis. Elle t'a fait des misères, ta femme ? À cause d'elle, t'as été interdit de casino, sans boulot, endetté, et puis même plus de maîtresse… On n'est pas là pour juger, mais tu as un peu de vice, quand même…

— …

— Pourquoi tu as fait croire que tu avais été saucissonné ?

— J'ai rien fait croire, j'avais même une grosse bosse, une ecchymose. Ils m'ont cogné contre le mur.

— Tu nous prends pour des cons ?

— ...

— Ils étaient combien ?

— Ben...

— Ils étaient combien ceux qui t'ont saucissonné ?

— Euh... trois. Je crois. Oui c'est ça. Trois. Des Noirs.

— Forcément...

Au dépôt, tandis que Matthias remplit les papiers, un homme blanc, la quarantaine avancée, en hyperventilation, souffle sur un banc et balance la tête d'avant en arrière.

— Ça va, monsieur ? demande Matthias.

— Non, ça va pas, répond l'homme. J'ai eu un coup de sang.

— Allons, vous inquiétez pas, ça va s'arranger, le rassure Matthias en continuant d'écrire.

— Non, ça risque pas.

— Y a plus la peine de mort et on n'envoie plus personne en prison, alors vous voyez... Vous avez tué personne au moins ?

— Ben si. Ma femme. Je suis mal, là.

Matthias remonte. En chemin il croise Iona et son petit ami, un beau gosse musclé aux cheveux luisants. Elle a l'air calme et sérieux, elle est belle comme une réplique de Kim Kardashian dans son jean blanc moulant savamment déchiré à l'avant, sur les cuisses, pour laisser apparaître des petits bourrelets bien lisses de chair brune. Elle a un joli visage de chat, les cheveux très longs. Elle a été arrêtée tout à l'heure, alors qu'elle revenait en France. Elle n'a semblé ni surprise ni fâchée, et n'a même pas l'air inquiet.

Palacio est déjà plongé dans les nouveaux documents de comptabilité saisis au magasin.

— Eh bien, ce qui me chagrine, c'est de ne pas remettre la main sur l'original de l'augmentation de Feuilloley. Sur la copie, elle est datée du 11, la veille de la mort de Donner. Mais la date peut avoir été champstickée. Et les fax peuvent avoir été passés le 13…

À 17 h 30, l'audition de Feuilloley commence. Il dégage déjà une odeur très forte. Par la fenêtre on peut voir les arbres de l'avenue de la PJ. C'est l'été. Le printemps est passé sans se faire remarquer.

Feuilloley paraît plus assuré que tout à l'heure. Il n'est pas habitué aux menottes, contrairement à beaucoup des gens qui défilent dans ces lieux, et il a sans cesse la tentation de bouger les mains, faisant tinter le métal contre le pied de la chaise.

— Vous avez compris que la qualification des faits est criminelle ?

— Oui, mais justement, c'est pas pour vous couper la parole, mais tout à l'heure vot' collègue a dit ça. C'est pour un assassinat, c'est ça ?

— Oui, je vous l'ai dit quand je vous ai notifié votre garde à vue.

— J'avais pas… enfin, j'avais pas compris vraiment. Je veux pas d'une erreur judiciaire. Je veux un avocat, en fait. J'ai pensé à Me Penaud, qui a défendu un de nos amis aux prud'hommes.

— Monsieur Feuilloley, là, il vous faut un avocat pénaliste. En plus, Me Penaud apparaît dans le dossier, donc c'est pas possible. Je vous trouve un avocat d'office ou bien vous avez une autre idée ?

— D'accord.

— Est-ce que vous voulez qu'on l'attende ou vous êtes d'accord pour que je vous pose des questions sur votre identité, tout d'abord ?

— D'accord.

Il est né en 1970. Il est fiché aux opérateurs mobiles et ne peut plus souscrire d'abonnement. Il a le bac (le premier, le seul de sa famille à avoir été jusqu'à l'université, affirme-t-il avec fierté), mais il a abandonné au cours de sa première année de droit. Il a tenté l'armée, ils ne l'ont pas gardé. Tout en parlant, et pendant que Matthias tape ses réponses, il regarde un couple de pigeons ramiers sur les branches. Palacio, à côté, entend Iona.

— À cette époque, tout paraissait possible. Je faisais construire une maison avec ma femme. Et puis…

— Elle t'a plaqué ?

— Elle est repartie vers Sète, on s'était rencontrés là-bas, tous les deux. Elle m'a rien dit. Je m'en suis rendu compte en allant chercher les enfants à l'école, un soir : ils étaient partis, tout simplement, sans rien me dire.

Les pigeons entortillent leur cou.

— Vous avez des armes ?

— J'ai un gomme cogne, déclaré.

— Vous buvez ?

— Modérément. Je picole le soir, un bon verre de whisky. Le week-end, ça peut aller à la demi-bouteille si je travaille pas le lendemain. Que du whisky, pas de vin, j'aime pas ça. Après la mort d'Éric, j'ai changé de marque. Maintenant, je préférerais qu'on attende l'avocat.

Une fois son avocat arrivé, il n'a plus dit grand-chose. Le couteau retrouvé sur les boîtes aux lettres porte un ADN qui n'est ni le sien ni celui de Donner et qui ne correspond à aucun des fichiers génétiques du FNAEG. Sur le couteau de la sacoche de Feuilloley, on a trouvé en effet l'ADN de son patron, comme il l'avait annoncé. La goutte brune repérée par Palacio, près de la pliure du couteau retrouvé dans le cagibi, était trop petite pour être analysée. Pendant sa garde à vue, ils sont retournés faire une perquisition plus précise de sa chambre dans la cave du magasin. Ils ont trouvé des dizaines de boîtes de Viagra. « Alors, dingue de cul ? » a demandé Matthias. « Pas plus qu'un autre », a répondu le petit homme.

Dans l'après-midi, Feuilloley est ressorti libre, laissant les enquêteurs convaincus de sa culpabilité. Iona, dont l'alibi tient toujours, était déjà dehors. Lors d'une nouvelle visite à l'appartement, Palacio, maintenant obsédé à l'idée d'avoir loupé quelque chose, a repéré des encoches dans le bois du chambranle de la porte, en hauteur. L'agresseur, plus petit que Donner, pouvait s'être tenu là pour porter le premier coup, celui qui a atteint Donner dans le dos. Levant le bras pour prendre de l'élan, il aurait écorné le bois au-dessus de sa tête. Quelqu'un mesurant entre un mètre soixante et un mètre soixante-dix. Feuilloley. Iona. Ou un autre. Palacio se demande si la clé de l'histoire ne se situerait pas ailleurs. Il a lancé une demande de commission rogatoire sur les affaires de Donner à l'île Maurice. En attendant, il n'a rien. « Que tchi, peau de balle », souligne Matthias.

Une zone industrielle
Lundi 18 juillet

La cuve des Stups. Petit Ben et Alex sont en slip et dégoulinent de sueur. Dehors il fait 30 °C, pas encore la canicule, mais c'est assez, en plein soleil, pour rendre la planque insupportable. Ils sont là depuis plus de quatre heures. Petit Ben, immense et musculeux, braque les jumelles sur l'entrée d'un entrepôt. Ils attendent une livraison de produit. L'affaire leur est tombée toute cuite dans la bouche, une date et une info, par un tonton pas très fiable. Ils n'y croient qu'à moitié. Il n'y a pas de ventilation, les vitres sans tain sont couvertes de buée. On voit mal. Chaque fois que passe un véhicule, Petit Ben dicte entre ses lèvres minces son immatriculation à Alex, dont le corps entièrement tatoué luit dans l'obscurité.

Les heures passent. Ils ont vidé leur dernière bouteille d'eau. Demain, ils auront une migraine. Leur transpiration fait ploc sur la moquette de la vieille cuve. Pas un souffle d'air. La température dépasse les 50 °C.

— Les autres, ils se sont vraiment inscrits pour le concours d'officier ?

Tous, Toto, qui a raté les tests de la BRI, Georges et Zyeux Bleus, se sont inscrits pour retourner à l'école.

— Ils l'auront jamais, ces débiles. Un fourgon blanc, Charlie Delta 98…

Alex gribouille l'heure et l'immatriculation.

— Mais s'ils l'ont ?

— Y aura plus que nous dans le *Love Boat*. » Après un silence, Petit Ben ajoute : « Je passerai peut-être les tests BRI.

— Alors, y aura plus que moi, parce que je risque pas de monter chez ces connards de la BRI.

— Toi et Shampoo.

Alex se marre :

— Faudra quelqu'un pour veiller sur lui.

Ils se taisent. Longtemps. On n'entend plus que l'eau qui goutte des corps.

— Alex, un camion-citerne blanc immatriculé en Espagne. 16 h 34. C'est l'immat. Il entre.

Quelques minutes passent. Ils enfilent leurs shorts avec des gestes souples pour ne pas faire bouger le fourgon, glissent leur arme à la ceinture, restent torse nu. Puis le talkie grésille et la voix de Dieu se fait entendre.

— Top interpellation, top interpellation !

BRB

Le groupe de La Fourche écoute un homme, qu'ils ont envoyé en prison cet hiver, commanditer depuis sa cellule leurs assassinats.

— On va quand même essayer de se faire confier l'affaire, dit La Fourche. J'ai pas trop confiance dans les autres groupes.

« Tu m'écoutes, la vieille ? beugle le prisonnier dans son téléphone. Je sais que tu m'écoutes. Je vais te défoncer le cul, je vais te prendre par tous les côtés… »

— Tu lui as tout particulièrement tapé dans l'œil, la Scribe, se marre Sammy.

Le groupe attend sa prochaine grosse affaire, les saisines se suivent et se ressemblent. La Fourche part en vacances la semaine prochaine.

— Sammy, tu vas voir le Danseur bientôt ? demande La Fourche. Essaie de le faire parler un peu des frères Benbouabdellah et de leur rivalité avec Cheambi.

Sammy envoie un SMS au Danseur. On se capte ?

Une grande affaire

BRB
Lundi 19 septembre

L'été a passé. Un proche du Danseur a été mis sur écoute par un groupe de la police judiciaire parisienne. Sur les interceptions, le Danseur se vante d'avoir dans la poche un fonctionnaire corrompu de la BRB. La préfecture a prévenu le directeur, qui a monté les PV au groupe de La Fourche en demandant avec irritation : « Vous êtes sûr que tout est sous contrôle, Fernand ? »

Après son départ, La Fourche chausse des lunettes qui lui donnent l'air d'un instituteur de la IIIe République sous le casque flamboyant de ses cheveux et lit à voix haute, une étincelle de joie mauvaise dans la voix :

— « Un genre de Rital beau gosse pourri jusqu'à la moelle qui me mange dans la main. » À la BRB ? Mais qui ça peut être ? La Scribe, ça te dit quelque chose ? Pascal, une idée ?

— Quelle enflure.

Sammy rit jaune avant de rendre le coup :

— Tiens, j'ai oublié de te dire que Diamant 2 voudrait te parler. C'était quoi le message exact ? Ah oui : « Dis à Papi de me rappeler. »

Diamant 2 est le remplaçant de Lucky. La Fourche

blêmit et laisse retomber la liasse des retranscriptions.

— Je vais le descendre, ce connard.

Le reste de la journée se passe en écoutes. Sammy commence demain une formation pour passer le concours de commissaire. Il aura deux jours et demi de cours par semaine, et rejoindra son groupe le reste du temps. « Quel dommage, a dit La Fourche en apprenant la décision de son adjoint avant l'été. Tu aurais pu devenir un bon flic. »

Le soir venu, La Fourche se rend au vélodrome, perdu dans ses pensées. Sammy l'aura, son concours, il en est certain. Il va perdre son adjoint. Il l'a déjà perdu, même, puisqu'il ne sera plus là qu'à mi-temps. Commissaire... La Fourche secoue la tête, dégoûté, et se concentre sur les affaires en cours. Une Clio en leasing mal stationnée a été verbalisée à Pantin, il y a quelques jours. La voiture appartient à Poupe, alias Yassine Benbouabdellah, en cavale depuis presque dix-huit mois, soupçonné de plusieurs meurtres, exécutés ou commandités. Poupe est le frère cadet de Zoheir, assassiné par Cheambi. C'est lui qui a repris les affaires familiales de trafic de stupéfiants. Et une série de meurtres se sont enchaînés depuis. Il paraît que dans sa prison, Cheambi est bien protégé. Mais Poupe est de retour. Qu'est-ce qu'il vient foutre ici ? se demande La Fourche en pédalant avec régularité. Pourquoi il est revenu ? Trop malin, il sait qu'on va le trouver et qu'il va finir en cabane. Qu'est-ce qu'il veut ? La Fourche a obtenu du juge la mise sur écoute de son entourage. Pour l'instant, ça ne donne rien que des centaines d'heures de communication sans intérêt. Mais Poupe est là et s'il est là, il va se passer quelque chose. La Fourche pédale en réfléchissant et soudain, ça lui revient. Papi ? Quel enculé. Il prend de la vitesse, ses muscles se contractent, son souffle s'accélère.

Demain matin, ils iront arrêter Hamza Kadri. Ils ont sans doute assez pour l'inculper d'association de malfaiteurs en bande organisée, et tant pis pour le casse de Castres, ce flagrant délit qu'espère Sammy depuis des mois. Ils pourront le faire parler un peu de Cheambi et de sa haine contre les frères Benbouabdellah. Les bruits résonnent sur le circuit, les vélos filent les uns à la suite des autres, La Fourche appuie de plus belle et les endorphines se répandent, noyant la douleur et emportant finalement toutes les pensées.

La Crime
Jeudi 22 septembre

L'air est moite. La place de la mairie a été bouclée mais des voisins s'attardent de l'autre côté des banderoles plastifiées. La plupart sont en claquettes, en jogging, en pyjama, ils sont venus en voisins, curieux, compatissants et médisants. La rue bruisse de rumeurs.

Palacio se tient au bord du trottoir, les mains sur les hanches, dans la nuit orangée. Quelques grosses gouttes s'écrasent sur le sol poussiéreux, l'odeur un peu pourrie de l'été finissant se mêle à celle, poussiéreuse, de l'automne qui approche. Palacio vient de passer deux heures à désosser une magnifique moto Ducati, modèle Evo, qu'on lui avait présentée comme celle du tueur. Puis il a appris qu'elle appartenait à la victime. Pendant ce temps, la BRI saccageait la scène de crime pour sécuriser les lieux. Maintenant, Diamant 2 s'engueule avec la substitute du procureur sur la nécessité de faire évacuer un immeuble voisin dans lequel le tueur se serait retranché.

— Vous connaissez la loi. Après 21 heures, vous n'entrez pas chez les gens.

— Même s'ils sont en danger ?

— Si vous entendez quelque chose qui vous fait craindre pour la sécurité des habitants, vous foncez, évidemment.

— OK. Donc si j'entends quelque chose, je peux faire sauter la porte ?

La substitute tape de son pied chaussé d'une ballerine vernie – elle a été appelée en plein dîner.

— Je vous vois venir. Vous allez défoncer la porte et écouter après. Non. On n'entre pas. Entre 21 heures et 6 heures, on n'entre pas. Basta.

Elle a une tête de moins que lui, il ressemble à un taureau, elle gagne. Il rejoint ses hommes.

Palacio regarde l'ombre du bistrot où tout a été saccagé – qui saura dire ce qui relève du meurtre et de la BRI ? Il lève la tête sur la façade du petit immeuble miteux. Puis à nouveau le corps, étendu en travers de la porte, sur le dos : un homme jeune au teint mat et au crâne rasé, au poitrail épais, aux muscles travaillés en salle. Sa puissance physique est visible. Ainsi que cinq impacts de balle.

— Salut.

Il se tourne. C'est la blonde de l'IJ, celle dont tout le monde est un peu amoureux, qui a des créoles en bois aux oreilles.

— Ça fait longtemps que je t'ai pas vue.

— Magnanville ? demande-t-elle.

— J'étais pas à Magnanville, répond Palacio en reportant son attention sur le corps. La dernière fois, c'était Donner.

— J'ai pas la mémoire des noms, dit-elle.

Lui, si. Il a la mémoire des noms, tous les noms de ses victimes, tous les noms de leurs tueurs, tous ceux des témoins qu'il a entendus, les prénoms, les surnoms, les patronymes.

— En calebar, seize coups de couteau, petit zob, Argenteuil.

— Ah oui. Et là ?

— Le patron du PMU. Cinq balles, de ce que je vois. Peut-être plus.

« C'est Michel », a bredouillé sa femme, ou sa

bonne, une toute petite femme brune cramponnée à un balai, à qui un homme du commissariat s'échine à parler espagnol parce qu'on lui a dit qu'elle était colombienne. Elle a de longs cheveux noirs soyeux, elle est enceinte jusqu'aux yeux et tout ce qu'elle sait dire en français, apparemment, ce sont ces trois mots : « C'est Michel. »

— Tu veux pas aller voir ? demande Palacio au nouveau qui vient de le rejoindre après avoir géré le problème de la Ducati avec le garagiste de la préfecture.

C'est le jeune brigadier de Coignières, celui qui les avait accueillis sur la scène de matricide. Il est désormais connu de toute la brigade sous le nom de Portos. À cause des *Trois Mousquetaires*, pensent les gens. Seul Palacio se souvient de la vraie raison. La Crime va mieux, si on peut dire, ils sont trente maintenant, mais près de la moitié sont nouveaux et font n'importe quoi. Portos et un autre partagent leur bureau avec Palacio, qui les forme. Matthias a été muté dans un autre groupe pour remplacer Yohan, monté à la BRB sans faire de pot de départ. « À croire que Marceau lui manquait trop », a commenté Monika, pensive. L'inconnu du cimetière, retrouvé après d'intenses recherches, était en HP au moment du meurtre de Clara. Yohan a jeté l'éponge et rangé le dossier dans une armoire. Il a rejoint le groupe de Nounours, au quatrième.

Portos s'approche de la jeune femme et écoute un moment.

— Si elle comprend pas l'espagnol, c'est peut-être qu'elle est pas colombienne, suggère-t-il au policier du commissariat.

— Thaï, confirme la femme, qui a compris.

Palacio regarde de loin le jeune enquêteur prendre la situation en main et demander un interprète puis il retourne son attention vers le corps.

— T'es pas dans le groupe antiterro finalement ? lui demande la femme de l'IJ en glissant ses longues mèches blondes sous sa charlotte.

— J'ai pas eu l'habilitation secret-défense. Ma compagne est ukrainienne.

— Ah, lâche-t-elle, pas bavarde.

Ils avancent ensemble, d'un pas, vers le cadavre.

— Ça c'est de la semelle de magistrat, fait-elle en désignant une belle empreinte sanglante de chaussures fines.

— Et ça du godillot d'intervention, répond Palacio en montrant des traces marronnasses qui partent dans toutes les directions.

Il entre dans le bar en enjambant le cadavre.

Pantin
Vendredi 23 septembre

Une femme est abattue dans sa voiture. Comme elle est voilée, la presse parle d'un crime raciste visant la communauté musulmane mais La Fourche, lui, sait que ce n'est pas ça. Car la femme s'appelle Cheambi. Esma Cheambi. C'est la sœur du chef de gang emprisonné pour le meurtre de Zoheir Benbouabdellah. Voilà ce que faisait Poupe à Paris : il venait venger son frère.

La Fourche jubile : il la tient enfin, sa grande affaire.

Ce livre est le résultat d'une longue immersion dans plusieurs services de police judiciaire. Je voudrais remercier les enquêteurs qui m'ont accueillie bon gré mal gré, qui ont pris du temps pour m'expliquer ce qu'ils faisaient, pour traduire leur argot et leur jargon. Ils m'ont offert une formation accélérée en droit, en médecine légale, en géographie et m'ont permis d'affiner ma capacité à distinguer un modèle automobile d'un autre…

— Dans ton livre, je serai beau ?
— Fais-moi grand.
— Moi je t'en prie, me fais pas taper à la machine !
Voilà ce qu'ont été leurs seules exigences.

Merci à Jean-Michel Décugis, qui a organisé un déjeuner décisif – sans lui, je serais restée à la porte –, et à Danielle Thiery, qui m'a présenté la bonne personne au bon moment.

Je suis reconnaissante à tous ceux qui se sont aventurés à me lire en cours de route, et notamment Pierre Marlière ; merci à Charlotte Rotman, qui a contemplé ce qui était encore un magma informe avec un enthousiasme revigorant. Merci à Sophie Meyer pour son regard acéré, et à Ileana Epsztajn, Jordan Mintger et Éléonore Théry.

Un immense merci à mon amie et éditrice Dorothée Cunéo.

Merci à mes enfants, Joseph, Arsène, Nine et Colette ; à ma mère, Dominique Guéna, pour avoir veillé sur eux ; à mes amis de m'avoir écoutée si gentiment ; et à Guillaume Binet, toujours.

DE LA MÊME AUTRICE

QUARTIER DE COMBAT. LES ENFANTS DU 19e, avec Abdoulaye Sissoko et Zakaria Harroussi, Éditions Denoël, 2021.

18.3. UNE ANNÉE À LA PJ, Éditions Denoël, 2020 (Folio nº 6990).

MIMI, avec Jean-Michel Décugis et Marc Leplongeon, Grasset, 2018.

L'AMÉRIQUE DES ÉCRIVAINS. ROAD TRIP, photographies de Guillaume Binet, Éditions Robert Laffont, 2014. Grand Prix des lectrices *Elle* « Document ».

QUE DE L'OUBLI, Éditions Robert Laffont, 2013.

PANNONICA, Éditions Robert Laffont, 2007.

LE FLEUVE, Éditions Robert Laffont, 2005. Prix Edmée-de-La-Rochefoucauld.

COLLECTION FOLIO

Dernières parutions

6920. Collectif	*La Commune des écrivains. Paris, 1871 : vivre et écrire l'insurrection*
6921. Jonathan Coe	*Le cœur de l'Angleterre*
6922. Yoann Barbereau	*Dans les geôles de Sibérie*
6923. Raphaël Confiant	*Grand café Martinique*
6924. Jérôme Garcin	*Le dernier hiver du Cid*
6925. Arnaud de La Grange	*Le huitième soir*
6926. Javier Marías	*Berta Isla*
6927. Fiona Mozley	*Elmet*
6928. Philip Pullman	*La Belle Sauvage. La trilogie de la Poussière, I*
6929. Jean-Christophe Rufin	*Les trois femmes du Consul. Les énigmes d'Aurel le Consul*
6930. Collectif	*Haikus de printemps et d'été*
6931. Épicure	*Lettre à Ménécée* et autres textes
6932. Marcel Proust	*Le Mystérieux Correspondant* et autres nouvelles retrouvées
6933. Nelly Alard	*La vie que tu t'étais imaginée*
6934. Sophie Chauveau	*La fabrique des pervers*
6935. Cecil Scott Forester	*L'heureux retour*
6936. Cecil Scott Forester	*Un vaisseau de ligne*
6937. Cecil Scott Forester	*Pavillon haut*
6938. Pam Jenoff	*La parade des enfants perdus*
6939. Maylis de Kerangal	*Ni fleurs ni couronnes* suivi de *Sous la cendre*
6940. Michèle Lesbre	*Rendez-vous à Parme*
6941. Akira Mizubayashi	*Âme brisée*
6942. Arto Paasilinna	*Adam & Eve*
6943. Leïla Slimani	*Le pays des autres*

6944. Zadie Smith	*Indices*
6945. Cesare Pavese	*La plage*
6946. Rabindranath Tagore	*À quatre voix*
6947. Jean de La Fontaine	*Les Amours de Psyché et de Cupidon* précédé d'*Adonis* et du *Songe de Vaux*
6948. Bartabas	*D'un cheval l'autre*
6949. Tonino Benacquista	*Toutes les histoires d'amour ont été racontées, sauf une*
6950. François Cavanna	*Crève, Ducon !*
6951. René Frégni	*Dernier arrêt avant l'automne*
6952. Violaine Huisman	*Rose désert*
6953. Alexandre Labruffe	*Chroniques d'une station-service*
6954. Franck Maubert	*Avec Bacon*
6955. Claire Messud	*Avant le bouleversement du monde*
6956. Olivier Rolin	*Extérieur monde*
6957. Karina Sainz Borgo	*La fille de l'Espagnole*
6958. Julie Wolkenstein	*Et toujours en été*
6959. James Fenimore Cooper	*Le Corsaire Rouge*
6960. Jean-Baptiste Andrea	*Cent millions d'années et un jour*
6961. Nino Haratischwili	*La huitième vie*
6962. Fabrice Humbert	*Le monde n'existe pas*
6963. Karl Ove Knausgaard	*Fin de combat. Mon combat - Livre VI*
6964. Rebecca Lighieri	*Il est des hommes qui se perdront toujours*
6965. Ian McEwan	*Une machine comme moi*
6966. Alexandre Postel	*Un automne de Flaubert*
6967. Anne Serre	*Au cœur d'un été tout en or*
6968. Sylvain Tesson	*La panthère des neiges*
6969. Maurice Leblanc	*Arsène Lupin, gentleman-cambrioleur*
6970. Nathacha Appanah	*Le ciel par-dessus le toit*
6971. Pierre Assouline	*Tu seras un homme, mon fils*
6972. Maylis Besserie	*Le tiers temps*
6973. Marie Darrieussecq	*La mer à l'envers*

6974.	Marie Gauthier	*Court vêtue*
6975.	Iegor Gran	*Les services compétents*
6976.	Patrick Modiano	*Encre sympathique*
6977.	Christophe Ono-dit-Biot et Adel Abdessemed	*Nuit espagnole*
6978.	Regina Porter	*Ce que l'on sème*
6979.	Yasmina Reza	*Anne-Marie la beauté*
6980.	Anne Sinclair	*La rafle des notables*
6981.	Maurice Leblanc	*Arsène Lupin contre Herlock Sholmès*
6982.	George Orwell	*La Ferme des animaux*
6983.	Jean-Pierre Siméon	*Petit éloge de la poésie*
6984.	Amos Oz	*Ne dis pas la nuit*
6985.	Belinda Cannone	*Petit éloge de l'embrassement*
6986.	Christian Bobin	*Pierre,*
6987.	Claire Castillon	*Marche blanche*
6988.	Christelle Dabos	*La Passe-miroir, Livre IV. La tempête des échos*
6989.	Hans Fallada	*Le cauchemar*
6990.	Pauline Guéna	*18.3. Une année à la PJ*
6991.	Anna Hope	*Nos espérances*
6992.	Elizabeth Jane Howard	*Étés anglais. La saga des Cazalet I*
6993.	J.M.G. Le Clézio	*Alma*
6994.	Irène Némirovsky	*L'ennemie*
6995.	Marc Pautrel	*L'éternel printemps*
6996.	Lucie Rico	*Le chant du poulet sous vide*
6997.	Abdourahman A. Waberi	*Pourquoi tu danses quand tu marches ?*
6998.	Sei Shônagon	*Choses qui rendent heureux* et autres notes de chevet
6999.	Paul Valéry	*L'homme et la coquille* et autres textes
7000.	Tracy Chevalier	*La brodeuse de Winchester*
7001.	Collectif	*Contes du Chat noir*
7002.	Edmond et Jules de Goncourt	*Journal*
7003.	Collectif	*À nous la Terre !*

7004.	Dave Eggers	*Le moine de Moka*
7005.	Alain Finkielkraut	*À la première personne*
7007.	C. E. Morgan	*Tous les vivants*
7008.	Jean d'Ormesson	*Un hosanna sans fin*
7009.	Amos Oz	*Connaître une femme*
7010.	Olivia Rosenthal	*Éloge des bâtards*
7011.	Collectif	*Écrire Marseille.* 15 grands auteurs célèbrent la cité phocéenne
7012.	Fédor Dostoïevski	*Les Nuits blanches*
7013.	Marguerite Abouet et Clément Oubrerie	*Aya de Yopougon 5*
7014.	Marguerite Abouet et Clément Oubrerie	*Aya de Yopougon 6*
7015.	Élisa Shua Dusapin	*Vladivostok Circus*
7016.	David Foenkinos	*La famille Martin*
7017.	Pierre Jourde	*Pays perdu*
7018.	Patrick Lapeyre	*Paula ou personne*
7019.	Albane Linÿer	*J'ai des idées pour détruire ton ego*
7020.	Marie Nimier	*Le Palais des Orties*
7021.	Daniel Pennac	*La loi du rêveur*
7022.	Philip Pullman	*La Communauté des esprits. La trilogie de la Poussière II*
7023.	Robert Seethaler	*Le Champ*
7024.	Jón Kalman Stefánsson	*Lumière d'été, puis vient la nuit*
7025.	Gabrielle Filteau-Chiba	*Encabanée*
7026.	George Orwell	*Pourquoi j'écris* et autres textes politiques
7027.	Ivan Tourguéniev	*Le Journal d'un homme de trop*
7028.	Henry Céard	*Une belle journée*
7029.	Mohammed Aïssaoui	*Les funambules*
7030.	Julian Barnes	*L'homme en rouge*
7031.	Gaëlle Bélem	*Un monstre est là, derrière la porte*
7032.	Olivier Chantraine	*De beaux restes*

7033.	Elena Ferrante	*La vie mensongère des adultes*
7034.	Marie-Hélène Lafon	*Histoire du fils*
7035.	Marie-Hélène Lafon	*Mo*
7036.	Carole Martinez	*Les roses fauves*
7037.	Laurine Roux	*Le Sanctuaire*
7038.	Dai Sijie	*Les caves du Potala*
7039.	Adèle Van Reeth	*La vie ordinaire*
7040.	Antoine Wauters	*Nos mères*
7041.	Alain	*Connais-toi* et autres fragments
7042.	Françoise de Graffigny	*Lettres d'une Péruvienne*
7043.	Antoine de Saint-Exupéry	*Lettres à l'inconnue* suivi de *Choix de lettres dessinées*
7044.	Pauline Baer de Perignon	*La collection disparue*
7045.	Collectif	*Le Cantique des cantiques. L'Ecclésiaste*
7046.	Jessie Burton	*Les secrets de ma mère*
7047.	Stéphanie Coste	*Le passeur*
7048.	Carole Fives	*Térébenthine*
7049.	Luc-Michel Fouassier	*Les pantoufles*
7050.	Franz-Olivier Giesbert	*Dernier été*
7051.	Julia Kerninon	*Liv Maria*
7052.	Bruno Le Maire	*L'ange et la bête. Mémoires provisoires*
7053.	Philippe Sollers	*Légende*
7054.	Mamen Sánchez	*La gitane aux yeux bleus*
7055.	Jean-Marie Rouart	*La construction d'un coupable.* À paraître
7056.	Laurence Sterne	*Voyage sentimental en France et en Italie*
7057.	Nicolas de Condorcet	*Conseils à sa fille* et autres textes
7058.	Jack Kerouac	*La grande traversée de l'Ouest en bus* et autres textes beat
7059.	Albert Camus	*« Cher Monsieur Germain,... »* Lettres et extraits
7060.	Philippe Sollers	*Agent secret*

*Tous les papiers utilisés pour les ouvrages
des collections Folio sont certifiés
et proviennent de forêts gérées durablement.*

*Composition Nord Compo
Impression Maury Imprimeur
45330 Malesherbes
le 7 septembre 2022
Dépôt légal : septembre 2022
1er dépôt légal dans la collection : septembre 2021
Numéro d'imprimeur : 265300*

ISBN 978-2-07-293674-6. / Imprimé en France.

557186